声のきめ　目次

＊は松島征訳、＊無しは大野多加志訳。

読者がここに目にするのは、ロラン・バルトがフランス語で応じたインタビューの大多数を集めた一巻である。完全無欠を目指したものの、厳密なリストは一つとして持ち合わせていないので、拾いそこねたものがいくつかあったかもしれない。それについて、ジャーナリストおよび読者の方々には、あらかじめご寛恕を請うておきたい。

インタビューとは何かについてロラン・バルト自身が記述したものがあったなら、望みうる最良の序文になったのではなかったか？　そんな記述は永遠に見つからないだろうが、語られたパロールから書き写されたパロールへの移行を驚嘆すべき明晰さで分析した数ページがここにある。まずこれを読むことから始めるのは、あのエクリチュールの針状体をあの声のきめ（粒状体）に結びつけつつ対抗させているものを、よりよく見てとるために役立つだろう。巻頭にそれを置いたゆえんである。

パロールからエクリチュールへ

ロラン・バルトのこのテクストは、ロジェ・ピオーダンの制作によりフランス・キュルチュールでラジオ放送され、グルノーブル大学出版から刊行された『対話集』の第一シリーズ（『書く……何のために？　誰のために？』一九七四年）の序文を成すものである。

私たちが話をし、それが録音され、注意深い書記が私たちの話を聴き取り、それらを精錬し、それらを書き写し、それらに句読点を打ち、最初のスクリプトを書き出し、それが私たちに手渡され、出版され、本となり、永遠に委ねられる前に、もう一度私たちがそれを清掃する。これらの手順は「死化粧」ではないだろうか。私たちのパロールを永遠のものとするために、ミイラのように、防腐保存するわけである。なぜなら声よりも少しは長持ちしなければならないし、エクリチュールの喜劇によって、どこかに〈書き込まれ〉なければならないから。

この書き込みに、私たちはどうやって対価を払うのだろう？　何を手放すのだろう？　何を手に入れるのだろう？

スクリプションの罠

スクリプションの罠に落ちるものは、大雑把に言って、次のものである（衒学的かもしれないが、〈エクリチュール〉という語よりはスクリプションという語を選びたい。なぜならエクリチュールは必ずしも書かれたものの存在様態ではないのだから）。第一に、明らかに私たちは純真無垢を失う。パロールがそれ自体新鮮で、自然で、自発的で、真実で、一種の純粋な内面性に富むからではなく、逆に、私たちのパロールは（特に公共において）ただちに演劇的であり、文化的、弁論的コードの全体から策略（語の文体論的、遊戯的意味において）を借りているのである。パロールはいつでも戦術的である。しかし書かれたものに移行するとき、書かれたものを読むことができる者がいるように、耳をすますことのできる者の耳には聴こえる、この戦術の純真無垢を私たちは抹消してしまう。純真無垢はいつでも〈危険にさらされて〉いる。言ったことを書き直すことで、私たちは自分の身を守り、言動に気をつけ、私たちの愚かさ、うぬぼれ（あるいは無能力）、動揺、無知、自己満足、ときには故障さえも検閲し、抹消するのであり、（話をしているとき、話し相手によって述べられたなにがしかの点について、どうして私たちは〈答えに詰まる〉ことができないのだろう？）つまり、私たちの想像的なものの織物全体、自我の個人的な戯れを検閲し、抹消するのである。パロールは危険である、なぜなら直接的であり、言い直しができないからである（明確な言い直しにともなわれるときを除いては）。スクリプションは時間に余裕があるし、口の中で舌を七回まわす〔よく考える、という言い回し〕のに必要な時間さえ持っている（ことわざの教えがこれほどむなしいこともない）。言ったことを書くことで、私たちはヒステリーをパラノイアから分かつすべてを失う（あるいは保持する）のである。

もうひとつ失われるのは、私たちの推移の厳密さである。しばしば、私たちはディスクールを安値で「紡ぐ」。フローベールが嫌った〈澱ミ無イ弁舌（flumen orationis）〉、この「撚り糸」は私たちのパロールの一貫性、それがみずからに作り出す法である。私たちが話すとき、私たちが言語活動の順番にしたがって、思想を「表明する」とき、私たちは探求の変化を聞こえるように話すのが正当だと信じている。私たちは公然と言語と戦っているのだから、私たちのディスクールは「効果を表し」、「一貫している」と安心している、それぞれのディスクールの状態の正当性は前のディスクールの状態から得られていると安心している。つまり、私たちは直線的な誕生を望んでいるのであり、規則的なつながりの記号を誇示する。そのために、私たちの公共のパロールには、かくも多くの〈しかし〉や〈したがって〉があるのであり、かくも多くの言い直しや明確な否定があるのである。これらの小さな語が大きな論理的価値を持っているからではない。それらは、言うなれば、思考の〈虚辞〉なのである。エクリチュールは、しばしば、虚辞なしで済ませてしまう。エクリチュールはあえて連結辞省略を実行する、去勢と同じぐらい声には耐えがたい鋭利な文彩を。

それは、転写によってパロールに科される、最後の喪失にたどり着く。言語学者がおそらく言語活動の主要な機能の一つに関連づける呼びかけあるいは〈交話的〉機能、言語活動のあらゆる切れ端——「でしょう？」といったような——の喪失である。私たちが話すとき、聴き手に話を聴いてもらいたいと私たちは思う。そこで意味のない呼びかけによって注意をひく(「もしもし、聞こえますか?」)。これらの語、表現は非常に地味ではあるが、ひそかにドラマティックなものを持っている。それらはそれらを通してひとつの身体がもうひとつの身体を求める呼びかけ、抑揚――鳥を考えれば、さえずりと言うべきだろうか?――なのである。書かれるときに私たちのエクリチュールのなかで消え去るのはこのぎこちない、単調な、滑稽なさえずりなのである。

これらの考察によって、転写によって失われるのはたんに身体であるということがわかるのである、――少なくとも対話にあって、同じようにもろい(あるいは動転した)もうひとつの身体にむかって、そのただ一つの機能がいわば相手を〈引きとめ〉(売春の意味も含めて)、話し相手にとどめておくという、知性の面では空虚なメッセージを投げつける外的な(偶発的)身体が。

転写されたパロールは明らかに受け手を変える、そしてそのことで主体も変わる、なぜなら〈他者〉のいない主体はいないのだから。身体はありつづけるが(身体のない言語活動はないのだから)、人と一致することをやめる、あるいはこう言った方がいいかもしれない、人格と一致することをやめる。話者の想像的なものは空間を変える。もはや要請、呼びかけが問題ではなく、接触の戯れの問題ではなく、分節された不連続を、つまり、実際は、論証を設立し、表徴するのが問題となる。この新しい企図は(ここでは対立を意図的に拡大している)転写がパロール(言われた「屑」をすべて取り除いた後)に加える(なぜなら転写は物理的な手段を備えているのだから)ただの偶発事によく読み取れる。最初に、頻出するのが、真の論理的基軸である。もはやパロールが沈黙を補塡するために使用する、取るに足らない連結(〈しかし〉、〈したがって〉)が問題なのではない。真の論理的意義素（〈にもかかわらず〉、〈そうして〉というたぐいの）でいっぱいの統語論的関係が問題となるのである。つまり、転写が可能とし利用するのは、話し言葉が嫌う、文法で〈従属〉と呼ばれるものである。文は階層的となり、古典劇の演出のように、役や景の違いがその中で展開される。社会化することで（より広範でより面識のない公衆に伝えられるのだから）メッセージは秩序を取り戻す。対話においては、ほとんど的確にとらえることのできなかった実体である、「思想」は——なぜなら対話ではたえず身体によって先を越されてしまうのだから——ここでは前面に、あそこでは背後に、またコントラストのもとに配置される。この新しい秩序は——その出現がとらえにくいとしても——エクリチュールの「勝利」に加えることのできる、印刷上の二つの工夫によって奉仕される。かっこはパロールには存在しなかったが、ある考えが余談であり、二次的なものにすぎないと明確に指し示すのを可能とし、句読点は、周知のように、意味を（であって、形態や音をではない）分割する。

こうして書かれたもののうちに新しい想像的なもの、「思考」の想像的なものが出現する。パロールと書かれたものが競合するいたるところで、書くことはある意味でこんな風に言う。〈わたしはよりよく考える〉、より堅固に考える。わたしはあなたのために考えるよりは「真理」のために考える。おそらく、〈他者〉がいつでもそこにはいるのだ、読者という匿名の風貌の。またスクリプトの諸条件（どんなにひかえめで、表面的にはどんなに無意味でも）を通じて演出された「思考」はわたしが読者に与えたいと思うわたしのイメージに依存しているのである。それは与件と論証の柔軟性を欠いた手順の問題であるよりは、提言の戦術的空間の、つまり、結局のところ、〈立場〉の戦術的空間の問題なのである。マスコミュニケーションによって今日高度に発達した、思想討論では、各主体は知的に、つまり政治的に立場を明らかにし、注目を浴び、目立たなければならない。それがおそらく公共の「対話」の現代的機能である。他の集会（例えば、司法や科学の）で起こっていることとは逆に、説得や確信の剝奪はこの新しい交換儀礼の真の争点ではもはやないのである。それはむしろ公衆に、ついで読者に、知的仕事の一種の劇場を、思想の演出を提示するのである（スペクタクルへの参照は交換された意見の誠実さや客観性、それらの教育的あるいは分析的価値をなんら損なうものではない）。

これがこれらの〈対話〉の社会的機能と思われる。全体では、対話は二次的なコミュニケーションを、「上演」を、身体の想像的なものと思考の想像的なものという、二つの想像的なもののスペクタクルのような滑走を形成する。

エクリチュールは書かれたものではない。

もちろん、言語活動の三番目の実践が可能であるが、これらの〈対話〉の規定からして不在である。それは本来の意味での、テクストを産み出す〈エクリチュール〉である。エクリチュールはパロールではない、という区別は近年理論的に容認された。しかしエクリチュールは書かれたもの、転写でもない。書くことは転写ではない。エクリチュールにあっては、パロールにおいて〈あまりに〉存在し（ヒステリックに）、転写において〈あまりに〉欠如するもの（去勢されて）、つまり身体が帰ってくる、しかし間接的な、節度ある道を通って帰ってくる、つまり〈正確で〉、音楽的で、悦楽によるのであり、想像的なもの（イメージ）によるのではない。私たちの三つの実践（パロール、書かれたもの、エクリチュール）がそれぞれに形作るのは、実は言語活動を通じての身体の（主体の）旅なのである。困難な、撚り合わされた、さまざまな旅、その旅にラジオ放送の発展、つまり同時に独創的で転写可能で、かりそめで記憶に残るパロールの発展は今日驚くべき重要性を与えている。ここに転写された〈対話〉の価値は知的かつ科学的現状の広範な範囲をカバーしつつ展開された情報、分析、思想、異議の総量だけではないとわたしは確信している。対話はまた、読めばわかるように、言語活動の微分的経験という価値も持っている。パロール、書かれたもの、エクリチュールはそれぞれ分離された主体を巻き込み、また読者、聴者はこれらの主体が話し、転写し、言表するかによって異なる、分離された主体につき従わねばならないのである。

『キャンゼーヌ・リテレール』誌、一九七四年三月一―一五日号。

1

1. ロラン・バルト，1962 年 10 月.

物は何かを意味するのか？

ロラン・バルトがフランスの小説の現状について思いを述べる。

人は知的である故にエッセイストなのです。わたしもまた、小説を書きたいと思いますが、表現するためにあるエクリチュールを見つけなければならないという困難を前にして凍りついてしまいます。フランスでは、エッセイストはいつでも別の仕事をしなければならないのです。まさに束縛です。わたしの一生でわたしの情熱をかき立てたものは人間がおのれの世界を理解可能にする仕方でした。お望みなら、理解可能なものの冒険、シニフィカシオン（意味作用）の問題と言ってもいい。人間は書き方に意味を与えます。語によって、エクリチュールは最初に語が持っていなかった意味を創り出すのです。理解しなければならないのはそのことであり、わたしが表現しようと努めているのはそのことです。

もしNR（ヌーヴォー・ロマン）について話そうというのなら、はっきりさせなければいけない現象があります。社会は作家を統合するに至ったことを考慮しなければなりません。作家はもはや不可触民でもなければ、文芸の擁護者に依存するのでもなければ、ある決まった階級に奉仕するものでもないのです。私たちの社会の作家はほぼ幸福です。これは確認であって、そこからなんら結論をひきだせるわけではありません、しかし理解しようと望むなら参照する必要があります。一方には幸福な作家がいて、もう一方に生成中の、矛盾に満ちた複雑な社会があるのです。

NRについてどんなことが言われたでしょう？　現実を逃避した、ある種のテクニックを追い求め、責任を放棄した。

そんな風に言われるとき、バルザックやスタンダールなどの文学の偉大なモデルと比べられています。これらの小説家は形の定まった、じつによく構造化された社会を表現したのであり、彼らの小説はしたがって写実的であり、それらの小説はある現実を、しかもあまり強調されることがないのですが、しばしば懐古趣味の現実を表していたのです。

今日、政治的事件、社会的混乱、アルジェリア戦争はNRにほとんど姿を見せません。作品が政治参加していない、と言われます。おっしゃる通りですが、個人として市民として作家は政治参加しているのであり、彼らは勇気を持って参加を引き受けているのです。

作家は作品を参加させなければならない、と人は言います。しかしこれは理論であって、なぜなら毎日作品は失敗しています。どうして失敗するのだろうと問うこともできるでしょう……なぜなら、たんに、エクリチュールは問いを立てる芸術であり、問題に答えたり、問題を解決したりする芸術ではないからです。

エクリチュールだけが問いを立てることができるのであり、エクリチュールは力をそなえているのでその問いを宙吊りにしておくことができるのです。立てられた問いが本物であるとき、それは攪乱します。NRはおのれの役割を完全に自覚しているのです。

文学とは、問いを立てるやり方だということを、カフカはわかっていました。今日においても、まだバルザックを魅力的にしているのが何だと思いますか？　人生を記述する彼の才能でしょうか？　もちろん別のものです。彼は、おそらく自分でも知らずに、ブルジョワの社会について問いを立てていたのです。

今日、私たちの社会を理解するのはことのほか難しい。その内部で生きている人間にそれを分析するのはほとんど不可能です。五〇年前に用いていた術語で階級の問題を考えることはできなくなりました。私たちは階級社会と大衆社会を同時に生きているのです。大きな問題、直接的な問題は混乱しているように思えます。政治的文化そのものが一休みしているように思えます。これらのさまざまなファクターがエクリチュールに影響し、表現されるのです。

今日の生を前にしたブレヒトのような精神を想像してみるがいい、その精神は生の多様性によって身動きができないでしょう。世界はあまりに刺激に満ち溢れているのです。これらもまたファクターですが、それを否定することはできません。

そこでこう問うてみます。NRが立てた問いとは何か？　それは決定的な、新しい、びっくりするほど単純な問いを立てたのです。それはこう問うたのです。「物は何かを意味するのか？」

それまで、文学は物の意味を一度として疑ってみたことがありませんでした。この場合、物とはオブジェも出来事も含んだ、私たちを取り巻くすべてです。つまり文学の役割はこの問いを問うこと、物語、小説、登場人物、あるいはオブジェを通してこの問いを問うのです。

抗議の声があがります。どうしてオブジェなんだ？　努力をしなくてはいけません。人間はたえずオブジェに意味を供給してきましたが、しかし逆にオブジェは一度として文学の素材を提供したためしはありませんでした。小説においてはオブジェは取るに足りないのです。『危険な関係』を見てみるがいい、問題となる唯一のオブジェはハープです、しかもメッセージを滑り込ませるために使われているのです。したがってNRは通常のシニフィカシオンを剝奪されたオブジェを見ようとしました。ロブ＝グリエはオブジェに新たな照明を当てました。彼はそれを思い出も詩情もなく示しました。それはつや消しの描写であり、写実的な描写ではありません。オブジェは意味の嵩《かさ》を持たずに現れ、そこから苦悩が生まれるのです、その苦悩とは深い、形而上の感情なのです。

それは一方では技法にかかわるのですがもう一方では哲学的でもある、なかなか驚くべき企てなのです。それはどこに達するのか？　わたしにはなにもわかりません。作品が成功するとき、それは曖昧に問いを立て、そのことで詩的になります。

これらのすべての作品には大きな違いがありますが、ある共通の欠点を持っています。作品の可能性と与えられた形式のあいだに不調和があるのです。詩は短いゆえにあなたを捕えるのであって、長すぎる詩は力を失います。NRにとっても同じことが起こります。

驚くべきは、これらの小説家全員の見せる平静、確信です。しかし読者もまた問いを立てることができます。どうしてエロティシズムは文学から姿を消してしまったのか？　真正なあるいは誤った退屈の仕方があるのかどうか自問することもできれば、結局のところどうして作家はもう映画しか撮りたがらないのか自問することもできるのです。

『フィガロ・リテレール』紙、一九六二年一〇月一三日号。
聞き手はピエール・フィソン。

映画について

私たちは現代の文化において重要な証人たちとの一連の対談をここに開始する。

映画は、他の文化と同じ資格で、文化事象となり、映画が他の文化事象に参照されるように、すべての芸術、すべての思想は映画に参照されなければならない。私たちが、とりわけ、会話のなかで明確にしたいと望むのは、時として明らかであり（だからと言って最良の場合とはかぎらない）、しばしば漠然とした、相互的情報という現象である。

そうすればあるいは後景に、あるいは前景に、たえず存在している映画は、資料主義あるいは偶像崇拝（それなりの役割はあるのだが）がしばしば忘却させる恐れのあるものよりはより広い視野のうちに収まるのではないかと私たちは期待しているのである。

『零度のエクリチュール』、『現代社会の神話』、『ミシュレ』、『ラシーヌ論』の著者であり、数多くの刺激的な論考の書き手（現在までのところ『テアトル・ポピュレール』誌、『アルギュマン』誌、『フランス社会学』誌、『レットル・ヌーヴェル』誌などに、ばらばらに掲載されたが、じきに纏められると期待される）、フランスにおけるブレヒトの最初の開拓者、注釈者であるロラン・バルト氏が私たちの名誉ある最初のゲストである。

あなたの生活に映画をどんな風に統合しているのですか？　観客として、批評的観客として映画をご覧になるのですか？

映画の習慣から、生活の中にどんな風に映画がやって来るのかから、始めなければならないでしょう。わたしについて言えば、それほどしばしば映画には行きません、一週間に一度でしょうか。映画の選択については、結局、まったく自由というわけではありません。おそらくわたしは映画に一人で行くほうが好みです、なぜなら、わたしにとって、映画はまったく心理投影的な活動だから。しかし、社交の結果、しばしば二人あるいは数人で映画に行くことになり、その瞬間から、望むと望まざるとにかかわらず、選択は〈困惑〉となります。もしわたしが純粋に自発的に選べば、わたしの選択はあらゆる文化的あるいは潜在的文化の要請から解放された、わたし自身のもっとも薄暗い力に導かれた、完全な即興という性格を持つことになるでしょう。映画の観客の生で問題となるのは、見るべき映画について多かれ少なかれ漠然とした一種の道徳があるのであり、文化的環境（自由であるためには対立するしかないのだとしても）に属するときにはかなり強力である、必然的に文化的起源を有する、要請があるのです。ときには、あらゆるスノビズムと同じように、それはよいものです。いつでも少しはこの種の映画的趣味の法則と対話をしているのであり、おそらくこの映画的文化が新鮮なときにはそれだけ強力なものなのです。映画はもはやプリミティヴな何かではありません。今や、そこには古典主義、アカデミズム、前衛の現象が区別できますし、この芸術の発展そのものによって、さまざまな価値の戯れのただ中に置かれているのです。ですから、わたしが選択するとき、見る〈べき〉映画は予測不能性、わたしにとって映画が表象する完全な受容性と衝突するのであり、より正確には、わたしが、自発的に、見たいとは思うのですが、今できつつある漠然とした文化のようなものによって選択されたのではない映画と衝突するのです。

映画が問題になるとき、まだ非常に漠然とした、この文化の水準についてどのようにお考えですか？

それが漠然としているのは混乱しているからです。わたしが言いたいのは、映画には、一種の価値の配置換えがあるということです。知識人が大衆映画を擁護し始めたので商業映画が急速に前衛映画を吸収する可能性があります。この〈異文化受容〉は私たちの大衆文化に特有のものですが、ジャンルによってリズムに違いがあります。映画ではそれはとても強烈に思われます。文学では、狩猟は大きく制限されています。ある種の知識、ある種の技法的な知識を持たずに書かれる現代文学を支持することは不可能です、なぜなら文学という存在は技法において成されるのだから。つまるところ、映画の文化的状況は今のところ矛盾したものです。映画は技法を動員する、それである種の知識が必要となりますが、その知識を持たないときには、欲求不満が生じます、しかし文学とは反対に、その存在は技法の中にはないのです。シネマ・ヴェリテと同質の、リテラチュール・ヴェリテを想像してみてください。言語活動では、それは不可能です、真実は言語活動では不可能なのです。

しかしながら、たえず「映画言語」という観念が参照されませんか、まるでこの言語の存在と定義が広く認められているかのように、「言語」という語を純粋に修辞的に（例えば、あおりやトラヴェリングに適用された文体的慣例のように）受け取るときや、シニフィアンとシニフィエの関係のように、とても一般的な意味で受け取るときのように。

わたしの場合、おそらく映画を言語活動の領域に統合するに至っていないのでわたしは映画を純粋に投影的に消費し、分析者としては消費していないのです。

映画が言語活動の領域に入るのが不可能とまでは言いませんが、少なくとも難しいということがないのでしょうか？

その難しさを見極めようとすることはできるでしょう。今まで、すべての言語活動のモデルはパロール、分節された言語活動だと思われます。ところでこの分節された言語活動はコードであり、非アナログ的な（したがって、不連続であることができ、実際不連続であるのですが）記号のシステムを使います。反対に、映画は一目で現実のアナログ的な（そして、さらには連続した）表現であると思われる。言語学的分析をそこに導入し、着手するにあたって、アナログ的で連続した表現のどの部分を相手にしてよいかわかりません。例えば、映画の断片の意味を、映画の意味をどのように屈折させ、どのように（意味論的に）分割するのでしょう？　したがって、もし批評家が比喩的なインフレーションを放棄して、映画を言語活動として扱おうとするなら、映画の連続のうちにまずアナログ的ではない要素を、あるいは変形され、移し変えられ、コード化され、言語活動の断片として扱うことのできる体系化を付与されたような要素を識別しなければならないでしょう。これは具体的探求の問題であり、まだ手を付けられていませんが、最初は映画的検査のようなものであり、ついで部分的とはいえ（おそらく部分的に）、映画の意味論を確立することができるかどうかわかるでしょう。構造主義的方法を適用するにあたって重要なのは映画的要素を隔離することであり、それらがどのように理解されるかを、どのような場合にそれらがどのようなシニフィエに対応するかを見ることであり、さらにそれらを組み換えることで、どのような瞬間にシニフィアンの変化がシニフィエの変化を引き起こすかを見ることなのです。そのとき本当に、映画の中で、言語学的単位を隔離することができるのであり、ついで「クラス」、システム、ディクレンション（曲用）を組み立てることができるのです（読者はロラン・バルトの最近の二つの論稿を参照して、得るところがあろう。「記号に関する想像力」『アルギュマン』誌、二七号―二八号、「構造主義的活動」『レットル・ヌーヴェル』誌、三二号、のちに『批評をめぐる試み』に収録）。

それはサイレントの末期に、より経験的な面で、主にソ連の人たちによって行われたある種の実験と一致しないでしょうか？　これらの言語活動的要素がエイゼンシュテインによって詩学のために取り上げられたときを除いては、決定的ではなかったのですが。しかしこれらの探求がプドフキンの場合のように純粋に修辞的面にとどまっているとき、それらはほとんどただちに反論を受けたのでした。記号学的報告をすると、ただちに反論を受けるということが映画では起こるのです。

いずれにしろ、明確な地点について（つまり明確なシニフィエについて）一種の部分的意味論を確立できたとしても、どうして映画全体が不連続な要素の並列として組み立てられないかを説明するのにたいへん苦労することになるでしょう。そこで第二の問題、記号の不連続――あるいは表現の連続の問題にぶつかることになります。

しかし言語学的な単位を発見するに至るわけで、これは進歩ですよね、それらの単位はそれと認められるために作られたわけではないのですから。シニフィエによる観客の浸透は読者の浸透とは別のやり方で、別の水準で実現されるわけです。

おそらく私たちは意味論的現象についてまだ非常に限られた視点しか持っていないし、結局のところもっとも理解が及ばないのは、シニフィアンの大きな単位と呼ばれるものです。言語学でも同じ困難がみられます、というのも文体論が進歩していないから（心理的文体論はありますが、構造的文体論はまだありません）。おそらく、映画的表現もシニフィアンの大きな単位の序列に属するものであり、包括的で、漠然とした、潜在的なシニフィエに対応しているのであり、分節された言語活動の不連続で孤立したシニフィエとは同じカテゴリーにはないのです。ミクロ的意味論とマクロ的意味論の対立はおそらく映画を言語活動とみなすもう一つのやり方を作りだします、〈デノテーション〉の面を放棄し（映画に第一の単位、文字通りの単位から接近するのはかなり難しいことは確かめました）、〈コノテーション〉の面に、つまり包括的で漠然とした、いわば二次的なシニフィエの面に移るのです。ここではまずヤリコブソンによって取り出された、分節された言語活動に対して外延的な一般性に恵まれ、彼が、ついでに、映画に適用した、修辞的（であって文字通り言語学的ではない）モデルを模範とすることからはじめましょう。わたしは隠喩と換喩のことが話したいのです。隠喩は類似性によって入れ換え可能なすべての記号の原型です。換喩は隣接状態になることで、いわば伝染によって意味が生まれるすべての記号の原型です。例えば、葉が散るカレンダー、というのは隠喩です。映画では、すべてのモンタージュは、つまりシニフィアン的なすべての隣接は換喩である、と言いたい誘惑にかられます、なぜなら映画はモンタージュであり、映画は換喩的芸術だからです（少なくとも現在のところは）。

しかしモンタージュは輪郭を定められない要素でもないでしょうか？　なぜならすべては編集可能であり、六つのイメージによるリボルバーのショットから五分間もの器械の巨大な運動まで、三〇〇人の人物を示し、その間に三〇ものアクションを挿入することだってできるのです。ところでこれら二つのショットを前後に編集することはできます――同じショットに繋ぎ合わせることはできないにしても……

興味があるのは、映画的手法が方法論的にシニフィアンの単位に変わりうるかどうかを見ることだと思いますし、加工の手法が映画の読解の単位に対応するかどうかを見ることだと思います。すべての批評家の夢は、技法によって芸術を定義することです。

しかし手法はどれも曖昧です。例えば、古典的修辞法によれば俯瞰は制圧を意味すると言いますが、俯瞰がまったくそのような意味を持たない場合が（最低でも）二〇〇はあります。

この曖昧さは当たり前であって、私たちの問題を複雑にするのはこの曖昧さではありません。シニフィアンはいつでも曖昧です。シニフィエの数はいつでもシニフィアンの数を越えるのです。そうでなければ、文学も、芸術も、歴史も、世界が動くのを生み出す何もなくなるでしょう。シニフィアンの力を作り出すのは、その明晰さではありません、それがシニフィアンとして知覚されることでも言いましょうか。意味が何であれ、それは物ではありません、重要なのは物の場所なのです。シニフィアンとシニフィエの結びつきはシニフィアン同士の構造ほど重要ではありません。俯瞰は制圧を意味しました、しかし私たちはこの修辞法が乗り越えられたことを知っています、なぜなら、まさに、それが「俯瞰する」と「制圧する」の類推関係の上に設立されたと私たちが感じとっているからであり、「否認」の心理学によって内容とその内容とはまるで「当然」正反対である形式のあいだに有効な関係がありうると私たちが学んだ現代ではとりわけ素朴にみえるのです。俯瞰が引き起こしたこの意味の覚醒において、重要なのは、覚醒であって、意味ではありません。

まさに、「類推的」第一期の後、映画はすでに、「文体の文彩」のコード化されない、柔軟な使用によって、反類推の第二期を抜け出そうとしているのではないでしょうか?

象徴主義の問題が(なぜなら類推は象徴主義的映画を問題とするから)明瞭さや深刻さを失ったのは、ヤーコブソンによって示された二つの言語学的な大きな道、隠喩と換喩のうちで映画が、今のところ、換喩的、お望みなら、連辞的な道を選んだように思えるからです。連辞は広がりのある、配列された、記号によって現実化された断片、一言で言えば物語の断片です。「何も起こらない」文学(その原型は『感情教育』でしょう)とは反対に、最初は大衆映画と思われない映画でも、映画は物語や逸話や粗筋(その大きな結果は〈サスペンス〉)が決して不在となることのないディスクールなのです。誇張された、逸話の風刺のようなカテゴリーの「荒唐無稽」なものでもよくできた映画と背反するわけではありません。映画では、「何かが起こる」のであり、この事実は当然先ほど話題にした換喩的、連辞的な道と緊密な関係があるのです。「よい物語」とは、結局、構造的にいえば、成功した一連の連辞的な〈ディスパッチング〉です。かくかくしかじかの状況（記号）には、どのようなものが続くことができるか？　一定数の可能性がありますが、これらの可能性は有限であり（構造的分析を可能とするのはこの有限性、可能性の囲いなのです）、そしてその中で演出家が行う「記号」の選択がシニフィアンであるのです。意味は事実自由ですが、しかし（可能なものの有限性によって）監視された自由です。それぞれ記号（物語、映画のそれぞれの「瞬間」）にはある一定の数の他の記号、ある一定の数の他の瞬間が続くのです。ディスクールや連辞において、一つの記号をもう一つの記号によって延長する（可能性の有限によって、しばしばとても限定されたものになる）この作業は〈触媒反応〉と呼ばれます。例えば、パロールでは、〈犬〉という記号は少数の他の記号によってしか触媒反応を引き起こすことができません（吠える、眠る、食べる、噛む、走るなど。しかし縫う、飛ぶ、箒をかけるなどは不可）。物語や映画的連辞もまた触媒反応の規則に従っているのです、演出家はおそらく経験から行っているのですが、批評家や分析家はそれらの規則を見出そうと努めなければなりません。なぜなら、当然、それぞれのディスパッチング、それぞれの触媒反応は作品の最終的意味において責任を負っているのですから。

私たちが判断できるかぎり、演出家の態度は〈以前〉は多かれ少なかれ意味について明確な考えを持っているということであり、〈以降〉は多かれ少なかれ修正された考えを見出すということになります。その間、演出家は最終的意味を気遣うことからは外れた仕事にほぼ没頭することになる。演出家は次々と小さな細胞を制作する、なにかに導かれて……　一体何に導かれてでしょう？　それを決定するのはまさに興味深いことです。

彼が導かれるのは、多かれ少なかれ意識的に、深いイデオロギー、世界に対する判断によってでしかないでしょう。なぜなら連辞もまた記号自身と同様に意味に責任があるからです。それだからこそ反対に、責任を何も失わずに、映画は換喩的であって、もはや象徴的ではない芸術になれるのです。ブレヒトが、『テアトル・ポピュレール』誌で、私たちに彼とフランスの若手の劇作家との交流（書簡での）を提案したのが思い出されます。それは想像された戯曲のモンタージュを「上演する」、つまり一連の状況を、チェスの対局のように上演することだったのです。一方が状況を進めると、もう一方が次の状況を選び、そして当然（そこに「ゲーム」の意義があるのです）、一手はそれぞれ最終的意味、つまり、ブレヒトによればイデオロギー的責任を考慮して討議されるのです。しかしフランスの劇作家がいませんでした。いずれにしろ、〈意味〉の鋭敏な理論家――実践家でもあった――ブレヒトは連辞的問題をとても強く意識していたのです。これらはすべて記号の言語学ではなく連辞の言語学を選ぶならば、言語学と映画の間に交流の可能性があることを証明しているのではないでしょうか。

おそらく言語活動としての映画に接近するのは完全に実現可能とはならないでしょう。しかし同時に、映画を意味を持たないオブジェとして、純粋に快楽の、魅惑の、完全にすべての根とあらゆるシニフィカシオンを断ち切られたオブジェとして楽しむという危険を避けるためには、その接近は必要なのです。ところで望むと望まざるとにかかわらず、映画は一つの意味を持っています。したがっていつでも言語活動の要素があるのです……

もちろん、作品はいつでも意味を持っています。しかし、まさに、現在驚くべき昇進を達成している（一種の豊穣なスノビズムによって）、意味の科学が逆説的に教えてくれるのは、意味は、言って見れば、シニフィエのうちに閉じ込められてはいないということです。シニフィアンとシニフィエの関係（つまり記号）は、最初は「記号学的」あらゆる考察の土台そのものと思えました。しかし、ついで、「意味」についてははるかに広い、シニフィエに集中してはいない視点を持つに至りました（連辞について私たちが言ったすべてがこの方向に進んでいます）。私たちはこの拡大を、もちろん、構造的言語学に負うていますが、またレヴィ＝ストロースのような人にも負うています、彼は意味（より正確にはシニフィアン）が理解可能なものの最高位のカテゴリーだと示したのです。結局、私たちに興味があるのは人間に〈理解可能なもの〉なのです。いかにして映画は私たちの歴史や私たちの社会によって作られた理解可能なものの構造、機能、カテゴリーを表示し、それらに参加するのでしょうか？　映画の「記号学」が答えることができるのはこの問いに対してです。

おそらく理解不可能なものを作るのは不可能です。

絶対に。すべては意味を持っています、ナンセンスさえも（少なくともナンセンスであるという二次的意味を）。意味は人間にとって自由のように宿命なのです、とりわけ今日、芸術は意味を〈作り出す〉のではなく、逆に意味を〈宙吊りにする〉のに専心しているように思えます。意味を組み立てはしますが、〈正確に〉それらを満たそうとはしないのです。

ここで具体例を一つ取り上げてもいいのではないでしょうか。ブレヒトの演出（演劇の）には、最初は、コード化できない言語活動の要素があります。

意味の問題について、ブレヒトの場合はかなり複雑です。一方で、前に言ったように、彼は意味の技法について鋭敏な意識を持っていました（形式の責任には敏感でないマルキシズムからするととても独創的です）。彼は衣装の色彩やプロジェクターの位置のような、非常に慎ましいシニフィアンの全的責任を知っていました。また彼が東洋演劇、シニフィカシオンがとてもコード化され――符号化されたと言った方がいいでしょう――その結果ほとんど類比的ではない演劇にどれだけ魅了されていたかはみなさんも御存知の通りです。最後に、私たちは彼がどれほど細心綿密に「連辞」の意味論的責任（彼が推奨した、叙事詩的芸術はそもそも連辞的芸術だったのです）を精錬し、人にもそうするように望んだこと、を目にしました。そして、当然、これらすべての技法は政治的意味に応じて考えられたのでした。〈応じて〉であっておそらく〈のために〉ではありません。ブレヒトの曖昧さの第二の側面に触れるのはここにおいてです。ブレヒトの作品の〈政治参加した〉意味が結局のところ、彼なりの仕方で、〈宙吊りにされた〉意味ではないかとわたしは自問しています。彼の演劇理論には舞台と客席の一種の機能的分割が含まれていることを思い出してもいいかもしれません。作品には問いを立てること（明らかに作者によって選ばれた表現で、それは責任ある芸術なのです）、観客には解答をみつけること（ブレヒトが〈解決〉と呼んだもの）。意味は（用語の積極的な意味において）舞台から客席へと逸れて行ったのでした。結局、ブレヒトの演劇には、意味が、それもとても強烈な意味があるのですが、その意味はいつでも問いなのです。この演劇は確かに批評的、論争的、政治参加した演劇ですが、それでも闘士の演劇ではない、ということをこのことはおそらく説明しているのではないでしょうか。

この試みは映画で拡大できるでしょうか？

ある技法（意味はその一つです）を一つの芸術から他の芸術に移植するのはいつでもたいへん難しく、かなりむなしいように思えます。ジャンルの純粋主義からではなく、構造は使われた素材に依存するからです。舞台のイメージは映画のイメージと同じ材質で作られているわけではなく、同じやり方で裁断、持続、知覚に身をさらすわけではありません。演劇はわたしには映画に比べてはるかに「おおざっぱな」、お望みなら、より「大まかな」芸術に思えます（演劇批評も映画批評に比べておおざっぱなものに思えます）。つまりより直接的、論争的、秩序壊乱的、反体制的な使命に近いのです（調和の演劇、順応主義の演劇、充満の演劇は別にして）。

数年前、映画の粗筋を越えて、映画を映画として構成する歩みを検討することで、映画の政治的シニフィカシオンを決定する可能性にあなたは言及していました。左翼の映画は、おおむね、明晰によって、右翼の映画は魔術への呼びかけによって性格づけられる……

今わたしが自問しているのは、本質において、技法において、多かれ少なかれ反動的な芸術が存在するかどうかということです。文学については存在すると思います。左翼の文学が可能だとは思えません。問題提起の文学は存在します、つまり宙吊りにされた意味の文学です。解答をそそのかしはするが、解答を与えはしない芸術です。最良の場合、文学とはそういうものだと思います。映画といえば、この面では、文学に非常に近いし、その素材と構造において、わたしが宙吊りにされた意味の技法と呼んだ形式の非常に特別な責任に演劇よりもはるかによく準備されているという印象を抱いています。映画は明確な意味を与えることに苦労しているように思えますし、また現状ではそうするべきでないようにも思えます。最良の映画は（わたしにとって）もっともよく意味を宙吊りにするものです。意味を宙吊りにするのは極度に難しい作業で、たいへんな技法と同時に完全な知的誠実を要求するのです。なぜならそれはすべての余計な意味を清算することであり、極度に難しいのですから。

そのような印象をあなたに与えた映画をご覧になりましたか？

ええ、『皆殺しの天使』。ブニュエルの忠告を最初は信じていませんでした。「私、ブニュエルはこの映画はどんな意味も持たないとあなたがたに言おう」——それは全然気取りではありません。それが本当にこの映画の定義なのです。そして、そのような観点において、この映画はたいへん美しい。毎瞬、どのように意味が宙吊りにされるかを見ることができ、もちろん、ナンセンスになることは決してない。不条理な映画では全然ないのです。意味に満ち溢れた映画、ラカンが「シニフィアンス（意味形成性）」と呼んだものに満ち溢れた映画なのです。それはシニフィアンスに満ち溢れていますが、〈ひとつの〉意味を持っているわけでもないし、一連の小さな意味を持っているわけではない。そしてそのことで、深い衝撃を与える、教条主義やさまざまな主義を越えて衝撃を与える映画なのです。一般に、映画を消費する社会がそんなに疎外されていなければ、俗にそして正当にも言う通り、この映画は「考えさせる」でしょう。その上時間がかかりますが、毎瞬「固まる」意味が、私たちの意に反して、極端に活動的な、極端に知的なディスパッチングのうちにどのように捉えられ、決定的ではない次の意味に送られるかを示すこともできるでしょう。

そして映画の運動はこの絶えざるディスパッチングの運動そのものである。

この映画のうちには、全体的な成功に導く、きっかけとなった成功があります。物語、着想、粗筋が必然だという幻想を与えるような明瞭さを持っていることです。ブニュエルは糸を引くだけでよかったという印象があります。今まで、わたしはブニュエルの熱心な支持者ではありませんでした。しかしここで、ブニュエルはさらに彼のすべての隠喩（なぜならブニュエルはいつでもとても隠喩的であったから）、彼のすべての武器庫、彼の個人的なシンボルの備蓄を表現することができたのでした。ディスパッチングが、毎瞬、正確にしかるべく行われたので、すべては連辞的明瞭さによって飲み込まれてしまったのです。

その上、ブニュエルはいつでも彼の隠喩を明瞭に認めていたし、いつでも前に来るものと後に来るものの重要性に敬意を払っていたので、それを抜き出し、かっこに入れ、したがってそれを超過し、破壊することができたのでした。

不幸にも、ブニュエルの並みの愛好家にとっては、ブニュエルはとりわけその隠喩、シンボルの「豊かさ」によって定義されます。しかし現代の映画に方向性があるとすれば、『皆殺しの天使』のうちに見いだすことができます……

「現代」映画といえば、『不滅の女』はご覧になりましたか？

はい…… わたしとロブ＝グリエの関係（抽象的ですが）が物事を少々複雑にしています。わたしは不機嫌です。彼に映画を作ってほしいと望むべきではなかった…… そこには、隠喩があります…… 事実、ロブ＝グリエは全然意味を殺していない、意味を混ぜ合わせているのです。意味を殺すには混ぜ合わせるだけでいいと信じているのです。意味を殺すのはまた別物で難しい。

そして彼はますます平板な意味にますます力を注ぐ。

彼は意味を「変奏する」のですから、彼が意味を宙吊りにすることはないのです。変奏はますます強い意味、強迫的次元の意味を押しつける。限られた数の「変奏部」（音楽における用語の意味において）のついたシニフィアンは同じシニフィエに送り返されます（これが隠喩の定義です）。反対に、例の『皆殺しの天使』では、反復に向けられた愚弄のたぐいは別にして（冒頭部、文字通り繰り返されるシーン）、シーン（連辞的断片）は不動の（強迫的、隠喩的）続きを構成せず、一つ一つが、祭りの社会が拘束の社会へと漸進的に変化することに寄与し、不可逆的持続を作り上げるのです。

さらに、ブニュエルは年譜で遊んでいます。非-年譜は安易であり、モデルニテ（現代性）の偽の証なのです。

私たちはここで最初に述べたことに戻ります。すばらしい、なぜなら物語があるからです。最初と終わりとサスペンスを備えた物語が。現在、モデルニテはしばしば物語や心理学とのごまかしとして現れます。作品にとって、もっとも直接的なモデルニテの基準とは、語の伝統的な意味において、「心理的」ではないということです。しかし、同時に、どうやってこの心理学を、この存在間の感情を、今や芸術作品ではなく、社会科学や医学が引き受ける人間関係の眩暈（これは逆説です）を追い出すのかまったくわからないのです。心理学は、今日、もはや精神分析学の中にしかなく、いくらかの知性やいくらかの能力を注ぎ込まれようとも、医者によって実践されるのです。「魂」はそれ自体病理学の事象となったのです。個人間、人間間の関係を前にして現代の作品はいわば責任を放棄したのです。イデオロギー的解放の偉大な運動――はっきり言えば、マルキシズム――は、プライベートな人間を脇に押しやってしまいました、おそらく他にやりようがなかったのでしょうが。ところでまだ混乱があることは、まだうまく行かないことがあるのはよくわかっています。夫婦の「けんか」があるかぎり、世界に問うべき問いはあるでしょう。

現代芸術の本当に大きな主題は、幸福の可能性という主題です。今のところ、映画ではすべてが、現在においては幸福の不可能性の証明がなされたかのように、頼るべきは未来しかないという風です。おそらく来るべき年月は、幸福の新たな思想の試みを目にすることになるでしょう。

その通りです。いかなる偉大なイデオロギーもいかなる大きなユートピアも今日この欲求を引き受けようとはしません。惑星間のありとあらゆるユートピア文学がありますが、心理的あるいは人間関係のユートピアを想像させるようなミクロ－ユートピアはまったく存在しません。しかし欲求と形式について構造主義的交替の法則が働いているなら、私たちはまもなくより実存的な芸術にたどり着くでしょう。つまりここ一〇年来の大々的反心理的宣言は（当然のことながら、わたし自身も加担していたのですが）ひっくり返り、時代遅れとなるでしょう。アントニオーニの芸術がどんなに曖昧でも、おそらく私たちを感動させ、私たちに重要だと思われるのはそのためでしょう。

別の言い方をすれば、私たちが今望み、待っているものを要約するなら、それは連辞的な映画、物語のある映画、「心理的」映画なのです。

『カイエ・デュ・シネマ』誌、一四七号、一九六三年九月。
聞き手は、ミシェル・ドラエーとジャック・リヴェット。

わたしは影響を信じない

人は彼を待っている。彼の友人たちは彼を待っている。彼の敵もまた。一〇年以上ロラン・バルトの批評のシステムは今日の若き作家の最良の者たちを魅了してきたし、しばしば専制をふるってきた。一九五三年に出版された、『零度のエクリチュール』以来、バルトは要求と困難の道徳に新たな意義を見出し、文学作品に対して理解するという情熱と真理の渇望を適用し、休むことなく人間と歴史を追求し、厳格と無遠慮に耐えるものとしてきた。それは耐えがたい。落ち着いて書くことがもはやできない。そして新たな選集〔ロラン・バルト『批評をめぐる試み』スイユ社〕の刊行である。リベンジは遠くない。バルトはもはや未来に配慮して気を配るべき若い作者でもなければ、不手際だと言って無害ですまされるようなデビューしたての作家でもない。彼は打ち倒すべき人間、厄介な証人になったのであり、彼がいなくなれば、かつてのちょっとした戯れ、エレガンスや心の飛躍や屈託のなさや美文やきれいな細長いペンに戻れるのである。

しかしながら、ロラン・バルトは勇敢にも挑戦を続ける。彼が本日出版するエッセー集は雑誌論文、序文、質問への回答、未刊の省察などを収めている。ブレヒト、ロブ＝グリエ、ビュトール。そしてまたラブリュイエール、ヴォルテール、タキトゥスさえも。演劇の衣装と構造主義と批評。見たところでは、バルトの著作はたいへん雑多であり、ときにはたいへん矛盾している。彼はどこに行こうとしているのか？　決断を迫られるのは、今度は彼である。

あなたの本はとても多様な時期と多様な作家についてのテクストを集めたものです。これらのテクストに共通点はあるのですか？

さまざまな機会に書かれた、これらのテクストにどうして回顧的統一性を与えたくなかったのかは序文で説明しました。わたしは試行錯誤や矛盾を〈整理する〉欲求を感じていません。この選集の統一性はしたがって疑問以外にはありえません。「何を書くのか？」「いかに書くのか？」このただ一つの問いについて、わたしはさまざまな回答、一〇年のうちに変わり得る言語活動を試みたのです。わたしの本は、文字通り、同じ問いにかかわる〈エッセー〉の、さまざまな経験の選集なのです。

あなたは印象や気分によって行われ、断罪したり罪を赦したりする旧来の批評にしばしば異議を申し立ててきました。このような態度に対して今日真の批評方法を定義できると考えますか？

わたしは〈即自的〉な文学批評があるとは思っていません。より一般的な哲学から独立した批評方法などないのです。心理学や社会学や美学や道徳を参照せずに文学を語るのは不可能です。批評は必ずより広いイデオロギーの寄生虫なのです。わたしに関するかぎり、必然的に立脚するイデオロギーを〈表明する〉あらゆる批評を認めるつもりです。しかし、同じ理由によって、この誠実さを持たないあらゆる批評に異議を申し立てたいと思います。

あなたの本はどんな影響を持ち得ると思いますか？

それらの形式そのものによって、これらのエッセーは「教義的な」意図を持っていません。わたしの目にはこれらは文学やモデルニテに興味のある人たちを対象とした批評的テーマの「目録」、素材の選集を成すのです。わたしにとって、読者は潜在的な創造者です。わたしは読者に仕事の道具を、さらには（なぜなら知識の本ではないのですから）「レフェランス」のコレクションを提供しているのです。

その上、より一般的に言って、わたしには「影響」というものがよくわかりません。わたしに言わせれば、伝わるのは「思想」ではありません、伝わるのは「言語活動」です、つまり人によってまちまちに満たされる形式なのです。ですから〈影響〉という観念よりは〈流通〉という観念のほうがより正当に思えます。本は「力」であるよりは「貨幣」なのです。

あなたの文学への省察は基本的に作家について、その作品の素材について、さらには言語活動についてあなたを極端な作家不信に導いたのではないか。それは本質的に否定的な態度です。事実それはあなたの同時代人の何人かに厄介な、さらには衰弱をもたらすような影響を及ぼしたとお考えですか？

喜んで「否定的」な影響だと白状しましょう、なぜなら文学では「否定的」な態度が必然的に「衰弱をもたらす」とわたしは考えないからです。限界、探知、あるいはエクリチュールの不可能性に関する考察は文学創造の本質的要素です、そして百年来、マラルメからブランショまで、とても偉大な作品がこの〈空洞〉を出発点に書かれてきました。私たちにはかくも「肯定的」で、かくも自由に見える、プルーストの作品でさえ、書くことが不可能な一冊の本から明らかに生まれたのです。

しかしながら、繰り返します、否定的であるとないとにかかわらず、わたしは〈影響〉を信じません。わたしが一時的に、部分的に、おそらくいくつかの誤解と引き換えに――ある同時代人のある創造的関心事に知的な――主知主義的でさえある――声を与えたということはありえます。しかしそれは言語活動の接触だけではなかったのです。

あなたは作品を作家の完全な政治参加とみなしていますが、逆説的にも、そのような立場がもっとも政治参加していない、もっとも抽象的で自身の殻に閉じこもった、例えばビュトールやロブ＝グリエの作品の絶賛へとあなたを導いたのです。

これらの作家自身がしばしば答えているように彼らは彼らの時代、彼らがいっしょに生きている人間の歴史に対して異邦人あるいは無関心であると自分たちをみなしているわけでは全然ありません。歴史と作品の間には、まさにエクリチュールをはじめとして、多くの中継地があります。これら多数の中継地を察知しなければなりませんが――おそらくそれが批評の責務の一つです――、それは文学の孤立を強化するためではなく、反対にどのような制約の鎖によって文学が人間の不幸に結びつけられるかを理解するためであり、それこそがいつでも文学の真の対象なのです。

あなたが弁護した大きな文学的潮流の最新のもの――「ヌーヴォー・ロマン」と呼ばれた――は今日袋小路にあると思われます。この袋小路はあなたの批評的構想を否定すると、つまりあなたの方法の袋小路だと思われますか？

わたしは一度も「ヌーヴォー・ロマン」を弁護したことはありません。わたしはロブ＝グリエを弁護しました、ビュトールを弁護しました、わたしはクロード・オリエ、クロード・シモン、ナタリー・サロートが好きです、しかしそれはまったく別のことです。ヌーヴォー・ロマンは社会学的現象であって、「教義的」なものではないといつでもわたしは考えていました。確かに、この社会学は無意味ではないし、いつかどのようにヌーヴォー・ロマンが「上昇」したかを言うのは興味深いでしょう。しかし、創造的探求の観点からすれば、ヌーヴォー・ロマンの〈袋小路〉はその昇進と同じくらい不自然なものです。ロブ＝グリエもビュトールも彼らの同僚の誰一人として個人的に「袋小路」にはいません、重要なのはそのことです。ヌーヴォー・ロマンが死んだとすれば、その一人ひとりの作者万歳です！

わたしの「研究」については、それらは文学についての一種の歴史的本質と呼ばれるべきものにいつでも関わっています。したがってそれらは存在する作品と別の栄養源を持っているわけではありません、存在するものから出発して、わたしは限界だけを想像するのです。わたしはおそらく今日生まれた作品を明日弁護し、新たな用語で注解する自由を保持します。

一冊の本が真の文学に属するか属しないかを決定するために、あなたはいかなる基準に依拠するのでしょうか？

実を言えば、文学的善や悪にしたがって、きっぱりと本を分類するわけではありません。ある種の作品は他のものより文学のある限界を探索していると感じられます、つまり〈危険〉であると、もちろん、わたしが話したいと思うのはそのような作品です——もっとも、いつでもそうできるわけではありませんが。

そうは言っても、「良い」文学と「悪い」文学の分割は単純で決定的な、より正確には、一方的な基準にしたがってなされるのではないとわたしは思います。それは私たちをいつでも巻き込む分割であり、それを前にして裁判官を演じるわけにはいかない自律の一つなのです。ミシェル・フーコーが理性と狂気の組み合わせについて言った「眩暈」の精神を以って扱わなければなりません。結局のところ、それはおそらく文学についてのすべての理論書の本質的な主題なのです。

『フランス－オプセルヴァトゥール』誌、一九六四年四月一六日号。
聞き手はルノー・マティニョン。

記号学と映画

映画は必ずしも記号学的分析にふさわしくないように思われています。この現象の理由はあなたから見て何でしょう？

記号学という企てから考え直すことがおそらく必要なのでしょう。記号学という用語およびその企てはソシュールから来ています。彼は、記号についての一般的な科学を想定していて、言語学は記号学の一分野、言うまでもなく、すでにできあがっているがゆえに、ひときわ進んでいる一分野に過ぎませんでした。この企てから発すれば、言語と異なる記号システムについて、少しずつ調査を進めることができるでしょう。それらの記号の素材は、調音された音声ではないという点において、明らかに異なっているのです。たとえば、物をそのシニフィアンとする原始的な記号システムを例にとってみましょう。この領域を探求したのは民族学です（ひも、石、枝を折ったものなどによるコミュニケーション・システム）。しかしながら、現代の複雑な社会、とりわけ大衆社会を考察の対象とするとき、このような「オブジェ」、「シニフィアンの素材」といった概念はあまり有効でなくなります。その理由は単純で、これらの物が記号として役に立つのは、周縁的な情報交換の場に限られているからです。したがって、物によるコミュニケーションは、それが言語により媒介されている場合にのみ一定の成果を挙げることができる、物はある種のディスクールに身柄をあずける必要がある、ということがわかるのです。たとえば、衣服とか食べもののシステムを研究していると、それらの物がシニフィアンとなるのは、衣服や食べものについて論じる人びとや雑誌が存在するからである、ということがたちどころにわかる。まだ学問としてできあがっていないにもかかわらず、早くも記号学は死を宣告されているのではないか、と疑いたくなるほどです。現代の社会において、記号学はおそらく固有の対象をもつことはないだろう、なぜなら、ある一つのコミュニケーション体系が言語以外の素材に依存することがあるとしても、にもかかわらず、それらの素材がそのつど言語に媒介されるという事態が生じるのだから。そのことから、現代文明の本質的なステータスは、パロールの文明であるということがわかります。いくらイメージが氾濫しているように見えても、このことに変わりはありません。またこのことから、記号学のプロジェクトが、そのうちパラ言語学の脅威にさらされるようになるのではないか、という危惧も生まれてきます。パラ言語学とは、物について語りつつある人間、分節言語を介して物に記号を作用させつつある人間のありとあらゆるディスクールを対象とするものなのです。イメージに話をもどすならば、イメージが謎に満ちた物であることは明白です。はたしてイメージは記号として作用するのか？　この問いに人は答えようとするのですが、現段階では、困難、不可能性、抵抗がどのあたりにあるのか、ということしかわかりません。イメージを意味作用のシステムとして容認するさいの大きな障害は、いわゆる相似性であって、これは分節言語とは相を異にする性質です。このイメージのもつ相似性は、その連続性に関連している。それは、映画の場合、空間的な様相を帯びているのみならず、イメージの継起という、時間的連続性によって補強されているのです。しかるに、分節言語に比べて周縁的なシステム、たとえば動物言語や身振り言語を言語学者が研究する場合、象徴システム、すなわち相似性のシステムは貧相なシステムであるということを彼らは認めざるをえないのです。なぜなら、相似性システムには組み合わせがほとんど存在しないからです。相似によっては、有限数の単位を豊かにそして精妙に組み合わせることがほとんど不可能だからです。それゆえ、言語学者はこれまでのところ、ミツバチの言語活動、カラスの言語活動、身ぶり言語のようなシンボリックなものを、言語活動として認知することを拒んできたのです。シンボル――シニフィアンとシニフィエの間に相似関係が見られるものの意――は、このように言語学から、要するに狭義の記号学から逸脱するものです。しかしだからといって、勝負をあきらめてはならない。というのは、映画においては、以下はわたしの作業仮説ですよ、もちろん現実が相似的に再現＝表象されているわけですが、映画のディスクールが集団によって処理されているという意味において、直接的に象徴するのではない要素、すでに解釈され、教養化され、慣例化された要素が映画には存在する。そしてこれらの要素が、相似的なディスクールに付加される二次的意味作用のシステム、「レトリックの要素」とも「コノテーションの要素」とも呼びうるものの成立をうながすのです。これら諸要素のおかげで、映画は記号学の対象となりうるのです。

そうすると今度は、デノテーションとコノテーションという二つの領域の境界線の画定という難題が生じてきますね。

もちろん、映画ではこれら二つの要素が錯綜しています。たとえば、わたしはこのあいだ『リオの男』〔一九六三年〕という商業映画を見ました。さて、この手の映画には文化的な記号が充満しています。ブラジル人の建築家が出てきますが、彼はさまざまな記号に言わば「包まれて」いて、これは奇抜な発想の建築家で山師である、などの情報をあたえてくれるのです。彼のヘアスタイル、言葉のなまり、服装、住居などが記号として作用します。しかしそれらの記号をわれわれが体験するのは、カメラによってとらえられた一連のエピソードのなかにおいてなのです。他方、わたしが分析言語を用いて、映画の提供する一定数の外観や現象を概念化できるようになると、記号による推測が生じるのです。

それらの記号を作用させるためには言語による媒介が不可欠である、と信じておられるのでしょうか?

それはまた別のやっかいな事柄です。なぜならその前提となるのは、分析を行う者、みずからの言語を通じてのみこのような記号の分離を生じさせる者は、記号分析の完全な理論をもたねばならない、分析者は自分が記述している記号システムにおいてどのような位置を占めているのかをたえず確認しなければいけない、ということだからです。彼には、そのシステムを命名する義務があります。彼はメタ言語を用いる、たとえシニフィエを命名するためだけであるとしても。もしわたしがあのブラジル人の建築家のヘアスタイル、服装、身ぶりが意味するもの、おおまかに言うならラテンアメリカ的な建設の冒険を命名しようと思うならば、わたしはきわめて文化的な言語、きわめて「知的」な言語を用いないわけには行きません。それは記号学的分析にとって大きなやっかいごとですが、それと同時に研究の有効性の証しでもあるのです。なぜならば、人間科学においては、科学的探求の対象と同時にみずからの言語をも考察する科学のみが生産力がある、と考えられるからです。その最初の歴史的な例証は、マルクス主義があたえてくれました。マルクス主義とは、それについて語る者を考察する現実のヴィジョンなのです。二番目の例は精神分析です。精神分析を行おうとすると、精神分析システムにおける分析家の位置を考慮しないわけには行かないのですから……　映画のような対象を意味論的に取り扱うとき、たんなるデノテーションの語彙、単純で素朴な語彙だけではらちが明かないのです。

映画は、言語的な素材とイコン的な素材を代表として、いくつもの記号的素材を用いています。その意味において、また新たな問題が生じるのではないでしょうか？　これらさまざまのメッセージ間の構造的な関係という問題です。それらのメッセージの統一は、コノテーションのレベルにおいてのみなされうるのではないでしょうか？

それは、目下のところ、答えることのできない問題です。また同時に、手続きの決定法が重要な結果を招くことが予想されます。一方で会話のシステムを、もう一方でイメージのシステムを構成してから、これらのシステムの上位に位置するシステムを構成すべきであるのか、それともゲシュタルト心理学の観点からメッセージの全体に踏み込んで、そこでオリジナルな単位を決定すべきなのか、という問題は決着がついていません。この問題には、アメリカの学者たちが取り組んできました。とくにパイクは、身振りと言葉が混在する日常生活のさまざまな状況を考察しました〔ケネス・パイク『人間行動の構造についての統合理論との関わりでみた言語』、グレンズデール刊、一九五五年、を参照〕。これは、素材を異にする相補的なシステムの一例です。

これらの素材K（たとえばラジオ）のうちたった一つしか用いないシステムが存在するのですから、記号学の分析方法のほうがいっそう有効であるとお考えにならないのですか？　それに言語の媒介をほとんど用いない映画だってあります。

まさにその通り。つい最近のこと、試写会でジャック・バラティエの短篇映画『未来のイヴたち』〔一九六四年〕をみました。洋装店用のマネキン人形を作る話で、ナレーションはありません。しかし伴奏音楽がかなりの重要性を占めていました。他方、ナレーションがないということ自体が、なにか一定のシニフィアンの役割をしていました。ある種の曖昧さ、ある種の非人間性を映画に付加するというぐあいに……。わたしとしては、最初まずイメージのみを対象に分析し、意味作用の最も粗雑なケースであるステレオタイプについて考察すべきであろう、と思うのです。何本かの商業映画を取り上げて、そこにおける象徴的‐文化的記号である「コノテーター（共示体）」を明らかにし、それらのリストを作成することが可能でしょう。そうすれば、あとの作業がもっと楽になるでしょう。さらには、ある種の映画のレトリック、ほとんど軽蔑的な意味のレトリック、すなわちメッセージのステレオタイプ化したむくみのようなものを定めることができます。このようにして初めて、このレトリックのコードから逸脱している映画の研究ができるようになるのです。わたしは、『リオの男』とベルイマンの『沈黙』〔一九六三年〕とを続けて見ました。レトリックの手法を用いて『沈黙』を分析するのは、『リオの男』の場合よりも明らかにはるかに困難です。ベルイマンの場合、終始一貫して、ステレオタイプ化した記号の総体としてのレトリックに立ち向かい、それをずらせたり、解体したりしています。彼の目的は、それよりもはるかに個人的で繊細なレトリックを構築することにあるのです。いつの日か、記号学的分析が美学に道を開く、という予想も可能でしょう……

「イメージのみ」からの出発を提案しておられますが、視覚の消費のためのみに作られたもの、すなわちサイレント映画を使用すべきなのでしょうか？　だとすると、通時的な研究という問題が生じます。それとも現代の作品のうちで音声的要素が度外視されているような作品を使用すべきなのでしょうか？

研究の初期には通時的な側面を捨象すべきだと思っています。この二、三年間に封切られた一〇本ほどの商業映画を対象とすればよいでしょう。たとえば、ジャン・ポール・ベルモンドの出演している作品がいいでしょう。ベルモンドを援用することにより、ここ三、四年来の映画観客の等質性、すなわちコード読み取り装置の等質性が保証されるでしょう。読み取りの統一性から始めれば、当然のことですが、コードの統一性に至ることでしょう。ジャン・ギャバンについても同じことが言えます……。俳優を統一することを想定しているわけではありません。けれど、それは観客の、ひいては読み取りの均質化という社会学的に有効なファクターなのです。もちろん、このほかにも頭に浮かぶ統一性はありますが、これよりもはるかに複雑なものなのです。たとえば西部劇とか「きわめてフランス的」なコメディーなどがそれです。ギャバンがよく演じている「ムッシュー」タイプの、典型的なフランスの暗黒街が描かれているような映画がそうです……

映画のなかのさまざまな意味論分野を定義するのに、プロップの提唱した機能論的分析が有効であるとは考えられませんか？　このタイプ分析によって、西部劇やミステリーのような異なるカテゴリーの映画を貫く、一連の等価的な機能が発見可能であるように思われるのですが。

そこからは、また別の問題が生じてきます。一方では、映画のレトリック、すなわちコノテーターという不連続の記号の一覧表を作る試みがあります。言語学者によるならば、これは範列的レベルに属するもの、すなわち語彙集の作成ということになります。しかしもう一方では、物語の構造、ストーリーが「ディエジェーズ（説話）」と名付けたものを再構成する作業があります。これに関しては、ロシアの民話に関するプロップの仕事〔ウラジーミル・プロップ『ロシア昔話の形態学』、インディアナ大学人類学・民話・言語学研究センター刊〕、神話に関するレヴィ＝ストロースの仕事があります。そしてこれらの二つのタイプの分析は、同じ複合的全体に属してはいても、混同することはできません。このような機能論的分析は、おそらくレトリック分析よりも重要で実りが多く、かつ緊急のものでしょう。この見地からすれば、一本の映画がどのように作られているかが操作的な観点からほぼわかるでしょう。それは、一種の「ディスパッチング」、すなわち状況とアクションの構成的ネットワークなのです。しかじかの状況からしかじかの選択肢が生じ、そのさまざまな可能性のうちのひとつだけが選ばれる、等々。これは、すでにプロップがロシアの民話についてしたことです。そこには物語の状況とアクションの構造論的なネットワークがあるのですが、このネットワークは、プロップが「ドラマティス・ペルソナエ」と呼ぶ登場人物によって支えられていて、各登場人物は一定数の記号に割り振られ、それらの記号が全体として記号学を構成するというわけです。たとえば『リオの男』の場合、ある瞬間に、しかじかの社会的地位をもつある人物Xが動員される、という状況が生じます。ここではまだわれわれは構造面にいるのです。しかしあなたがその男を、ブラジル人の建築家で、会社社長で、冒険家で、華々しい人物であると特定したそのときから、記号学的な諸要素が入り込んできます。この人物の属性は本質的なものではない。なによりもまず彼は、物語のネットワークにおける位置によって決定されるのです。その次の段階で――「次の」というのはもちろん理想なのですが――彼は「語尾変化」し、範列化されることになるのです。脇役たちの場合には、おそらくもう少し複雑ですが、主役の場合は類型論が可能なことが容易にわかります。ベルモンドによって演じられているような登場人物のケースでは、範列の変化はごくわずかで、変化が生じるのはネットワークのレベルにおいてなのです。

依然としてプロップに関連する質問ですが、映画が位置づけられるカテゴリーは、必ずしも映画芸術の分野とはかぎらない、コント、漫画、テレビ番組などの分野にも関連していると思うのですが。

まったくその通りです。だからこそ、これらの研究には大きな未来があるのです。この分野、とりわけ物語の形式の構造分析の分野には、なすべき仕事が山のようにあります。映画、ラジオドラマ、大衆小説、漫画、さらには三面記事、王や王女たちの行動などを分析することにより、それらに共通する構造を見いだすことができるでしょう。このようにして人間のイマジネールという人類学のカテゴリーに道を拓くことになるでしょう……

ただ、映画という社会学的な産物は、民話とは大いに異なるものであることに変わりはありません。製作および撮影のレベルで、多くの映画は、観客のいだく現実の、もしくは仮想の要求に応えるような意識をもって作られているからです。ですから、映画の研究に着手するにあたって、一定数の操作上の配慮をすべきではないのでしょうか?

あなたがなさった問いかけは根本的なものです。そして、今はその問いに答えることはできません。ここで課せられているのは、イマジネールの人類学なるものは可能かどうかという問題なのです。もしも映画と古い民話とに共通する構造が発見されるようなことがあれば、人類学的なレベルにおける大きな可能性が開かれることになるでしょう。さもなければすべてを社会学に送り返しましょう。そこにはとても重要なものが賭けられています。今のところ、それについてなにも言えないがゆえに、正真正銘の賭けなのです。人類学と社会学との間の緊張関係はそこから生じるのです。物語の一定のフォルムが、一定の文明に固有のものであるかどうかを知る必要があるのです。

あなたが示された研究の方向はどれも、公準のようなものに左右されるというわけですね……

もちろんです。しかしそれを避けることはできません。一種の作業仮説であり、言うなればその勇気のよってきたるところは、ソシュールが、ラングとパロールを区分してくれたおかげなのです。言いかえるなら、コードとメッセージの区別なのであり、この区別はじつに解放的なのです。記号学の企て、あるいは構造主義の企ては、社会学的分析の必要性をいささかも否定するものではない。記号学あるいは構造主義は、分析の全体のなかに社会学の位置を明確にする。すなわち社会学は、「パロール」「メッセージ」とその状況、社会的コンテクスト、個人的・文化的要素等々にアプローチする科学となるのです。社会集団のレベルにおいて、多少なりとも紋切り型のパロールの習慣、多少なりともコード化された習慣があることは当然です。だからこそ、文学における「個人言語」や「エクリチュール」といった概念に、現在大きな重要性が認められているわけです。これらの概念は、言うなれば「下位コード」、すなわちラングとパロールを仲介する身分なのですから。映画のなかにも下位コードは存在します。ある特定の階層のための映画というものがあり、その構造はしかじかの階層に依存しているのです。しかしおそらくは、それらを超えた人間のイマジネールの大いなる「ラング」があるはずです。そこにこそ問題の所在があるのです……

『イマージュ・エ・ソン』誌、一九六四年七月号。
聞き手はフィリップ・ピラールとミシェル・タルディ。

「ヌーヴェル・クリティック」の名のもとに、ロラン・バルトがレーモン・ピカールに答える

ロラン・バルトの『ラシーヌ論』は、ラシーヌの専門家レーモン・ピカールからの激しい批判を浴びた。論争はさらに拡大し、「ヌーヴェル・クリティック（新批評）」を支持する者とそれに反対する者との間の対決の様相を呈するまでになった。

ロラン・バルト氏に、ピカール氏の発言に答える意志があるかどうか、とたずねてみた。ふだんは感情をあらわさない人なのだが、その彼でさえ、苛立ちを押さえようとはしなかった。

わたしの立場を説明する機会をあたえてくださったことに、まず感謝の意を表します。ものごとを大げさにしたくはないのですが、ピカールの発言を黙って見過ごすことはわたしにはできません。この論争において彼が採用しているスタイルは、言葉の過剰な性格を帯びており、このままでは、論争を思想や方法の次元に引きもどすのは容易なことではありません。

それにしてもラシーヌが論争の中心なのは奇妙ですね。

ピカールは、彼の専門領域であるラシーヌについて、素人のわたしが書いたことを攻撃しています。ラシーヌは彼の縄張りなのです。わたしとしては、ラシーヌはみんなのものである、と言いたい。フランス作家のなかでも最も教科書的な存在であり、フランスの国民的天才についての人びとの思念がラシーヌのなかには反映されているのですから。多数のタブーがラシーヌのなかに収斂しており、それらのタブーを解除するのはとても大事なことだと思います。

ところが、ピカールの批判には、なにやら執拗なもの、ほとんど強迫観念と言ってもいいようなところがあります。彼の批評は「恐怖政治的」なものとなり、言語過剰であり、「アブラカダブラ〔奇妙きてれつ〕」な形容詞にあふれていて、ほとんどわたしの興味を惹くものではありません。

あなたのラシーヌ解釈に反論している内容についてはどう思われますか？

わたしが伝記的批評を採用しない、とピカールは言っていますが、そんなことはありません。だがそのことと、「オレストとは二六歳のラシーヌである」と言うこととは別の問題です。ラシーヌが実際に行ったのは一種の忘恩（よく知られた性格の一特徴）の行為であり、「ラシーヌの生涯における忘恩の重要性は周知の事実である」というような事実確認が可能である、と彼は主張しています。しかしいったい、二六歳の人間すべてに共通するようなことがありますか？　これこそ、ある作家の作品と生涯の間に体系的関連づけをなそうとする伝記批評の典型です。まだ一定数の大学教授はこの類の説明を援用していますが、このような説明は新しい心理学が禁じていることです。

それでは「太陽性」に関する非難についてはどうお考えですか?

ピカール氏によれば、ラシーヌ劇の登場人物はそれぞれ異なる「太陽性」に属することになっている。しかし、深層心理学の教えによれば、ある種の置換を有効と認めるべきなのです。ひとつの象徴体系から出発し、いくつかの規則を操作しながら、わたしは共通する特徴を見出し、見かけの上では異なっているシンボルの深い統一性を発見しました。ピカールはこのような心理学を拒否する。それは彼の権利です。わたしはラシーヌについて、われわれの時代の言語、すなわち構造分析と精神分析の言語をもちいて語ります。ちなみに、最近ヴァチカンは精神分析学を容認しました。なぜ文芸批評がカトリック教会に遅れをとるのか、腑に落ちません。

バジャゼを無定見な人物とされたのは本気ですか?

無定見な人物を舞台に上げることは、おそらくきわめて困難なことでしょう。しかし、そのようなキャラクターを創造することとそれ自体が無定見だ、ということにはなりません。まさにバジャゼの無定見な性格が、この悲劇を成り立たせているのです。

要するに、あなたの批評システムと大学批評との対立は、方法の問題に帰着するのですね?

わたしは節度をもって、ニュアンスを考慮してこのような対立を設けました。ピカールは大学批評なるものは存在しないと主張しますが、それは間違っています。大学というのはひとつの制度なのですから。大学にはその固有の言語、価値体系があり、それは試験によって認可されている。作品についての、大学特有の語り口があります。しかしながら、ピカールその人も、プレイヤード叢書のラシーヌ作品集の序文では、このような大学批評に対する挑戦を試みています。大学批評の存在に着目したとき、わたしの念頭にピカールのことはなかった。わたしは、古くさい伝記的批評を用いてラシーヌ論を書いている、ある種の大学教授のことを考えていたのです。いずれにせよ、大学を神聖化するようなことがあってはなりません。大学を批評することが可能なのです。

ヌーヴェル・クリティックは何を求めているのですか?

ここに、ピカールが敬愛してやまないヴァレリーを引用しましょう。それについてとてもよく説明してくれますから。「本来の批評、気質と趣味に基づいて意見を述べることや、ある作品について語ると思いこみつつ自己について語ることをよしとしない批評、審判を下すものとしての批評は、著者がやろうと試みたことと、著者が実際にやったこととを比較して論じるのを使命とする。ある作品の価値は、その作品としかじかの読者との間の奇妙にして不安定な関係であるのに対して、著者固有の内在的な功績は、著者自身とその目論見との関係にある。すなわち、その功績は両者の距離に依存する。目論見を首尾よく成し遂げるのに要した困難さに比例するのである。」

ヴァレリーはここで明確に次の二つのものを対立させています。一つは、功績の批評と呼ばれるもので、これは作品と作者の意図とを関連づけようとする大学批評です。もう一つは、ヌーヴェル・クリティックが支持している価値の批評であって、従来の批評よりもはるかに繊細な配慮でもって、過去の作品と現在の読者との関係を解明するのです。ヴァレリーはこうも述べています――

「作品は、その作者がこうあれかしと考えた意図とは別の形をとるかぎりにおいて存続するものである。」

実際のところわたしは、現代においてもラシーヌはまだ読むに価すると思います。わたしのほうこそ、国民的価値の真の意味での守り手なのです。ヌーヴェル・クリティックは「現代の人間にとって古典の文学を読むことは可能か？」というようなホットな問題を提起するのです。わたしの書いた『ラシーヌ論』は、不誠実さについての考察です。それゆえ、現代のわれわれに関わる諸問題と無関係であるとは言えないのです。

ヌーヴェル・クリティックは文学を愛していない、などというのはまったくの的はずれです。まさに文学への愛のなかでしか生きられないからです。ただたんにこの愛の対象に軽くふれるだけではなく、それにエネルギーを供給する権利を自認するのです。

古典の作家と現代の読者との対話ということならば、「大学批評」もまた役に立っているのではありませんか？

たしかに、しかし一七世紀の一観客に対して悲劇がもっていた意味作用は、今日の一人間にとってはちょっと食欲をそそる程度のものです。その上、ヌーヴェル・クリティックのもつメリットは、現代の創作物と同一の言語を分かち合っていることです。今日の小説の背景には、多少なりとも、マルクス主義あるいは精神分析の影響があります。それはまたヌーヴェル・クリティックの言語でもあります。

それでは、学生たちに対するあなたの影響には危険なものはなにもないと判断されますか？

わたしはそれについて判断はできません。しかしピカールが学生たちに戦争をしかけることはよくない。あの学生たちは、プラティテュード〔陳腐な言葉〕にあふれている伝統批評のヴォキャブラリーをゆさぶろうとしているがゆえに、わたしは彼らに連帯感のようなものを感じています。ところで、ここではっきり申しますが、ジャーゴンとプラティテュードの二つのうちでは、わたしはジャーゴンのほうを好みます。学士号取得の義務について皮肉を言うのは簡単ですが、寛大な態度ではありません。使用するヴォキャブラリーをもとに（たとえそれが神経を逆撫でするものであろうと）ある人を判断するのは不当なことです。無垢なヴォキャブラリーなどというものは存在しない。言語の癖をもたないような人はいない。わたしはそのことには平気です。精神分析と言語学が、テオデュル・リボーが絵に描いたものとは異なる人間像を提示してくれるこの時代に、ある登場人物について「意味論障害」をもっているというのは当然のことでしょう。

それではあなたは、進化する批評に賛成の立場なのですね？

いずれにせよ、歴史的に見て批評が流動することに賛成します。社会はたえず新しい言語を作り出すのですから、それと同時に新しい批評が生まれてきます。この瞬間に存在している批評言語もいずれは死ななければならぬ運命にあり、それはそれでけっこうなことです。しかしまあ、この論争にはアリストパネスのギリシャ喜劇を思わせるところがありますね。ソクラテスは雲のなかにいて、作者アリストパネスは彼を笑いものにしています。わたしに選べと言われたら、ソクラテスの役のほうを選ぶでしょう。

［彼らが互いに投げ合う言葉の辛辣さにもかかわらず、ピカール氏はバルト氏に毒杯をさしだすような人ではないし、その逆もありえないと確信する。二つの方法のうちのどちらかがわたしの好みであったとしても、それは言わないことにしよう。要するに重要なのは、今日の批評が古典の作家に向ける眼差しであり、できる限り広範囲な読者のもとで古典の理解を更新しようと考える意欲なのである。］

『フィガロ・リテレール』誌、一九六五年一〇月一四―二〇日号。
聞き手はギー・ルクレック。

『モードの体系』および物語の構造分析について

いつごろ、いかにして、なにゆえに、このなんとも独特な著作をあなたは構想されたのでしょうか。『モードの体系』のことですが。

『モードの体系』を書こうという計画がわたしの人生に位置を占めたのは、『現代社会の神話』のあとがきを書いた直後のことです。言語とは別の記号システムを内在的に分析することができるであろう、とそのあとがきにおいて述べたのです。早くもそのときから、このようなシステムのひとつ、だれもが話しているけれどもだれも知らない言語を、一歩一歩再構成してやろうという願望をもちました。このようにして選んだのが衣服です。バルザック、プルースト、ミシュレのような作家たちは、衣服の言語のようなものの存在をすでに想定してはいました。しかし、あまりにも安易に「ランガージュ（言語）」と呼ばれているもの（映画の言語、写真の言語、絵画の言語、など）に、隠喩的ではなく技術的な内容をあたえてやる必要がありました。この観点からすると、衣服は、食べもの、仕草、身振り、会話などとともに、コミュニケーションの対象のひとつです。

わたしはつねに大きな悦びをもって、これらの対象に問いかけてきました。その理由のひとつは、それらが日常的に存在するからであり、自己自身を知る可能性を最も直接的なレベルで、つまり自分の生活そのものにおいて、わたしに提供してくれるからです。もうひとつの理由は、それらが知的な存在であって、形という手段で体系的な分析に身を任せてくれるからです。

あなたは序文において、プロジェクトを完成に導いてくれたのは一連の変換操作であると述べています。他方、「この冒険はすでに時代遅れであることを認めなければならない」とも述べています。その意味するところは何ですか？　また、いかなる段階を経て、あなたは『現代社会の神話』のあとがきに見られる方法的直観を深化させると同時に乗りこえることができたのでしょうか？

わたしが最初に出発点とした計画は、たしかに断固として記号学的なものでした。しかしそれは、わたしの頭のなかでは、依然として社会学的領域にとどまっていた。たとえば、最初の段階では、現実の衣服（だれでもが着用しているもの）の言語を分析するつもりでした。そのためのアンケート調査を始めたほどです。そしてすぐに気がついたのは、このたぐいの社会学的調査を首尾よく運ぶためには、構造論的な意味での一つのモデル、現実社会が提供する観察記録に関連づけうるようなモデルにもとづいて作業をする必要がある、ということでした。そこで、第二の段階として、モードに関する書物において提供されている衣服に興味をもちました。そこに新たな方法論的疑問が生じたのです（この点に関しては、レヴィ＝ストロースとの会話が記憶にのこっています）。混在した体系を、同じ一つの動きのなかで研究することは不可能である、との確信をもちました。混在した体系とは、製造技術、イメージ（写真というかたちでの）、書き言葉が同時に混在している衣服という対象のこと。それぞれの素材に応じて体系の分析を分ける必要があったのです。

そうしてあなたは、現実のモードから書かれたモードに、より正確には「記述された」モードに移行したというわけですね。

そうです。このような最終的選択、それは作業の一般性という点で重要で、そうすることにより、研究自体が明白に狭い領域に限定されますから、この選択は、次のようなわたしの確信を深めるのに役立ちました。すなわち、記号学は根本的に言語活動に依存するものであり、あらゆる記号言語のなかに言語活動がある、という確信です。要するに、モードなるものは、それだけがわれわれの関心を惹くような複合体において、モードについてのディスクールを介してしか存在しない、と主張してもよいでしょう。ディスクールがなければ、モードは、道路標識のように基礎的で貧相な統辞法に還元されることになります。ミニスカートを例に挙げましょう。現実的なレベルにおいては、ミニスカートは特異な、ほとんどエキセントリックな熱狂現象でした。しかし、今ではあまり見られなくなったこの現象は、ただちに一般的で公共的なディスクールの対象となったのです。そこで初めてミニスカートは、社会的・記号学的な真の一貫性を獲得するに至りました。それについて語られることが、いわば即座に（わたしに言わせれば、前もって）、穿かれたミニスカート、見られたミニスカートに反響を及ぼすことになります。わたしの計画のこのような方法論的限定は、大まかに言って、ここ五年来の記号学の展開に対応していると思います。いくらかでも複雑な対象の集合体は、言語活動の外では意味を成さないのです。

そのようにしてあなたは、ソシュールによる提唱を逆転し、「言語学は記号学の一分野ではなく、記号学のほうが言語学の一分野なのだ」と主張するに至ったのですね。『モードの体系』という書物は、このようにさまざまの問題を反映し、理論的展開の転換点を示してくれるものであるだけに、あなたにとって「すでに記号学のある一定の歴史」を構成しているように見えるのでは、と思いますが。

そうです。この書物は「初心者的な」記号論なのです。たとえばそこでは、依然としてソシュール的な図式と語彙（シーニュ、シニフィアン、シニフィエ）が執拗に用いられています。この書物が書かれて五年になりますが、その間、ソシュール理論が新たな言語学によって「補完され」（さらには異議を申し立てられ）たことは、記号学の展開に参画しているわたし自身も自覚しています。この新しい言語学は、主としてチョムスキーに代表されるものですが、ヤーコブソンの言語学や、バンヴェニストの分類主義的性格の少ない言語学の分析もこれに相当します。バンヴェニストの言語学は、記号の分類や分析を目指すというよりも、パロールを生み出す規則に照準を合わせるものだからです。わたしは、とりわけ文学の言語学的な分析に関わる局面で、このような展開の跡をたどってきました。けれども、そこでわたしが、書かれたモード服の分析のためにソシュールの理論的カテゴリーを用いたのは、まさにこれらのカテゴリーが、大衆文化によって物象化され、神話化されたオブジェを定義づけ、分類するのに適任であるように思ったからです。文学のパロールにおいては、シニフィエは、シニフィアンの戯れに比べるとつねに一歩退いています。しかし、社会そのものが対象となると、充満した、位置決定および命名可能なシニフィエの存在自体に、イデオロギー的な疎外がただちに見て取れるのです。

そうなると、充満したシニフィエが、疎外をあらわすシニフィアンとなるのでしょうか？

そんなふうに言うこともできるでしょう。疎外から解放されるやいなやわれわれが抱くことのできるイメージ（たとえそれがユートピア的なものであれ）が、最終段階で、シニフィアンとシニフィエの二律背反そのものを壊すことがないと仮定してのことですが。

あなたは、この本の序文のみならず、最終的な希望と言うべき結論部においても、著者の占める位置、すなわち調査の対象となるシステム世界における記号学者の位置について、大いに力説しておられますね。他方、この種の作品にふさわしい「読書」の可能性としては、「システムにおける分析者」が姿を消すような構成が考えられます。もっともそのような構成は、分析者が存在していることの最も確実な徴でもあるのですが。

わたしの本は、ナイーヴな人物が成し遂げた、忍耐強い、細心の注意を払った道程、あるいは旅なのです。どのようにして意味が形成されるのか、人間はどのようにして意味を、ここではモード服の意味を、形成するのかを見ようと試みました。この本はしたがって、土地の発見であり、意味のトピカ（類型表現）論の道程なのです。しかし、この道程は、個人的な旅行の道程ではない。一種の文法であり、意味作用のさまざまなレベル、諸単位とそれらの結合法則の記述なのです。それは要するに、記述の一種の統辞法です。この本自体が合成されたオブジェでありながら、読者の眼前に、書かれたモード服という新奇な対象を、相同性の相のもとに浮かび上がらせることができたならば、そのときはこの本の正当性が認められることになるでしょう。

図版がないのは意図的なことですか?

わたしの仕事の狙いは本質的に——モードを超えて——「記述すること」にあります。わたしは意図的にイメージとかイラストを用いないようにしました。なぜならば、記述は見る行為とはいかなる関係もないと思うからです(文学についても、モードについてもこの点では同様だと思います)。記述することによりものが見えてくる、とよく言われますが、わたしはそうは考えません。記述するとは、純粋な了解性の領域に属する行為であって、イメージ性とはまったく相容れないものです。イメージ性は記述行為を妨害し、変質させるだけなのですから。

あなたのそのような立場は、レヴィ=ストロースの観点とは逆のように思います。彼は自分の研究にとって図像的ドキュメントを内在的なものと見なし、彼の著作の論理的な想像力においてそれにかなり重要な役割をあたえていますね。

わたしの研究対象は全面的にエクリチュールなのです。イメージやパロールのたんなる「翻訳」としてエクリチュールを扱うことはできませんし、伝達や表現や翻訳のさまざまなありふれた対象のひとつとすることもできません。エクリチュールは——パロールとは言っていませんよ——それだけで自足する体系なのです。そのような体系だからこそ、たぶん尽きることのない問いかけを招くのでしょう。

あなたにとってモードの記述は、神話よりも文学に近いものなのでしょうか。

モードの文学は質のよくない文学ですが、それでもエクリチュールであることに変わりはありません。

その意味で、シュルレアリスム美学の次のような原則についてどうお考えですか。シュルレアリスムは文学的言説の内部において写真の役割を高めることを要求し、それによって記述の役割を制限しようとしました。これは、文学との関連において神話を包含したり排除したりするような関係に結びつくものだと思います。一方では、ブルトンが神話的対象と神話的思考の両者に理論的重要性を付与したこと、またもう一方で、レヴィ＝ストロースが神話に対する現代人の情熱の目覚めにおいて、シュルレアリスムに特権を認めていることに思い到るとするならば、ですが。

記述を破壊するためには、排除以外の別のやり方があります。エクリチュールの革命的な使命は、排除することではなく、侵犯することです。ところで、侵犯するとは、認知すると同時に逆転することです。破壊の対象を提示しながら、同時にそれを否定しなくてはなりません。エクリチュールは、まさしくこのような論理的矛盾を可能にして見せるのです。シュルレアリスムは、（イメージの氾濫、あるいはラディカルな意味の解体によって）言語の単純な破壊に邁進したものの――その意図するところは正しく、またその先駆的な役割は重要でありましたが――、単細胞論理の側に止まるものです。シュルレアリスムは単細胞論理と真っ向から対決することはあっても、（さきほど言ったような意味で）それを侵犯することはありませんでした。反対することと裏返すこととは別です。反対行為は破壊するだけですが、裏返すことは対話しながら否定するのです。わたしの考えでは、「裏返された」エクリチュールだけが、正当な言語活動とその対立物（早い話が、そのパロディ）とを同時に提示することにより、革命的になりうるのです。エクリチュールは神話を排除するものではありませんが、それを尊重することもない。エクリチュールはイメージよりもずっと豊かに、神話を提示し、かつそれに異議を唱えるのです。

モードと文学の間にあなたが暗黙のうちに設けておられるアナロジーの戯れは、あなたのお仕事の二重の方向づけにおいて直接の反応を見つけていますね。なぜなら、つい最近のことですが、物語の構造分析にささげられた『コミュニカシオン』誌特集号の巻頭において、あなたは重要な論文〔「物語の構造分析序説」、『物語の構造分析』所収〕を発表されているからです。これは、『モードの体系』が『現代社会の神話』に対応しているように、あなたの『批評をめぐる試み』に対応しているように思われます。もちろん、論文と著作の間には大きな隔たりがあることは事実ですが。

『モードの体系』における記号学のねらいは、ある明確な対象を徹底的な方法で分析しようとするところにあります。物語論のほうはもっぱら啓蒙的な、いわば予備教育的な意図に沿ったものです。それは、高等研究院とコミュニケーション研究センターの一貫として組織された研究グループの活動と密接に関わっています。その中心的なねらいは、研究を誘発し援助することにあります。この論文を継承し訂正するような具体的な分析があとに続いてくれることが、絶対必要であることは言うまでもありません。この論文が導入しようとしているのは、分類上の構造主義、あるいは言表されたもの、内容の構造主義といった性格をもっています。そこに欠けているのは、エクリチュールの言語学なのです――それは現在のわれわれの能力では及びもつかない。だから、わたしの論文は、文学を問題にしてはいるものの、現代文学を研究しようとしたり、それに照準を定めたりするものではありません。

別の観点からは、ここに提起されている構造主義は、それが照準とする古風な作品、古典的な作品、大衆的な作品と同質のものであると言ってもいいでしょう。この構造主義はアリストテレス風の文化と無縁のものではないからです（アリストテレスは世界で最初に物語の分析をした人なのです）。物語の優れたモデルからの逸脱（もちろん、規範的でない、という意味ですが）というタームで、この構造主義が現代文学を記述することはもちろん可能です。しかしながら、それとはまったく違う批評的な方法を想像することができるし、おそらくそうすべきでしょう。一九世紀の文学的・歴史的な大断絶ののちに生まれた現代作品、マラルメからバタイユに至る、真に革命的な力を持つ作品と触れあうような分析の道具を作り出すことが必要なのです。このような道具によって真価を問われるのは、構造ではなくて、構造の営みであり、「非論理的な」方法による構造の逆転なのです。そうなれば、過去の作品にもこの新しい道具を応用することができるようになり、モデルニテ（現代性）という新しい絶対から生じるがゆえに、真に政治的な批評が生まれることになります。われわれはこのような移行を後押しするためにいる、という気がするのです。

一方では物語の無限の細部を、他方では無数の物語を統御することについては、どうお考えですか？

それこそまさに、ソシュール以来の言語学の課題です。莫大な数の言葉、それらの無数の組み合わせをいかにして統御すべきか、という課題。最初に「細部」（わたしなら単位と言いたいところです）を、操作可能な形式のタイプに分類します。たとえば、「誘惑」とか「欺瞞」といったタイプを設定するならば、少なくとも第一段階においては、もしもこれらのシークエンスの構造がわかれば、あらゆる誘惑、あらゆる欺瞞について語る必要はなくなります。それは言語学において、「動詞」というタイプが、あらゆる動詞について語る労を省いてくれるのと同様なのです。次に、いかにして物語が諸形式から生み出されるかを理解するために、諸構造の形式的な変換法則を見つける必要があります（われわれの雑誌ではトドロフが『危険な関係』について行っています）。要するに、「統御するとは形式化することである」ということになります。

適切なテクストについての仕事を企てるように促したい、とあなたはおっしゃいました。ご自身でそのような分析を試みようと考えたことはありますか。

世界中の物語の大群を前にすれば、なにを選ぶかは恣意的にならざるをえません。これまで一貫して「戦闘的な」文学にたちもどろう、過去の作品をエキセントリックな視点から問いかける現代の文学を擁護しようと努めてきたわたしとしては、出発点として「表裏のある」作品を手がけようとしました。それはあまりにも物語的な仕方で語られるので、そのためにかえって、物語を括弧にくくり、それを引用するかのようにして（その引用が正確でなければならないのは言うまでもありません）、物語のモデルそのものに異議を立てるに至るたぐいの作品なのです。それは一見ナイーヴなように見えますが、実際は狡猾な意図をもつ作品です。仮にもし、『パルムの僧院』のファブリスと『戦争論』のクラウゼヴィッツが一緒になって、一つの声で、戦闘について語るような物語があれば、それこそぴったりでしょう。わたしはクライストの『O公爵夫人』にその片鱗が見られると思います。いつの日かそれを分析できれば、と願っています。

そのようなお仕事は、形式と歴史との関係を新たな視点から捉え直すことを可能にしてくれるだろうと思われます。それは、あなたの初期の文学的エッセー、とりわけ『零度のエクリチュール』の根幹をなすものでしたね。

その関係はわたしにとって重要なものです。たとえ一時期その関係を括弧にくくろうと思ったとしても、見失ったことはけっしてありません。歴史のもつあの超自我、構造主義が登場するまでは、フランスの知識人に恐怖感をあたえ、彼らを麻痺させていたあの超自我を追い払おうと思うならば、宙吊りの作業が一時的に必要だったのです。さて今では、歴史に対する構造主義の忍耐強い沈黙を償うものが見え始めてきました。たとえば、バフチンの分析があります。このソビエトの理論家はまだフランス語に翻訳されていなかったので、ジュリア・クリステヴァがわたしのゼミの聴講生たちに教えてくれました。バフチンのおかげで、文学のエクリチュールを、さまざまなエクリチュールの対話として、ひとつのエクリチュールの内部における複数のエクリチュールの対話として分析する可能性が開けたのです。ドストエフスキーでも、サドでも、ユゴーでもいいのですが、特定の作品のエクリチュールは、単語の線状配列という外見の裏に、他のさまざまなエクリチュールの反復・パロディ・反響を内蔵しているものです。したがって、ジュリア・クリステヴァがロートレアモンの研究によって示してくれたように、文学の場合は、哲学の「間‐主観性」にあたる、「間‐テクスト性」について語ることができます。文学がさまざまなエクリチュールの対話であるならば、歴史空間の全体が、文学的生産の歴史家や社会学者や理論家には思いも寄らぬ、まったく斬新な方法で、文学言語のなかに回帰するということになるでしょう。

そのようなエクリチュールの内部の戯れには、サルトルが新種のフォルマリスムと名付けているものが再来しないか、つまり歴史がふたたび姿を消すのではないか、という危険についてはどう思われますか。

フォルマリスムが生まれつき歴史と両立しないものだと決めつけるのは、頑固な偏見です。わたしは一貫して、形式のもつ歴史的な責任をはっきりさせようと努めてきました。言語学および言語学を超える科学のおかげで、歴史を誤って指向対象の歴史に還元しようとする、社会学と歴史主義の行き詰まりを回避する日がいつかはきっと到来するでしょう。形式の、構造の、エクリチュールの歴史というものが存在し、その固有の時をもつことになるでしょう。それは正確に言うならば、複数の時なのです。

文学のそのような「固有の時」によって暗示される思念は、ブランショがそこから始めるとともにそこで終わるような形式の空間による長い迂回路ではないでしょうか。

ブランショは、比類のないもの、模倣できないもの、応用できないもののなかにあります。彼はエクリチュールのなかにいます。文学を構成する科学を侵犯する行為のなかにいるのです。

ブランショはたしかに科学を侵犯する者であることは明白ですが、ひとつの知をわれわれに伝えてくれます。しかしここで援用されているのは、まさしく「文学の科学」です。文学と科学の関係についてはどのようにお考えですか。

わたしにとっては、科学というステータスは問題をもっており、この点に関しては他の構造主義者たちと見解を異にしています。おそらくその理由は、わたしの研究対象が文学であるからでしょう。作品を前にして、昔の主観的で印象主義的な立場にもどることは、その反対に文学の科学という実証主義の立場をとることと同様に、わたしにとって不可能なことです。こういった二つの不可能事を目の前にしてわたしが試みるのは、科学的な手続きを明確にすること、それらを大なり小なりテストすることとです。しかしそれはあくまでも手続き上の問題であって、科学的な結論を出すということではありません。文学の科学は、いかなる場合にも、いかなる方法をもってしても、文学研究の決定打となることはできないのだから。したがって、わたしにとって根本的な問題は、文学の科学の理論ではなくて、文学の科学の言語の問題なのです。

それは「文学の科学」に固有の問題であるとお考えですか、それとも他の構造主義理論にもあてはまるのでしょうか？　この点に関して、もっと一般論になりますが、現代のさまざまの人間学にインパクトを受けたと思っておられますか？

非常に広い意味での構造主義について言うならば、分裂の時が近づいているという気がします（かつて統一の時があったと仮定してのことですが）。学問分野とディスクール（言語学、民族学、精神分析、文芸批評）のレベルにおいて、アイデアと専門用語の交換が大いになされてきました。そしてさまざまに異なる道筋を通じてえられたのは、従来の主体概念、すなわち、いっぱいに詰まった（「満たされた」と言うべきか）主体に対するラディカルな問題提起なのでした。人間はもはやさまざまの構造の中心にはいないのです。わたしの予感するところ、まさに科学の新たなステータスから分裂が生じることでしょう。それは科学的言語そのもののステータスから切り離すことはできないのです。たとえば、レヴィ＝ストロースとラカンとを対立させている相違は、今日すでに、彼らの書き方のちがいのなかに、すなわちエクリチュールに対する彼らのイデオロギー的、方法論的な関係のなかに読みとることが可能です。

そのような懸念は、あなたご自身の科学言語との関係、あなたがよく語られるメタ言語との関係と無縁ではないような気がします。

今のわたしは、以前ほどメタ言語のことを話しません。わたしは書くとき、科学とある種のゲーム関係をもち、仮面をつけたパロディ活動を展開しようと試みます。批評の深部での運動はメタ言語の破壊である、とますます思うようになってきました。それは真理の要請に従うためなのです。所詮、エクリチュールは「客観的」になることはできません。客観性もまた、数あるイマジネールのひとつにすぎないからです。科学的メタ言語は、言語の疎外された一形態です。それを侵犯する必要があります（それを破壊する、という意味ではありません）。批評的メタ言語について言えば、それを「裏返す」ためには、文学の言語と文学についてのディスクールのあいだに一種の同形性を設立する必要があります。そのとき、文学の科学が文学となるのです。

あなたの物語についてのテクストは、文学についての立場を表明するものであって、現代の文学は対象外である、とおっしゃいましたね。実際、現代の文学には「言語の条件そのものについての言語」であり、それは「ディスクールに対してそれ固有の構造の鏡を向ける」ものである、という重要な特権を認めておられます。さらに、「今日、書くことは物語ることではない」とも言っておられます。あなたの意図は、物語の価値を、もっと正確に言えば、物語内の語りの価値をおとしめることでしょうか。

現代の文学は本当に物語に関心がないのでしょうか。もしもそのように見えるのであれば、それはおそらくわれわれがつねに物語を強力なモデルと見なしているからではないか。たとえばわれわれは、詩的ディスクールもまた、たとえそういう風に呼ぶことはないにしても、物語であることを忘れているのです。何を破壊すべきなのかが、われわれには見えていない。物語ではなくて、強力なモデルの論理を破壊すべきなのです。さらには、現代の文学の課題が複数で、長期間にわたる、複雑なものであることを見過ごしてはなりません。おそらく、現代文学の「プラン」のようなもの、歴史的なプログラムが百年このかたあるはずです。現代の文学はとりわけ「書き手」の問題、つまり発話主体の問題を、これまで問題視してきました。まさにその点において、信じがたいほど強い抵抗、明らかにイデオロギー的な抵抗があったのです。今日でも、「作者」という心理的な主体の支配権はきわめて強力なものです。新しい物語の時代がそのうちにきっと来るでしょう。すでにその前兆として、マラルメの予測した「詩－フィクション」、プルーストの小説の、脱線また脱線の構造、バタイユの物語、ソレルスの探求などがあります。

しかし『オイディプス』は、あなたのテクストの末尾で、子供にとっての物語創造の時間と場所として援用されている『オイディプス』は、アクションの連続としてとても優れた物語であり、通時性と共時性とのバランスがとてもよくとれています。現代の文学がもう失ってしまったもの、あるいはまだ言い表すことができないでいるものが、そこにあるのでは……

『オイディプス』はたしかに一つの物語です。ただこの物語は主体のディスクールにしか知りえないもので、主体はこれを（たとえ独白調であるとしても）単一のモノローグ風の物語の形で提示するのではなく、断片の、反復の、無限の換喩という分断された形で提示するのです。現代の文学は、このように見かけ上はわかりにくく見えますが、しかし自己発話の場以外の場をもたない（ほかの指向対象をもたない）物語を発話することに、その努力を傾けているのです。

科学のディスクールだけが――ここでわたしの念頭にあるのは、フロイトやレヴィ＝ストロースですが――、独自のやり方で、一種の現実的な語りを保証されているかのようにわたしには思えます。あたかも、神話に関して首尾一貫した立場をとることが、ブロッホの云う分裂を乗りこえる最も確実なチャンスであるかのように。ブロッホにとっては、神話のもつ合理性と科学のもつ合理性との分裂こそが、現代の悲劇を象徴するものであったのです。

さて偽の結論として、これまでのやりとりから出てきたいくつかの質問を、脈絡なく並べることをお許し下さい。

――ある種の現代の物語の大断層の起源が、意味の成立の不可能性のなかにも、排除の不可能性のなかにもあると思われませんか。一方では、あなたがまさしく言語の絶対的構造の例として挙げられた、あのマラルメの「無」にまで現代の物語が到達できない、あの強力な、絶対的に共時的なスーパーモデルに到達できない、という意味合いで、ただブランショのみが、文学の神話を、不可能な「来るべき書物」と設立することによって、その存在を示し、具現化することができたのですが、またもう一方では、このように解体された言語の通時的な次元に組み込まれてしまった現代の物語が、言語を共時性において統御することができなくなってしまった、という意味合いで。そのような共時性は、物語の新しい強力なモデルのみが、暗黙的な、あるいはあなたのおっしゃるように狡猾なやり方で構成できるものなのですから。

――ある特定の知識人のディスクールは、逆に、このタイプの強力なモデルを明白な形態で作り上げているのではないでしょうか。彼らの目的はまさしく、彼らが、自分たちにとって最高の真実の名のもとに、類推的モデルのなかに分析的代理物をあたえようとしている対象における、論理的なものと年譜的なものとの隠れたバランスを理解することにあるのですから。

――あなたご自身が、この種の企画を文学の領域に応用するに際して、あなたの分析の対象を、フランス文学のレトリック・心理学・社会学ではなく、ドイツ文学のなかに見出すに至った、ということは単なる偶然でしょうか。それというのも、ドイツの文学は、発話主体という激烈で一義的な懸念の対象となったことはかつて一度もなかったのですから。なぜなら、全体としてドイツ文学は、思想とその物語解釈の一種の構造論的なアプリオリのなかで、神話の思考をめざすものであったからです。ドイツ思想は、この二〇〇年間の文学・科学・哲学の成果を通じて、自然生活の再現表象を、文化の普遍性として、神話的にバランスをとろうと努めてきたのです。

その通りです。フランス文学の尽きることのない議論の対象、その中心的な主題は、人間であって、神話ではなかった。フランス語自体が、レトリックの型、古典主義的でイエズス会的な鋳型で作られてきたことも事実です。従って、フランス文学にとっての真実とは、今日そこから抜けだすことであり、過去そのものが独特の出口を押しつけているのです。フランス文学の特徴である神話空間の不在、まさにその事態を利用しなければなりません。神話というものはかならずしも、強力なモデル、型にはまった物語、(通常の語義で)意味のある語りに結びついているというわけではありません。

さらに言うなら、フランスでは、神話はどうしようもなくプチブル的であり、神話は呼び出されて批判を受けねばならない。言語が裏返される必要があるのです。思うに、この社会ではパロディ的な狙いをぬきにしては、なにひとつ革命的にはなれないのです。そしてシュルレアリスムにはこの姿勢がまったくなかった。二重性抜きでは、なにひとつなしえない。構造とエクリチュールの戯れの外では、なにひとつ書くこともできないのです。ブルジョワ社会、あるいは工業社会、消費社会が神話を再生利用するのです。作家がこの社会から奪い取ることのできるものは一つしかない。それは社会の言語です。しかし言語を破壊するまえに、まずそれを「奪い取る」必要がある。まさにこの「奪取」こそが、侵犯の新しいやり方を決定するように思えるのです。このようなやり方は、知的ディスクールと文学的ディスクールとが同時に、たえざる交換方式にもとづいてやっていることなのです。

『レットル・フランセーズ』誌、一九六七年三月号。
聞き手はレーモン・ベルール。

＊ このインタビューは、一九七一年に『他者の書物』（エルヌ社）、一九七八年に『他者の書物、対談』（クリスチャン・ブルゴワ社、《10／18叢書》）に再録された。

『モードの体系』

ロラン・バルトさん、あなたは『モードの体系』という著作を最近発表されましたが、その表題は、挑発的とはいわないとしても、いくぶん読者を欺くものです。読者はそこに『現代社会の神話』におけるような鋭利な批判、あるいは社会学的な発想に基づく分析を期待していたのですが、大はずれでした。実際、これはきわめて峻厳な科学的著作であり、その多くのページを読むと、わたしは学校時代の代数や文法の教科書のことを思い出し、正直に言って、あまり愉快ではありませんでした。

最初に申し上げるべきことは、わたしの著作の表題は挑発を意図するものではないこと、わたしの目論見は、モードに関して新たな視点を提示することよりも、研究の作業を組織化することにありました。この作業は、現在大きく発展中の研究活動、いわゆる「構造主義」という名のもとに分類される研究活動全体の一部を構成するものです。思想と分析のこの運動は、きわめて精度の高い方法によって、社会的なオブジェ、文化的なイメージ、ステレオタイプなどの構造を、前近代の社会および近代の技術社会のいずれにおいても発見しようとする運動です。

わたしの立場からは、現代社会のさまざまな表象に興味をいだいています。ここではかなり曖昧な表現に頼るほかないのですが、実用的なオブジェの集合体に関心をもっています。たとえば、われわれに滋養をあたえてくれる食べもの、われわれの住処である家、車を通すための街路、衣服に関わるモードなどがそれです。

要するにあなたは、モードの体系を設立されたように、「住居の体系」や「食物の体系」も設立できたということですね。

ずっと昔から、これらの「オブジェ」がそれぞれ異なる明確な役割をもつことはわかっていたのですが、今日では、それらもまた人間にとって、コミュニケーションの手段やシニフィカシオン（意味作用）の媒体となりうることが確かだとわかっています。記号についての一般的な科学の存在を最初に措定したのはソシュールです。言語学はこの科学の一部にすぎない、と彼は考えていたのです。人間の言語活動の科学である言語学がさらなる展開を遂げ、今日では構造主義のモデルとして貢献しているのですが、ソシュールの措定はそのまま継承されてきました。言語学の概念と記述規則を、分節言語とは見なしえないオブジェの集合にも適用し、これらの集合の文法を知りたいと思うのであれば、言語に対してなされるのと同じような分析をなす必要があります。

モードに関して言うならば、あなたは意図的に、女性ファッション誌に掲載されている女性の衣服についての記事、すなわちモードの記述に分析を限定されています。けれどもわたしたち女性にとっては（わたしはここでファッション誌の読者である何千人もの女性の名において語るのですが）、イメージほど多くを語るもの、イメージほど説得力のあるものは、ほかにありません。文章やキャプションは、イメージに連れ添うものではあっても、イメージをよりよく見せるための誘因でしかないのです。その証拠に、いかなる女性もドレスを試着せずに買ったりはしません。ということは、言葉だけによる説得はありえない、ということになります。

わたしは、着用されている衣服のもつ驚異的な豊かさをいささかも否定したりはしません。衣服の文字記述に限定したのは、方法論と社会学という二重の要請によるのです。方法論上の理由とは次のようなものです。実際、モードはいくつもの表現システムを、素材、写真、言語などの表現システムを作動させています。このように混在した材料を厳密に分析することは、わたしにはできなかったのです。イメージから文字記述へ、文字記述から街頭での観察へと冷静に視点を変えたとしても、精巧な作業をすることは不可能だったのです。記号学の手続きは、ある対象を要素に分解し、それらの要素を形式的・普遍的なタイプに分類することにあるのですから、わたしはできるかぎり純粋で均質な素材を選ぶ必要がありました。さらに、わたしのこの選択を正当化してくれたのは、今日のファッション誌のまことに広範な普及という事実でした。ファッション誌はマス・カルチャーの一部なのです。あらゆる統計がそれを証明しています。あなたにとっては、ファッション誌に記述されている衣服は、街頭で見られる衣服ほど現実性がなく、興味に欠けると思われるでしょうが、集合的なイマジネールの投影として、新たな重要性を帯びるものとなってきています。記述された衣服はイメージとステレオタイプを伝播し、たしかに現実的ではないにしても、ユートピア型のたいへん豊かな要素をもっています。その意味で、記述された衣服は、映画や漫画や大衆小説に通じるものがあります。さらには、女らしさという性質の紋切り型のイメージがファッション誌の独特の語法の裏に隠されているのです。

そのようなイメージを記述するのに、あなたは例外的に抽象化と形態分析を放棄されました。ご自分で決められた計画なのに、どうして違反と言ってもいいようなことが起きたのですか?

そうしたのは、このような記述がシステムのどの地点まで進出できたかを示すためであって、記述のためではありません。記述それ自体は余計なものであると思っています。なぜならば、あるファッション誌を読むことにより、あるいは読者が読んだものすべての記憶をつなぎ合わせることにより、これらのファッション誌が投影する典型的な女性のイメージがわかってくるのです。それは、本質的に矛盾したイメージであることを認める必要があります。つまり、できる限り大勢の女性読者を代表するためには、このような女性は同時にすべてでなければならないのですから。社長秘書である彼女は、それなのにその年のありとあらゆるパーティに出席できるのです。毎週末には小旅行に出かけ、しょっちゅう旅をしていて、カプリ島、カナリア諸島、タヒチ島などに行きます。それなのに、旅行するたびに南フランスに行きます。パスカルからクール・ジャズに至るすべてを同時に愛しています。彼女は不倫の関係もないし、夫以外の恋人もいません。旅行するのはいつも夫同伴です。金銭に困っていることなど、一度たりとも口にはしない。要するに彼女は、女性の読者のいまあるがままであり、かつ同じ読者がそうありたいと夢見ているものなのです。その意味で、ファッション誌は、過去の時代の娘たちにとってのロマンス物語と共通点があります。それは、娘を悪との接触から「守る」母親的な言語活動なのです。

ほんとうに、女性の読者がそんなに多くの記号が送られてくるのを感知していると思われますか？　たしかに読者は、ファッション誌のなかに彼女の想像力を育むものを見つけるでしょう。しかしファッション誌もまた、他の雑誌と同様、商業的な意図でもって作られています。編集者たちは、女性の読者が、自分たちが想定するほどには先に進んでくれない（いくつかの例外はあるにせよ）ということを忘れてはいません。ある既製服の製造業者が、数百人の若い女性たちにアンケートをおこないました。その結果はまだ完全に集計されてはいませんが、回答の全体についてある程度の正確な予想を立てることができます。彼女たちは膝から「片手」の服を身にまとう。寒いとき、彼女らはあの「すばらしくかわいい」毛皮のコートではなくて、シンプルなウールのコートを着るのです。ダンスをするときは、「夜のパジャマ」ではなくて、ドレスを着るのです。そのことは一種の暗黙の了解なのです。

ファッション誌の女性読者は、言ってみれば次のような二人の対話者の状況にあります。二人が対話をするとき、おたがいに何を言いたいのかはよくわかっているのですが、それと同時に二人のパロールの文法的な分析をすることはありません。同様に、ファッション誌の読者は、そのような記号を作り出すメカニズムにたいする意識はなく、ただ記号を受け入れるだけです。それにこれらの記号はきわめて多様なものです。もちろん、これはだれでも知っていることですが、衣服によって、民族学者が言うように、われわれの社会的・職業的状況や世代についてのみならず、しかじかの社会的慣習、しかじかの儀式、しかじかの職業についても、かなり基本的な情報を交換しているのです。たとえば、「夜会のための、買い物のための、春のための、女子学生のための、カジュアルな若い女性のためのドレス」というぐあいに…… もう一方で、モードの努力は、記述された衣服に、われわれが自分について表現したがっているもの、社会においてわれわれが演じようとしている複雑な役割を一致させることに向けられます。たとえば、現在の若者たちのモードである「ミリタリー・ルック」に逐一自分を合わせようとする若者は、そのことによって彼をとりまくすべての人々に、ある情報を伝えています。彼は、自分が気質と価値もろともにある種のグループに帰属していることを認知してもらおうと目論んでいるのです。

あなたの考えによれば、衣服のなかに、あなたが基本的だと言われる一般的な意味を読みとることができるとともに、他方では、各個人が所有している意味も読みとることができるはずですね。この後者の問題に関して言えば、技術的な問題があなたに課せられるはずです。モードの論説が含んでいる記号学の諸単位の目録を作ろうというのがあなたの意図であった以上、個人のレベルに分析を位置づけるのはむずかしいだろう、とわたしのような素人は考えるのですが。

それは誰もが個人を前にしてもつ幻想です。もちろん、生きてゆくためにはこのような信念あるいは幻想は必要です。しかし実際は、かなり多数の事実を研究し、それらの事実に科学的態度を採用するようになれば、いかなる個人といえども、分類の可能性を逃れることはできません。心理学のテストがそれを証明してくれます。また、人間はどのような形状にも意味をあたえることができることはわかっています。形状と中身のあいだには、安定した関係はないのです。ミニスカートをるに例にあげましょう。ミニスカートはエロティックであると言われます。しかし、今から五〇年前に、ロングスカートについて同じ形容詞が用いられていたのです。現代は、エロティシズムという要因によってスカート丈を合理化しようとするのです。

しかしながら、現在のモードは女性の革命のしるし、あるいは女性の進歩のしるしである、とよく言われます。短いチュニックスカートの下からのぞくアマゾネス風の脚は、他のラインより以上のもの、ほとんど別の女性なのです。影と神秘の織りなす女らしさそのものがかすみます。衣服の古典的な属性である毛皮のコート、宝石類、革製品は、今日では時代遅れです。一時代の終わりを告げるもうひとつのしるしは、一般に人気のある服型が、もはやお金持ちのタイプではなく、若いタイプであるという事実です。ミニスカートはロンドンでデモ行進をしたわけではありませんが、そこで生まれました。

そのようなモードが、社会学的な領域の現象に対応しているとは思いません。あらゆる理屈、われわれが衣服を説明し、あるいは正当化すると主張しているすべての理屈は、擬似的な理屈なのです。それにまた、記号の領域から理屈の領域への変換は、合理化という名でよく知られています。言い換えるならば、まったく別の動機のため、形式的な動機のために作られた事実を、事後になってから合理化しているのです。フレーゲルは衣服の精神分析を設立した人ですが、記号から理屈へのこのような社会的回心の例をいくつか挙げています。長い先のとがった靴は社会には理解されず、男根のシンボルと見なされましたが、その用途はたんに衛生的な理由によるものだったのです。精神分析の象徴とはあまり縁のないもう一つの例を挙げましょう。一八三〇年ころ、ネクタイを糊付けすることは、心地よくて衛生的であるという理由で正当化されていました。これらの二つの例から、ある傾向がうかがえます。記号の理屈から身体的な配置とは正反対のものを生み出すのはおそらく偶発的ではない、という傾向が。不自由さが心地よさに逆転するのです。ここで強調しておく必要があるのは、衣服は実際つねに記号の一般体系として構築されるとしても、この体系のシニフィアンは一定していないということ、記号の働きは進化して、歴史の意のままに変わるのです。

もしも五〇年前にこの著作を書かれたとしても、あなたの分析はやはり同じものだったのでしょうか?

もちろんです。わたしは特殊なモードを記述したのではありません。形式的な目録、形式的であることによりモードの内容に無関心な目録を作成しようと心を配ったのです。モードは、無限の要素と変換規則をもつ組み合わせ装置です。モードの特徴の集合は、毎年、文法と同じように制約と規則をもつ特徴の集合から引き出されるのです。われわれにとってモードが予測できないように見えるのは、われわれが人間の記憶のレベルに身を置いているからです。けれども、観察のスケールをずらせて、数年間という尺度のかわりに、四〇年、五〇年という尺度に身を置けば、現象にはきちんと規則性があるということがわかるはずです。A・L・クレーバーというアメリカの民族学者が、このことを明解に証明してくれました。流行の変化のリズムはたんに規則的である(およそ半世紀の振幅ですから、完全な変動には一世紀かかる)のみならず、形状は合理的な秩序に沿って変わってゆく傾向があるのです。たとえば、スカートの幅とウエスト周りとはつねに逆の関係にあります。一方の幅が狭くなると、他方の幅が広がるのです。要するに、少し長い目の尺度で見るならば、流行は秩序をもった現象であり、モードはこの秩序をみずから守るのです。

さて、お話をさえぎるようですが、現在のモードの世界には狂気の風が吹き荒れているかのようです。メタル・ルックから、グリュイエール・モードを経て、宇宙服のモードに至るまで、この狂気の風はこれまでのなにものにも似ていません。すべてが可能となり、モードのこのような突飛さはほとんど目を覆いたくなるほどです。今一度、ミニスカートを引き合いに出しましょう。先史時代を除けば、裾がこんなに上がっている時代を見たことがありません。

それらすべてのことは関連があります。ある意味では、ミニスカートの例は、流行の大きなリズムの予測に道理を付与するものです。なぜならば、寸法そのものだけでなく、スカートの相対的な寸法も考慮に入れるべきだからです。そうすれば、現在の現象は完全に予測できたのです。すなわち、スカートは今日、可能な限り短い状態に到達するでしょう、それも、今から約五〇年前の一九〇〇年ころに到達したロングスカートの極み（それ自体相対的なものですが）との関連においてです。言い方を変えるなら、たしかにミニスカートは非常に短く見えるかも知れないが、分析者はその事実だけに止まらない。ミニスカートは非常に短いというだけではない。サイクル全体との関連で可能な限りに短いのである、と。たしかに歴史は、その自由を守り、ある種の驚きを用意する力を作り出しますが、通常は、流行のリズムが規則的に続く限りは、スカート丈は、季節的な変化を推移して、今日から徐々に伸びてゆくはずです。二〇二〇年か二〇二五年には、スカートは再びとても長くなるはずです。

長い間、多くの思想家や詩人たちによって共有されてきたモードについてのヴィジョン、モードを自由な創造、気まぐれ、軽薄さの選ばれた土地とするヴィジョンを見事に打ち壊されたということですね。あなたの著作のメリットの一つは、このようなヴィジョンの正体を白日にさらしたということにあります。このような神話の打ち壊しは、いくぶんかは悲しい側面があるのは避けがたいことですが……

しかしわたしは、服飾デザイナーたちに対して、創造と創作の自由を彼らの服飾モデルにあたえる可能性をいささかも否定するものではありません。ただ言いたいのは、モードをその歴史的な次元に拡大するならば、非常に深い規則性が発見される、ということです。

『フランス＝フォーラム』紙、一九六七年六月五日付。
聞き手はセシール・ドゥラング。

一篇の科学的な詩をめぐる対話

どのような関心と研究がいっしょになって、モード分析があなたに生じたのでしょうか？

わたしがこれまでに書いてきた全体の特徴の一つに、対象の多様性が挙げられるでしょう。わたしは文学について語るとともに、日常生活の神話や広告について語ってきました。しかし、主題の統一もまたわたしのエクリチュールの特徴です。わたしの最初のエッセーである『零度のエクリチュール』以来、わたしの興味を引き付けてきたのは、文化対象のもつシニフィカシオン（意味作用）の問題だったのですから——もちろんわたしは、特別な文化対象である文学に大きな特権をあたえてきたのですが。最初は、このようなシニフィカシオンの研究を言語学の知見にもとづいて進めてきました。『現代社会の神話』のあとがきを書くまでは、二次的なシニフィカシオンの研究が、言語学を出自とする新しい科学の対象となりうること、いずれにせよ、ほんものの方法論をもったアプローチの対象となりうることを意識していなかったのです。

このときから、これらの文化対象の問題群に関して、明確な方法論をもって、体系的な考察を行うことが可能であると確信するに至ったのです。そしてそのためには、すでに存在しているシニフィカシオンの科学、言語学という学問に照らされることが必要でした。こうしてわたしは、少なくとも企てとして、ある種の文化対象の体系的探究に意味の観点から取り組んだのです。そしてまず衣服から始めました。

現代の人間科学全体に占めるこの種の探究の位置に関して言うならば、ご存じのとおり、こうした個人的な企て（多くの研究者にとって、言語学がまだ今ほど威信のあるモデルになっていなかった時代に構想したものです）に平行して、言語学への関心が飛躍的に高まり、言語学的な方法を応用する分野が広がってきました。それは何人かの精神――もちろんクロード・レヴィ＝ストロースの名を筆頭に挙げるべきです――による、あるときは共同の、あるときは個別の努力の賜物でした。この書物（『モードの体系』）は、言語学と接触することによって人間科学の一部に生じた、このような変化革新のなかに位置付けられることになるでしょう。

読者は、あなたの著作の冒頭で、言語活動に関連した基本的命題の数々に出会います――「人間の言語活動はたんなる意味のモデルではなく、その基盤でもある」とか、「制度を作るパロールからそれによって作られる現実に移ることを、真の理性は要求している」とか、さらにはパロールとは「意味するあらゆる領域の宿命的な中継地」であると述べる定式等々。これらのテーゼは重要なものと思えますが、おそらく自明ではないでしょう。コメントが要るのではありませんか？

まず副次的なことですが、本の成り立ちに関わる説明をしましょう。わたしの最初の構想は、女性が街路や家で着ている現実の衣服を研究することでした。このような、完全に現実のものである衣服に分析の方法を応用し、どのようなシニフィカシオンがおこなわれているのかを知ろうとしたのです。周知のように、ただたんに衣服は、寒さから身を守ったり、自分を美しく見せたりするだけのものではありません。衣服には、情報を交換する機能もあるのです。したがってそこには、原則として言語学タイプの分析に従うような言語活動、その素材は分節言語ではない言語活動が存在するはずです。それからしだいに、意味のテクニックそのものに由来する現実的な障害のいくつかに行き当たることによって、わたしは気づいたのです。現実的な衣服の言語活動はたしかに存在するだろうが、それはきわめて簡単で貧相なものである、ということに。その内容の数はごくわずかであり、シニフィアンさえも、衣服の形があんなに多様であるにもかかわらず、きわめて貧弱です。現実的な衣服のコードは存在することはするでしょうが、車を運転する者にとっての道路標識のコードと同じほどに貧しくて、おそらくは興味の乏しいものでしょう。

このような現実的コードの貧弱さは、われわれの知っている社会のなかでの集合的表象の豊かさや意味の野放図な増殖に矛盾するものです。さらに言えば、この世界における衣服のもっている現実的な重要性とも矛盾するものです。このような、貧しい現実のコードと豊かな文化世界とのあいだの距離を前にして、わたしの立場は逆転しました。そして、衣服が本物のシニフィアンとなりうるのは、それが人間の言語活動によって引き受けられた場合にかぎられるのだ、と考えるようになったのです。われわれは衣服についてさまざまに語ります。それは会話の対象であるばかりではなく、広告の、論評の、カタログの対象でもあるからなのです。あらゆる場合に、分節言語が衣服を取り巻いています。言語活動がなければ思考も内面性も存在しないのですから、事態はさらに進行します。衣服を思考するとは、すでに衣服のなかに言語活動を持ち込むことなのです。それゆえ、分節言語、話され書かれた言語の外で文化対象について思考することは不可能です。対象は言語のなかにどっぷり漬かっているのだから。かくして言語学は、もはやシニフィカシオンの一般学の一部ではなくなります。ソシュールの命題を裏返して、言語学こそがシニフィカシオンの一般学であると言うべきでしょう。そしてシニフィカシオンの科学は、人間の言語活動が出会う対象にもとづいて個別の記号学に分化して行くのです。

あなたの著作においては、個人的なものとしての文体と、集団的なものとしてのエクリチュールとが区別されます。そしてあなたはモードのエクリチュールについて分析をなされています。ところで、ファッション誌の無署名のテクストにおいては、だれが語っているのでしょうか？　モードのエクリチュールを語るのは社会である、と言えるでしょうか？

衣服の言語の形式を語るのは社会全体であり、その内容を語るのは小さな一団だけである、と言ってよいでしょう。衣服についてモードが語る言語がそこから出てくる、術語と関係の一般コードは、社会によって生み出され、それが形式的であるかぎりは、ほとんど普遍的な性格を帯びるのです。モードの言語を練り上げるのは社会全体なのです。しかしもちろん、特別な内容を表明するために言語を用いようとする場合には、メッセージの表明を制限することになります。そうなると、モードの普遍的な言語を語り、それを特殊な内容で満たすのは、たとえばファッション・デザイナーとか雑誌編集者といった、社会の一集団に過ぎないと言えるでしょう。しかし、わたしの研究したのは内容ではありません。わたしは完全に形式的な分析のレベルに止まりました。わたしの研究したのは、その語の本来の意味におけるモードの〈言語〉、すなわち抽象的なシステムとしての〈言語〉なのでした。ちょうど言語学者が、ある固有言語のなかで研究対象にするのは、名詞・形容詞・動詞・冠詞・従属節などであって、個々の文章にはまったく興味を示さないのと同じことです。わたしが研究したのはこうしたモードではなく、さまざまな関係の純粋に形式的な体系としての〈モード〉なのです。

これらの構造主義的で形式主義的な分析を前にして、もっと社会参加していてモラリスト的であった『現代社会の神話』以降、ロラン・バルトの作品にあるなにかが失われたという印象をもつかもしれない読者にたいして、あなたはどのように答えますか？

まず、なにひとつ決定的に失われていません。人の一生の仕事の全体は停止することはありません。一つの作品においてある種の全体性を実現するためには、この全体性を換金することを受け入れなければならないことを、われわれは知っています。それは、しばしばたがいに矛盾するかに見える、あるいはまさしく自己を見失い、自己を捨てるかに見える継続的な時期になされねばならないのです。わたしの生涯のあの時期において、一種の徹底性をもって、体系的な企て、体系的に形式主義的な企てをとことんまで進める必要に駆られたのです。なぜならば、まさしく、内容のある着想という意味でのアイディアがもたらすあまりの安易さに、わたしは愛想が尽きていたからです。

けれどもわたしの企てはさらに前進し、これからは別のものに移行するつもりです。

第二に申し上げたいのは世界に対する攻撃についてですが、形式主義的な作業の場合は、『現代社会の神話』におけるような作業に比べるとはるかに攻撃的でなくなるのは当然のことです。しかし世界を、日常的な世界のイデオロギー的な疎外を攻撃することは、さまざまなレベルにおいて可能です。『モードの体系』も『現代社会の神話』の場合同様に、世界についての倫理的な明言をもっています。すなわち、みずからを記号体系であると率直に認めない記号体系には社会的・イデオロギー的な悪が付随しているということです。ブルジョワ社会は、文化がシニフィカシオンの無動機な体系であることを認めずに、記号をつねに、自然あるいは理性によって正当化されたものとして持ち出してくる。この意味では、『現代社会の神話』と『モードの体系』では同じ内容が述べられているのです――もっとも後者では、政治的な出来事や社会的事実といった共同体の感情をそそるものよりも、一見軽佻浮薄な対象が取り上げられているわけですが。

まさしく、本書の対象となっているもの（ファッション誌の記事）と、そこで用いられている方法とのあいだに不均衡があるように思えてなりません。厳密であろうとするならば、記号学はあまり意味のない、軽佻浮薄な、控えめな対象を相手にするしかないのですか？

そんなことはありません。これは副次的なことですが、最初に述べましたように、わたしは方法論的なデモンストレーションをしたかったのです。だから、研究対象はなんでもよかった。対象が取るに足らないものであれば、それだけ対象を所有し、方法を目立たせることが容易だったのです。

対象は方法の支えにすぎないのだから。第二に、もっと大事なことですが、『モードの体系』を詩的な企てと見なすことができる、とわたしは言いたいのです。その企てとは、無から、あるいはほとんど無に等しいものから知的な対象を作り出すこと、読者の眼前で、ひとつの知的対象が、だんだんとその複雑さの相を、さまざまな関係の全体性において出現するようにする、ということにあります。その結果、次のことが言えるようになるでしょう（この本が成功したら、それが理想なのですが）。最初はなにもない、モードの衣服は存在しない。それは取るに足らぬ、なんの重要性もないものである。そして最後には、新たな対象が存在することになる。分析がそれを作り出したのだ、と。そういう意味において、本来的に詩的な企てについて、すなわち対象を生み出す企てについて語ることができるのです。そこでは、一種の無の哲学、世界の無について作業することに関心をもつ哲学の誉れ高き先例に出会えるかも知れない。その理由としては、空無の主題、あるいは構造の中心をずらせる主題が、現代思想の重要なテーマであることばかりでなく、モードに関しては、マラルメのような人物が、もう一度わたしが行いたくなるようなまさにそのことを、行ったからです。マラルメが主宰し、みずから編集に当たった『最新流行』という雑誌は、空無のテーマ、彼がちょっとした置物と呼ぶもののテーマについての、マラルメ流の情熱をこめたヴァリエーションの一種でした。

シニフィカシオンについての歴史的情熱があると思うならば、意味の人類学的重要性がほんとうにあるならば――それは取るに足らない対象ではありません――、意味に対するこうした情熱は、かぎりなく無に近い対象から出発して模範的に書き込まれます。それは、一方では、重要そうに見える対象の価値を引き下げ、他方では、いかにして人間が無から意味を作り出すかを示すという、大きな批評活動に参画することになることでしょう。わたしが自分の仕事を位置づけていたのは、このような見通しになのです、たとえその結果が……

『七日間』、一九六七年七月八日号。
聞き手はローラン・コロンブール。

『S／Z』と『記号の国』について

「テクストは、全体としては、同時に平らで深い、なめらかで、果てもない、目印もない空に比較できる、卜占官がある種の原理に基づいて鳥の飛翔をたずねるために棒の先で架空の長方形を切り取るように、注釈者は意味の移動、コードの出現、引用の通過を観察するためにテクストに沿って読解のゾーンを辿る。」『S／Z』もまた、空に比較できるテクストであるなら（ブランショがジュベールとマラルメについて述べたように、空は〈書物〉の理念そのもの、すべての書物の一方から他方への氾濫の理念そのものを体現する）、今日知的なディスクールは物語や詩よりも確実に西洋のディスクールの歴史をその批評的暴力によって区切る、侵犯とパロディの偉大な作品として役目を果たす——その役目に果たされるべき理由があるならば——と言うことができるかもしれない。

ここでは対話の協約が禁じることをほのめかすにとどめる。ロラン・バルトが刊行したばかりの二冊、『S／Z』と『記号の国』（スキラ刊、「創造の小径」叢書）は、（すでに一七年前の）『零度のエクリチュール』以来記号の科学が要請する中で熟考された文学への情熱がもたらすあらゆる逆説に開かれたこれらの作品のうちで、エクリチュールと思考によって革新された霊感に満ちた驚くべき注解をもたらした。なぜなら最初のものは、注解の反復の動きが厳密と無頓着の二重の過剰を経験し、分析に対して精神の戯れに特有の悦びがもたらす無限の入れ替え可能な場を開く。なぜなら二つ目のものは、資料の報告という二次的な形態のもとに、スイフトからサド、フーリエまでの、常軌を逸した理性のノスタルジーと妄想の音を響かせる伝統に再び結びつく。ここではユートピアのディスクールは記号の体系化された官能の、社会的なあらゆる交換の理想的な消費の、また主体のあいまいな深みに結びついたナルシシズムの変貌の、欲望の略号、シンボルとしての〈名前〉の、最後に〈名前〉の空間としての書物の、夢見られた要請として表明される。

極端な矛盾、その結果、バルトは、不可避的に、ユートピアの真実に敬意を表するかのように、『S／Z』と『記号の国』の結合が設ける作家のナルシシズムと書かれたもののナルシシズムの間の目の眩むようなかつ正当な関係の範囲内で身を持することになる。

『S／Z』の体験はあなたの目にどのようにお映りなのでしょうか？　そのタイトルは、警句のように、バルザックの知られていない中篇『サラジーヌ』についてあなたのなさった読解作業のシンボルとなっていますが。

何よりもまず、わたしが『サラジーヌ』のエピソードを書き出した年は——高等研究院でのゼミとそれに続いた本ですが——わたしが仕事をした年月のうちでもっとも濃密で、幸福なものだった、と言わねばなりません。本当に新しいことに散り組んでいる、語の正確な意味で、つまりそれまで一度もなされたことのなかったことに取り組んでいると興奮したのです。ずっと前から、物語の構造分析を前進させるために、ミクロ分析に没頭したいと思っていました、これは粘り強い漸進的な分析ですが、網羅的ではありません、なぜならあらゆる意味を汲み尽くすのが問題ではないのですから。永年暦というように、永続的な分析です。そのようにわたしは完全に快適で、普段一冊の本をコメントする時とは違う――たとえその批評がオリジナルなものだったとしても――批評的でテクスト的な実質の中にいると感じて深い幸福に浸されていたのです。したがって『S／Z』の体験とはわたしにとって、何よりも、快楽、仕事とエクリチュールの悦楽なのです。

その快楽は、初めて、本質的に失望をもたらす、作品と注解者との間に横たわる残余の部分を侵犯し、テクストを、いわば、余すところなく、あなたの読解が構成する解釈に取り込めたという決定的な事実に依ると言えるのではないでしょうか。しかしどうして『サラジーヌ』なのですか？　三年前、最初の対話の時には、クライストの『O公爵夫人』について仕事をされるつもりだとおっしゃっていましたね。

この選択には多くの偶然が関わっています、もちろん、去勢に関わる中篇を対象とする時には、無意識の決定を無視することは難しいですが。しかしながら読解のチャンスを上げ、コノテーションを捉えるためには、とりわけ文体論の面で、フランス語のオリジナルのテクストが必要でした。現在も、モロッコのラバトで、エドガー・ポーの短篇について同じような仕事をしていますが、ボードレールの翻訳です。一方、ボルティモアにいた時に、同じ方法でフロリベールの『純な心』の最初の三ページについて研究を始めていました。ついでわたしはその研究を止めました、バルザックに見出していた象徴的な突飛さに欠ける、いささか面白みのないものと思えたからです。

いずれにしろ、選択の恣意性はモチベーションの激しさに釣り合ったものとしか思えないのですが。

もちろんです、だからと言って気づまりを感じる必要はありません。

しかしながら、あなたの選んだ例を見てもわかる通り、選択は一気に古典的なテクストに向かうしかなかったようですね。

実際、わたしは現代のテクストを一歩一歩注解できるかどうか確信が持てないのです、それには構造的次元の二つの理由があります。一つ目は進行性の注解（わたしが「一歩一歩」と呼ぶもの）は読解に対して大きな拘束力を持っています、前のものから後のものへと、つまり支柱としてのテクストのある種の不可逆性を持っているのです。ところで古典的テクストだけが不可逆的なのです。二つ目は現代的なテクストは、意味の破壊を狙うのですから、連合した意味、コノテーションを持っていません。確かに、それを「爆発させる」ことで現代的なテクストを話題にすることはできます。デリダ、プレネ、ジュリア・クリステヴァがアルトー、ロートレアモン、ソレルスについてそれを行いました。しかし古典的なテクストだけがそれを読み、踏破し、あえて言うなら食べることができるのです。方法がテクストの選択を拘束するのです、それは批評的多元論の一つの側面です。

そこで厳密に継起的な分析を採用することで、あなた自身が論争的な用語で構造的分析につきつけられた根本的な疑問を実際には爆発させてしまったのですが、そのようなテクストの単位の切り取りをどのように正当化されるのでしょう？　エッセー「どこから始めるのか？」（『ポエティック』誌、一号、スイユ社、一九七〇、のちに『新＝批評的エッセー』に収録）のことです。

この漸進的な分析は中篇をたどり、シニフィアンを切り取ります、つまり物質的テクストを、そしてそれが自分自身を辿るようにそれを辿るのです。読解——あるいは「レクシ」——の単位一つひとつはおおむね一つの文に、ある時は少し大きなものに、ある時は少し小さなものに対応します。切り取りは恣意的なものにとどまり、純粋に経験的で、理論的な影響を受けませんし、そこではシニフィアンがそれ自身で問題にならない範囲にあります。事実バルザックとともに、私たちはシニフィエの文学の中にいるのであり、それは一つの意味、あるいは複数の意味を持っているのであり、それゆえシニフィニを目指しながらシニフィアンを切り取ることができるのです。切り取りの本質的な機能は合理的な数の意味が通過する単位を限定するものです。一、二、三、四つの意味。なぜなら、もしパラグラフで切り取るとすれば、分節を失ってしまい、その結果、毎回意味過剰になるという危険を冒して、大きな単位の中に分節を再び導入しなければならないからです。

それについて本の構成で注目すべきことが一つあります。そのように切り取り、分析を一連のごく短い断片に区切ることで（一から五六一）、——それは断片の登場する動きそのもののうちで、あらゆる意味を数えあげるためだったのですが——、あなたはこの本のもっとも豊かな部分、もっとも内省的な部分を成し、たえずテクストの注解そのものから生まれ、そのようにしてオブジェの構造を裏打ちするロマネスクの構造のうちに批評的歩みを書き込むことのできる、理論的な介入（I から XCIII）を保護することができたのです。

その点ではわたしは一種の衝動に身を任せました、その衝動がこのテクストを書きながらわたしの感じていた陶酔を説明してくれます。それは今わたしが、たぶん純粋に個人的、一時的な次元で感じている、論文、論述形式への倦怠、ほとんど嫌悪、いずれにしろ不寛容に対応しています。多かれ少なかれ修辞的な、多かれ少なかれ三段論法的な表現モデルに無理矢理服従させられるようなテクストを書くことにもう悦びを見出せませんし、我慢ができないのです。現在でも非常にすばらしい、必要な論文はあります。わたし自身、おそらく、論文に戻ることになるかもしれません、しかし今は不連続なディスクールのために論述的なディスクールを解体し、破壊し、四散させる気にしかならないのです。

それはレヴィ＝ストロースが『神話論理』で、またクレマンス・ラムヌーがヘラクレイトスの断片注解ですでに行ったことのように思えます、円環のタイプはずいぶん違いますし、対象も違っていますが。

それは事実同じ動きですし、あなたが挙げた名前に、ラカン、デリダ、ジュリア・クリステヴァ、そして理論的な覚書におけるソレルスを付け加えることもたやすくできるでしょう。レヴィ＝ストロースのような、ある者たちにあっては、ディスクールの新たな構成が問題になっているのであり、論文の単旋律を多声の構成の方へと超過しようとするのであり、ラカンのような、他の者たちにあっては、すべての「知的な」テクストから閃光、表明の生硬さを抹消しようとする古い検閲の撤去が見られます。フランスには閃光から閃光へ、奈落から奈落へあえて言述しようとする（ダッシュを入れましょう）ニーチェがいませんでした。（わたしが『サラジーヌ』の語りで行ったように）知的なテクストの、科学のエクリチュールの分析に取りかかることがまさに差し迫った計画の一つなのです。

さらに付け加えれば、そのようにテクストを分割することで、不連続な仕事のうちに一冊の本について非常に知的な計画を立てる時に見つけられるような、大きな構造を捉える可能性を失ってしまうのではないかと考えることもできたでしょう。ところがこの細分化はまったく妨げとはなりませんでした、そしてぴったりと適合しているために易々と思いつく修辞的なモデルを離れてもテクストの構造化が見事に機能すると分かったのです。これらの分析の収穫の一つはまさに、計画を立てずに、計画を立てる必要性を一度も感じることなくテクストを話すことができたということです。そのようにして事実この仕事のうちにはわたしの読解、構造化としての読解の進行以外の構造はありません。つまり、読解のディスクール、エクリチュール－読解に身を投じるためにわたしは根本的に批評というディスクールを捨てたのです。

「事実、構造を明示することではなく、可能なかぎり構造化を産み出すことが問題なのである」という断言によってあなたが要約していることのように思えますが。

そのように構造と構造化を対立させるのは、わたし一人だけではありません。この対立は文学の記号学の歴史的戯れのうちに書き込まれています。というのも、まさに構造を、構造－生産物を、テクストのうちにオブジェの空間を見つけ出そうとした最初の記号論の停滞を乗り越え、ジュリア・クリステヴァが生産性と呼んだもの、すなわち労働、奪取、言語の無限の置換への接続を再び見出すことが問題なのですから。問題は一つのテクストの囲いの程度を正確に見積もることです。古典的なテクストは囲い込まれていますが、それは部分的です、この仮定にふさわしい方法によって、わたしは古典的テクストが、限定的であり、疎外された仕方であるにしても、言語の無限の生産性のうちに入るのを捉えてみたかったのです。

しかしながらこの乗り越えの作業が現在のディスクールの不可欠の様態だとは見なされずに、読者が、実際には、運動の方向を変え、テクスト解釈という安全なアリバイのもとにそれを回収してしまうのではないかと恐れています。

「すべては意味する」という論争的な表現によってあなたが狙っているのはその無限の生産性なのですね、しかしその逆説的な要請はしばしば分析テクストとあなたの注解の間の冗長さという結果に導かれるのではないでしょうか。

それは一種のアポリア、不可能性を回避するための表現です。つまり、もしすべてが意味しないなら、テクストには意味しないものがあることになります。ならばこの意味しないものの性質はどんなものになるでしょう？　自然なものでしょうか？　取るに足りないものでしょうか？　それらは、あえて言えば、たいへん科学的な概念とは言えませんし、たいへん重大な、ほとんど解決不可能な問題を提起しているように思えます。

しかしながら、テクストには契機がありえます、おそらく思うほど多くはないでしょうが、そこでは発話の文字通りであること――デノテーション――がいわば意味を汲み尽くしているのです。ところでこの次元においても、すくなくとも一つコノテーション的な意味があるのです、それは〈文字通りわたしを読みなさい〉ということです。その時デノテーションの力が二次的な意味論の切り離しを免除しているのです。「すべては意味する」と言うことは、文が解釈の水準で意味を欠いているように思えても、言語そのものの水準でそれが意味していることを示しています。このようにして「すべては意味する」はテクストが全面的にシニフィアンス（意味形成性）に包まれ、貫かれていて、言語と世界の間に拡がる、一種の限りない意味の交錯に端から端まで浸されているという、単純だが重要な観念に送り返されるのです。

解釈と分析の地位についてこれらの命題が前提としているものをよりよく評価するために、『サラジーヌ』のうちで、意味の産出を支配していると思われた五つのコードを正確に定義していただけないでしょうか？

事実わたしは五つの大きな意味論的な領域あるいはコードを区別しました。この切り取りが何らかの理論的永続性を持っているかどうかはわかりません。そのためには他のテクストについて同様の実験をする必要があるでしょう。

一、〈物語の行為のコード〉（あるいはアリストテレスの修辞学から借りた用語なら、プロアイレティックなコード）、それは私たちがまさに中篇を物語のように、行為の継続のように読むことです。

二、〈本来の意味論的なコード〉、それは多かれ少なかれ個性的な、心理的な、雰囲気に関わるようなシニフィエを収集します。いわゆるコノテーションの世界です。例えば、ある登場人物のポートレートが明らかに「彼は神経質だ」というメッセージを目指してはいるが、「神経過敏」という語が一度も発せられない場合です。神経過敏はポートレートのシニフィエとなります。

三、〈文化的コード〉、たいへん広い意味で使われていて、つまりはディスクールが足場とするようなある時代についての全体的な知、レフェランスの総体です。したがって心理学的、社会学的、医学的知などです。これらのコードはしばしばとても強力です、とりわけバルザックにおいては。

四、〈解釈学のコード〉、これは謎の設立と謎によって提起された真実の解明に対応します。一般的に、警察のモデルの上に組み立てられたすべてのプロットをこのコードが支配します。

五、〈象徴的な領域〉。ご存じの通り、この論理は推論あるいは経験の論理とは根本的に異なるものです。それは夢の論理のように、非時間性、置換、可逆性という特徴によって定義されます。

あなたはまったくヒエラルキーを設けずに様々なコードの戯れを示したいと思ったのでしょうが、象徴的なコードが他に優先する対象になっているようですね、去勢のモノグラムである『S／Z』という書名にも解釈の文体的な幻惑のうちにもそれが伺えます。あなた自身「それを描写する時のある種の快楽、そして象徴のシステムに与えられた特権の外観」とおっしゃっています。

確かに、ヒエラルキーのある種の一時中断、少なくともそれらに従ってテクストが読まれ得る様々な審級の間で揺れ動くヒエラルキーを維持しようとしました。しかし最初は構造的分化だけだったのですが、古典的なテクストが、まさに、これらのコードにヒエラルキーを設けるに従い、自然にヒエラルキーが再建されてしまったのです。象徴的なコードと行為のコードが他のコードを支配しているように見えますが、それは物語の「糸」がこれら二つに依存しているからです。その論理は、本質的に不可逆的で、読みうる物語として古典的な物語が決定されるような論理的、時間的なコードの圧力に従っています。他のコードは、逆に、可逆的で、異なった論理を含んでいます。それらはテクスト全体がちりばめられている意味の小片によって構成されているのです。このようにして少しずつ純粋なシニフィアンの次元に近づいていくのですが、それはまだ文化的コードと心理的なシニフィエの水準では非常に疎外されたままです、しかし象徴的な水準では、それは表現の可逆性、非論理性、あるいは、現代が利用している、テクストを破砕する力やエネルギーを秘める別種の論理を最高度に高めているのです。

一方、テクストの意味論的な複数性を活かすためにコード間のバランスを平等に保とうと努めたのですが、象徴的な領域の優越性が生じてしまったのは確かです。その優越性は本質的に二つの理由によって説明できます。

一、ある主体のカストラート〔少年時に去勢した歌手〕とのいざこざを喚起する中篇の中身は、文字通り、一気にシーン全体を占める象徴体系に従属しているのです。カストラートの条件、あるいは副次的な条件はどうしてこの上なく象徴的なテーマである去勢に絶えず訴えないのか？

二、象徴的なあるいは擬似精神分析的な読解は私たちにとって、今日、打ち克ちがたいほど魅力的であり、明らかに獲物と言えるほどに強力なのです。ここでは、象徴を強調するのは私たちの身体そのものなのです。

この優越性は象徴的なコードが、実際には、それによって他のすべてのコードが秩序づけられ、それらが象徴的なコードを隠している点でそれらを正当化するコードであることを示してはいないでしょうか。あなたが体系的に記述なさった象徴的な領域の「三つの入り口」――「対句」、「金」、そして「身体」つまり言語活動、経済、そして性という名目で――を収める最後から二つ目の部分は、実際には、注解の終わり、解釈の素描を成しています。これらの入り口に何らかの分節――この分節が精神分析の、マルキシズムの、言語活動の理論の、下部構造と上部構造の理論的関係を機能させるのですが――があると仮定しなければ、この象徴的なコードが、生産物ではなく産出の母体であり、ダイナミックな全体としてのテクストの構造化を動機づけ、支える構造であるとみなすことはできないのではないでしょうか?

もし象徴的な領域をテクストによって利用されるすべての置換を包含するものと定義するならおっしゃる通りです。それは分析の過程でわたしの行ったことです、ただ一つの、広い意味での象徴の領域に対句、金、身体の変化を並べ、そしてこの領域により直接的に文化的な、したがって明らかにより表面的なコードを対立させたのです。このような包括的な意味での象徴的なものは確かにマイナーなコードに優先し、まさにあなたがおっしゃったようにテクストの構造化をもたらします。金、意味、そして性はテクストの活力を保証する三つの独特な象徴体系の戯れなのです。

しかし、この広大な象徴的な領域の内部で、いま述べたように広い意味で、身体、性、去勢、精神分析に従属するものをより固有の象徴的なものと指し示す傾向があります。それがこのわたしのしたことです、「象徴」の意味をあなたが引用なさった最後の解釈に限定してしまったのです。テクストの全体的な象徴には三つの入り口から入れると言いました。修辞的あるいは詩的な入り口(対句)、経済的な入り口(金)、用語の厳密で部分的な意味で、象徴的な入り口(身体、精神分析的な読解）の三つです。わたしにとって重要なことは、三つの入り口の平等性を明示することです。どれ一つとして他のものに優先せず、どれ一つとして他のものを支配しないのです。前に言ったような理由で、三つ目の精神分析的な入り口がより広範で、より重要に見えるかもしれません。しかし平等性の原則はどうしても守り抜かねばならないものです、なぜなら意味の複数性やテクストについて異なる物語を絶えず取り出すことを可能とするのはこの原則だから。マルクス、フロイト、そして今の場合アリストテレスが、同時に、このテクストについて話すことができるのです、しかも正当に、言ってみれば、テクストのうちに捉えられた論拠とともに。もっとも構造的というよりは世俗的なイメージになってしまいますが、テクストのうちには多かれ少なかれ狭い門がいくつもありますが、〈正門〉はないのです。

限定された意味での、象徴的なコードについて、ある一点についてこだわりたいのです。専門用語の兆候的な水準について言えば、例えば、語り手の女友だちがカストラートに手を触れる身ぶりをアクティング・アウト（行動化）あるいは「転換のヒステリー」と呼ぶ時や「その接触はまさに象徴の壁を越えたシニフィアンの現実への侵入であり、それは精神病的行為である」と付け加える時、あなたは明らかにフロイトやラカンの用語を使っています。しかし一方で書いてらっしゃる。「ここで象徴的なものという名で示したものは精神分析的な知識に従属するものではないのである。」あなたの分析全体はこのように精神分析的な解釈に対して、愛着と後退という二重の動きを示しています。

すでに『ラシーヌ論』で、わたしは一種の「共通語」、文化的に一般に普及した言語として精神分析的な言語を使っています。その点については、一般的に言って、批評的な作業に適用された

「エッセー（試論）」という語はあまり好みませんが（エッセーと言うのは科学的な学問への慎重さを装ったものと思われます）、「ある対象、あるテクストについて言語活動を試してみる」という意味でなら受け入れることができます。衣服を試着するように言語活動を試すわけです。うまく行けば行くだけ、つまりより遠くまで行ければ、それだけより幸福になれるのです。わたしが精神分析的な言語活動に頼るのは、他の個人言語についても同様ですが、遊戯的、引用的次元なのです——それは誰にとっても同じではないでしょうか、誠意の多い少ないはあるにしても。人は決して言語活動の所有者ではないのです。言語活動は、病気や貨幣のように「伝え合い」、貸し借りされるものなのです。あなたもご覧になったように、『S／Z』では、職業倫理に反して、「出典を引用」しませんでした（それによって中篇を発見することになった、ジャン・ルブルの論文を除いては）。わたしが債権者の名（とりわけラカン、ジュリア・クリステヴァ、ソレルス、デリダ、ドゥルーズ、ミシェル・セール）を削除したのは、——彼らは分かってくれると思いますが——わたしにとって引用的であるのは端から端までテクスト全体であるということを示すためなのです。そのことを紹介で中世の〈編纂者〉と〈作者〉の役割を喚起しながら明らかにしました。

そうは言っても、あなたがあのような言い方で提起なさった問題を回避しないためには——言語活動の「真実」という言葉ですが——精神分析に対しての「遊戯的な」態度は覆い隠されている、あるいは、目下のところ精神分析におけるイデオロギー的な参加の決定不可能性によって維持されているのかもしれません。それはまだ、結局のところ、〈主体〉と〈他者〉の心理学なのでしょうか、それともすでに主体を持たない言語活動の限りない交換の戯れへの到達なのでしょうか？　それはおそらくラカンと〈テル・ケル〉の間で討議されている、あるいはこれから討議されることになるものです。わたしは、今のところ、この二つの方向の間で、ジグザグに進んでいます、いわば、「誠実に」、というのも選択のあらゆる結果が予見できないのですから。そこから、わたしの作業では、単一の論理、教条主義、唯一のシニフィエへの復帰の危険を少なくとも回避しようとする鏡の戯れ、遊戯的な姿勢となるのです。

意味の――そして無意味の――形成においてある種の真理について話しながら、より明確な精神分析的なタイプの解釈がどうして否応なく単一の論理になってしまい、解読の複数性を禁じてしまうかが分かりません。

この中篇の価値は「そこでは潜在的なものが一気に顕在的な線を占領してしまう」ことだと言って理論化なさった、見事でもあり必要でもあるテクストの抜本的な検討によっても、テクストのうちで、顕在的なものと潜在的なものとのある種の関係を作用させる何かをまさに避け得るには至っていないのではないでしょうか。ですから、謎の老人という相貌のもとに彼らの館に身を潜ませるカストラートの末裔、ランティ家の家族のある種の様相に、あなたの分析のうちで、ほとんど場所と重要性が割り当てられていないことに驚かされたのです。バルザックはとりわけマリアニーナとフィリッポの彼らの母親、ランティ夫人との二重の類似を強調しています。夫人はカストラートの姪であり、バルザックの女性の典型のように思われます。妻であり、母であり、欲望の対象でもあるのです。子孫に分節されたナルシス的な関係の網目が、テクストのうちに、近親相姦的でもありオイディプス的でもあるレファレンスを導入するように見えます(象徴的な徴候としても文学的なレファレンスとしても機能する、「この謎めいた家族にはバイロン卿の詩のすべての魅力があった」という文によって強調されているのです)。それは去勢の中心的な形態に関連して、テクストの産出そのものを決定し、支える象徴的な母体、欲望の体系を決定するという重要性を持っているのです。

つまり、概ね、主体の欲望ばかりでなく、エクリチュールと同様に読解をも構造化する形態としてのオイディプスについての沈黙は、テクストのうちに署名によって（そして署名がおのれのうちに携えるすべてのものによって）また語り手のうちに具現される重複によって顕在化される、計測可能な物語の起源としての、作者、発話行為の主体、ここではバルザックを除去しようとする振る舞いに徴候的に現れているのではないでしょうか。エクリチュールのうちに「血統ではなく、連関の素材」を識別したい、つまり起源への、父へのあらゆる参照（フロイトやラカン、そして最近ギー・ロゾラートの『象徴的なものについての試論』で述べられたような）を廃止したいとおっしゃる時にあなたはそのことをほのめかしているのです。どうして二つの記述が対立するものであり、互いに他を排除するものであるかが分かりません。象徴的な領域そのものにおいて、それらを対立させるのは、コードの複数性を侵犯することではないのですか？

あなたの疑問、抗議はあなたがどれだけレヴィ＝ストロースのよい読者であるかを示すものです、なぜなら彼は、もちろんあなたが知るよしもない個人的な手紙で、目の眩むような説得力のある論証を見せてくれ、最後に、正当にも『サラジーヌ』に近親相姦を取り戻させたのです。しかしながら、レヴィ＝ストロースの論証は……レヴィ＝ストロース的であって、フロイト的ではありません。そもそも最近のラカンはあなたが考えるような決定的な地位をオイディプスに与えているのでしょうか？

作者については、わたしは注解から徹底的にバルザックを除去しましたが、ですから、ついでに言っておきますが、わたしの仕事のうちに「バルザックの読解」を見るのは間違いです。それは……読解の読解なのです――テクストを限定することなく「徹底的に」にテクストについて語ることができると示すことは重要であると信じていたのです。それに、限定を保持したとしても、それは他の多くのうちの一つの批評的なコードにすぎません。わたしの仕事のうちで、中等教育や大学でのコード、この上なく文化的なコードの単位としてバルザックの生涯や作品へのすべてのレファレンスを可能なかぎりコード化することを始めていました。歴史家や文学の心理学者はわたしの沈黙よりはそのことに満足してくれたのではないでしょうか？　作者においてわたしが拒絶するのは所有、相続、血統、〈掟〉という場です。しかし、いつかマルチテクスト、連関の織物のために限定を追い抜くことができれば、その時はいわば紙でできた、テクストに記載されるという形で存在する、作者を再び取り上げることができるでしょう（その点については、わたしはプルーストとジュネを挙げました）。そうなることを待ち望んでいると言ってもいいのです。わたしはいつか伝記を書いてみたいと思っています。

限定の支配を逃れようという断固たる意志は注解の言語にさえ強烈なこだまとなって響いていますね。事実、あなたのおっしゃった引用に頼ることを始めとして、一種の概念の絶えざる戯れが起こっていて、一つの概念はすぐに解体され、曖昧にされないでは、いわばテクストの突出部、きらめきに導入されないようなものです。

あなたのおっしゃることが本当だとすれば、それはその時わたしがエクリチュールの中にいるからです。そう願っています。なぜならわたしにとって根本的に受け入れがたいものは科学至上主義です、つまり科学として考えられる科学的なディスクールですが、それはディスクールとして考えられる検閲でもあるのです。仕事を弁証法化するには一つの方法しかありません。書くことを受け入れ、エクリチュールの運動の中に入ること、しかもできるかぎり厳密に。概念の軋轢は有能な読者のコンセンサスによって修正されるものではありません。それは作者の体系、その個人言語によって維持されるのであり、概念はディスクールの内部でお互いに調整されるだけで十分なのです、もう一つのテクスト、支柱となるテクスト、オブジェ、なんであれ、そこを出発点として人が書きはじめるものが言語活動によって側面から衝突され、正面から吟味されなければ。

そのような条件で、今おっしゃったような次元の分析が方法論的にモデルとなるような価値を持ち、他に適用可能だとお考えでしょうか？

わたしの仕事が他のテクストに適用可能な科学的なモデルだとは思いませんし、望んでもいません。そうでなければそれは豊かであることが明らかになった方法の歪曲でさえあるでしょう。この注解にある種の未来があるとすれば、より慎ましい次元のもの、方法論的ではなく、啓蒙的なものです。例えば、暫定的に、——暫定的と言いましたが、なぜなら何ものも「文学を教え」続けなければならないと保証はしないからです——文学の教育に、モデルではなく、注釈を解放し、読解の空間に導き入れ、そして教育において象徴への権利を開く可能性を供給することができるでしょう。

三〇ページの中篇がそれだけで二二〇ページの注解を必要とするならどのようにして客観的な可能性を

考え出すことができるでしょう？

それがまさしくわたしが取り組んでみたいと思う問題です。三〇ページの支柱となるテクストから普通の大きさの小説にどのようにして移るのか？

そのような拡張はひとりでに大きなタイプの、総合的なタイプのコード化を引き起こすおそれはないでしょうか？

ええ、うんざりするような繰り返しを避けるために大きな塊で小説のプランを立てるおそれがあります。なぜなら、多くのページにおいて、言語全体にわたり、さまざまのコードや記号が繰り返されるからです、すでに『サラジーヌ』にそういうことが見られました。冗長さがあるのです、そしてそれはすぐに退屈になってしまうでしょう。わたしからすれば、それは理論的な問題というよりは構成の問題です。このような分析をどのように提示すればいいのでしょう？

いずれにしろ、小説あるいは短めの中篇にしても、この分析を続けようとすれば、ある意味で、平板でも独創的でもないテクストを、そしてそのことによって、複数のエクリチュールにそれらの抵抗の解釈を許すようなテクストを見つけなければなりません。『サラジーヌ』によってわたしがこの上なく適切なテクストに邂逅したことは間違いありません。

「読解の証となるものはその体系の容量と耐久性以外にはない」と理論化なさったものですね。注解作業は、文学的経験として、あるいはあなたがおっしゃったように、読解のディスクール、エクリチュール－読解として形成される点で、文学的な価値のある種の再階層化を目指すものであるとおっしゃりたいのでしょうか？

ええ、恐れてはいけません。ムターティス・ムタンディス〔変えるべきは変えるべし〕、〈中世〉はただ古代のテクスト、ギリシャの、ローマのテクストを再読しながら生きていたのです。おそらく文学はこれからそのようなものとなるでしょう。注解の対象、他の言語活動の保護者、ただそれだけです。ありえないことではないでしょう？

ではそのような断言の全体を別の視点から説明するために、『S／Z』の同時期に書かれた、『記号の国』があなたにとって形作る経験に触れていただきましょう、そこではより論争的かつより個人的な調子でまたもや意味の地位という非常に微妙な問題に接近なさっていますが。

それは日本について、わたしの日本について、つまりわたしが日本と呼ぶ記号の体系について語ることを選んだ本です。

その日本への愛はもう一つの、はるかに根底的な愛を、意味に関する留保への愛を収容しているように思えるのですが。

日本人の生活の多くの特徴のうちに、多少なりとも理想的な制度と思われる、ある種の意味の制度を読み取れると思ったのです。仕事を始めてから、わたしはさまざまな分野で、絶えず記号、意味、シニフィカシオンについて書き続けてきました。そこで表明された記号、意味についてわたしがある種の倫理を持っているのは当然です。

それをどのように定義なさいますか？

簡潔に言えば、解決するよりは問題を作り出してしまうかもしれませんが、空虚な記号の論理です。日本は記号の分節が極端に繊細で、発達した文明の例を提供していて、そこでは何物も非記号に委ねられることはありません。しかしこの意味論的な水準は、シニフィアンの扱いにおける並外れた繊細さとなって現われ、何かを意味しようとはせず、言ってみれば、何も意味しないのです。それはいかなるシニフィエにも、とりわけ最終的なシニフィエに送り返されず、わたしにとっては同時に厳密に意味論的であり、厳密に無神論的である世界のユートピアを示しているのです。多くの人と同じように、わたしはわたしの文明を極度に忌避しています、吐き気をもよおすほどに。この本はわたしに必要不可欠となった、唯一象徴体系に、私たちの象徴体系に裂け目を引き起こすことのできる全体的な他者性を絶対的に要求するものなのです。

その経済的現実もイデオロギー的な価値も、われわれのものと同じぐらい抑圧的である総体を成す社会のうちに、意味と無意味の調和という理想的で無政府主義的なイメージを認めることを、あなたに可能とした明らかに矛盾する現象をどのように説明なされますか？

日本は、一世紀も経たぬうちに、並外れた経済的な拡張主義に到達した、封建制の非常に特異なイメージを提供しています。この極度に技術化された社会には——と言っても本当にアメリカ化されてはいませんが——封建制の論理が現存していて、価値の総体、生活の術を維持していますが、おそらく歴史的にはかなり脆弱なもので、一神教の根本的な不在に関連するものかもしれません。

このようにしてほとんど全面的にシニフィアンに浸された体系がシニフィエの絶えざる後退の上で機能しているのです。それが日常生活の本質的な水準においてわたしが示そうとしたものです（住居と同じように食物についても、住所のシステムと同じように化粧においても）。このシニフィアンの、象徴的なものの形成は、資本主義的な搾取の制度に書き込まれているにもかかわらず、文明のある種の成功を示すものであり、その点で、シニフィアンの解放が二〇〇〇年以上も前から一神教的な神学とその位格（「科学」、「人間」、「理性」）によって縛られてきた私たちの西洋の社会に対して、部分的ですが異論を唱える余地なく優越性を示しているのです。

こうしてわたしは『サラジーヌ』の注解のうちで別種のやり方で鋳造された要請を実行に移したのです。水準のある種の複数性を試すこと、つまりさまざまな決定の間で切り離されたある種の弁証法を想像することです。マルキシズムの理論の水準においてさえ、歴史的な複数性の要請が現れる限り、短い間だとしても試しに、ある一つの水準の水準に、つまりある種の人生の薄膜に身を置くことができると思ったのです。もちろん伝統的に超構造と呼ばれるもののうちに配列する必要はありますが（しかし、ご存じでしょうが、〈上部〉と〈下部〉というイメージには気詰まりを感じます）。

最後にこのエッセーはわたしが完全にシニフィアンの中に入ってしまう、つまりシニフィエとしての、シニフィエへの、神学への、単一の論理への、法律への復帰の危険としてのイデオロギー的な審級から身を切り離す必要性を感じている時期に位置していることを言わねばなりません。この本は多少なりとも、小説への入り口ではありませんが、ロマネスクなものへの入り口なのです。つまりその政治的な性格により高い評価を得るものだとしても、シニフィアンであり、シニフィエの後退なのです。

その裂け目の印象的な実例は、あなたが想起なさった全学連の学生たちのうちに見られますね、それが本の最終部に先立つだけに重要です。

「結局は、記号の過激な斬新さなのである、闘争する学生たちがリズムをつけて叫ぶスローガンは、行動の〈大義〉や〈テーマ〉(何のために、あるいは何に反対して、闘うのか)を表明するのではないということも、ときには容認される――表明をすれば、言葉はまたもや、理由の表現や正当な権利の保証になってしまうであろう――。スローガンは、行動していることを表明するだけである(「全学連は闘うぞ」)。したがって、行動はもはや、言語――フリジア帽子をかぶって歌われる〈ラ・マルセイエーズ〉のように、闘争の外にあるけれども闘争よりもすぐれた崇高なもの――によって覆われたり、導かれたり、正当化されたりすることはもはやなく、純然たる声の行使によって重ねられてゆく。その声は、暴力の総量に、さらにひとつの動作やひとつの筋肉をくわえるだけである。」

この分裂はあなたがかつて形式の政治参加、形式と歴史の批評的な関係、実践の可能性についての理論的な手がかり、と定式化なさった中心的な関心事との一種の断絶を示すものではないでしょうか?

その点で態度変更があったとすれば、それは位置の移動であり、否認ではありません。『現代社会の神話』で行ったような、形式とイデオロギー的な内容を関係づけるだけではもはや満足できないのです。それが間違っているとは思いませんが、その手の関係は今や既定のものです。今日では誰もがある形式のプチブル的な性格を告発することができます。今や闘争をより遠くまで運ばねばなりません、一方でシニフィアンに、もう一方でシニフィエに割れ目を入れるのではなく、記号の観念そのものに割れ目を入れようと試みなければなりません。記号破裂と呼んでいいような作業です。今日割れ目を入れなければならないのはその土台、根本的な形式において、西洋のディスクールそれ自体なのです。

それではあなたは具体的な政治参加による探求の決定をすべて否認なさるのですね。

その関係の直接的な水準に止まるかぎり、繰り返し、ステレオタイプを宣告されてしまいます。知の中にさえいません、知の繰り返し、つまり教理問答の中にいるのです。創り出し、位置をずらすことができません。創出はその先にあるはずです。私たちの西洋においては、私たちの言語、言語活動においては、死にもの狂いの闘い、シニフィエとの歴史的な闘いを挑まねばなりません。それはこの対話を支配している問題です。この対話を「西洋の破壊」と題することもできるでしょう、ほぼニーチェの言う、ニヒリズム的な展望においての、「新しい物の感じ方」、「新しい思考法」の偶発の、闘争の本質的な、欠くことのできない、不可避の段階として。

ここではエクリチュールと政治の関係、そしてエクリチュールと科学の関係に特有の限界に触れることになるのではないでしょうか。

あらゆる決定を拒絶する時、あなたは知的ディスクールの相矛盾する要請としてマラルメが「文学」という曖昧な言葉で言い表した真理を述べているのです。つまり欲望のシニフィアンとしてのエクリチュールはそれ自体その解放の閉じられた場を構成するのです。エクリチュールは論理的に言えば政治的な言葉を包含しています、それなしでは何物も考えることができないのですから、しかし包含していると言ってもそれはユートピアという資格においてです、そしてエクリチュールの行為は、十全にエクリチュールであるためには、「限定的な行為」として行使されるしかなく、「後の時代を目指すしか手に入れようのない」純粋に不確かな関係しか歴史と取り結ぶことができないのです。

そのようにしてあなたは『記号の国』、「それはマラルメの住居だった」と正確におっしゃった「記号の小部屋」に閉じこもられたのです。あなたはテクストのフェティシストであり、マルクスであれフロイトであれ、テクストの「三つ編み」を切り取ってしまうことのできるいかなる知も受け入れようとしないのです、ソレルスがあなたの本にイデオロギー的な圧力をかけて多少ともそのことを試みていますが。

『S／Z』の裏表紙に印刷された数行のうちでシニフィアンを解放する理論の（集合的な）建設を援用なさる時にあなたが、その根拠とした「理論」という語はその動きに対応しているとお考えですか？ それとも必然的に、認識を解放するディスクールは、他のものにも増して、例えば知の領域にフェティシズムを刻みつける、去勢の身ぶりを絶えず描くことによってしか維持されないのでしょうか？

〈待つこと〉が〈閉じこもること〉だとは思いません。私たちにおいては、閉塞はいつでも叱責として持ち出されることに注目しましょう。私たちはいまだにロマン派の、アルプス地方の、広大さの、開放されたものの、全体的なものの、偉大な息吹の神話を実践しているのです。しかし閉塞していないことは必ずしも開放ではありません、それははるかにより確実に中心の免除なのです。それがまさにわたしが日本から学んだと思ったことです。日本の家屋のような住居は我慢ができる、いや非常に快いものでさえあるのです、もしそれを空にし、家具を取り払い、中心をずらし、方角を見失わせることができるならば。前に（ニーチェを参照して）「ニヒリズム」と呼んだ、この空虚は必要不可欠でもあり、一時的でもあります。それはわたしにとっては私たちの社会におけるイデオロギー的な闘争の現時点での請願なのです。古典派やロマン派のように、テクストをフェティッシュとして保持するには遅すぎるのです。科学主義者や実証主義者や時としてマルクス主義者がそうするように、去勢する力を持つ知のナイフによってフェティッシュとしてのテクストを切り分けるには「すでに遅すぎる」のです。そして政治的な現実に対して、それが二度目の去勢、去勢の去勢と思われないようなやり方で、裂け目を切り取り、知を遮断するには「まだ早すぎる」のです。私たちはそのような地点にいるのであり、住むことができないところに住まなければならないのです。ブレヒトにおいて希望と革命への信頼が減退しているとはお思いにならないでしょうが、そのブレヒトがこう言っているのです、「かくして世界は進む、そして快調とは言えない」と。

『レットル・フランセーズ』誌、一九七〇年五月二〇日号。
聞き手はレーモン・ベルール。

＊　この対話は一九七一年に『他者の本』（レルヌ社）に、そして一九七八年に『他者の本　対話』（クリスチャン・ブルゴワ社、10／18叢書）に再録された。

2

3
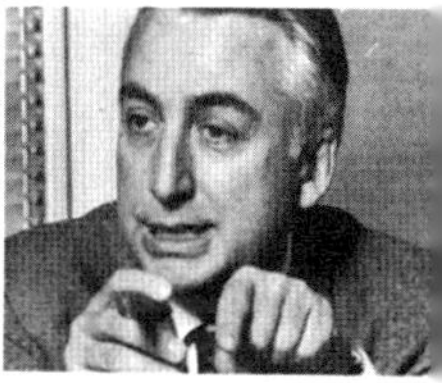

4
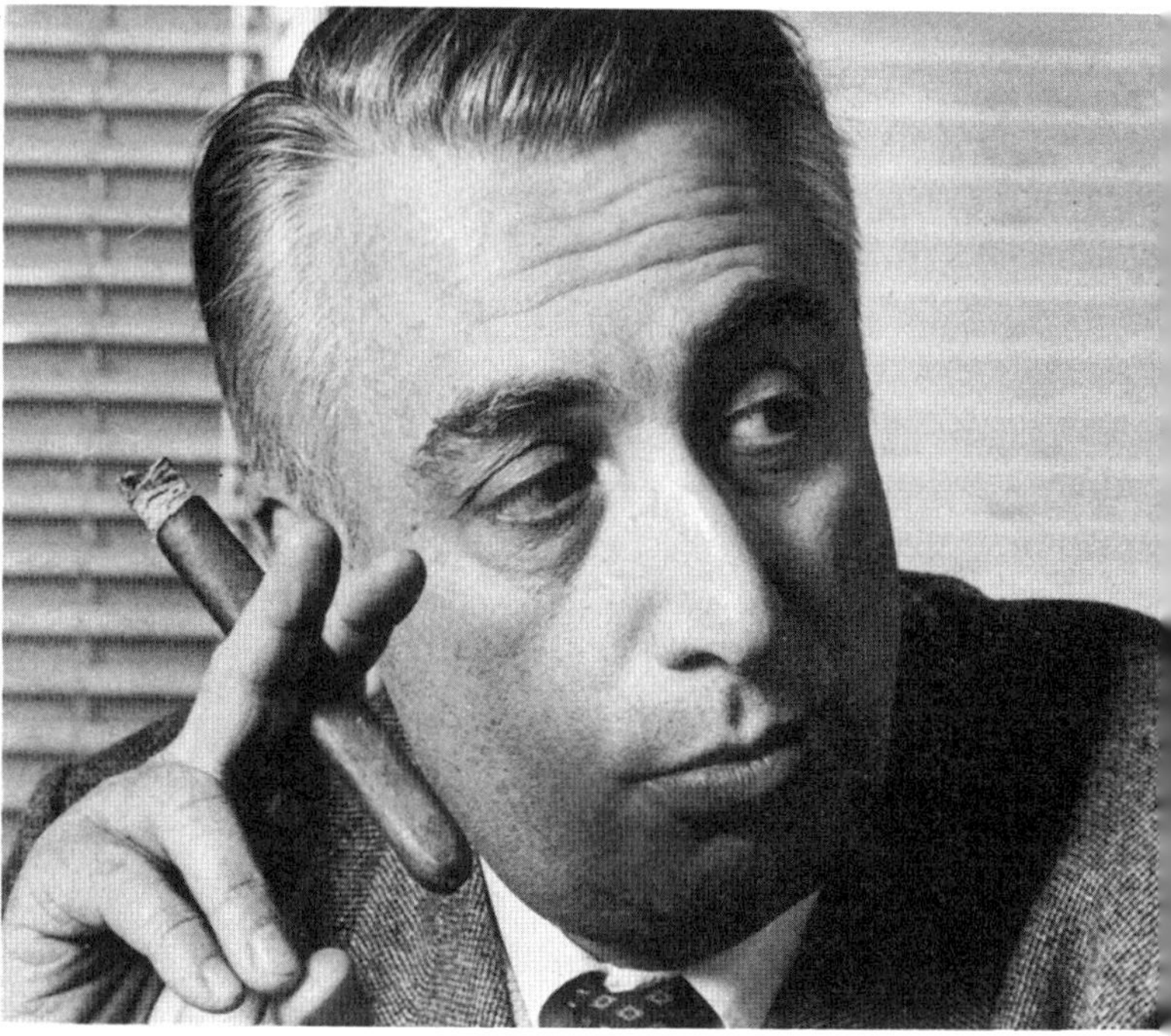

2, 3, 4. ジャン=ルイ・フェリエ, ミシェル・コンタ, フレデリック・ド・トワニッキと『レクスプレス』編集部で, 1970 年.

『レクスプレス』誌は前進する……　ロラン・バルトとともに

五四歳、高等研究院の指導教授である、ロラン・バルトは大衆には知られていないが、最初の書物『零度のエクリチュール』の刊行以来、フランス内外の知識人にはたいへん有名な人物の一人である。セミオロジーつまり記号の科学のフランスへの導入者である彼は、とりわけ難解なエッセーである『S／Z』（スイユ社刊）と、より近づきやすい日本についての一冊『記号の国』（スキラ社刊）を刊行したところである。彼の言語はときおり難解である。しかし理解するために払われる努力は報われないことはない……

バルザックの短い中篇、『サラジーヌ』の分析に一冊まるごとを当てましたが、その理由は？

なぜなら『サラジーヌ』はバルザックがとても遠くまで、彼にもよくわからない、それまで彼が知的にも精神的にも引き受けたことのなかった彼自身の領域——それらの領域が彼のエクリチュールに入り込んでいるにもかかわらず——にまで進んだ、限界のテクストだからです。

また一種の読解の形式的な一覧表、つまりテクストの可能な読解の一覧表を描いてみたかったのです。わたしのしたことはスローモーションの映画です。わたしは『サラジーヌ』のスローモーションのイメージを提出したのです。運動を分割する映画監督のように、それをスローモーションで示したのです。

どうして限界のテクストのことを話されたのですか?

中篇の語り手は、それはバルザックではありませんが、こう宣言します。「実は、おそらくこの物語は、私が作り出したのだ。」しかも彼はそのことを物語の中で宣言するのです。このような注記、このような異様な「おそらく」のせいでわたしは限界のテクストのことを話したのです。

わたしが示そうと試みたのは、この中篇が高次のカテゴリーに属するものであり、そこでは話がそれ自体で機能し、話としてそれ自体が問題にされ、表象されるのです。というのも中篇の可能な要約の一つは語り手が年若い婦人、ロシュフィード夫人に恋しており、舞踏会で出会い、彼女が知ってはいないが知りたいと思っているある秘密を握っており、一夜を過ごしたいと恋い焦がれている、というものだからです。暗黙の契約が結ばれます。愛の一夜と引き換えのすばらしい物語。ギブ・アンド・テイクです。

『千夜一夜物語』でのように。

『千夜一夜物語』でのように、そこでは話は交換の対象でもあるのです。どうして人は物語を語るのでしょう? 楽しみのためでしょうか、あるいは気晴らしのためでしょうか? 一七世紀に言われたように、「教育する」ためでしょうか? 物語はマルキシストの言うイデオロギーを反映しているのでしょうか、あるいはそれを言い表しているのでしょうか？　これらすべての正当化は、今日、わたしには失効しているように思えます。あらゆる話は一種の商品のようにそれ自体で考えられるのです。『千夜一夜物語』では、一日生き延びることと引き換えに一つの話が交換されます。ここでは、愛の一夜と引き換えに。

サドでも同じです。彼の小説では、乱痴気騒ぎの饗宴のシーンと形而上的な考察の間でほとんど強迫的な交替が見られます、形而上的な考察は、普通、注意していても読み飛ばしてしまうのですが。例えば、『閨房の哲学』の読者が話を端から端まで読むとすれば、彼はまさに哲学的論文を代価に乱痴気騒ぎの饗宴のシーンを買っているのです、逆もまた同じです。

この中篇はバルザックの著作のどのような時期に位置するのですか?

バルザックは一八五〇年に亡くなり、『サラジーヌ』は一八三〇年ですから、比較的初期になります。バルザックは『サラジーヌ』をパリ生活情景に収めています。

話は交換の対象だということですが、『サラジーヌ』を叙述していただけませんか?

喜んで。第一部はすべて王政復古時代のパリのサロンでの出来事で、中篇の明白なテーマはブルジョワ社会の糾弾です。王党派的な思想から、バルザックは投機に使われる金、新興富裕層の金を非難し、そのような金を起源を持たない、貴族がそうであったように、土地所有という過去によって権威づけられていない象徴体系だとするのです。

第二部で、『サラジーヌ』は去勢の話となります。謎の核心を構成する人物、ザンビネッラはカストラートです。彼の名前の意味は「小さな足」、あるいは「小さな人形」ですが、わたしに言わせれば、「小さなファロス」でもあります。そして新興富裕層の起源を持たない金、無から突然出現するほとんど錬金術的な金はまさに何物でもないザンビネッラに対応するのです、というのもザンビネッラは偽りの女性、カストラートだからです。

カストラートの空虚とパリの新興富裕層の金の空虚の密接な関係を明らかにしたからといって無理にこじつけた説明をしようとしているのでは全然ありません。

おそらくはそうでしょう、しかし中篇のタイトルとなっているサラジーヌは話の途中でわかるのですが、彫刻家であって、女性だと思っていたザンビネッラを愛したために殺されるのです。あなたの解釈は普通の読者、単にバルザックを読み、「前に進んで行く」読者の解釈に一致していないのではないでしょうか。

しかし、わたし自身も、バルザックを読む時には完全に「前に進んで行きます」、そのことは信じて頂きたい。しかしながら、いつでも少なくとも二つの水準の読解が存在するのです。あなたの言われた読者は無邪気な読者であり、みずから進んでバルザックを読み、読書に歓びを見出し、物語が面白いと思い、最後まで行きたいと思い、物語がどんな風に終わるかを見たいと思うのです。

この読者は時間的な経過のもとで逸話を消費しているのです、ページからページへ、月から月へ、年から年へ。実は、彼は非常に古い論理に従ってテクストを読んでいるのです、というのもその論理は『イリアッド』と『オデュッセイア』までさかのぼり、おおむねヘミングウェイまで続いていたものなのですから。

それから、より深く突き進み、話の象徴的な豊かさに近づく象徴的な読者がいるのです。

それら二つの読者は、あなたのうちで、共存しているのですか？

もちろんです、二つの読者はあらゆる人間のうちに共存していて、それ以外ではありえません。しかし、第二の水準の読解は無意識的ですから、無邪気な読者は、当然、それを知らないままでいるのです。

第二の水準の読解と共存する象徴的な次元は、フロイトが的確に示したように、同じ時間的な論理を持たない、夢の中でのように、前も後も存在しない次元です。その時間は可逆的で、力とコンプレックスとイメージの象徴的な配列なのです。逆に、無邪気な読者の時間は、本質的に不可逆的なのです。

象徴的な読者はテクストを分析し、そこから意味深い構造を引き出す者なのです。それが、まさに、無邪気な読者の歩みを理解させ、どうして無邪気な読者が「前に進んで行く」のかを理解させるものなのです。

つまり、第二の読者によって、あなたが定義なさろうとしているのは、批評なのですね。

そうです、しかしその読者は書き出していなければ、彼自身がエクリチュールと格闘していなければなりません。また批評は気分の問題であってもいけません、あまりにもしばしばそういうことが起こりますから。

あなたによれば、批評とは何ですか？

わたしにとっては、それはテクストの解読の営みですが、その点では特に、そう呼ぶのが慣例になったように、「ヌーヴェル・クリティック（新批評）」のことを考えています。なぜなら旧批評は、結局、解読することがありませんでしたし、解読という問題を問おうとさえしなかったのです。あらゆる「新批評」はこの地平との関係によって位置づけられます。マルクス主義のタイプの読解、精神分析のタイプの読解、テーマによる読解、実存主義的読解と、スタイルは非常に多様であり、異なったイデオロギーとのつながりを持っていますが、目標はたえず同じです。その構造、秘密、本質を発見するためにテクストの真実の意味を捉えようと努めることです。

比較として、ペインターのプルースト伝をどこに位置づけますか？　旧批評でしょうか？

あれは批評ではありません、伝記です。見事な達成です。

それによって何世代もの高校生が文学と触れることになったランソン－トリュフォーの文学史についてはどのように思われますか？

あなたは文学の教育を問題になさった、それは少々別の問題です。いつも驚かされるのは、文学史の教科書の筆者が二人組であることです。ランソンとトリュフォー、カステックスとシュレ、ラガルドとミシャール、エレベーターのようではありませんか。彼らの選択は明らかに偏ったものです。彼らは文学史を作り出します、つまり文化的に限定され、閉じられた対象によって文学を構成し、それは固有の内在的な歴史を持つのです。私たちの制度に設置された一種のフェティッシュのように様々な価値が維持されます。

高校生について始めなければいけないのは、文学自体の理念に揺さぶりをかけることです、文学は何であるかを問い、例えば、狂人のテクストやジャーナリストのテクストなどを文学に加えることができるかどうかを知ることなのです。

あなたが批評と同一視する解読は、何の役に立つのでしょう?

破壊することとの。歴史的に見た現時点で他のことができるかどうかわからないという点では。しかし語の広い意味においては、例えば、否定神学を話題とするように。

サイバネティックスの専門家は、かき乱す、と言いますね。

まさに、それです。かき乱し、覆す。あなたの質問に答えるためには、批評は、わたしの周りで、わたし以外の人によって繰り返される一種の集団的な身ぶり、集団的な行動に関与することができると考えます、そのモットーは驚くほど単純な言葉ですが、無限の転覆の力を持っています、それはニーチェの有名な言葉です。「新しい感じ方、新しい考え方。」

ザンビネッラ、「小さなファロス」の一党、いまやまさに社会を作り直そうというわけですね。しかしながら象徴的な行動の役割を誇張しすぎだとは思いませんか？

いいえ、そうは思いません、なぜならラカンの思想はわたしの思想でもあるからです。象徴的なものを構成するのは人間ではなく、象徴的なものが人間を構成するのです。人間が世界に入る時、すでにそこに存在した象徴的なものの中に入るのです。

そして象徴的なものの中に入らなければ、彼は人間になれないのです。

誕生とともに人間が食料、教育、社会階層に組み込まれる、つまりすでに設立された制度を受け入れると言いたいのですか。

まったくそうだというのではありません。制度はいつでも文化的な水準で構成されます、それは規範、慣習、言語を含みます。象徴的なものはもっとずっと古く、もっとずっと基本的なのです。子供はすでに六ヶ月で鏡の中に己のイメージを発見し象徴的なものの中に入る、とラカンは言っています。それは鏡像の段階です、つまり初めて、子供が身体の集合的なイメージを把握する時期です。ご存じのように、人間は早産の動物です。生物学的に見て、未熟児なのです。その結果、数か月の間、動くことも話すこともできず、引き裂かれ、生物学的に未完成の状態が続くのです。ところで、生物学的なレベルでまさしく人間を定義するこの状態を、幼児は鏡に自分のイメージが写っているのを見た時に象徴的に埋め合わせをするのです！

分断されたものとして彼が経験していたものが突然他者のイメージとして立ち現れるのです。この瞬間から間主観性の、自我の想像的な建設のあらゆる冒険が始まります。

では鏡を持たなかった太古の社会では？

ラカンにとっては、その論拠は明らかに超歴史的な価値を持っているのです。鏡はむしろアレゴリーです。重要なのは、子供が集合的なイメージの中に己の身体を捉える瞬間なのです。しかし象徴的なものの重要性は、精神分析学者の理論的な考察ばかりでなく、すべてが確証を与えています。例えば、心身医学は、喘息、胃潰瘍のような典型的な心因性の症状はいつでも象徴化の混乱が原因となっていることを明らかにすることができました。心因性の器官障害の患者は十分に象徴化することができないのです。彼らを治療するための理想は彼らに象徴的なものを注入すること、つまり彼らをノイローゼにすることでしょう。

ノイローゼによる治癒。あなたの提案なさる医学は少なくとも奇妙に思えます。

そんなことは全然ありません。それに提案しているのはわたしではありません、精神身体医学の専門家たちです。

ノイローゼ患者とはその固定がすべての象徴を無に帰せしめるさまざまな検閲を引き起こす患者です。その沈黙とは検閲による沈黙なのです。心因性の器官障害の病人は正反対です。彼はその身体を象徴化することがなく、その身体は鈍くて反応しません。その沈黙は空虚の沈黙です。まさに、ノイローゼの症状では異常発達する象徴的な機能を回復することに成功する度合いに応じて治癒がもたらされるでしょう。

象徴的なものの重要性とは、結局あなたが、すでに一五年ほど前に、『現代社会の神話』で初めて明らかにしたものなのですね。

そうです、部分的には。それらの起源は情熱です。当時、わたしは大手の新聞や雑誌、広告、総体的にマスコミと呼ばれるもののある種の調子に苛立っていました。苛立つと同時に興味も覚えていました。

わたしが納得できなかったのは、出来事が一種の暗黙の自然な心理学として提示されていることでした。あたかも出来事について言われたことが自明のことであり、あたかも出来事とその意味が本質的に一致するかのように。

どうしてですか？　それらは一致しないのですか？

一致しません、例を一つあげましょう。『現代社会の神話』の初期の一つは休暇中の作家が対象でした、作家をよりよく神聖視するために、ただの人ではない彼が労働者やサラリーマンのようにバカンスに出かけるさまを描き出したのです。これはまさに王や王妃を人間味あふれるポーズ、家族的なポーズあるいは結婚式の時のポーズで紹介するのと同じまやかしなのです。ここでは、ディスクールは変造されているのです、というのも彼らはみんなと同じだと言うのですが、実際は同じではないと言うためなのですから。

彼らの平凡さが彼らの特異性を明示し、確証するのです。これこそわたしが明らかにしようとしたメカニズムの一つです。わたしは社会による意味の生成過程を復元しようと思っただけでなく、社会が、実際に、自然さという見かけのもとにどのようにこの意味を強要するのかを示したいと思ったのです。

同様にあなたは洗剤、ツアーガイド、ツール・ド・フランスのスター選手、プラスティックの玩具を批判しています。

ええ、全部で五〇あまりの「神話」を書いたと思います。しかし大いに興味をそそられ、長いこと魅了され続けたテーマの一つはモードです。現実のモードと女性誌でそれについて書かれる記述の間には根本的な違いがあります。

衣服の意味というものが存在し、それが重要であることは誰もがよく知っています、なぜなら衣服はエロティシズム、社会生活、多くのことに関係するからです。しかしながら、イメージ、写真、デッサン、書かれたテクスト、あるいは街で着られるドレスという伝達のシステムなしにはモードは存在しません。結局はよくわからない実体の文法を再構成しなければならないのですからモードを捉えるのはとても難しいのです。

つまり、意味作用のシステムとしてでなければ、モードは存在しないのですね。

その通りです、しかし、同時にモードはかなり貧弱な意味作用のシステムです、つまり衣服着用の大きな差異は状況の差異を反映しているのですが、そのリストは貧弱なのです。

しかしリストは女性にとっては豊富です。

豊富なのはファッション誌の水準だけです、雑誌は午後の五時と、夜の八時と、一一時とお昼と、カクテルパーティーと、観劇などを区別します。現実には、午後の五時はありません。社会学的かつ統計学的観点からすれば、それほど昔のことではありませんが、我が国には、二つの服装しかありませんでした、仕事着と晴着です。

では現代では？

現在、私たちの社会では、服装はとても複雑になっています、なぜならまさにマス・カルチャーが様々なイデオロギー、上部構造をごちゃごちゃにしたからです。マス・カルチャーはそれらを消費する経済的な方策を持たない階級に消費させようとして製品を提供しますが、多くの場合、それらの階級はイメージを消費しているのです。

安易な主張をしようというのではありません、ファッション専門誌に見られるモードの意味論的な宇宙の豊かさ、繊細さはまったく現実には存在しないものなのです。

神話なしで済ませることはできるのでしょうか？

もちろん、できません。象徴的な機能も同様です。

第二の意味を拡張しない唯一の言語は数学です、なぜならそれは完全に形式化されているからです。代数の方程式はいかなる連合的な意味も持ちません。黒板に方程式を書き、それを写真に撮って、アインシュタインについての記事に挿入したとすれば話は別です。その時には、第二の意味を拡張し、含意として示すことになり、方程式は「わたしは科学者である、わたしは数学者である」という意味になります。

数学以外で、純粋な、含意として示されない言語活動を想像することは可能でしょうか？

いいえ、それはユートピアでしょう。マルキシストのある種の見解によれば、神話は人類が現実の矛盾を解決する術を知らずに、解決することのできなかった、人類の段階に結びついた想像上の、無邪気な産出物なのです。ですから人類はそれらの矛盾が想像上で乗り越えられる物語を練り上げてそれらを解決したのです。そしてマルキシストの推論は、私たちが社会主義によってそれらの矛盾を科学的に解決する時、その時には、神話は消え去るだろう、というものです。

問題は広大ですから、わたしは軽々しくそれを扱いたいとは思いません。社会主義的な社会が私たちにとっては前代未聞の、想像もできないような仕方で介入することによって言語活動の地図を作り直すことをマルキシズムが目指すのは大いに可能かもしれません。しかしその時でも、最後の、語の広い意味で、乗り越えがたい矛盾が残るとわたしは思います。それは死という矛盾です。死がある限り、神話は残るでしょう。

そのような状況で、あなたはどうしてそれらの神話があるからといってわれわれの社会を非難するのですか？

なぜなら、私たちが記号でいっぱいで、それが避けられないとしても、私たちが記号を記号として受け入れないからです。西洋でわたしが我慢できないのは、西洋が記号を生産し、同時に記号を拒絶することです。

どのような理由によるのですか？

おそらく、概ねブルジョワの発展に起因する、歴史的な理由によります。ブルジョワが神によって、あるいは自然によって、最後に、科学によって保証された、普遍的なイデオロギーを練り上げたことは明らかですし、これらすべてのアリバイが偽装として、記号にかぶせられたマスクとして機能することもまた明らかです。

社会学、批評、文学という様々な水準における、あなたのすべての試みはつまり神話性の否定を狙っているのですね。

神話性を否定するわけではありません、なぜなら真理の名の下に語るどんな権利がわたしにあるでしょう？　そうではなく、うまずたゆまず、その通りだ、という記号の自然性に打撃を与えることです。

ご存じのように、それはたいへん古くからある闘いで、その様相の幾つかは今ではいささか時代遅れに思えますが、一八世紀には、当時フランスで信じられていたことを中国人やペルシャ人やヒューロン族のそれと比較することで相対化しようと考え、すでにヴォルテールのような人々が推し進めていたのです。私たち西洋人にとっての大きな危険は、記号を記号として認めない以上、つまり恣意的な記号を認めない以上、順応主義であり、教訓的なタイプへの強制、道徳的な規範、多数派による強制に通じるものです。

それであなたは西洋よりは東洋を、とりわけ日本を好まれるのですか？

ええ、わたしが日本に興味を持つのは、ほとんど倫理的な次元の長年の問題、わたしの記号との関係という問題です。なぜならわたしはテクストのように日本を読むのですから。

つまり？

そうですね、掲示や日常生活の身ぶりや町の取るに足りない祭礼。住所や食物や記号を練り上げる演劇や記号としてのポスター、それに対し私たちの国ではそれらはとりわけ表現の豊かさに基づいていているのですが。日本ではわたしにとってすべてが描線、テクストの偶発事のように思えるのです。日本では、わたしは絶えざる読解状態にあるのです。

しかし、厳密に言えば、それらの記号は書かれたものではありませんね。

それらは本に書かれてはいませんが、生活という絹織物に書かれています。彼の地でわたしを魅了するのは、記号のシステムが繊細さ、洗練、また力強さの観点から見て驚くほど優れて技巧的で、最終的には空虚なことです。それらは空虚ですが、なぜなら私たちの国でのように、最終的なシニフィエに送り返されず、〈神〉や科学や掟などの名の下に実体化されないからです。

空虚な記号とおっしゃいました。なかなか理解できませんが。

簡単ですとも、わかりやすい例を一つあげましょう。辞書です。辞書はシニフィアン、つまり活字体で印刷された見出し語から構成されます、そしてこれらの語のそれぞれはシニフィエの価値を持つ語義を備えています。ところでこれらのシニフィエ、辞書の語義はそれ自体他の語で構成されるのです、以下無限に同じです。

辞書は完全に逆説的な、目が眩むほどの、同時に構造化され不確定な事物ですが、とても良い例となります、なぜならそれは中心を持たない無限の構造だからです。というのも辞書がそれで提示されているアルファベットの順番はいかなる中心も含んでいないからです。

言いかえれば、日本であなたの意にかなうのは、辞書を読むように、定められた順番に従うことなく日本を読むことなのですね。

ええ、しかし、西洋では辞書が、言いかえると世界のあらゆるものの目録が神とともに停止するような一点があります、神はかなめ石なのです、というのも神はシニフィエ以外のものではありえず、決してシニフィアンではないからです。神が神以外のものを意味すると認めることができるでしょうか？　それに対して日本では、わたしが読みとったように、記号の連鎖を停止させる至高のシニフィエはありませんし、かなめ石はありません、それで記号は繊細に、たいへん自由に成長することができるのです。

一神教的な宗教を有するあらゆる文明は不可避的に一元論的拘束に巻き込まれ、それらの文明はある時点で記号の戯れを停止させるのです。これが私たちの文明の構造的な拘束です。ですからわたしがどうして西洋の一元論的なものを抜け出そうとするすべてのもの、複数性のイメージに道を開くすべてのものに重要性を与えるかがわかっていただけるでしょう。

それほどあなたの心をとらえた日本の記号のシステムの一つを、より近くから見てみるのは面白そうですね。

それほど簡単なことはありません。彼の地では、それらのシステムは至るところに出現します。しかしながら、最も明白なものの一つは食物でしょう。

しかし、そもそも、記号のシステムはどのように機能するのでしょう？　ソシュール以来の古典的な比較はチェスとの比較です。チェスボードの升目を移動させる構成部分があり、移動の規則、つまり許されたものと禁じられたものがあります。食物のようなシステムに移し変えられた場合、まず特徴、ゲームを構成するパーツを知覚することから始めなければなりません。

日本の食物では、これらの要素には様々な種類があります。加工されていない、生ものがありますが、多種多様な食品に適用され、たいへんよく見かけられる特質です。切り分けられたものがあり、普通たいへん細かな小片に切り分けられます。また色彩もあります。日本食のプレートは一幅の画なのです。お分かりでしょうが、ただちにわたしはたいへん形式的な水準に身を置きました。米がこれを意味し、魚がそれを意味するとは、わたしは言いませんでした。そうして、システムがどのように機能し、その様々な要素がどのように構成されるかが理解できるのです。

私たちにもまた、生もの、火を通したもの、切り分けられたものなどがあります。

もちろんです、しかし私たちの食事の品目は同じようには組み合わされません。西洋のメニューはその構成や食べる順序においてとても厳格です。レストランに行けば十分です。変わることなく峻厳な順序に従ってオードブル、アントレ、ロースト肉、チーズ、デザートが出されます。それは古典的な物語の論理的かつ時間的順序であり、変更できないのです。それは『イリアッド』と『オデュッセイア』においてのように、『危険な関係』あるいはトロワイヤの新刊小説においてのように不可逆的なのです。

それに対して日本では、食事はロブ＝グリエ的なのですね。

ロブ＝グリエよりもずっと上等です。日本のレストランでは、客は食品とそれらの食品を取るための箸が並べられたプレートを受け取ります。箸は採取のための素晴らしい道具で、私たちのフォークのようにつかみ取り、捕らえるものではありません。それで、一口分の米を取り、一口分の野菜の漬物を取る、それからまた米に戻り、ついでスープを一口啜るなどなど。一人ひとりがたえずまったく自由にそして可逆的に食物のディスクールを作り出すのです。

そしてそのことがこの上なく会話をはずませます。私たちのように、食事のそれぞれの時間に割り当てられた主題はないのです。私たちが取引上の食事とまさに言うように、議論の核心は洋梨とチーズの間に位置しています。会話の展開は食事の可逆的な順序から生まれるのです。

文明論的な観点から、あなたは日本料理が私たちの料理の対蹠点にあるという事実からどんな結論を引き出されますか？

当然ですが、一神教あるいは一元論に対して、日本の食事が多神教的であると結論してはいけません！　しかし、次から次へと、これらすべての記号のシステムは非常に大きな精神的な構造の一部を成しているのです。

すきやきという日本料理がありますが、わたしにはたいへん重要なものと思われます。それは際限なく続くラグー〔煮込み料理〕のようなものです。目の前には食べながら生野菜を入れる大きな鍋があります。あなたの背後にはいわば同時に大鍋に補給し、話題を提供するアシスタントの女性がひかえています。しかし、正直なところ、わたしは日本語を知りませんが、最も直接的に日本の精神的な構造に近づけるのは言語を通じてなのです。

思想を伝えるのが言語だからですね。

言ってみればとりわけ分節言語がある時点で介入しない記号のシステムを想像することができないからです。

現代言語学の主要な創設者であったソシュールは、言語学はより広範な科学、記号の科学の一部であると考えていました。おそらく、言語学は導き手であるが、その他の部門が後に記号学の名の下に発達するであろうその一部にすぎないと。

しかしながら、今日、食物、あるいは先ほど話題にしたモードのような分節言語以外の記号のシステムに手をつけてみると、それらのシステムもまた全面的に言語活動に深く浸されていることにわたしは気づきました。

記号学［セミオロジー］とは何ですか？

型どおりの意味は、記号［シーニュ］、シニフィカシオンを研究する専門分野です。

いかなる点で言語活動の科学、言語学はあなたにとって重要なのですか？

こう言うとほとんど陳腐かもしれませんが、操作的な面では、言語学は少なくとも人文科学の研究の歴史の現時点において、議論の余地のない価値を有するとても明確な概念を私たちに与えてくれたのです。わたしにとっては、言語学は文学的なテクストあるいはなんらかの記号のシステムを解読するために有効な方法を提供してくれました。

他方で、一五年来のその発展は中心を外れた構造と呼ばれるものの発見を可能としました。

つまり？

辞書のイメージに戻ってよろしいですか。音と意味から成る集合があり、それらはそれらの間で組織され、その結果、構造的な特徴を有していると現在の言語学は私たちに教えてくれるのですが、その周りに構造が構築される回転の中心を指し示すことはできないのです。

構造主義の敵対者は構造という概念は今までも存在していたとあざけり、どうして構造についてそれほど大騒ぎをするのだと問います。構造主義がたいへん古いものであるのは、ある意味で間違いありません。世界は構造であり、物体、文明は構造です、そんなことは前からわかっています。にもかかわらず、まったく新しいことは、この脱中心化を察知することなのです。そして私たちの文化のような古典的なタイプの文化に基づいていてはそれを認めることはとても難しかったのです。

どのような理由によるのですか？

なぜなら私たちの言語は、私たちのメニューのように、一七世紀に社会的な小集団によって体系化されたので、とても厳格で、とても中心化されているのです。

リヴァロル〔一七五三―一八〇一。『フランス語の普遍性について』の著者〕まで「フランス語の特質」と呼ばれたものは、実際は、主語が動詞の前に置かれ、動詞が補語の前に置かれるので、フランス語は世界中で最良の言語であるという信念を包含していたのです。古典主義者はそれこそ精神の論理的な、自然な順序だと信じ込んでいました。フランスの言語的ナショナリズムが築かれたのはこの信念の上になのです。

今では誰もそんなことは考えていませんね。

ええ、おそらくは、そして現在では、未来の言語学者に私たちのインド・ヨーロッパ語族の言語とはまったく断絶する言語が存在することをしっかり意識させるために、いくつかの大学のカリキュラムでは、中国語や日本語のように、対照的な言語の研究が置かれています。

一六世紀には、モンテーニュはまだ「それである私は」と言っていて、「私はそれである」とは言っていなかったのですが、それはまったく正当だったのです。というのも主語はそれに到来するすべてのもの、それが行うすべてのものによって構成されるのですから。というのもそれが本当にそれ自体になるのは最後に、産物としてなのですから。

あなたにとってたいへん重要であると思われる言語活動の脱中心化という現象をもう一度明確にしていただけませんか？

よろこんで。「わたしはビルに入った」とわたしが言う時、わたしの文はとてもありきたりですが、それがフランス語の文法に従属する構文の規則に従っているという意味で構造化されています。一人称の主語の形態、動詞、場所の補語、これだけの拘束があるのです。チェスのように駒があり、規則があります。しかしながら、構造を備えたこの文は、同時に、閉じていません。それが閉じていないという証拠は、無限にそれを拡張することができるからです。

例えばこの文は、「わたしは階段を昇るのが嫌いなのだが、外で雨が降っていたので、ベリー通り二五番地のビルに入った」となることができます。一つの文が決して飽和状態に達することがなく、理論的には無限のプロセスに従い次々に補充することによって、よく言われるように、触媒作用を引き起こすことができるという考えは知的次元においてまさに驚くべきものです。中心は無限に可動的なのです。

なんという言語学者が言っていたのかもうわかりませんが、とても素晴らしいそしてとても心をかき乱されるものがあります。「私たちの一人ひとりはただ一つの文だけを話すのですが、死だけがそれを中断できるのです。」それはあらゆる認識に一種の詩的戦慄を伝えるものです。

つまり言語活動は組み合わせであり、戯れという観念と関係があるのですね。

組み合わせですか、そうですが、それを使うなら組み合わせという語の持つタブーを持ち上げるという条件が必要です、なぜなら組み合わせという語のうちにはある種のヒューマニズムの理想から見ていささか侮蔑的なものがあるからです。その代わり、戯れという観念にはまったく賛成です。わたしは二つの理由でこの語が好きです。なぜならそれは本来の遊戯を呼び起こし、なぜならそれは、器具や機械のあそび、その様々な要素の組み合わせにおいて可能となるごく小さな自由だからです。

言語活動は製作と機能の悦楽です。それは快楽の精神分析学と同時に、部品の組み合わせと機能の、拘束力を持ってはいますが柔軟でもある力学に送り返されるのです。それはステレオであると言うこともできるでしょう。

ステレオですって？

ええ、ステレオという言葉でわたしが言いたいのは、言語活動が空間であり、言語活動が異なる距離とボリュームに応じて思想と感情を配置するということです。もちろん、「入ってドアを閉めてください」とわたしが言うとすれば、それは多くのステレオを含む文ではありません。しかし文学的なテクストはまさしくステレオ図法なのです。

『サラジーヌ』のように。

もちろんです。バルザックの文の一つひとつは、いつでも、ボリューム、意味のベンチを持っています、それは間違いありません。彼の中篇の任意の一節を取り上げてみましょう……

ただ単にタイトルのサラジーヌではどうですか。

ええ、結構です。取るに足りないタイトルのように思えます、サラジーヌという語も音も。そこに含まれた意味のボリュームを広げ、ベンチを並べると、本はただちに疑問に面することになります。サラジーヌとは、なんなのでしょう？ 普通名詞なのでしょうか、それとも固有名詞なのでしょうか？ そして固有名詞だとすれば、男性の名前なのでしょうか、それとも女性の名前なのでしょうか？ これらの疑問にたいする答えは、すぐには得られないでしょう。

つまりそれは第一の意味なのです。一つの疑問が発せられたのですが、それはそれ自体で、すでに、とても容積の大きなものです、というのもそれはオランダイチゴのための取り木する枝のようなものによって補完されなければならないからです。疑問は発芽しようとするのですが、中篇の前半の間ずっと茎は宙にとどまり、それが論理的、時間的なもののうちに移植されるまで宙にとどまっているのです、ずっと後になって、まさにサラジーヌが彫刻家であるとわかるまで。

『サラジーヌ』のうちには、激しく性的なものもあります。例えば、サラセン人による女性のレイプを中篇が物語ったとしても驚かないでしょう。

その通りです。フランス語では、発音しない語尾のeは、おおむね、女らしさを示します。したがって、サラジーヌが男性であるとわかる前に、私たちはこの男性をなんとなく女性化してしまいます。無理もありません、というのも性的な諸問題はこの物語の経過とともに明らかになるのですから。それに当然ながら他の展開も可能でしょう。

あなたはかつて今では古典的となった書く人(ecrivant)と作家(ecrivain)との概念の違いを明らかになさいました。それはどういうことなのですか?

書く人とは言語活動がたんなる思考の道具であると思い、言語活動に道具のみを見る者です。作家にとっては、反対に、言語活動はそこで物が作り出され、解体される弁証法的な場所で、そこに作家は身を投じ、自らの主観性を解体するのです。

批評家は書く人ですか、それとも作家ですか?

場合によります。

あなた自身は、作家ですか、それとも書く人ですか?

わたしは作家でありたいと思っています。価値に関するあらゆる問題は別にして、わたしがすることの結果について言っているのではありません、わたしのもくろみのことを言っているのです。

なぜなら作家のエクリチュールは文体ではないのですから。

とても職人的な水準で考えてみましょう。社会学の論文を書く社会学者はある種の修辞学の文飾を拒むのですから書く人なのです。例えば、対句です。社会学者、人口統計学者、歴史学者のテクストを読めば、それが研磨されているのがわかるでしょう。彼らはヴィクトル・ユゴーのように一つの文に二つの対句表現を入れたりはしません。彼らはまた比喩も使いません、いずれにせよ、彼らの著作に比喩を滑り込ませるとすれば、真理から逸脱させる明晰ではない何かとしてそれを受け入れているのです。

それに対し作家は先ほど話題にした言語活動のボリュームのうちで仕事をしています。彼は透明な、道具としての文書の保証を放棄することを甘受しているのです。

作家かそうでないかは文体の問題ではないが、難解さをもてあそぶことでもないとおっしゃるのですね。

ええ、当然です、しかしやはり難解さの危険は冒すのです。わたしにとって、言語学で言うように、テクストを遂行する、つまりテクストを書き、テクストを生産する者にとって成功の主要な基準の一つは同じ一つの文に二つあるいは複数のコードを導き入れることです、その結果読者は任意の状況において誰が正しく、誰が間違っているか、誰があるいは何が他のものより優っているかなどについて決定できないのです。

例えば、『サラジーヌ』において、中篇の前半のある箇所で、語り手は、彼が物語る物語の秘密、つまり彫刻家のサラジーヌが恋するザンビネッラはカストラートにすぎないと知っているのですが、その秘密を打ち明けるのを拒みます。実際は、年老いたカストラートなのですが、あの老人は誰なのですかと尋ねる年若い婦人に、彼は「あの人は……」と答えます。この省略符は、中篇の結末を知っている者にとっては、「カストラート」という語を包み隠しているのです。

つまり、書くことはサスペンスを周到に計算するということになるのですね。

いいえ、それだけではありません、なぜなら多くのサスペンスを含む多量の通俗的な作品があるからです、とりわけサスペンスに投機する大衆文学においては。

『サラジーヌ』において、バルザックは「カストラート」という語のかわりに省略符を置いたのですが、それには決定不可能な二つの理由があります。最初の理由は象徴的な次元に属します。「カストラート」という語についての禁忌があるのです。二番目の理由は操作的な次元に属します。もし、そこで、作者が「カストラート」という語を書いてしまっていたら、終わりです、物語《レシ》すべてが停止してしまったでしょう。つまりここには二つの審級があるのです、象徴的な審級と操作的な審級が。優れた語り手とはそのどちらが本当か決定できないように二つの審級を混ぜ合わせることのできる者です。作家のエクリチュールは何よりも決定不可能性という基準によるものなのです。

あなたの二つの基準は限定を加えるものではありませんね？

限定を加えるものではまったくありません。他の解釈がありえます、他の複数のコード、例えば、歴史的なコードを動員することができます、もっとも今の場合には不可能ですが。しかしながら作家には、書く人の場合には介入しないもの、少なくともコードの複数性と決定不可能性がなければいけないのです。

最後の質問です。あなたが『サラジーヌ』の分析に捧げられた本のタイトルはどうして、謎めいていますが、『S／Z』なのですか？

それはタイトルにいくつかの可能な意味を投資するためにつけられたタイトルです、その点で、タイトルは本のもくろみの一つを体現しています、そのもくろみとは古典的なテクストからいくつかの意味を引き出すことを可能にする多元的な批評の可能性を示すことです。SとZを対立させる斜線は言語学に由来する、範列の二つの項の交替を示す記号です。厳格に、言語学の専門用語で言うように、S対Zと、つまりSに対立するZと読まなければなりません。

なるほど、ですがどうしてまさにこの二つの文字の対立なのですか？

なぜならバルザックの中篇全体を象徴するモノグラムを示したかったからです、彫刻家サラジーヌのイニシャルであるS、女形、カストラートであるザンビネッラのイニシャルであるZ。本のうちで、わたしは象徴的な観点からどのようにこれら二つの文字を検討できるかを説明しています、というのも、まさにバルザックの精神は、いささか秘教的であり、Zという文字の呪いを考慮に入れなければならないのです、それは逸脱の文字であり、進むべき方向から外れた文字なのです。

フランス語の固有名詞において、普通は、Sarrazin（サラセン人）とZを使って書いたのですが、名前の幹の部分でZではなく、Sを使ってSarrasineと書いたのは、フロイト的な意味での言い間違い、つまり重大ではないと思われますが、実際には、非常に意味深長なほんのちょっとした出来事の典型そのものなのです。それに、Balzac（バルザック）のうちには、Zという文字があります。

Barthes（バルト）のうちには、Sという文字が。

ええ、わたしの名前の最後のSが穴にはまって落とされることには慣れてしまいました。ところでご存じのように固有名詞を傷つけることは、重大なことです。それは所有権の侵害であるばかりでなく（わたしにはどうでもいいことですが）、完全さの侵害でもあるのです、それは誰もが無関心ではいられないことでしょう、とりわけ去勢の物語を読んだばかりの時には！

『レクスプレス』誌、一九七〇年五月三一日号。

批評家ロラン・バルト

ロラン・バルトさん、あなたのなさる文学批評は実験室の批評たらんとしています。実験室の批評と言うのはテクストを支配する規則を明らかにするために、批評が――美学的な水準であれ、倫理的な水準であれ、あるいは政治的な水準であれ――イデオロギーによる基準なしに、対象のテクストに取り組むという意味です。そこでうかがいます。テクストのうちに、やはり一つのあるいは複数の意味を探し求めるのですから、その方法自体がイデオロギーを持っていませんか。

あなたのなさった質問はよくなされる質問です、そしてわたしの周りではイデオロギー的な理由からあれこれのテクストを非難しようとする学位論文が増えています。しかしそれは何にもなりません！　イデオロギーは社会に浸透し、言語活動にまで入り込み、外部から判断することを可能とする治外法権の何の恩恵にも浴していません。ですからたえず語りだす場所を明確に示さねばなりません、さもなければ幾人かの新左翼が行っているように、ディスクールを殺し、沈黙するしかありません。

このような事実の状況からして、イデオロギーのディスクールを包含するディスクールがあるとすれば、それはまさに記号論のディスクールです、というのもそれは記号の科学であり、記号の批判によって、つまりおのれの言語活動の批判によってしか前進できないのですから。そこからこの科学の流動性が、進展の迅速さが、定着する間もない理論的な言語活動の磨滅が生じるのです。

女子学生が茶目っ気たっぷりに記号学のイデオロギー批判という研究を申し出たことがありました。やってみなさいとわたしは彼女に言いました。どうしていけないことがあるでしょう？　しかしそのことに関して唯一の正当な研究は記号学の内部で、記号学の記号論的批判としてなされるしかないのです。さもなければ、記号学がその固有の領分においてイデオロギーであると立証せずに、記号学はイデオロギーであると安心させるだけです。

別のイデオロギーを批判するあるイデオロギーについての互いに相手の意見を聞こうとしない対話はこれぐらいにして、記号学を相手にしましょう、とりわけ記号の科学が文学的なテクスト――読まれるために書かれた、あなたが読むに耐えると呼ぶテクストです――に取り組むことを可能とするように。

まず読むに耐えるテクストが何かについて誤解のないようにはっきりさせておきましょう。少々歴史を振り返ってみなければなりません、文化とフランス語教育の歴史を。フローベールまでは、修辞学を教え、書き方の技法を教えていました。それ以降、読み方と書き方が分離されましたが、読み手にブルジョワの生産した文化的なものを消費させることで書き方の技法を失なわしめたのは大衆化です。もちろん、小論文が残りましたが、その添削が教師の趣味に従属するような訓練にすぎませんでした、それに対してテクスト解釈が優勢になったのです。読み方、よく読む読み方を学ぶのにはポジティヴな側面があります、しかしまたネガティヴな側面もあります、というのもそのようにして少数の書き手と、読んだものをエクリチュールに変化させることのない多数の読み手の分裂を認めてしまったからです。通常のテクスト分析と構造的なテクスト分析を隔てるものは、構造的なテクスト分析が、テクストを規定するあらゆるコードとその変換を探し求め、テクストを書き直すのを可能とすることです。

同じテクストを書き直すのですか……翻訳機械がすべてをディケンズの文体で翻訳するようなものですね、なぜならその文体のコードを学んだのですから。しかし模倣の技法は本当の文学ではありませんから、新たなテクストが生まれるためには、主観的なものを再導入しなければいけないのではないですか？

今日、主観的なものもまた前もって定められているのですよ。一つのテクストと別のテクストの間にあるのは、欲望の違いだけで、適性の違いはありません。あるいは適性とは実現された幻想なのです。一二歳の時に指揮者を夢み、指揮者になるのです。

そもそもあなたがかつてほのめかしていたのですが、ますます精緻となるテクストの構造分析によって、あらゆる文学的なテクストがそこから派生するような礎のテクスト、〈モデル〉に到達すると考えることができるのでしょうか？

その点については、わたしは完全に意見を変えました。確かに、最初は、テクストから一つのあるいは複数のモデルを取り出すことができるはずだと、したがって帰納法によりこれらのモデルの方に流れをさかのぼり、それから演繹法によって作品の方に流れを再び下ることができると考えました。グレマスあるいはトドロフのような人達が依然として続けている科学的なモデルの研究です。しかしニーチェを読んだこと、彼が科学の冷淡さについて言っていることがわたしにはたいへん重要でした。そしてラカンやデリダが、一つひとつのテクストは反復、ステレオタイプ、文化的かつ象徴的コードによって貫かれているにもかかわらず、その差異のうちで唯一であるというパラドックスを信じなければならないという確証をわたしに与えてくれたのです。

したがってあなたの言うパラドックスは、構造主義が征服したと思っていたもう一つのパラドックスに再び陥るわけです。存在様態としての主体というパラドックスに。

いいえ……とも言えますし、その通りとも言えます！ フランス語は sujet という一つの単語を不幸にも（あるいは幸いにも！）混用していますが、英語には二つの単語があります。subject（主語）と topic（主題）という。

あまりにも遠くまで私たちを連れて行く恐れのあるパラドックスについてはこれぐらいにしましょう。『S／Z』において、あなたは文学的なテクストを二つに分割なさいました。読書に適した、〈読むに耐える〉、つまりおおむね現在までのあらゆる文学と、読み手の一人ひとりが書き直さなければならない、〈書き得る〉テクストの二つです。

書くことを求めるテクスト……しかしそういう文学はまだ存在していません、あるいはほとんど存在していません。それは来るべきテクストなのです。前世紀そして今世紀には、断絶がありました、もちろん、たえず繰り返されるのは同じ名前です、ロートレアモン、アルトー、時としてバタイユ、それらは読むに耐えると称されますが、彼らのテクストはしばしば判読不能の縁にあります、なぜならそこには複数の機能を持つ論理が顔をのぞかせるからです。

しかし、誰がまだ読もうとするのですか？　誰が何を、どんなふうに読もうとするのですか？

思うに、なんでも読まなければなりません。わたしは読んでいて楽しいですし、あらゆる文学を焼き焦がす〈テル・ケル〉のメンバーの何人かほど先までは進んでいません。未来のテクストを欲望しながら読まなければならないと思います。ニヒリズムに照準を合わせ過去のテクストを読むのです。言ってみれば、まだテクストになっていないテクストを読むのです。

演奏者の一人ひとりが、譜表の音符を置き換えた記号や染みを勝手に演奏する楽譜を思わせますね。

ええ。聴衆がオーケストラの空間に加わり、聴衆自体が演奏するように促されるようなコンサートです。しかしわたしは自発性を信用しません、それはまったくステレオタイプ、習慣に従属しているのです。現状では、創作者にとって、コードを覆すためには、まやかし、つまりコードの迂回しかありません。そうすればコードを示しながら同時に破壊できるのです。

自分の尾を嚙む蛇という話ですね。一つのコードから解放されるために、わたしは別のコードの策略を利用するのですが、それが今度はコードの限定的なあるいは抑圧的な使用を示すことになり、次のコードのおかげで、そして果てしなく繰り返される……

しかしながら、他の選択肢はありません。限界、秩序、野蛮はいつでも可能なのです。レーニンは、「社会主義か野蛮か」と言いました。大衆文化のうちにステレオタイプの文化が凝固する時には、社会主義も野蛮も、と言うこともできます。ですから、継続しなければなりません…… そしてどうなるか見てみましょう。

『ガゼット・ド・ローザンヌ』誌、一九七一年二月六日号。
聞き手はエドガー・トリペ。

余談

この外部（オリエント）は確かに私たちの内部に入り込むが、もちろんこの通過から盲目の歴史と論理を作り出すような歴史と論理にしたがっているのだ。

（Ph・ソレルス）

よろしければ、オリエントを問う必要性から、つまりオリエントについての私たちの無知、オリエントについての私たちの盲目について問うことから始めましょう、それはおそらくその無知を可能とする〈イデオロギー的な身ぶり〉、オリエントについての帝国主義的かつキリスト教的な私たちの観点を問うことになるのであり、そうしてたぶん「地理的な」単なる大陸以上に、私たちがまさにそれが〈焦点〉となると予感しているある〈テクスト〉が開けているのです。

あなたがスキラ社から出された『記号の国』は、〈解決済み〉と思われていたこの無知に確かに〈裂け目〉を開けました。あなたの読みとった〈日本〉は、おっしゃるように、「描線の備蓄」、あるいは「象徴的なものの裂け目そのもの」以外の何物でもないのですが（この裂け目あるいは割れ目をただちにバリ島の演劇についてのアルトーのテクスト、中国演劇についてのブレヒトのテクスト、〈歌舞伎〉についてのエイゼンシュテインのテクストに接続しなければいけません、抑圧された外部への通路、文化的な浸水、あるいはあなたが書いておられるように、「象徴体系の特性のなかに見られる変動」として)、この裂け目あるいは割れ目を〈拡大し〉、あるいは〈活気づけて〉欲しいのです。それは果てしもなく再開されるべき、緊急の外科手術的な身ぶりです。

それはまた、「論文、論述形式に対するほとんど［……］嫌悪と言えるまでの退屈、いずれにしろ不寛容［……］」、「不連続なディスクールのために論述的なディスクールを解体し、破壊し、四散させる」必要性によってあなたが表明した不寛容における介入の身ぶりです。ですから私たちは「インタビュー」も論文(詳説の、シニフィエの過剰の修辞的形態)も求めはしません、そうではなくいわば、P・ロッテンブールの言う、いくつかの「読書の栞」を備えた対位法、あなたの本に挿入された点から成る印を求めているのです。そしてそれらの印が、音楽におけるように、象徴的なものが割れ目を見せる「間」においてテクストのもう一つの〈音列〉を繰り広げることを可能にするのを願うのです。そこではエクリチュールは〈うがたれた傷〉なのです。

論点一。ある矛盾の読解、それもおそらく矛盾を「取り除く」というよりは矛盾を際立たせるような。タイトルから記号の国と言われ、テクストの織物においては「前代未聞の、私たちのそれから隔絶した象徴体系」——もう一つのシニフィアンの組み合わせ——と言われるこの〈日本〉は最終的には「エクリチュール」として、まさに記号の空間(シニフィアン、シニフィエ、指示対象という、根底的なヒエラルキーにおける)を超えるさまざまな営みの広がりとして読解されるのですが、この〈蝶番〉とでも呼ぶべき空間では、意味が同時に流れ込み、逆流し、相手を受け入れ、拒み、もう一つの顔に向けられた顔はたえず問いかけるのです、暗い森の中で(すべてのシニフィエはすでにシニフィアンになる準備ができていいます)。「さまざまなコード」は正確に編まれ、しかも「コード」の概念を設立するヒエラルキーは消え去ってしまっているのです。それはテクストに次のように記されています。「その閃光は激しく、それでいて微かなものなので何であれシニフィエが生起する前に消し去られてしまうのである」あるいは「記号の国？　まさに、記号が虚ろで、儀式に神がいないという意味では。」

あなたのテクストで賭けられているのは何でしょうか。要するにそれは、ソシュールとデリダの間で、オリエントのあらゆる〈読解〉をめぐる「フォルマリスト」(実証主義者、機械論者)的可能性の終わりという問題です。オリエントは支配的なイデオロギーがコントロールしようとして果たせなかった地域であり、取り返しのつかない崩壊の場所なのです。

一、フォルマリズム

〈フォルマリズム〉という語がただちに清算されるべきかどうかは確かなことではありません、なぜならフォルマリズムの敵は私たちのうちにいるからです、すなわち科学主義者、因果論者、唯心論者、機能主義者、自発性信奉主義者です。フォルマリズムへの攻撃はいつも内容、主体、「大義」(皮肉にも曖昧な語ですが、なぜならそれはまるで同じ一つのことのように信仰にも決定論にも参照されるからです)の名の下に行われます、つまり、シニフィエの名のもとに、「名前」の名のもとに。私たちはフォルマリズムと距離を置くのではなく、フォルマリズムに縛られないようにするべきなのです(縛られないというのは欲望の次元に属しますから、検閲の次元に属する距離よりもより秩序破壊的です)。わたしの考えるフォルマリズムは内容(「人間」)を「忘却する」、「無視する」、「還元する」ものではなく、内容(とりあえずこの語を使うことにしましょう)の敷居の前で〈立ちどまらない〉ものです。内容は〈まさに〉フォルマリズムにとって重要なのです、なぜならフォルマリズムのうむことのない使命は機会があるごとに(起源という観念が関与的であることをやめるまで)内容を後退させ、次々に継起する形態の戯れにしたがって内容を移動させるものだからです。それが物理学自体に起こったことです、それは、ニュートン以来、「精神」のためではなく、不確実性のためにたえず物質を後退させ続けてきたのです(ヴェルヌがポーの「偶然はたえず厳密な計算の素材であるべきだ」を引用していることを思い出しましょう)。唯物論とは物質ではなく、後退であり、ストッパーの解除なのです。フォルマリズムとは「形態」ではなく、相対的で引き延ばされた〈時間〉、内容、目印の不確かさなのです。

あらゆるシニフィエの哲学(あるいは神学)の抑圧から解放されるためには、つまり「停止」から解放されるためには、私たち「文学者」は至上のフォルマリズム、数学のフォルマリズムを自由に使えないのですから、できるかぎり隠喩を使わなければなりません、なぜなら隠喩はシニフィアンへの通路なのですから。アルゴリズムがないのですから、シニフィエに解雇を言い渡すことのできるのは隠喩なのです、とりわけそれを起源から分離できる時には(本文末に原注)。今日はこんな隠喩を一つ提示したいと思います。世界の舞台(舞台としての世界)は一揃いの「舞台装置」(テクスト)によって占められています。一つの舞台装置を取り去ると、もう一つの舞台装置が背後に現れる、以下同様です。洗練させるために、二つの演劇を対置してみましょう。ピランデルロの『作者を探す六人の登場人物』では、劇は劇場の「むき出しの」の背景で演じられます。舞台装置はなく、舞台奥に壁、滑車、綱があるだけです。登場人物（主体）は徐々にその（a）制限された（b）内面的な（c）因果関係によるという三つの性格によって決定された「現実」から構成されます。そこには仕掛けもあります、人物は人形なのです。また、モダニズム（舞台装置も額縁舞台もなしに演じられる）にもかかわらず、この演劇は精神性に溢れたものです。マルクス兄弟の映画『オペラは踊る』では同じ問題が取り扱われています（もちろん、道化た様式で。真実の追加的な担保）。（目もくらむような）フィナーレで、『イル・トロヴァトーレ』の年老いた魔女は、自分自身を茶化し、背景で踊られるワルツに背を向けて、平然と彼女の歌を歌い上げます。勢いよくある者は上昇し、他のある者は下降します。老女は代わる代わる異なった、雑多な、的外れな「コンテクスト」を背にし（貯蔵されていたあらゆるレパートリーが束の間の背景を提供し）、彼女自身はその配置転換を知らないのです。そのフレーズの各々は誤解です。この大騒ぎにはさまざまな象徴が詰め込まれています。移動する背景によって置き換えられた背景の不在、コンテクストのコード化（オペラのレパートリーの結末）、そしてそれらの愚弄、常軌を逸した多義性、最後に他者（観客）が見ている限りその想像的なものを歌っている、そして唯一の世界（背景）に背を向けて語っていると思い込んでいる主体の幻想。主体を愚弄する舞台の複数性。つまり〈分裂させること〉です。

論点二。〈中心の不在〉という根本的に新しい（しかしマルクスとフロイトによってその可能性を〈開かれた〉）考え。中心が空虚な都市、〈暖炉〉のない住居、そしてテクストのエクリチュールそのものにおいて「無」という表意文字が示すもの。

あるいはさらに、「意味は引き裂かれて、ほかの意味で置きかえることは不可能な空虚になってしまうまで疲弊してゆくが、しかしながら事物は意味を生みだしつづけ、欲望の対象であることをけっしてやめない。エクリチュールとは結局のところ、それなりの〈悟り〉なのである。〈悟り〉（禅におけるできごと）とは、多少なりとも強い地殻変動であり（厳粛なものではまったくない）、認識や主体をゆるがせるものである。つまり、悟りは〈言葉の空虚さ〉を生じさせてゆく。そして、言葉の空虚さこそがエクリチュールをかたちづくる。」

西欧の頭脳にとって、この無（ファロス、父、「主人となる語」への強迫観念によって私たちのすべてが埋めようとする）ほど「認めること」が難しいものはありません。衝突の激しさ、そしてあらゆる無意識的な回収を避けようとする絶対的な必要性、西洋の宗教が、ほとんど法的に、その権利を回復するであろう神秘的な還元において、この無そのものから一つの中心を作り出すという必要性。どうやってこの「抑圧的」で陰険なシニフィエの回帰を巧みにかわすのか？　どうやって「それを言い表す」ことなくこの無を書くのか？　これらは破棄という実践において鍵となる問いですが、それは（破棄という実践を「虚無」という妥協的な語において屈折させた）マラルメ以来、すべての私たちのパロールの不穏な無言の裏面であり続けているのです。

二、無

〈中心をずらす〉という観念は間違いなく〈無〉という観念よりもはるかに重要です。この〈無〉という観念は曖昧です。いくつかの宗教的な経験は〈無である中心〉で満足してしまいます（都市の空虚である中心が天皇の宮殿によって占められていると喚起して、わたしは東京についてこの曖昧さをほのめかしました）。ここにおいてもまた、私たちの隠喩をうまずたゆまず作り変えなければなりません。なによりもまず、〈充満〉において私たちが恐れるのは究極の物質、分割できない緻密さのイメージだけではありません。それはまたそしてとりわけ（少なくともわたしにとっては）〈不適切な形式〉です。充満、それは、主観的には思い出（過去、〈父〉）であり、神経症的には反復であり、社会的にはステレオタイプです（それはいわゆる大衆文化、私たちのドクサに満ち溢れた文明で隆盛を極めます）。反対に、もはや〈無〉は、不在として（身体が、物が、感情が、語などが〈無いこと〉として）考えられ（イメージされ）てはなりません。私たちはそこでは古い物理学の犠牲者なのです。私たちは無についていささか化学的な観念に囚われているのです。無、それはむしろ新しいもの、（反復の反対である）新しいものの回帰です。最近科学の百科事典で（もちろんわたしの知識はそれを超えるものではありません）物理学のある理論についての報告を（最新のものだと思います）読みましたが、それは考えていた今話題にしている無についてある着想を与えてくれました（わたしはますます科学の比喩的な価値を信じています）。それはチューとマンデルスタムによる理論（一九六一年）で〈ブートストラップ〉理論と呼ばれる理論です（〈ブートストラップ〉とはそれによって靴をひっぱることのできるブーツの踵紐です、そして慣用表現から見れば、自分で自分のブーツを引っ張って出世する、という諺のきっかけになっています）。引用します。「宇宙に存在している粒子は他の粒子よりもより基本的ないくつかの粒子によって生み出されるのではない［血統、決定についての父祖伝来の脅威の廃止］、そうではなくてそれらはある瞬間における強力な相互作用の状況を示しているのである［世界とはたえず差異の暫定的なシステムである。］換言すれば、粒子の全体はそれ自体を生み出しているのである（〈自己整合性〉）。」（『ボルダス百科事典』、「自然の諸法則」の項）。私たちが話題としている無は、結局のところ世界のこの〈自己整合性〉なのでしょう。

論点三。〈俳句〉の読解によってそこであなたが注目した徴候（ソレルスが言うように、本当の文化的な〈想起〉に身を任せるという意味で）。いわば盲目の基底において印象主義的なあるいは〈シュールレアリスト的〉な〈俳句〉の解釈さえも（ブルトンはイメージの〈観念論的な〉弁護において〈俳句〉を利用しています、『野の鍵』における「上昇する記号」を参照）裏返すことで、「対象となっているのは、意味の基礎となっているもの、すなわち分類である」とあなたははっきりおっしゃっています——それと同時に、そこでは、あらゆる解釈の高度に重層決定的な性格を指摘なさり、だから「隠喩の無限の広がりのなかや、象徴が作用する領域のなかで、その意味が噴出したり、内在化したり、暗黙裡に認められたり、解き放たれたりすることはない」と言っておられます——さらには、「手には何ものこらない。言葉の石は空しく投げられた。意味の波も流れも生じはしない。」——それは芭蕉が指摘していることです。

なんとすばらしい人だろう
稲妻を見て
「人生ははかない」と思わない人は！

〔芭蕉「稲妻にさとらぬ人の尊さよ」〕

範列的な審級の不在が私たちから〈強制的に〉記号の空間を抹消するかどうかという問い——〈俳句〉の私たちの文化、そしてまさに私たちの〈詩的な〉ディスクールへの挿入そのものを連結すること（まさしく能動的な〈多様性〉のうちに、意味が作用する〈深み〉——記号がたわむれ疲れ果てるところ——においてであり、「シニフィアンとシニフィエの一致」においてではありません）。

三、読解可能

意味が廃止されたとしても、依然としてすべてはなされなければなりません、というのも言語活動は続くのですから（「すべてはなされなければならない」という言葉はもちろん仕事に送り返されます）。わたしにとっては（おそらく何度も繰り返したと思いますが）、〈俳句〉の価値は逆説的にもそれが〈読解可能〉であることのうちにあります。少なくともこの〈充満した〉世界において、私たちからもっともうまく記号を削除してくれるのは、記号の〈反意語〉、非記号、ノンセンス（通常の意味での〈読解不可能〉）ではありません、なぜなら無意味はただちに意味に回収されるからです（ノンセンスにおける意味のように）。例えば、統辞法を破壊することで言語を転覆しても無益です。それは事実本当に貧弱な転覆であり、さらにけがれのないものとは程遠いものです、なぜなら、よく言われるように、「小さな転覆は大きな順応主義を生む」からです。意味は正面から、意味の対立物をたんに断定するだけでは攻撃はできません。ごまかさねば、掠めとらなければ、くすねなければなりません（繊細にする、特性を消し去るという、語の二つの意味において）、つまりやむをえない場合にはパロディで茶化し、さらには装わなければなりません。〈俳句〉は、そのあらゆる技術により、さらには韻律に関する規範により、シニフィエを蒸発させることができたのです。ごく少量のシニフィアンが残っているにすぎません。そして、その時、最後のねじれによって、〈俳句〉は読解可能という仮面をつけ、「よい」メッセージ（文学的な）という属性を転写すると思われます、それらの属性からあらゆる〈指示対象〉を剝奪しながらも。その属性とは明瞭さ、単純さ、格調の高さ、繊細さです。今日私たちが考えるエクリチュールの仕事はコミュニケーションを改善するのでもなく、それを破壊するのでもなく、それに〈透かし模様を入れる〉ものです。それはおおよそ（つましく）古典的なエクリチュールが行ったことであり、そのために、いずれにせよエクリチュールなのです。しかしながら、前世紀にあちこちで着手された新しい局面が始まりました、そこではそれは唯一のコード（「上手に書く」というコード）の内部で（おうように）複数化される意味ではなく、対象とされ、手を加えられた言語活動（コードや論理の「揺れ動くヒエラルキー」としての）の総体そのものです。それはまだコミュニケーションの見かけのもとに為されなければなりません、なぜなら（シニフィエ、ディスクールの〈所有権〉に対しての）言語活動の解放についての社会的かつ歴史的条件がまだどこでも整っていないからです。ですから現在、パラグラム、剽窃、間テクスト性、誤った読解可能性という理論的な（指導的な）概念が重要となっているのです。

論点四。前出の三つの論点から読み取れたものはおそらく「日本」という語が指し示す〈唯物論的な定着〉――分節された複雑な実践によって決定することのできる定着（それらの重層構造において、それらの優勢と決定の相関関係によって、比較的に自律的で規則的な一連のもの、つまり、ここでは、「料理」と「劇場」、「闘争」と「詩」、「礼儀」と「トポロジー」）そしてまた〈言語〉によって決定される定着、についての問いです。私たちは言語（言語とは、よく知られているように、上部構造〈ではありません〉、それは「父の言語」でもあるのです）との関係を生きるうえでいきなりイデオロギー的であり、無意識的であるすべてのものに直面するのです。この言語の問題はコミュニケーションの強迫観念に対して「中心をずらされていること」、痕跡と身ぶりについて一般的なエクリチュールを許容することだけでなく、探知されたシニフィアンの実践の、弁証法的に秩序立った、「射程」における位置の問題でもあるのです。

四、言語

「言語は上部構造ではない」とおっしゃった。それについて、限定を加える指摘を二つ。まず、その命題は「上部構造」の概念が明らかにされないかぎり確かなものではありません、そしてそれは現在全面的に再編成されているのです（少なくともそうであることを願っています）。ついで、もし「壮大な」歴史を構想するのならば、構造的な全体性において、言語を、さまざまな言語を再び取り上げることは可能です。インド－ヨーロッパ語族（例えば、オリエントの諸言語に対して）の「構造」があります、それはこの文明の領域内の制度と関係があります（インドと中国の〈間に〉、インド－ヨーロッパ語族とアジアの諸言語、仏教そして道教あるいは禅の間に大きな裂け目があることはよく知られています。禅は外見上は仏教の一宗派ですが、それは仏教の側にはありません。わたしが問題とした対立は宗教史の対立ではありません。それはまさに言語の、言語活動の対立なのです)。

いずれにせよ、言語が上部構造でないとしても、言語への関係は政治的です。そのことはフランスのように歴史的かつ文化的に「衰弱した」国ではわからないかもしれません。そこでは言語は政治的なテーマではありません。しかしながら、その明白さ、その広がりの大きさ、その深刻さに(彼らの言語について、フランス人は何世紀にもわたる古典の権威によってたんに〈感覚が麻痺し〉、麻酔をかけられているだけなのです)おそらく茫然自失するためには、問題を呼び覚ます(どんな形の研究であれ、政治参加した社会言語学の錬成であれ、たんに雑誌の特集号であれ)だけで十分でしょう。しかしながら、より裕福ではない国では、言語への関係は危険なものです。かつて植民地であったアラブ諸国では、言語は国家の問題であり、政治全体が注ぎ込まれます。そもそもその問題を解決するだけの十分な準備がなされているかどうかもわたしはわかりません。言語活動についての政治的な理論、言語の〈獲得〉のプロセスを明らかにし、発話行為の方法の「特性」を研究することを可能とするような方法論、言語学(わたしとしては、そのような理論は記号論の現在の暗中模索の段階から出発して徐々に練り上げられるであろうと思います、それは部分的には歴史的な意味を持つことになるでしょう)についての『資本論』のようなものがないのです。この理論(政治的な)はとりわけ〈どこで言語が停止する〉かを決定することになるでしょう。そしてもしそれがどこかで停止するならば、旧植民地時代の言語(フランス語)によっていまだに身動きのとれないいくつかの国では「文学」から言語を分離することができ、一方（外国語として）を教え、他方（「ブルジョワ的」と言われる）を拒否することができるという〈反動的な〉考えが今のところ支配的となっています。残念ながら、言語に限界はありません、言語を停止することはできません。せいぜい文法を閉じ込め、切り離すことはできます（したがって文法を規則通りに教えることはできます）、しかし語彙をそうすることはできません、ましてや連辞・連合やコノテーションの領域を。フランス語を習う外国人は、もし教育がうまくなされたならば、みずからの言語についてフランス人が向き合うのと同じイデオロギーの問題に向き合うことになります、あるいはそうなるはずです。文学は決して言語の深化、拡張だけではありません、ですからそれはもっとも大きなイデオロギーの領域であり、冒頭で述べた構造的な問題が討議される領域なのです（モロッコでの経験からそう言っているのです）。

言語は無限です（限りがありません）、そしてそこから結論を引き出さねばなりません。言語は言語以前に始まるのです。それが日本についてわたしが言いたかったことです、わたしの知らない、話される言語の外で、しかしながらこの未知の言語のざわめき、精神的な息吹のうちで、そこでわたしが行ったコミュニケーションを掻き立てながら。言語を知らない国で生きること、そこでたっぷりと生きること、旅行者の宿営地の外で生きることは冒険のうちでもっとも危険なものです（青少年向けの小説のうちでこの語が持っている素朴な意味で）。それはジャングルに立ち向かうよりも危険なのです（「主体」にとって）、なぜなら言語を〈超え〉なければ、その補足的な余白に、つまり深みのないその無限のうちにいなければならないからです。もし新しいロビンソンを想像しなければならないとしたら、彼を無人島ではなく、パロールもエクリチュールも解読できない一二〇〇万人の住民が住む都市に置くでしょう。それが神話の現代的な形ではないでしょうか。

論点、五。あなたは書いておられます、「わたしが日本と呼んでいるこの国では、性的イメージはセックスのうちにあって、それ以外にはない」、しかしまた「そこでは、身体は存在し、広がり、動き、与えられる、ヒステリーもナルシシズムもなく、ある純粋なエロティックな計画にしたがって」あるいは「身体の重要な連辞」。まるで出口に対面させられたかのようにすべてが起こるのです、置換によって、そしてフェティシズムあるいは転移に限定されたあらゆる空間としての身体的な（つまり魂／身体という二元論）「表現」についての訓練によって（例えば、女形は女を「模倣する」のではなく、女を「演じる」）。この性的な戯れ（それは西欧において、例えばサドあるいはギュヨタのテクストにおける同様の身ぶりに含まれる激しく熱い暴力から自由なのです）の〈繊細さ〉についてのおそらく突飛な問い。

五、性

性的な戯れの繊細さ、それはとても重要な、西欧ではまったく知られていないと思われる観念です（それに興味を抱く主な動機です）。その理由は単純で、西欧では、性が侵犯の言語活動を受け入れるとしても、とても貧弱にでしかないからです。しかし性を侵犯の領域としたところで、相変わらず性を二項対立（〈賛成〉／〈反対〉）の、範列の、意味の囚われ人としておくことです。性を黒い大陸と考えることは、相変わらず性を意味に（〈黒い〉／〈白い〉）従属させることです。性の疎外は同質的に意味の疎外、意味による疎外に結びついています。難しいのは、性を多少なりとも絶対自由主義的な計画にしたがって解放することではありません、意味としての侵犯を含め、意味から性を解放することなのです。アラブの国々をごらんなさい。そこでは同性愛がかなり寛大に実践されることで「良い」性についてのいくつかの規則がたやすく侵犯されています（決して同性愛とは〈呼ばない〉という条件で。けれどもそこにはもう一つの問題、「恥」の文明においては抹消されている、性的なものの言語化という途方もない問題があります。対して「罪」の文明においては、この言語化が、告解やポルノグラフィ的な表象によって固執されているのです）。しかしこの侵犯は厳密な意味の制度にいやおうなく従わねばなりません。ですから侵犯の実践である同性愛はただちにそれ自体のうちに（一種の防御的な閉塞、恐怖による反射行動により）想像しうるもっとも純粋な範列、能動的／受動的、所有する／所有される、やる／やられる、叩く／叩かれるという範列を再生産するのです（これらの「植民地人」の言葉はここではふさわしいものです。さらには言語のイデオロギー的な価値を持っているのです）。ところで範列とは意味です。したがってこれらの国々では、二者択一をはみ出し、それをかき混ぜ、あるいはたんにそれを遅延させるあらゆる実践は（それは彼の地である人々が軽蔑をこめて〈性交する〉と呼ぶものですが）〈禁じられ理解不可能な〉同じ一つの活動なのです。性的な「繊細さ」は、侵犯の次元でなく意味の次元で、これらの実践の粗野な性格に対立します。それは〈意味の混信〉と定義することができて、その言表行為の筋道は、あるいは「礼儀」のしきたり、あるいは官能を刺激する技法、あるいは性愛に関する「時間」についての新たな観念です。それらすべてをこんな風に言い換えることもできます。性的なタブーが全面的に解除されるのだと。ただし神話的な「自由」のためではなく（それはいわゆる大衆社会の臆病な幻想を満足させるためにはまったく正当な概念です）、性を自発的な欺瞞から免除するような、空虚なコードのためにです。サドはまさしくそのことが見て取っていました。彼が言い表す実践は厳格な組み合わせ理論に従っています。しかしながら、それらの行為はまさしく西欧に固有のものである神話の基本要素の刻印を残しているのです。あなたが正当にも「熱い」性と呼んだ、一種の興奮や忘我のことです。そしてそれもまた性を快楽主義の対象とするのではなく、「熱狂」（神がそれを活気づけ、生気を与える）の対象とすることで、性を神聖化することなのです。

論点、六。鍵となる論点。〈文楽〉を通しての、上演としてのエクリチュールの正確な測定。上演の総量のうちに書き込まれ、そして上演からはみ出す労働。その〈プロセス〉、その鮮明となった生産のうちに映える〈照り返し〉。おそらくここにおいて最大限の正確さで層状をなして、隣接する、シニフィアンの実践の〈網の目〉の組成が探知されるのです、しかしながら決して鳥もちで捕えること、「統一性」、コードのヒエラルキーに譲歩することなく。そこにおいて、布地と木でできた人形とそれらを動かす人形遣いの間に、木でできたあるいは肉を備えた身体と〈間接的な〉、斜めに進路をそれた声との間に、新たな空間、エクリチュールの、絶えざるテクスト性の劇場がはっきりと描き出されるのです。「全体的でありながら分割されたスペクタクル」／「劇場の空間全体に開かれる組み合わせ理論の演技」、そこでは、「引用」、「コード、指示対象、切り離された状況の編みこみ」に支配されることで、私たちは〈もう一つの舞台〉に、その細分化された「異議」においてまで、内面化あるいは模倣によって取り憑かれた私たちの西欧演劇により明らかに抑圧されてきた場所に接近するのです。あなたは書いておられます、「労働が内面性に取って代わる」。そしてまた、「内部はもはや外部を指図しない」、それはアルチュセールが示したような、マルクスが開始した弁証法的な論理に私たちを送り返してくれるのです。「それらの明白な無秩序に対立する現象の内密な関係のように、現在の外部と内部の区別は消え失せる。私たちは新たなイメージ、現象的な主観性と本質的な内面性との経験主義的な二律背反から決定的に解放された、ほとんど新しい概念、そのもっとも具体的な決定のうちで、その設定とその仕掛けの法則により、調整された客観的なシステムに向き合っているのだ。」新たにこの舞台を〈問い直す〉ことを可能としてくれるマルクス主義のディスクールとの〈接触点〉。あなたのおっしゃるように、「シニフィアン」の概念そのものが超過され、そこでは「シニフィアン」という語が意味をもつのは「労働」あるいは「変化」という語につながれている場合だけなのでしょうか？

六、シニフィアン

シニフィアン。私たちはこれからも長くこの語をもてあそぶ覚悟を決めなければなりません（きっぱりと言っておきますが、私たちに必要なのはそれを定義することではありません、それを使用すること、つまりそれを暗喩化すること、それを対置すること、とりわけシニフィエに、シニフィエは、記号論の初期には、たんなる相関物と思われていましたが、今日ではそれが敵対者であることは知られています）。現在の使命は二重です。一方では、〈シニフィアンの深さと軽さ〉（〈軽い〉

はニーチェの言葉でもあることを忘れないようにしましょう）という対立する二つのものをどうやって表明することができるかを構想する（この語によって分析的であるよりは比喩的である操作を想定しています）にいたらなくてはなりません。なぜなら、一方では、シニフィアンは「奥行き」がないからです、それは劣等そして秘密という平面にしたがって展開はしません。しかし、他方では、このシニフィアンをそれ自体のうちに潜り、シニフィエから遠く離れて、物質のなかに、テクストのなかに深く入り込むものとして扱わないでどのように扱えばいいのでしょう？　膨らむことなくそしてくぼむことなく、どのように広がるのでしょう？　シニフィアンをどのような物質に比較すればいいのでしょう？　もちろん水に比較することはできません、大洋であっても、なぜなら海には底があるからです。むしろ天空に、宇宙空間に比較できるでしょう、それがまさに〈想像もつかない〉という点で。他方では、この同じ比喩的な探究は〈労働〉という語に導かれなければならないでしょう（それは、実際に、〈シニフィエ〉よりもはるかに、〈シニフィアン〉の本当の相関物なのです）。それはまた〈ヌーメン〉という語でもあります（ディスクールを武装させることのできる語）。以下のように分析できます。テクストの問題に関して、それはジュリア・クリステヴァが定義した〈意味に先立つ労働〉という意味です。意味の、交換の、計算の外部にあり、消費、戯れの内にある労働。この方向で探究を進めなければならないでしょう。さらにはいくつかのコノテーションを封じ込めなければならないでしょう。〈苦役としての労働〉という観念を完全に排除する、そしてできるならあらゆる労働にプロレタリア的な担保を与える換喩を断つ（厳格にそして少なくとも最初は）、それは明らかにシニフィアンの「労働」を社会主義の陣営に導き入れることを可能とします、そうではなくておそらくよりゆっくりと、より我慢強く、より弁証法的に考えなければならないでしょう。「労働」をめぐるこの重要な問いは要するに私たちの文化の空洞、余白のうちにあります。省略して言えば、この余白は今までマルクスとニーチェの関係を破棄してきたものとまさに同じものなのです。それはもっとも抵抗をおぼえるものですから、したがって、検討しなければなりません。誰がそれを引き受けるでしょうか？

論点、七。弁証法的な唯物論との接触点はおそらく（〈それは「終わりにするため」ではありません〉）一般的かつ分化した社会的な実践において（つまり統合された、「一元論の」、あるいはロゴス中心主義的な歴史についての観念論的な神話の外部で）あなたが直面するシニフィアンの実践の位置について問うことを可能とするでしょう。オリエントを話題にするやいなや、野生の、野蛮な、進化しないオリエントという神話と古典的なタイプの文化についての、最終的に経済による決定（ここでは、私たちが〈先進資本主義〉というタイプの経済に直面しているだけにより重要なのです）を認めないフェティシズムに加担する〈二つの姿勢（同じ抑圧に基づいてそれらの対立を実践する）を避けようとする〉ならば、この問いはことのほか重要なものと思えます。その問いによって私たちの時代の主要な矛盾（帝国主義／社会主義）がどのように象徴的な審級に〈典型的に〉書き込まれるかを測定することができるかどうかを知ることは喫緊の問題です、そしてまさにオリエントにおいて、というのもまさにそこにおいて、日本の少々南において、この矛盾がもっとも決定的に演じられるのですから、そこでは記号の衝突が武器の衝突を許したのです。

七、武器

あなたは実に驚くべき仕方で〈記号〉を〈武器〉に対置なさる、しかし相変わらず代置のプロセスにしたがって、あなたはそうするしかないのです。なぜなら記号と武器は、同じものだからです。あらゆる戦いは意味論的であり、あらゆる意味は戦いなのです。シニフィエは戦争の神経であり、戦争は意味の構造そのものなのです。私たちは現在戦争のうちにいるのです、一つの意味（意味を廃止するための戦争）ではなく、さまざまな意味の戦いのうちに。シニフィエは、あらゆる種類の可能な武器で身を鎧い（軍事的な、経済的な、イデオロギー的な、さらには神経症的な）相争います。現在世界にはそこからシニフィエが追放されているいかなる制度的な場もありません（今日それを解体しようとすれば制度に対して不正行為を働くしかありません、時おり反動的と思えるほど不安定な、束の間占拠された、人の住むことのできない、矛盾する場において）。わたしにとっては、それにしたがって厳格に（つまり特権的な政治的立場を超えて）行動しようとする範列は〈帝国主義／社会主義〉ではありません、〈帝国主義／他のもの〉です。範列が結ばれようとする瞬間における目印の撤去、〈中立的なもの〉の短縮、追加あるいは迂回によって非論理的となった対置、ユートピアの裂け目、なんとしてもそこに帰着しなければなりません、それが現在わたしが身を置くことのできる唯一の場です。帝国主義、それは〈中身の詰まった〉ものです。その正面には、署名のない、〈残り〉があります。表題のないテクストです。

〔原注〕そこにおいて第一項、礎となる項を探知することを差し控える置換の連鎖をわたしは起源のない隠喩と呼びます。言語自体も、時おり、起源のないとは言えないとしても、少なくとも逆転された比喩を作り出します。「火口」は容易に燃え出す物質です。それはその名称（プロヴァンス語の）を恋に身を焦がす恋人から引き出しています。「物質」を名づけることを可能としているのは「感情」なのです。

『プロメス』誌、二九号、一九七一年春。
聞き手はギー・スカルペッタ。

5

5．サインをしているところ，1971 年．

インタビュー（ロラン・バルトとの談話）

あなたの以前の仕事と現在のあなたを隔てるある距離についてあなたは話されたし、作家は「かつて自分が書いた文章をも別人の書いた文章として扱うべきなのである。厖大な数にのぼる他のさまざまな記号に対するのと同様に自己の文章を取り上げ、引用し、変形するのである」（「劇・詩・小説」、『作家ソレルス』所収）ともおっしゃっています。それにあなたはある知の、つまり記号学の生成の歴史において相対的な位置を占めると十分に意識なさっていたように思えます（ですから『モードの体系』は、出版された時には、すでに記号学の歴史だとあなたは考えていたのです）。現在の関心事がどんなもので、それらが以前のあなたの仕事をどのような点で発展させ、あるいは遠ざかっているかを教えていただけないでしょうか？

わたしはしばしば心を奪われています――あるいはより正確に言えば没頭しています、なぜならそれは精神的に苦しい心配事ではないのですから――すでに記号学の歴史が存在しているのではないかという思いに没頭しています、記号学は厳密に言ってまた西欧的な意味でおよそ一〇年ほどのものですが。この歴史の特徴は非常に激しい加速です。情熱のとりことなった歴史と言えるかもしれません。記号学への熱狂が起こり、一〇年来次々に提案が、反論が、断絶が、対立が――さまざまなフランスの記号学者のスタイルの対立、イデオロギーの対立とますます増えていますが――継起していると言うことができるでしょう。記号学の歴史は、ここ一〇年だけでも、可能ですし、必要でもあります。わたしの最初の記号学的テクスト（一九五六年に書かれた『現代社会の神話』の後記）でわたしはフランス記号学の誕生に関係していました。したがってわたし自身がわたしの仕事の、限定されかつ部分的なレベルで、この歴史の一つの空間、記号学の歴史的分野の一部分だったのです。現在わたしはわたしの書いた記号学的なテクストを選集にまとめようと考えていて、その選集を発表するなら、まさに「歴史」のようなものになるでしょう。その選集を記号学小史と呼ぶこともできるでしょう。ですからわたしの記号学関係の仕事全般について、断絶、矛盾、動揺、前進、あるいは時として後退さえもが、つまり運動がまるごと見出されるのは当然です。現在わたしが経験している記号学は、ですから記号学の歴史の最初期にわたしが経験し、想像し、実践していた記号学ではありません。文学の記号学については、断絶はとてもはっきりしていて、まさに『物語の構造分析序説』と『S／Z』の間に位置します。これらの二つのテクストは事実二つの記号学に対応しています。この激変（なぜならそれは発達というよりは激変の問題なのですから）の原因はフランスの最近の歴史のうちに――どうしてそうでないことがありましょう――それから間テクスト、つまりわたしを取り巻き、わたしにつきしたがい、わたしに先立ち、わたしのあとを追うテクスト、もちろんわたしと意思を通じあうテクストのうちに探られるものでしょう。例はあげません、何が問題になっているかはおわかりになるでしょう、そしてそれはいつでも同じグループの同じ名前に回帰するのです。

そうは言っても、今日記号学的にわたしがどこにいるかは明言するのがかなり難しいのです、なぜならどこにいるかを書いた時にしか本当に自分を知ることができないからです、しかし書いたものが出版された時には、すでに別の場所にいるのです。しかしながらご質問への言い逃れにならないためには、現在の問題はそれがすでにとらわれている繰り返しから記号学を解放することにあると言うことができます。記号学的に「新たなもの」を作り出さなくてはなりません、独創性に配慮するというのではなく、繰り返しの理論的な問題を問う必要性があるからです。より正確に言えば、わたしの問う記号学の問題は（そしてその点で他の面でわたしに近い研究者たちとわたしは意見を異にするのですが）記号学とイデオロギーや反イデオロギー、つまり記号学と政治の関係を示すのではなく、むしろ西欧の象徴的なものの、そして西欧のディスクールの亀裂の、全体的な、体系的な、多目的な、多次元の企てを追い求めることにあるのです。その意味で、現在のわたしの関心事をもっとも表すテクストは、最新のテクスト、つまり日本についての本です、理論的なものはまったくありませんが。

明日の仕事は何でしょうか？　わたしの欲望に問うてみれば――それは仕事のためにはよい基準です――わたしが仕事をしてみたいと思うのは、シニフィアンです。わたしはシニフィアン〈のうちで〉仕事がしてみたい、わたしは〈物を書くこと〉を欲しているのです（物を書くという語のいささか退行的な不純さは認めますし、エクリチュールという営みの観念のうちには古いもの、文体論的なものがありうることも排除はしません）。換言すれば、本当にわたしを魅了するのは、「小説のないロマネスクなもの」（『S／Z』パリ、一九七〇年、一一ページ）と呼んだもの、登場人物のいないロマネスクなもののうちで書くことなのです。それは人生のエクリチュールであり、さらにおそらくわたしの人生のある瞬間を再び見出せる、例えば『現代社会の神話』を書いていた瞬間を再び見出せるものなのです。それは新たな「神話」となるでしょう、イデオロギー的な告発の道を直接にはとらないとしても、そのことで、わたしにとって、シニフィエにとらわれないものとなるでしょう。より曖昧で、シニフィアンにより踏み込み、シニフィアンにより浸されたものとなるでしょう。

記号学の歴史を熱狂にかられた歴史とおっしゃいましたが、その熱狂は記号学自体の回収、さらにはステレオタイプ化に行き着きましたか？

「回収」という印象はイデオロギー的な傾向の程度に依存します。もしイデオロギー的な傾向が大きければ、記号学が成功を収めている点で、それが取り込まれているというのは明らかです、というのも制度との共犯がなければ成功は生まれないからです。記号学は現在流行と言えるほど成功しています、しかしまた、事実が示す通り、それはかなりの程度教育による成功なのです。模索し、自問する記号学的な教育があるのです。ところで、制度が介入する時、実際に回収が行われると言うことができます。さらに、記号学にはただちにこの回収をよろこんで受け入れる要素があったことも付言できるでしょう。わたしの批判は狭量なものではまったくありません、わたしはそんなものを望んではいません、そうではなくて意図的な、客観性の鎧をまとった、「科学的な」記号学は制度的な成功の萌芽を含む記号学だと言いたいのです。科学性が尊敬される社会では当然のことでしょう。

あなたは『記号学の原理』において、ソシュールの『一般言語学講義』の第二部第四章——そこでソシュールは、意味は一つの体系であるが、その体系は本質的に分割であるのだから（あなたの言葉をそのまま使わせていただきますが）言語は分節の分野のものであると主張しているのですが——（「ユートピアかもしれないが」）記号学の新たな科学への吸収、「関節学つまり分割の科学」（「記号学の原理」、『コミュニカシオン』誌、四号、一二四ページ）を仮説として提出されました。ところで、より最近、言語学と文学の関係をめぐる議論において、言語学をモデルとしたディスクールの記号学によって提起された論争のいくつかのテーマをあなたは指摘なさり、さらにジャック・デリダ（「言語学と文学」、『ランガージュ』誌、一二月号、一九六八、三二—八ページ）の仕事を参照して（歴史的にパロールに結び付けられた）言語学への熱狂の可能性に照準を定められた。デリダの仕事と関節学と命名なさった科学の実現の間には関係があるのでしょうか？　デリダの仕事を「記号学小史」とお呼びになったもののうちにどのように位置づけるのでしょうか？

デリダがこれまでに一つの科学を設立したいと思っていた、あるいはその科学に思いを馳せたことがあると認めるとは思いません。それに、わたしも考えたことはありません。実際、わたしに関するかぎり、文学の科学、あるいは関節学、あるいは記号学の誘惑はたえずとても曖昧で、とても狡猾なもので、しばしば〈まやかし〉だったと言ってもいいでしょう。もっとも、『批評と真実』のうちで、わたしは確かに文学の科学を話題にしました、しかし文学の科学を話題にしながらわたしは「いつかそれが存在するなら」（『批評と真実』、パリ、一九六六、五七ページ）という挿入句をさしはさんだことは概ね見落とされてしまいました。それが見落とされてしまったのは残念です、なぜなら、まさに、わたしがその一文をとても意識的に挿入したのはその一文が曖昧さや省略法に注意を払う人々の目にとまるためだったのですから。実際には文学についてのディスクールが「科学的」になることは決してありえないと言いたかったのです。科学の誘惑は心理学的なモデル（「客観性」というある種の価値）によっても実証主義的な、論理的（真実の探究のような）モデルによっても考えられません。じつのところ受け入れることのできる唯一の科学のモデルはアルチュセールのマルクス研究によって明らかにされたようなマルクス主義の科学、マルクスについて今日の科学を浮上させ、科学をイデオロギーから解放したアルチュセールの言う「認識論的切断」だとわたしは思います。明らかにこの方向で科学にかかわらなければなりませんが、現在記号学がそちらに向かっているかはまったく確信が持てません、おそらくジュリア・クリステヴァの仕事を除いては。

しかしながら、分割と不連続の科学については、いささかの皮肉をこめて「関節学」と呼んだこともあったのですが、わたしにとって、不連続と組み合わせの概念は今でも重要で存続していることは言っておきたい。わたしが生き、どこかに出かけ、それこそ通りを行く時にも、あらゆる瞬間に、わたしが考え、反応する時、あらゆる瞬間にわたしの傍らには不連続と組み合わせの観念があるのです。今日もまた、いつもと変わりない、ブレヒトの素晴らしい中国の絵画についてのテクストを読んでいました、そこで彼は中国の絵画は様々なものを別の様々なものと、あるものを別のあるものと並列すると言っています。これはとても単純な表現ですが、じつに美しい、じつに真実な表現です、そしてわたしが本当に求めているものはまさに「傍らに」を感じることなのです。

それは『記号の国』であなたが試みたことではありませんか?

その通りです。その見かけはかなり単純で、あまり革新的ではありませんが、人文科学が考え、概念化し、形式化し、言語化する方法を考えてみると、人文科学が本物の不連続の観念にまったく適応していないことがわかります。人文科学はいまだに持続性の超自我に、発達の、歴史の、系統などの超自我に支配されているのです。ですから不連続の観念を深化させることはなんであれ語の本来の意味において、そして不可避に異端であり、革新的であるのです。

ここで明確にしたいのは以下の点だけです、わたしがあなたの関節学の提示をデリダの仕事と比較したのは、その提示がまさにユートピアを夢見てなされたからなのです、なぜならデリダがグラマトロジーと名づけた科学はいわば否定的になされ、形而上的ディスクールを尋問し、破壊するのですが、自らは決して科学として形式化されることのない科学だからです。そのような文脈で、あなたが先ほど述べられた日本をめぐるテクストの現時点での重要性について立ち戻ることになるのですが、あなたが『記号の国』のエクリチュールのうちでなさっていることはあなたを拘束する西欧のシニフィエを、いわば脱構築するために日本に由来するシニフィアンの網目の中で移動することのように思えます。デリダの難解なグラマトロジーのディスクール、それもまたユートピアと定義できます、なぜならそれはまさに(形而上学の)彼方をめざすものであり、その彼方は破壊という否定的なイメージの中でしか実現しないものなのですから、そのようなデリダのディスクールの傍らにわたしが読んでみたかったのは、あなたの脱構築としての、偏心としてのエクリチュールの経験なのです。

まさにその通りです。わたしがデリダに恩恵を受けているすべてのこと、またわたし以外の者が恩恵を受けているすべてのことに加えて、わたしとデリダをいわば、特徴的に近づけるものがあります。ニーチェが「ニヒリズム」と呼んだ歴史的な局面に関与する（あるいは関与したい）という感情です。

構造的詩学の可能性についてのエッセーで、トドロフは「文学という特別なディスクールの固有性」を問うことがそのような詩学の対象であると言っています。「ですからあらゆる作品はより一般的な抽象的な構造の表れと見なされるのであり、それは実現可能なものの一つにすぎないのです」（ツヴェタン・トドロフ『構造主義とは何か？』、パリ、一九六八、一〇二ページ）。そこにはあなた自身がいわば「推進者」である誇張があるように思えるのです、――とりわけあなたの物語の構造分析に関する探究を考えているのですが――そして事実、トドロフは詩的という用語によって彼が考えていることとあなたが、『批評と真実』で「文学の科学」と呼んだものがかなりの程度一致すると指摘しています。

ところで、より最近、あなたはむしろ「一つのテクストの生産の再生産」（テクストの構造化とあなたの呼ぶものです）を対象とするつもりであり、とりわけ「それぞれのテクストはその固有のモデルである」（一九六九年五月二一日のゼミ）と表明なさった、また、『S／Z』の冒頭の章で、科学的詩学とはっきり距離を置くとおっしゃっています。この変更を構造的詩学の不可避の発展、あるいはより根本的な変化だと思いますか、また『サラジーヌ』の分析をこの文脈にどのように位置づけますか？　構造的なアプローチは文学的なテクストを研究の対象とすることでどのような点で変更されなければならなかったのでしょう？

ここで先ほど話題とした記号学の熱狂の歴史に戻ったことになります。あなたがおっしゃったように、一方には『物語の構造分析序説』があり、もう一方には『S／Z』があるという風に、断絶がありました。実際には、『物語の構造分析序説』において一般的な構造に助けを求めた時、そこからはついで副次的なテクストの分析を派生させることができるのですし、一種の物語の文法、物語の論理を再構成できるという効用を仮定した時(当時、わたしはそのような文法を信じていました、そのことは否定しません)、わたしが『批評と真実』で述べたことをもう一度強調したかったのです。文学の伝統的な観念、とりわけ大学の批評家、文学史によって学生、研究者に押し付けられる超自我は「科学的」であろうとする超自我なのです。新批評に対して論争がしかけられ、科学に欠けていると非難され、印象主義的で主観主義的な迷論だと拒絶されたのですが、大学の批評自体がまったく科学的ではないのです。物語を対象として、わたしは文学の科学は、——繰り返しますが、「それがいつか存在するならば」——伝統的な(歴史、内容)側ではなく、ディスクールの「形式」の科学の側に求められるべきだという考えを展開してきたのです、それは、あなたが思い出させてくださったように、トドロフのような人たちの仕事の公準となるような観点なのです。

『S/Z』において、わたしはこの観点を転倒させました、というのもわたしは複数のテクスト、いわんやすべてのテクストを超越するモデルという観念を拒絶し、あなたがおっしゃったように、それぞれのテクストはそれ自体のモデルである、換言すればそれぞれのテクストはその差異において扱わなければならない、しかしその差異はニーチェ的あるいはデリダ的な意味において受け取らねばならないということを公準としたのです。言い換えれば、テクストはたえず端から端までコードによって貫かれているのですが、それはコード(例えば、物語のコード)の成就ではないのです、それは(物語の)「言語」の「パロール」ではないのです。批評や読者の反応は別にして、わたしにとって『S／Z』は重要な本だと思います。本を書く時、書いた本についてなにがしかの感情を持つものです。わたしが書いた本のうちには、今のわたしにとってそれほど重要でない本もあります（自分のものと認めないわけではありませんが）、しかし愛着のあるもの、重要なものもありまます。例えば、めったに話題とならない本には愛着があります（「愛着がある」という時、それはたんに「許容できる」という意味です）、『ミシュレ』です。それに対して、よりよく批評や文学の現在の歴史に組み入れられていますが、『零度のエクリチュール』はあまり許容できません。『S／Z』がわたしにとって重要な本であるのは、そこで、確かに、変化を行ったから、自分自身に対してある変化を成し遂げることができたからです。その変化はどこからやって来たのでしょう？　またしても、それはしばしば他者からやって来たのです。なぜならわたしの周囲には探究者、「警句家」がいたからです、デリダ、ソレルス、クリステヴァです（もちろん、いつも同じ顔ぶれです）、彼らはわたしに物事を教え、わたしの迷妄をひらき、わたしを説得しました。それから、『S／Z』でなされた理論的な変化は操作による圧力、決定と呼びたいものによってもたらされたと思います。なぜならわたしは比較的短いテクストについて仕事を始めたのですが――テクストを手術すると言いたい気分です――、一種の幸運によって、何ヶ月もの間三〇ページにとどまり、本当にそのテクストを一歩一歩たどることができたのです、そして理論的な変化がやって来たのです。あるいは、わたしが個人的に幸運だったのは（繰り返しますが、読者に対してではなく、わたしに対して）テクストの「一歩一歩」を思いつく直観、あるいは我慢強さ、あるいは反対に無邪気さを持っていたということなのです。理論的な変化を決定したのはそのことだと思います。わたしは対象の認識のレベルを変えました、そしてそのことでわたしは対象を変えたのです。よく知られているように、認識の次元では、認識のレベルを変えると、結局は対象が変わります。ディドロの『百科全書』の図版の一枚にすぎない図版が、当時革命を起こしたことも知られています、それは当時の顕微鏡で見た蚤を載せていたのですが、それは半メートル四方の大きさで、蚤とは別のものになっていたのです(シュルレアリストのものです)。認識のレベルの変化は一種の悪魔の鏡のように対象を増殖させます。そのように、一歩一歩テクストをたどることによって、わたしは対象を変えたのです、そしてそのことで先ほど話題となった一種の理論的な変化に導かれたのです。

「一歩一歩」によって実現された視点の変化が『サラジーヌ』の読解をコノテーションの世界に導き入れ、事実、『S/Z』の冒頭の章で、読解可能な古典的なテクストに接近するのにふさわしいものとしてあなたはコノテーションという道具を援用しています。そうしながら、あなたはあなたのすべての研究の全体的な対象と思われるもの、つまりコノテーションのシステムとその意味作用のプロセスを研究する社会的な修辞学に合流するのです(そのようにして、『サラジーヌ』を読みながら、あなたはテクストの「自然としての言語活動」〔『S/Z』、一六ページ〕への神話的反転を研究し、そして同時に『現代社会の神話』で分析された同じような反転について考えることができるのです)。そこで、二つの質問です。

一、そこから文学と社会の関係を捉えることのできる有効な試みが生成される可能性があるトポスとしてコノテーションのコードの分析があなたによって提起されたのですが(とりわけここではブリュッセルでのシンポジウムの発言「修辞学的分析」を念頭に置いています)、『S/Z』は一部そのような道への第一歩なのでしょうか、そしてその道はどのように展開してゆくのでしょうか? 読解可能なテクストの類型論を設立するのでしょうか? (バルザックのテクストのうちで活動しているのをあなたが見つけられたコードは読解可能なすべてのテクストに共通するものなのでしょうか？）

二、ここでわたしはジュリア・クリステヴァの次のような一節を引用したいと思います。「現在の記号学のすべての問題は以下のようなものだと思われる。コミュニケーションの観点から記号学的なシステムの形式化を続ける（あえて唐突な比較をすれば、リカルドが分配と消費の観点からもっとも価値があるとみなしたように）、あるいはコミュニケーションの問題系列の内部に（それは必然的にあらゆる社会的な問題系列であるが）別の場面、つまり意味に先立つ意味の生産を開く。二つ目の道を採用すれば、二つの可能性が現れる。計測できない概念の深奥部で分析された意味作用のシステムの計測可能なしたがって表象可能な面を切り離す（労働、生産、あるいは文字、痕跡、差異）あるいは新たな概念が必ず引き起こす科学的な（科学はまた理論でもあるという意味において）新たな問題系列を構成しようと試みる。」（ジュリア・クリステヴァ『セメイオティケー』、パリ、一九六九、三八―三九ページ）同時に読解可能な古典的なテクストの複数性でもあり、限界でもあるコノテーションのさまざまなシステムの研究という枠内に組み入れられ、『S／Z』は『記号学の原理』（コノテーションの言語を話題にする科学的なメタ言語）において記述された科学的なアプローチというモデルのもとに位置づけられるように思えますが、『S／Z』はそれ自体テクストとして、つまり、『セメイオティケー』についてあなたが述べたように、理論とエクリチュールが厳密に同質である（「異邦の女」、『キャンゼーヌ・リテレール』誌、五月一日、一九七〇、一九ページ）本として読まれることは明らかです。ここでお尋ねしたい質問を明確に言い表すのは難しいのですが、こう言ったらいいでしょうか、クリステヴァの引用した一節との関係で『S／Z』を位置づけていただけないでしょうか。

最初の質問は、わたしにとって、こういうことになります。記号学は、コノテーションという概念を介して、一種の文学の社会学に立ち返ることができるのでしょうか？　社会学の認識論的な問題について吟味するのはやめましょう、それは現在政治的かつイデオロギー的な観点から非常に批判されている科学なのです。わたしはその問題に手をつけるつもりはありません。それが「社会学」あるいは他の名前で呼ばれるかはわたしにはまったくどうでもいいことです。『S／Z』のうちには確かに、コードの測定によって、大まかな測定だとしても、社会学的な活用の可能性があります、なぜならわたしが測定した五つのコードのうち少なくとも四つ、つまりプロアイレティックなコード（行動のコード）、意味素のコード（心理的な意味素のコード）、文化的なコード（知のコード）、解釈学のコード（探究の、真理探索の、解決のコード）は社会学に従属する、あるいは従属する可能性が大きいものなのですから。例えば、バルザックのテクストの、時としていささか重苦しく、いささか胸が悪くなるようなとは言いませんが、そもそもかなり濃密で、かなり肥大化したその層を満たしている文化的な間テクスト性（知のレファレンス）を求めてバルザックを再読しようと試みることはできます。それはよい問題でしょう、なぜならおそらく文化的なコードの問題は作家それぞれを異なった仕方で特徴づけていたことがわかるからです。例えば、フローベールもまた、文化的なコードに捕らえられていました。彼はまさに文化的なコードで汚されていて、そこでバルザックとは正反対に、矛盾に満ちた、同時に皮肉、剽窃、偽装という姿勢でそこから解放されようとしたのです。そこで『ブヴァールとペキュシェ』という誰もが非常に現代的だと認める、目がくらむほどの本が生まれたのです。ですから文学の記号学から出発した文化的な社会学は可能かもしれません、しかし繰り返しますが、その場合でも、かなり新しい文学の社会学を構想しなければなりません、それはわたしが言う間テクスト性への感性、テクスト相互関連への感性を有効に利用できるものでなければなりません。もしある程度のテクスト相互関連への感性を持っていれば、非常に新しい仕事ができるのです。間テクスト的な分析の第一の規則は例えばテクスト相互関連は原典の問題では「ない」ということを理解することです、なぜなら原典は名づけられた起源であるのに対して、テクスト相互関連は測定可能な起源を持たないからです。

とは言え、『S/Z』にはわたしが「象徴的な」と呼んだ五つ目のコードがあります。このコードは、名前が示すように、一種の寄せ集めのコードです、そのことを隠すつもりはありません。しかしながらおそらくこの象徴的なコードのレベルで作品の質と呼ばれ得るものが決定されるのであり、さらに非常に重大な意味で、作品の「価値」(ほとんどニーチェ的な意味合いで)が決定されるのです。作品の価値の序列はおおむねステレオタイプから象徴へと至る序列です。次のことを調べなければなりません。マス・カルチャーの方面を探索してみなければなりません、そうすると、実際は、象徴的なものが非常に貧弱であるのに対して、ステレオタイプ、アンドクサ(アリストテレスの用語を借りれば、アンドクサの、大衆の大勢を占める意見の地位)は非常に重要であることを認めなければなりません。反対に、古典的な作品では(象徴的なものについて別の観点を持っている現代の作品ではありません、もちろんロマン派を含めた古典派の作品です)その豊かさ、密度、成熟ばかりではなく、その狡猾な性格によっても、優勢であるのは象徴的なものなのです。作品の一種の質的分化を行い、おそらく恐るべき疑問、良い文学と悪い文学があるのかどうかを知るという疑問に答えることを可能とし、構造的な基準によって前者と後者を区別することができるのは最終的にはそのことなのです。

あなたの二つ目の質問については、たいへん良い質問で、たいへん適切な質問ですから、簡単に答えることはできません。両義的な答えとなるでしょう。

一方で、「計測できない概念の深奥部で分析された意味作用のシステムの計測可能なしたがって表象可能な面を切り離す」というのがジュリア・クリステヴァの第一の定義ですが、それは『S／Z』という本と合致します、なぜなら『S／Z』はバルザックの中篇、つまり『サラジーヌ』の表象として読まれ、理解されるからです。それは表象です、なぜなら分析、コードの列挙、用語の列挙があるからです。それは分析的な表徴ですが、それでもやはり表象です。さらに、『S／Z』を表象として読む可能性の証拠として、『S／Z』を表象の読解だと言うソレルスの論文を挙げましょう。彼は『S／Z』を表象と捉えたからこそ強力で、透徹した政治的かつ歴史的観点からその本を注解し、統合し、解読することができたのです。しかし一方で、両義性の二つ目の部分になるのですが、『S／Z』は徹頭徹尾かつ完全に表象ではありません、つまりそれは分析的な注解なのです、なぜなら、あなたがおっしゃったように、『S／Z』は「書かれた」のですから。この点についてはしばしば釈明してきましたが、それがうまく書かれたというのではありません。文体の要請を性急に厄介払いするべきではないとしても、問題はそこにはないのです。『S／Z』が伝統的な意味でのいくつかの文体的価値に従属しているという事実は重要です、なぜなら「エクリヴァンス」の拒否として、文体はエクリチュールの始まりなのですから。文体を受け入れるということは、純粋な道具としての言語活動を拒否するということです、ですからそれはエクリチュールの始まりなのです。しかし『S／Z』がとりわけエクリチュールの活動に従属しているのは、文の技巧のレベルだけではありません、なによりもかつて構成と呼ばれたもの、つまり編集、読解単位であるレクシの編集、レクシの注解の編集、余談の編集に大いに意を用いたからです。わたしがその本を作っていた時に立ち返ってみれば（繰り返し作り直し、たいへん苦労しました、情熱を注いで）、一般に着想と呼ばれるものを得た瞬間についてはなんの記憶もありませんが、編集と格闘していた瞬間についてはたいへん生き生きとした記憶があります、それこそが書かれたということなのです（さらにそれだからこそ『S／Z』という本は高等科学研究所でのゼミのS／Zとまったく違ったものなのです、概念的には同じ素材なのですが）。『S／Z』が書かれたという点で、それは分析的な注解を逃れ、テクストの生産性の一部を成しているのです。その上、『S／Z』には二つのタイプの反応（反応の「形式」のことです）があったと言うことができます。伝統的なタイプの反応がありましたが、これは新聞、雑誌に載った批評家の記事です、それらの記事は、本がしかるべく社会的な機能を果たすためには絶対必要なものです、それから二つ目の形式の反応がありました、手紙です。わたしは読者からの手紙を受け取ったのです、幾つかは知らない人からの手紙でしたが、それらは『S／Z』の読解に影響を及ぼし、別の意味を見つけ出して、わたしが見つけ出していた意味を増殖させたのです。そのようなレクシにはこのようなコノテーションを見つけられたのではないかと言うのです、などなど、しかもそれらはしばしばとても聡明で、いずれにしろ当然のことまったく信用のおけないものではなかったのです。わたしにとって、わたしの仕事の本当の正当化は一つ目の反応ではなく、これらの手紙のうちにあったのです、なぜならまさにこれらの手紙は、おそるおそるではありながら、わたしが無限の注解、むしろ永年暦と言うように、終わりなき注解を創造することに成功したのを示していたのですから。

間テクスト性の概念をめぐって、あなたは「文学がさまざまなエクリチュールの対話であるならば、歴史空間の全体が、まったく斬新な方法で文学言語のなかに回帰する」と言っていますが（『レットル・フランセーズ』誌、一九六七年三月号）、そこに『零度のエクリチュール』が導入にすぎないと言っていた文学の形式の歴史への道があるのでしょうか？

ある意味では、それ以来行われてきたことはエクリチュールの歴史です。問題は、『零度のエクリチュール』の当時には、わたしははるかにより伝統的な歴史を想定していたことです、わたしは歴史の新しい構想を持っていませんでした。わたしは非常に漠然とエクリチュールの歴史を考えていました、それは、たんに対象を移動させただけで、実のところ、文学史のモデルにいささかなりとも従っていたのです。それ以降、明らかに、事態は変化しました。難しいのは、現在、歴史的なディスクールについてもう一つの要請があるように思えることです、そしてそれがおそらく現在の思想のかなり批判にさらされた問題のひとつであり、前衛の思想の問題でもあるのです、前衛は本当に歴史的なディスクールを再思考せずに歴史をめぐって闘っているのです。今無邪気にそのようなものとして与えられたのではない歴史的なディスクールを考え出すことができるでしょうか？――歴史の概念ではなく、歴史的なディスクールをです――それはどんなものになるのでしょう？それはどんな抵抗に遭遇するのでしょう？　などなど。これが問うべき疑問です。実のところ、わたしは歴史を奪取しなければならない砦のようなものだといつも感じています。そのことで構造主義はひどく非難されましたが、それの邪魔をしようというのではまったくないのです、そうではなくて城壁を崩す、つまり歴史的なディスクールを解体し、「もう一つの」ディスクールに変えるためなのです、そのディスクールにあって、歴史は不在ではありませんが、もう歴史的なディスクールではないのです。エクリチュールの歴史から解放されたこのもう一つのディスクールはどのようなものになるのでしょう？ わたしにはわかりません、しかしながら、フーコーの方では、すでにその構想ができているのではないでしょうか。

『サラジーヌ』の分析はテクストの理論を目指したものでしたが、必然的に読解の教育として行われるように思えます（そもそも『現代社会の神話』以降のあなたの仕事は、神話を否定する読解を教えるものですが、読解の予備教育と定義できないでしょうか？）あなたはあなたの探究を読解の一般的な理論の枠内で思い描いているのですか、またそのような理論の生成の問題と方向はどんなものでしょう？

実際、『S／Z』でわたしが始めようとしたのは、エクリチュールの概念と読解の概念の同一視です。一方を他方のうちで「粉々にしよう」としたのです。わたしだけではありません、それは現在の前衛全体に広がっているテーマです。繰り返しますが、問題はエクリチュールから読解へ、あるいは文学から読解へ、あるいは作者から読者へ移行することではありません。これは他の人も言っていることですが、問題は対象の変更、認識のレベルの変更という問題なのです。エクリチュールと読解は両者ともども考えられ、働き、定義され、再定義されなければならないのです。なぜなら、両者を分離し続けるなら（それは非常に狡猾で、油断がならないのですが、たえずエクリチュールと読解の分離へと連れ戻されてしまいます）、どうなるでしょう？　その時、もし読解をエクリチュールから切り離すならば、社会学的なあるいは現象学的な次元の理論でしかありえない読解はたえずエクリチュールの投影と定義され、読者は作家の無言で貧しい「兄弟」だと定義されるような文学の理論を作り出すことになるのです。もう一度後退し、表現性の、文体の、創造の、あるいは言語活動の道具性の理論に連れ戻されるでしょう。その結果二つの概念を「固定」しなければならなくなります。

暫定的に、いわば修正主義的な次元の読解をめぐる問題がないわけではありません。つまり、確かに現実の、実際の、人間的な、社会的な問題があるのです、それは社会的なグループとの関連でテクストの読み方を学ぶ、あるいは現実の、実際の読解を修正することができるのかという問いであり、学校教育のそして文化的条件づけの外でテクストを読むこと、あるいは読まないことあるいは再読することを学べるかという問いです。そのことが研究されたこともなければ問われたこともないのは間違いありません。例えば、私たちはある種の読解のリズムに従って文学を読むように条件づけられています。読解のリズムを変えることで、理解の変化を手に入れることができるかどうかを知らなければならないでしょう。より速くあるいはよりゆっくり読むことで、まったく暗かったものがまぶしく輝きます。また例えば——読解の技術的な問題を引き合いに出せば——語られた物語の展開、経過の調整という問題もあります、私たちは物語の繰り返しには耐えられないのです。さらに私たちのドクサに満ち、ステレオタイプと繰り返しの世界に生き、汚されている大衆文明が反復されるように思える、繰り返しをうちに含んだように思えるすべてのテクストに大げさにきわめてアレルギー反応を示すのはかなり逆説的です。つい最近の例はピエール・ギュヨタの本『エデン・エデン・エデン』です、偽善極まりないことですが繰り返しのせいでほぼすべての批評によって読むにたえないと宣告されたのです。読者に読解にはいく通りかの可能なモードがあり、本を線状の持続的な経過でもって読む必要はないということを示唆しなければなりません。ギュヨタを、ギ・デ・カールの推理小説を、さらには『感情教育』を読むように、最初から最後まで読む必要はないのです、しかし人々はそのことを認めません。なんというパラドックスでしょう、人々は聖書を端から端まで読まないことはよろこんで認めるのですが、ギュヨタを端から端まで読まないことは認めないのです！　それがいつか少なくとも明確に言い表し、権利を要求しなければいけない読解の調整の問題です。

一九六三年にあなたはこうおっしゃった。「今わたしが自問しているのは、本質において、技法において、多かれ少なかれ反動的な芸術が存在するかどうかということです。文学については存在すると思います。左翼の文学が可能だとは思えません。問題提起の文学は存在します、つまり宙吊りにされた意味の文学です。解答をそそのかしはするが、解答を与えはしない芸術です。」（「映画について」、『カイエ・デュ・シネマ』誌、一九六三年九月、本書二八ページ）。多かれ少なかれ反動的であるという文学のこの定義はすべての文学に適用されるのですか、それとも『零度のエクリチュール』の分析が指し示しているように、文学のある特定の時期に適用されるものなのですか？

確かにわたしは「反動的」という語をつかいましたし、少しばかりの想像力の貧しさから繰り返しつかってしまいましたが、結局のところ言いすぎでした。それはあまりに独白的（「神学的」）な語です。文学は、古典派のものでも、完全に反動的だとは思いませんし、革命的あるいは進歩主義の文学も完全に革命的だとは思いません。実のところ、古典的で読解可能な文学は、その形式と内容において極端に保守的であっても、部分的には文法を外れ、カーニバル的なのです。それは社会的な地位からも構造からも矛盾を含んでいて、同時に盲従的であり、反体制的なのです。そもそもそれは語源的に、矛盾を含んだ、逆説的な地位であり、しかるべき研究がなされなかったのです。

私たちは今もまだその文学を続けているのです、私たちは相変わらずその両義性のうちにいるのです、なぜなら私たちは繰り返しにとらわれているのですから。それは繰り返されるのです。マラルメ以来、私たちフランス人は何も生み出していません、私たちはマラルメを繰り返しているのです、しかし私たちが繰り返しているのがマラルメであるのはとても幸運ではないでしょうか！　マラルメ以来、フランス文学には突然変異体というべき偉大なテクストはありませんでした。

イギリス文学ではジョイスの作品がそれに当たります。

ええ。それは問題です。今わたしは突然変異体のテクストという問題に興味があります、それはステレオタイプの、繰り返しの問題に繋がっています。例えば、マルクスが突然変異体のテクストであるのは確かですが、マルクス以来私たちがマルクスのディスクールを繰り返しているのも確かです。マルクスは新たな突然変異体を持たなかったのです。レーニン、グラムシ、毛沢東はとても重要ですが、それはマルクスのディスクールを繰り返したのです。

フーコーがまさにディスクール性の創設者としてのマルクスとフロイトを話題にしています。ガリレイのような誰かがそのディスクールの空間を超えて展開し、拡がる科学を創設したのですが、マルクスとフロイトはその原点を問いただし、分析し、再び揺り動かすことで、たえずその原点に立ち返る科学的なディスクールを創設したのです。それは多少なりとも繰り返しの問題についてのあなたの見解なのでしょうか？

その通りです。さらに、わたしは今年のゼミナールのテーマとして、突然変異体のテクストとしてフロイトのテクストの研究を考えていました。

あなたはおっしゃっています。われわれの時代、「人々は作品ではなく理論を産み出している……わたしは一般に文学と呼ばれているもののことを言っているのです」（「理論について」、『VH一〇一』誌、第二号、一九七〇年）と。このような言い方はあなたが他のところで拒否なさった（例えばジュリア・クリステヴァの『セメイオティケー』を「作品」と呼ぶことで）理論と実践の間の伝統的な対立を前提としているのではないでしょうか？　理論的ではない作品とは現在エクリチュールの理論がまさに意義をとなえることのできる多少なりとも反動的な文学なのではないでしょうか？

ジュリア・クリステヴァの作品は理論的だと受けとめられています。それは理論的〈なのです〉。しかしながら、それは「抽象的で」、「難解だ」という意味で理論的だと受けとめられているのです、なぜなら理論は抽象であり、難解さだと思っているのですから。そもそものためにこの本はその大半が拒絶されたのです。しかしもちろん「理論的」というのは「抽象的」というのではありません。わたしに言わせれば、それは「内省的」なのです、つまり自身を振り返るのです。自身を振り返るディスクールとは振り返ることによって理論的なディスクールなのです。実のところ、理論の起源となるヒーロー、神話的なヒーローはオルフェウスでしょう、なぜならまさに彼はたとえ破壊しなければならないとしても、愛するものの方を振り返る者なのですから。エウリュディケを振り返ることで、彼は彼女を気絶させ、再び彼女を殺すのです。たとえ破壊しなければならないとしても、この振り返りは「行わなければなりません」。その時、個人的に、わたしが西欧社会の非常に限定された歴史的な段階に対応すると考える理論は、語のよい意味で、パラノイア的な段階に、つまり科学的な段階に、私たちの社会の知の段階に対応するでしょう（言うまでもありませんが、それはそれと共存している、そして言語活動について内省することのない、言語活動をそれ自身に送り返すことなく話し、怠け者の言語活動を操る、そのような小児的な段階よりもはるかにすぐれた段階です。明らかに、このような言語活動をそれ自身に送り返すことの拒否は大勢を占めるイデオロギーによる欺瞞に通じる道なのです）。

言語活動について、あるいはより一般的にあなた自身の仕事についてのそのような内省に関して拘束をお感じになりますか？

拘束を感じるのでしょうか？　ある観点から言えば、感じると答えなければならないと思います、なぜなら結局のところ拘束なしにわたしが書くと考えるのはまったくばかげているからです。しかし同時に、実存的な面では、わたしはわたしのすることに拘束を感じないと言えます。どうしてでしょう？　例えばわたしは社交的な戯れを楽しみ（語の強い意味において）ますが、それは大げさな十全たるものではありません、そうではなくて、より深いレベルで、戯れのある種の倫理に従って楽しんでいるのです。実のところ、わたしが書いたものの運命に関して、あるいはわたしの書いたものが社会にどのように統合されるかに関して、わたしには個人的に要求するべきことはなにもありません。わたしは書きます、そしてそれはコミュニケーションのうちに放たれるのです。それ以上言うことはありません。それ以上言うことはありませんが、さらに言えば、この運命の甘受が面白いのです、なぜならそれによってわたし自身の仕事が「文法を外れた」(複数の、多数の、あいまいな)作品という地位に置かれることになるのですから。というのも、相変わらず、結局のところわたしにとっての重大な問題は、シニフィエの裏をかく、法の裏をかく、父の裏をかく、抑圧されたものの裏をかくことなのですから、――爆発させるとは言いません、そうではなくて「裏をかく」のです。文法を外れた仕事の可能性があるかぎり、わたし自身のテクストに文法を外れた痕跡があるかぎり、わたしは気分がいいのです。もしいつか本当にわたし自身の仕事の批評をしなければならないとしたら、「文法を外れること」にその中心を据えるでしょう。

一般的に言って、要求、異議、抗議はすべてわたしにとっていつでも退屈で、無味乾燥なものに思えます。そのせいで、ある意味で、わたしはいささか違和感をおぼえるのです。多少なりとも新しいスタイルとはあまり馴染めません、特に若者たちに関しては。例えば、語のとても広い意味において「ハプニング」に属するすべてのものは欺瞞の価値から見て、また欺瞞の機能から見て、非常に無味乾燥で貧しいものであるようにわたしには思えます。わたしはたえず「ハプニング」に対して戯れを擁護するでしょう。「ハプニング」は十分に戯れてはいません、なぜなら上位の戯れ、つまりコードとの戯れがないからです。つまりコード化されなければなりません。コードの裏をかくには、コードの中に入らなければならないのです。

さらに、『現代社会の神話』では、あなたは明らかに裏をかくコードに幻惑されているように思えますが。

その通りです。愚かなことに、コードの攻撃的な形式に幻惑されているほどです。

さらに、拘束の問題に少々たち戻ることになりますが、しなければならないことは、作家の伝記ではなく、彼の仕事のエクリチュールと呼んでいいようなもの、一種のエルゴグラフィー〔仕事術〕を描き直すことです。わたしについて言えば、わたしが書いてきたものの歴史はある戯れの歴史です、それはわたしがテクストを検査した継続的な戯れなのです。つまりわたしはモデルの帳簿を検査したのです。わたしは引用の領域を検査したのです。ですから『モードの体系』はエクリチュールよりはずっとエクリヴァンスの方に振り向けられた、引用の、モデルの帳簿のようなものなのです。どうしてでしょう？　なぜなら事実わたしのモードについての仕事に関しては、エクリチュールは体系の製造、つまりブリコラージュのうちにあり、本の批評、本のスクリプションのうちにはなかったからです。繰り返しますが、そこでは、エクリチュールは本当に本のうちにはなかったのです。それはわたしがその前に一人きりで行ったことのうちにあったのです、それにわたしが今思い出すのはそのことです。『記号の国』については、まったく違います。そこでは、わたしは思うさま完全にシニフィアンのうちに入ることができ、つまり書くことができ、先ほど話題にした文体論的な意味においてもそうすることができ、とりわけ断片でもって書く権利を手に入れることができたのです。確かに、不安はあります、それは知識人としてわたしが演じるべき役割がシニフィアンの側にはないということです。実際わたしには理論的かつ教育的な供与が求められ、わたしを思想史に位置づけようとしたのですが、現在わたしは本当にシニフィアンに身を浸す活動により魅了されています。それが拘束なのではないでしょうか。拘束があるとすれば、それは、本当なら出版や経済に関わる次元の拘束ではまったくなく、「イマーゴ」の拘束なのです、それは経済的な要請によって鋳造されるイマーゴなのです。わたしが日本について行ったこととの等価物がわたしに求められることはけっしてありません——あるいはまったく稀なことです。「イマーゴ」は本当の私たちの欲望には対応しない要求を私たちに押し付けるのです。

デリダは『グラマトロジーについて』のなかで「線状のエクリチュールの終わりはまさに本の終わりである、たとえ今日はまだ、文学的にも理論的にも、新しいエクリチュールが本という形式に包み込まれているとしても」〔パリ、一九六七年、一三〇ページ〕と断言しています。これらの新しいエクリチュールは『S/Z』の冒頭で書かれうるテクストについての議論であなたが語っていたエクリチュールです。デリダの言う本の終わりについてどのようにお考えですか?

あなたに答えるために、少々言葉遊びをしましょう。「本の終わりについてどのようにお考えですか」とあなたは言われた。考えるという動詞そのものについてはうまく答えることができません。事実、わたしは本の終わりを「予見」していません、つまりわたしはそれを歴史的あるいは社会的なプログラミングのうちに組み込むことができません。せいぜいそれを「見る」ことができるだけです、「見る」ことは架空の途方もない活動である「予見する」ことに対立するのですから。しかし、本当のところは、わたしが本の終わりを見ることができないのはそれがわたし自身の死を見ることだからです。本の終わりとわたし自身の死を別物と見ることはできません。つまりわたしはそれについてほとんど話すことができないのです、神話的に、歴史を転回させたヘラクレイトスの遊戯のような意味でなければ。

ですが、もう少し現実的で不安な回答をするとすれば、蛮行（レーニンが社会主義の二者択一として措定した蛮行）はいつでも可能だと付け加えましょう。その時から本の終わりについて終末論的なビジョンを抱くことできます。本は消え去ることはないでしょう、それどころか、本は非常におぞましい形で勝ち誇ることになるでしょう。それはマスコミュニケーションの本、大量消費の本になるでしょう、言ってみれば、資本主義の社会が体制から外れた形のいかなる戯れも許さないような、またいかなる欺瞞も可能でないような本となるでしょう。その時、それは全面的な蛮行となるでしょう。本の死は読解可能な本の独占的な支配、読解不可能な本の完全な壊滅となるでしょう。

あなたはいつでも文学批評の活動はテクストをその真実のようなものにおいて、つまりその最終的な意味において読み解き、そうしてテクストの複数性を凝固させてしまうためのテクストの解読だと定義なさってきました。あなた自身の仕事は（『S／Z』がここでは典型的ですが）テクストの記号学としていわば批評の「手前に」にとどまっています——それはさらにより根本的な、語の強い意味においてより批評的な試みだと思えるのですが。あなたによれば批評の正当な役割はあるのですか？　批評はどうしてもジュリア・クリステヴァによって分析された「記号の共犯」に組み込まれてしまのではないでしょうか？

かつて批評を解釈学だと定義したかどうか確信がないのですが、結局のところそれはありえます。いつでも同じ一つのことを言ってきたというつもりはありません。しかし、いずれにしても『批評と真実』において、わたしは批評の非論理的な機能を、象徴的かつ多義的な機能を要求しました。ここで言いたいことは、批評の「役割」と「活動」を区別することです。批評の役割を想像することはいつでも可能です。つまり批評の役割の継続を想像することはいつでも可能なのです、たとえ伝統的な役割であっても、それらは必ずしも質のよくないものではないでしょう。わたしはシェーンベルクの言葉に思いを馳せています、前衛の音楽があり、まさにその音楽のために闘わねばならないとしても、ハ長調の美しい音楽を創ることはいつでも可能であると、彼は言ったのです。ハ長調でいい批評をすることはいつでも可能なのです。

わたしはあなたが批評と記号学の間で区別なさっているように思えた対立を指摘したかっただけなのです。批評は記号を停止させたいと思う者の活動であり、彼は決定的な意味を追い求めるのですが（その意味はイデオロギー的な意味以外ではありえません）、記号学者であるあなたが『S／Z』で行った記号学、あるいはテクストの記号学はまさにテクストの複数性に応えることであり、そうすることで批評のいわば手前にとどまるのです。

その通りです。それが『S／Z』でわたしがしたかったことです。わたしはハ長調の批評と呼ぶものを追放はしません、しかしまさに、批評の役割に批評の活動を対立させるのです、それはただ単に作家の活動であり、もはや批評の活動ではないのです。それはテクストの、間テクストの、注解の活動なのです、そこでは実のところ過去のテクストについて無限に書くことができるのです（少なくともわたしにはそう思えます）。もはや語の伝統的な意味での「作品」を書くのではないような時代をいまやはっきりと思い描くことができるのではないかと思っています、そしてたえず過去の作品を書き直すのです、「たえず」というのは「永続的に」という意味ですが。つまり結局のところ増殖し、芽吹き、繰り返される注解の活動があるのです、それはまさに私たちの時代のエクリチュールの活動なのです。いずれにしても、それは想像もつかないことではありません、というのも中世はそれを行っていたのですから、さらに繰り返しの野蛮状態に戻るよりは中世に、中世の野蛮状態と呼ばれるものに戻るほうがましでしょう。ステレオタイプの無意識的な繰り返しにとどまるよりは『ブヴァールとペキュシェ』を永続的に書き直すほうがましでしょう。それは明らかに永続的な注解であり、強固な理論的解明のおかげで、テクストを解体し、別のものを手に入れるためにパラフレーズの段階を乗り越えるでしょう。

去年あなたは文学の教育をめぐる現在の問題についてのスリジーでのシンポジウムに参加されました。あなたにとってこれらの問題の本質はどこにあるのでしょう？　現在、文学の正当な教育はどんなものなのでしょう？

うまく答えることができません。文学を教える「べきかどうか」わかりません。教えなければならないと考えるなら、言ってみれば修正主義的な見地を受け入れなければなりません、そしてその場合「潜入工作」を行うのです。物事を修正するために大学に入るのです、文学の教育を修正するために小学校、高等中学校に入るのです。実のところ、わたし個人の気質からは、わたしはむしろ暫定的かつ局部的な修正主義に傾いています。その場合、教育の使命はできるかぎり広範囲にわたって文学的なテクストを粉砕することでしょう。教育の問題は文学的なテクストという観念を覆し、青少年にテクストはいたるところにあり、しかしすべてがテクストではないと理解させることでしょう。いたるところにテクストはあり、同時に繰り返し、ステレオタイプ、「ドクサ」もいたるところにあるのです。目標は、文学のうちにあるだけではないテクストと社会の神経症的な繰り返しの活動を分かつことです。例えば日本について、わたしがテクストを、織物を、人生を、通りを読むことを学んだように、印刷されていないテクストにテクストとして近づく権利を人々に認める必要があるでしょう。おそらく伝記さえも、歴史的あるいは現実の次元のレフェランスに寄りかかるものではない、人生のエクリチュールとして作り直す必要があるでしょう。そこには大まかに「テクストの脱固有化」であるような一連の使命があるのです。

初出は『サインズ・オブ・ザ・タイムズ』誌、一九七一年。
聞き手はスティーヴン・ヒース。

文化の宿命、対抗文化の限界

つい最近スイユ社から刊行されたエッセー『サド、フーリエ、ロヨラ』、『テル・ケル』誌の特集号、テレビや左翼の新聞、雑誌でのいくつもの発言…… このロラン・バルトの時事への復帰は歩みの更新、より明確かつよりめざましい始まりの歩みに対応しているのだろうか？ ロラン・バルトは復帰したのではない、彼は文化の問題系列において、現在の転覆の大きな使命と考えるものを継続しているのである。つまり「ブルジョワの文化の分裂を一歩一歩たどる」エクリチュールの解明である。

秩序転覆の行動においてもっとも大きな混乱が支配し、ややもすれば恣意的かつ無思慮な野心のせいで暴力（暴力の言語活動）が枯渇している時、対抗文化の限界についての彼の発言は私たちには省察の有効な基礎となるように思えたのだ。

「わたしは前衛の後衛である」というのはご自身についてのあなたご自身の逆説的な定義だと言われますが……

後衛あるいは前衛についてはどちらの位置を占めるかはけっして確信が持てない、という歴史に残る名論法があります。事実、前衛の観念はそれ自体歴史的なのです。それは、歴史を遡ったとしても、二〇世紀の初頭に起源を持っています。以前は、話題になりませんでした。一四年の戦争以来、ヨーロッパでは、前衛が加速度的に次々にやって来ました、そして結局のところ、それについて一種の調査を行い、少々客観的な一種の歴史的一覧表を作成してみると、それらは現在までほとんどいつも体制によって、正規の文化によって、世論によって回収されてきたことがわかります。

この永続的な回収の動きは非常に迅速なものでもあるのです。フランスで、長い間前衛のプロトタイプだとみなされてきた運動、すなわちシュルレアリスムがどのように回収されたかを考えるだけでいいでしょう。現在、シュルレアリスムは——その内容についての評価ではまったくなく、その使用法について——とりわけギャルリー・ラファイエットあるいはエルメスのショーウィンドウに見つけられるのです。

映画を例にとれば、回収の進行はより際立ったものです。前衛映画として上映される、つまり通常の商業映画の枠外に位置する、どれだけ多くの映画が、流行の動きにより、たんなる熱狂により、大量消費のほうに転換させられてしまうことか！

前衛の活動はひどく脆弱な活動であり、それは回収される運命にあるのです、おそらく私たちが経済的な理由のために流行の諸現象を維持し、また維持する必要のある資本主義に疎外された社会にいるからです。不幸なことに、私たちの対話の続きすべてに当てはまるのですが、私たちは私たちの前方にある、歴史的にあるいは社会的に解放された社会に生じる文化の諸現象についてじっくりと考えるいかなる手段も持っていないのです。

ソ連の社会の例は説得力のあるものではありません。それは現在の地点から納得できるような文化的な解放を産み出したとは言えません。中国の例はおそらくより説得力のあるものかもしれませんが、情報が足りないことは認めねばなりません。ですから、私たち西欧人にとっては、文化に関する疎外の克服はユートピア的な形をとらざるを得ないのです。

「前衛」と戦闘的な過激派を混同しているのではありませんか？

暴力的なあるいは派手な秩序壊乱的な活動の形をとることが前衛の持って生まれた一種の性格かどうかを知るのが問題のすべてです。それは確かではありません。個人的には、わたしは暴力には反対です、一定の政治的な場合をのぞいては。この点については、わたしはレーニンの古典的な分析に従います、そこでは暴力ははっきりと限定された戦術上の目的に導かれるべきなにかであり、永続的な倫理的姿勢ではないのです。個人的には、深みにおける秩序壊乱の仕事はすべて、人目をひくような暴力的な、派手な破壊的な活動の外で行われるべきだと確信しています。

対抗文化と呼ばれるものはアメリカの新左翼とそれに近い知識人のセクトが形成されて以来広がった現象です。その活動をどのように位置づけますか？

対抗文化の活動を正当化することはできます。対抗文明の現在における使命の一部をなしているある種の「ニヒリスト的な」行動をそれらが描いているという点で、歴史的に、それらは必要不可欠な活動の形態です。とはいえ、現状では、それらの機能を見ると、これらの対抗文化の形態はわたしにはとりわけ「雄弁な」言語活動のように思えます。つまりそれらにはある種の個人や社会の小グループに「表現する」、表現の面で自らを解放する可能性を提供するという利便性があるのです。しかしわたしにとって、表現と言語行動の間には、つまり表現としての言語活動と、変換として生産としての言語活動の間には大きな違いがあります。

しかしその表現の活動はいかなる効能も持っていないのですか?

わたしはまさにそれらの運動の重要性を弁証法的に評価しようと試みているのです。つまりいかなる点でそれらが有効かを検討し、しかしみかけにもかかわらず、それらが必ずしももっともラディカルな秩序壊乱の状態を表しているものではないことを理解することです。

雄弁な文化の若者への影響力、とりわけ音楽の分野での影響力をどのように説明なさいますか?

ポップスについては、そこには身体的な内容があり、対抗文化という形態はそれに大きな重要性を認めています。そこには身体との新たな関係がありますが、それは擁護しなければなりません。しかしながら、わたしにとってもっとも興味深い例は、というのももっとも知的(理解可能)なのですから、それはコンセプチュアル・アートと呼ばれるものです。コンセプチュアル・アートは芸術の伝統的な事物、画、展覧会、美術館の破壊を目指しますが、同時にそれはたいへん知性的な理論的テクストを生産します。少々残念なのは、コンセプチュアル・アートを除いては、ポップアートやポップスやアンダーグラウンドなど引き合いにだされる対抗文化の運動がディスクールの破壊に転換してしまい、破壊の名のもとに理論化の努力を放棄していることです。

ところで、現在の社会では、理論はすぐれて秩序壊乱の武器です。他の国、歴史上の他の国家でも同様だと言うつもりはありません。理論と実践の関係が完全に変更され、ここかの地では理論の使命がもはや同じではないような革命的な状況にある国家を想像することは十分に可能です——おそらく中国の場合でしょう——。しかし私たちの国では、理論の使命はまだ本質的であるように思えます。したがってわたしは理論化の努力をするような、あるいはありきたりな言い方になりますが、知的な努力をするような、目的や行動について知的なディスクールを産み出すことを容認するような対抗文化の運動により関心があるのです。

ある種の文化的過激主義の幻想はまるで階級対立によって切断された言語活動であるかのように、その言語活動がイデオロギーの外に位置すると信じることではないでしょうか？

ここでは二つの点を強調したいと思います。一つ目はこういうことです。わたしの本質的な確信は（それは二〇年来のわたしのすべての仕事に結びついています）すべては言語活動であり、何物も言語活動を逃れることはできず、社会全体は言語活動により横断され、貫通されているということです。ある意味で、すべてが文化的であることから出発すれば、非文化を実践することは不可能です。文化は私たちに強いられた宿命なのです。ですから、対抗文化というラディカルな行動を起こすことは、たんに言語活動の位置をずらすことであり、注意しないと、再びステレオタイプに、したがってすでに存在している言語活動の断片にもたれかかることになるのです。

暴力自体が非常に使い古された、非常に古い、人類学的でさえあるコードなのです。つまり暴力自体は前代未聞の革新の形象ではないのです。したがって文化をラディカルに破壊するという姿勢はわたしには軽率な、相対的にむだなものと思えますし、その価値は雄弁なことだけです。もう少し内容の豊かな歴史的使命という観点から問題を問えば、文化の宿命を受け入れる他に解決方法はないように思えます。ですから内部から文化の破壊あるいは変動に努めねばなりません。外部からでは、姿勢は装飾的なものにとどまるのです。

内部からの変動とはどういう意味ですか？

社会は私たちに分裂した言語活動を押し付けます（私たちの社会が疎外されていることの印である言語活動の分裂のうちに私たちは生きています）。しかしある種の言語活動の外に身を置く時、——そうしなければなりませんし、私たちはだれもが、そうしているのです——いつでももう一つの言語活動から出発してそうするのであり、非言語活動から出発してそうするのではないことを忘れてはいけません。したがって、誠心誠意、私たちは私たち自身を、私たち本来の言語活動を批評するという無限の過程に身を投ずるのです。それは自己反省性の姿勢であり（先ほど「理論」を話題としましたが、わたしにとっては同じものです）、それは文化を動かすことができるのです。それはその上そこから人が言葉を発する場の非常に注意深い認識に結びついています。非常に革命的だと装う個人が、言葉を発する場について問うことがないならば、彼は偽の革命家です。

その場は概しておおむね周縁的なプチブルジョワの場ではないでしょうか？

正確なデータが足りません、なぜなら社会階層の間では、それが編み出す決定や意味（神話）について、よくわからない交替があるのですから。したがって対抗文化において重要な役割を果たす行為者がどの階層からやって来るのかわたしにはわかりません。しかし彼らがプチブルジョワに出自の起源を持つとしても、それが重大な欠陥ではないことを思い起こす必要があります、今世紀の歴史的な使命の一つがどのようにしてプチブルジョワがそれ自体進歩主義的な階級になりえたかを知ることであるという点で。その疑問に答えることができないならば、歴史は長い間立ち往生するおそれがあるでしょう。文化的な面では、プチブルジョワの文化はブルジョワの文化を「茶番劇として」再生産すると言えます、そしてこの取るに足りない物真似がいわゆる大衆文化なのです。そしてその点で、プチブルジョワ文化の広範囲にわたる汚染を免れるいかなる社会階層も、いかなるグループもないのです。

フランスにおける文化を特徴づけるものは、大ブルジョワとの権力闘争を始めたプチブルジョワの攻撃的なめざましい進出だった、とお書きになっていますが？

いずれにせよフランスにおいてですが、おそらく二〇世紀の後半を支配しているのはブルジョワとプチブルジョワの間の大清算なのです。歴史的な問題はプチブルジョワが資本主義（ポンピドゥー大統領のタイプ）の地位という一般的な枠内に進出するのかそれともフランス共産党の地位向上という枠内に進出するのかを知ることです。

付け加えれば、これらの対抗文化の運動すべてが――そこでは私たちがそれらの行動について行わなければならない弁証法的なたえざる評価を再発見するのですが――ニヒリズムを奨励しようと努めているのです。その点でそれらの行動は一部わたしには正当化されるべきだと思われます。事実現在の状態で唯一可能な哲学はニヒリズムだと思います。しかし急いで付け加えれば、わたしにとっては、ニヒリズムは暴力の、破壊的な急進性の行動とまったく同一のものではなく、さらに根底的には多かれ少なかれ神経症的なあるいはヒステリックな行動と同一のものではないのです。

ニヒリズムは知性と言語活動の習熟にかかわる努力を必要とする熟慮と発話行為（なぜならいつでも言語活動の形で問題を提起しなければならないからです）の典型です。ニヒリズムの思想においてもっとも遠くまで行った哲学者はニーチェであり、彼はフランスではまだ知られていないか誤解されていることを忘れてはいけません。現在想像することのできるニヒリズムの行動と生成の形態は地味で、抑圧され、周縁的で、物柔らかでさえあるようにしばしば見えるかもしれませんが、それらが、根底では、表面的にはよりラディカルな行動の形態に比べよりニヒリズム的であることを妨げるものではありません。

あなたの理論的な仕事に使われたような、特殊な、非常に専門的な言語活動の必要性と、話題にしたばかりの社会階層の政治化の要請との間に生じる矛盾をどのように解決なさいますか？

それは難問です、そしてその難問に遭遇したのはわたし一人だけではありません。私たちが産み出そうとしている仕事が限定されたグループの内部で行われるのは確かです。それは秘教的な側面のある仕事であり、「集団」あるいは「大衆」に接触することをまったく目指していません。この点についてあいまいさを払拭するためには、そのことをよく意識しなければなりません。しかしながら、この比較的閉じられた仕事は意味の破壊を演出するためには必要だとわたしは思います。私たち知識人の使命は政治化ではなく、さまざまな意味の批判、意味そのものの批判なのです。

フランスの社会は、文化の面では、プチブルジョワの文化のモデルに従属しているので、大多数に届くためには、それらのモデルに巻き込まれる（そして自らの行動を危うくする）必要があるでしょう。

そうだとしても、自らに問うてみること——それが（例えば、演劇や映画の）「創造者たち」の役割です——つまり、ブレヒトに倣い、疎外の最中にあるフランスの社会に対してすぐれたコミュニケーション能力を持ち、それでいながら進歩主義、秩序壊乱、ニヒリズムという真面目な（あえて容赦のないと言いましょう）要素を内に含み持つ芸術の構築を試みることができないかどうかを自らに問うてみることができるのは間違いありません。

探し求め、見つけるのは創造者たちです。付け加えれば、それらの創造者たちが実質的な結果にたどり着いたとしても、彼らは普及の面でさらなる困難に遭遇するでしょう。文化的な体制のレベルでは（ラジオ、テレビ、おそらく学校や大学のレベルでさえも）自動的に強化される検閲があるのは確かです。ある一つの芸術形態が秩序壊乱と思われるやいなやいつでも障害物が置かれてきたのです。しかしもっとも危険なものはもっとも暴力的な形態ではありません。

『ポリティック－エブド』誌、一九七二年一月一三日号。聞き手はジャン・デュフロ。

快楽／エクリチュール／読解

一

あなたは『サド、フーリエ、ロヨラ』を刊行されました。雑誌『テル・ケル』は最新号であなたへのオマージュを特集しました。『サド、フーリエ、ロヨラ』であなたは悪の哲学、空想的社会主義、あるいは服従の神秘主義ではなく、三人のエクリチュールの考案者を論じています。したがってその問いは三人の言語の創設者を対象としているのであり、その最初の大きな第一歩が『零度のエクリチュール』であったある計画を実現するものであり、継続するものであると言わなければならないでしょう。『記号の国』と『サド、フーリエ、ロヨラ』はテクストの快楽に新たな省察を導入しています。したがってあなたの仕事の歴史を複数化し、あなたの仕事を二つの時期に位置づける必要があるように思えるのですが？

あなたの最後の言葉はたえず多次元的であり、複数の歴史に送り返されるすべての文化的な事象の象徴であると言えます。わたしの個人的な仕事のレベルでは、その歴史は二〇年ばかりをカバーします。『サド、フーリエ、ロヨラ』はその歴史のうちでほとんど強迫神経症的な役割を担っています。またしてもそれはエクリチュールを扱っているのです。『零度のエクリチュール』以来エクリチュールを扱うという心積もりははっきりしていたのですが、当然それはさまざまな変更を経験することになりました。ある時には、『モードの体系』でのように科学的な見かけの答えを与えようと努めました。モードの言語活動はもちろん文学的な言語活動ではありません。しかし着用されたあるいは撮影されたモードの体系を問うという考えを放棄し、唯一新聞、雑誌で記述されたモードを参照することにしたのですから、わたしがわたしの強迫観念、言語活動とりわけ書かれた言語活動に連れ戻されたのはまったく明白です。『サド、フーリエ、ロヨラ』はディスクールあるいは第二の言語についての探究の努力を継続するものです。それはある一つの人生の努力を変奏した（語の音楽的な意味で）にすぎないのです。

二

『記号の国』（スキラ社刊）は新たな段階の出発点ですね……

その通りです、そこでわたしはテクストの快楽の問題に手をつけました。目撃した日本の生活のテクストを解読したのです。わたしが描写したのは技術の、資本主義の日本ではありません、とても不可思議な日本です。『記号の国』はジェラール・ジュネットが、わたしについて、「一種の記号の倫理」と呼んだものからわたしを解放してくれました。わたしは記号と中立的な関係を持ってはいません。わたしはたえず社会におけるあるいは文学における記号の解読作業に熱中してきました。この関係は両義的であると付け加えねばなりません。コードがわたしを解放してくれる時がありますが、なぜならコードは安心、安全の発電機だからです。私たちの社会のようにとても疎外され、不安にさいなまれる社会は安心するために記号の明晰さ、記号の持続性を必要とします。うまく作成されたコードは拘束力を持っているとしてもいつでも安心させるものです。しかし、同時に、記号はとても簡単にわたしに息苦しさをおぼえさせます。記号を剝製にする言語活動あるいは社会はわたしには耐えがたい。それらの言語活動や社会は記号を生きるのですが、それらの記号をそのまま公示することを拒むのです。言い換えれば、それらは記号の実質のために記号を生きてはいないのです。それらは歴史的な産物、意味のイデオロギー的な生成です。こうしたことに我慢がならなかったので、わたしは例えば『現代社会の神話』を書きました。

わたしの語った日本はわたしにとっては対抗神話、一種の記号のしあわせ、不安定で、とても特異な歴史的状況の結果、完全に近代性に身を投じながら、封建制にとても近いので大衆文明やいわゆる消費社会によってまだ圧倒され、馴化されていない一種の意味論的贅沢さを保っている国なのです。

三

それゆえに、あなたはあなたが「記号のしあわせ」と呼ぶものを日本に発見なさった。この言葉を明確にしていただけませんか?

とても強力で、とても繊細なこれらのコードは一方では決して馴化されることなく（それらは記号の体系として公然と示されます）、他方では最終的な、永続性のある、閉じられたシニフィエには決して送り返されないのです。おそらく過去、日本の宗教史、多神教の影響、あるいは仏教の禅のせいではないでしょうか？　この国はわたしたちのようなユダヤ教、イスラム教、キリスト教の国々ほど独白のディスクールと密接な関係を持ってきませんでした。日本はわたしに一種のエクリチュールの勇気を与えたのです。このテクストを書いていてしあわせでした。それはより多く快楽主義の空間に、それどころかテクストの、読解の、シニフィアンのエロティックな空間に身を置くことを可能としたのです。今、わたしはその道を追求し、快楽のテクストを書き、テクストの理論にテクストの快楽、誘惑の考察を加えたいと強く思っています。ほとんどテクストの「ドン・ファン主義」と言うべきかもしれません。どうしてあるテクストが誘惑するのか、テクストの誘惑とは何なのか？　テクストの快楽はもっぱら文化的なのか？　それは文化のレベルに依存するのか？あるいはそれはより身体的であり、それゆえ多くの媒介物を含む弁証法的な関係を文化に対して持っているのか？　これらがわたしが少しずつ問うてみたいと思っている疑問の見本です。

四

あなたはサド、フーリエ、ロヨラを読むことに快楽を感じられた。快楽とともにサドを読むというのは、わたしたちの社会では密やかな、口に出せないことです。なんらかの哲学的なアプローチ（例えば悪の哲学）、さらには病理学的な症例の研究のために巧妙に締め出されてしまうものです。ロヨラとフーリエでは快楽の起源は同じではありません。最後の二人の作家の場合、読解の快楽はどこからやって来るのですか？

サドは退屈な作家だという通念に反して、わたしはいつもサドを読むことにたいへん大きな快楽を感じてきました。わたしはみなさんと同じように、たいへん気ままに、つまり文章を飛ばし飛ばしサドを読みます。いつも同じ文章を飛ばすわけではありません。サドはわたしにもっとも大きな読解の快楽を与えてくれた作家です。このような読解の快楽、そして無限の再読の快楽を与えてくれるのは、私たちの文学では、もちろん対極に位置しますが、プルーストだけです。そのような見方からすればフーリエはよりえりすぐりの傑作です。フーリエにはこの上もなく優しく触れてくる力を持った断片があります。しかしまた耐えられないほどの冗漫さがあります。フーリエを読むのはより困難です、なぜなら筋書きが、小説的な筋道がないからです。読解の快楽は統語論的であるよりは意味論的であり、語の古典的な意味において「詩的」なのです。ロヨラについては、この手の快楽について語ることはできません、とりわけキリスト教のディスクールからはるかに隔てられている時には。彼のディスクールはわたしをいらだたせもしなければ、本当に快楽をもたらしもしませんでした。しかしロヨラは情熱的になされるべき言語学的な再構成の基本要素をわたしに与えてくれました。それは少々シャンポリオンやすべての言語の解読者の、ヤーコブソンが隠されたものの分析家と呼んだ人たちの感じたであろう快楽です。

五

しかしながらそのような姿勢をとることは——快楽について理論的な考察を企てようとするのですから——モデルニテの仕事への逆行になってしまう、あるいはそのように思えてしまうということを軽視すべきではありませんね。一部の人たちが悪用しようと待ち構えている誤解については容易に想像できるほどです。今あなたのなさっていることがいかなる点で必要不可欠な前衛の仕事であるかお話しください。

テクストの快楽について理論的な考察を企てることは戦略的な価値を持っています。一時期ずっと、わたしはとりわけイデオロギー的な批評をしていました。例えば『現代社会の神話』や『批評をめぐる試み』の多くのテクストにおいてです。今日、イデオロギー的な批評の任務はほぼすべての人によって取り組まれています。それは前衛の仕事ではありません。例えば学生が操るようなイデオロギー的な批評のうちには多くの冗漫さ、言葉の偏重が見られます。ですからイデオロギー的な批評を洗練し、繊細にしなければなりません。ひとつはイデオロギーを意識することであり、もうひとつはそれを解体することです。繊細さと知性が必要です（知性というのは作業の質であって、心理学的な価値ではありません）。この集団的な任務はフランスの知識人の一部の人たちによって取り組まれています。反対に、快楽の理論には今日創造的な、闘争心あふれる行動が必要です。

どうして快楽の理論は孤独なのでしょう？　なぜなら知識人の個人言語が今日政治化されているからです。とはいえ、政治的な選択の問題はわきに置いておきましょう、言語活動の面に限定したいと思います。政治化された言語活動の専門用語や文のモデルはマルキシズム一般の理論的な文学です。快楽の問題がそこから排除されるのは当然です。正直なところ、今日フランスで行われている——それは必要不可欠ですが——多くの反イデオロギー的な仕事のうちには、法が、検閲が、快楽の排除があるように思えます。現在知識人の間でもエロティシズムの地位が向上していますが、あまり興味深いものではありません。把握し、語るべきなのは解放と検閲の問題に関する生殖のエロティシズムではありません。知的な仕事は第二の性とりわけ言語活動の性を対象にするべきでしょう。性的なあるいはエロティックな空間としての言語活動は大衆文化のエロティシズムとはなんの関係もありません。前衛の仕事は政治化されたものであれ、反イデオロギー的なものであれ、言語活動に不幸にも浸透し、そしてそこから生気のない、重苦しい、繰り返される、強迫的な、退屈なディスクールを作り出すエロティシズムに関する禁忌を解除することです。

六

ではいまだに難解な「読解の場」について教えていただけませんか。「この曖昧化は、ひとがブルジョワ・イデオロギーを手厳しく非難攻撃しながら、しかもいかなる場からこのイデオロギーについて、また反対して語っているかまったく自問しないそのときに、生れてくる。いったいその場は非ディスクールの（「語るまい、書くまい。ただ行動しよう」）空間なのか？　逆ディスクールの（「階級文化とたたかうために言説しよう」）空間なのか？」（『サド、フーリエ、ロヨラ』の「はしがき」）と書かれていますが。

ブルジョワのイデオロギーが罵倒されるたびに、同時に「どこからわたしは語っているのか？」という問いが隠蔽されるのです。ブランショ以来、すべての現代人がそうしていますが、わたしは本質的に反省に基づくディスクールのためにその問いを要求しただけなのです、それらのディスクールはそれ自体のうちで言語活動の無限の性格を帯び始め、言語活動の無限の性格を演じ、あるシニフィエのデモンストレーションに閉じることがありません。わたしは読解のエロティシズムについての省察を生み出そうとしていますが、独断的なディスクールを食い止めたいだけなのです。今日、独断的なディスクールとテロリズムのディスクールは混同され、それら二つはともに非難されています。独断的なディスクールはシニフィエに基づきます。それは最終的なシニフィエの存在によって言語活動に高い価値を生じさせようとします。そこからよく知られているように独断的なディスクールと神学的なディスクールとの間に関係が生まれるのです。このシニフィエはしばしば政治的な、倫理的な、宗教的な大義という形をとります。しかしディスクールが（ある個人の選択ではありません）シニフィエの止め具の上で停止することを受け入れた時から、それは独断的になるのです。テロリズムのディスクールは攻撃的な性格ですが——それを容認する、容認しないは別にして——、それはシニフィアンのうちにとどまっています。それはシニフィアンの多少なりとも遊戯的な展開のように言語活動を操るのです。

言語活動のない、いかなる場もありません。言語活動を、言葉を、おしゃべりでさえも純粋な、それにふさわしい空間と対比することはできません、そのような空間は現実の、真実の空間、言語活動の外にある空間でしょう。すべてが言語活動なのです、より正確には言語活動はいたるところにあるのです。それは現実全体を横断しているのです。言語活動のない現実はありません。言語活動を免れているという立場、非言語活動の、あるいはいわゆる中立のあるいは取るに足りない言語活動の背後に守られているという立場はすべて不誠実な立場です。言語活動について唯一可能な転覆は事態をずらすことです。ブルジョワの文化は私たちのうちにあります。私たちの統辞法に、私たちの話し方に、おそらく私たちの快楽の一部分にも。私たちは非ディスクールに移ることはできません、なぜなら非ディスクールは存在しないからです。もっともテロリスト的な、もっとも過激な立場でさえ非常に迅速な回収を喜んで受け入れるのです。残された唯一の闘いはあからさまなものではなく、ほとんどの場合押し殺された、ひそかなものです。いつでも勝利を収めることのできるものではありませんが、それでも言語活動をずらそうと試みるべきです。ブルジョワの言語活動から修辞の文彩を、統辞の手法を、語の価値を、言語活動の新たな類型論を作ろうと試みるのです。エクリチュールの主体と読解の主体が正確に同じ場所を占めていないような新たな空間。それがモデルニテの仕事のすべてです。

七

快楽に戻れば、「読むことの快楽はその真実を保証する」とあなたは書いておられます。私たちが企てるべきあるいは遂行すべき革命的な任務は快楽と相反するのでしょうか？

マルキシズムの超自我は容易に快楽を検閲します。歴史的には、マルクスとレーニンは快楽の問題ではなく、必要の問題を解決しなければなりませんでした。しかしながら注目すべきは、マルクスのテクストのうちには、革命の最終的な問題としての快楽に対するきわだった感性が見られます。

しかし、テクストの快楽という点では、わたしにはすばらしい保証人がいます。ブレヒトです。誰一人ブレヒトの作品（演劇、理論）に見られるほとんど文句のつけようのないマルキシズム批評の力強さ、知性を認めないわけにはいきません。ところがブレヒトはたえず快楽を要求したマルキシズムの偉大な作家でした。彼は彼の演劇が快楽であることを望んでいました。彼は快楽が革命的な任務と決して相容れないとは一度も考えたことがありませんでした。

彼の戯曲の中身には、快楽の価値にほとんど心を打たれたことを示す例証がいくつもあります。例えば、食物あるいは葉巻への嗜好に関しては、彼がおいしそうに葉巻を吸うことを決してやめなかったという事実、とりわけマルクスもまた葉巻をたいへん好んだと彼がまさしく言っていた事実。そこには進歩主義の陣営で少々取り戻すべき快楽主義の側面がまるごとあるのです。

学生のディスクールにあって――もっともそれらは、人生と社会に対するたいへん正当な感情を起点としているのですが――いつも残念だと思うのはこの側面がもはや感じられないことです。こう言うわたしに対して、「それらの残滓を清算」しなければならないと言うかもしれません。そうではありません、それらを清算するべきではなく、それらが残滓ではないようにしなければならないのです。革命的な実践は、どの段階にあろうとも、ポリフォニックな実践です。行動、ディスクール、象徴、活動、決定の非常に広範な混合です。それは多元的なタイプの活動なのです。私たちが今問うているさまざまな問題は、階級の状況だけではなく――それは当然です――、「特権階級」にも関わっています。そこでもまた知識人の役割をどう考えるか学ぶ必要があるでしょう。知識人は代理人ではありません。彼はプロレタリアを代弁する者ではありません。革命的な見地から、彼に欠けているものについて、彼の知的な活動を衰弱させるものについて、知識人としての状況にあって現在の社会が彼に強要する疎外について報告するために、彼自身の名において語らなければならないのです。他人の疎外だけではなく、自分自身の疎外を認識すればそれだけ彼は革命的になるでしょう。

八

もう一つの問題がありますが、それについていくつかの誤解を解いていただきたい。科学の問題、とりわけ一部の人には、あなたがその可能性を疑問視していると思われている文学の科学の問題です。

わたし自身についてわたしに送り返されるイメージは確かに両義性を含んでいます。なぜならある時のわたしは記号論者、その草創期の一人と思われています。そこでわたしは科学性という指標をつけられます。またある時は、反対に、厳密かつ科学的ではないと思われ、主観的で印象主義的だと非難されます。

事実、結局のところ、わたしは科学的な「ディスクール」を信じていません。わたしは科学それ自体の問題、そして文学の科学の問題は問題にしていません。『批評と真実』について言われたこととは反対に、文学の科学が存在するとは一度も言っていません。「文学の科学（もしいつかそれが存在するならば）」と書いたのです。メッセージ（疑念のメッセージ）はかっこに入れられていたのです。おそらく文学に関して断固として科学的な姿勢をとる研究者はいるでしょう、例えばトドロフです。わたしは大賛成です。じつに有益だと思います。しかし文学の科学に関するすべての仕事について、本質的な問題は決して解決されていません。科学のディスクールの問題です。どのようなディスクールのうちに文学の科学は表現されるのか？　あらゆるディスクールの虚偽を免れると言い得る科学的なディスクールは一つしかないでしょう。アルゴリズムのディスクールです。そこから文学的なテクストを論理的な方程式で表そうとする、形式化に頼ろうとする、多少なりとも意識的である、この上もない誘惑が生まれてきます。その時、確かに、科学の論証的性格の問題は解決されます。アルゴリズムのディスクールはただちに与えられ、しかも端から端まで「シニフィエを持たない」のです。それは純粋な関係の表現です。国語に合流するやいなや文化的なそしていわば精神分析的な宿命、コノテーションや多種多様な意味や想像的なものの機能を免れることはできません。その時科学的なディスクールはもはや科学に要求される効力を持っていないのです。

もしいつか文学の科学があるとするなら、それは形態を重んじる、形式化された科学以外のものではないでしょう。したがってそれはあらゆる言語活動のうちにあるイデオロギー的な宿命を免れるでしょう。わたしについて言えば、ラカンの言う、科学的である想像界はあります（主体それ自体による主体の無理解として機能する言語活動あるいは言語活動の総体）。人文科学や社会科学のあらゆる雑誌を読むだけで十分です。それらはいわゆる科学的なあるいは擬似科学的なスタイルで叙述されています。これらの学者の想像界は正確に分析できます。（これらのディスクールのエクリヴァンスに対立する）エクリチュールは、そのおかげで私たちの想像界を解体することができる実践の見本です。私たちは書きながら精神分析的な主体を構成するのです。私たちは私たち自身にあるタイプの分析を行うのですが、その時主体と客体の関係はすっかり位置を変え、「失効」してしまいます。印象主義的な批評の属性としての主観性と科学的な批評の属性としての客観性の間の昔からの関係はもはや重要ではないのです。

九

あなたは例えば国立科学研究センターで研究員として文学的なテクストについてお仕事をなさっています。組織はあなたに学者の地位に身を置くことを要求しませんか？

自己欺瞞はそこから始まります。あなたはいわゆる科学的なタイプの活動、わたしが「エクリヴァンス」と呼んだタイプの科学的なディスクールを選択するでしょう。あなたはテクストを読み損なうでしょう、なぜなら自己を分析する転移の関係をテクストと取り結べないからです。あなたはテクストを素直に読まないでしょう。あなたはテクストを例えば歴史的な参考資料あるいは記号学上の参考資料として扱うでしょう。あなたは文学の正統的な記号学のようなものを行うでしょう。あなたは物語のモデル、物語の統辞法あるいはヤーコブソンの言う詩学を再構成しようとするでしょう。しかしあなたは読解の外部に留まるでしょう。あなたはテクストと接触してあなた自身の主体をずらすという活動には無縁でしょう。ですからあなたはそのテクストを書いた者の主体をずらすこともないでしょう。あなたは研究対象であるテクストを書いた主体を語の伝統的な意味での「作者」、つまり「作品に表された主観性」として扱うように宣告されているのです。唯一の治療法は作品を「書き直す」ことでしょう。

一〇

やはり主体を問題にしなければならないのですね。「もしわたしが作家で、死んだとしたら、友情に溢れ、それでいて気楽な伝記作家の配慮によって、わたしの生涯がいくつかの細部に、いくつかの好みに、つまりいくつかの〝伝記素〟だけにしてもらえたなら、どれほど嬉しいだろう」というような提案は、あなたが繊細かつ巧妙に、あるいはうっかり（ご容赦下さい）、人文主義的な、古典的な伝統が私たちに教えてきた主体‐作者の観念を再び導入しようとしているように思われるのですが……

わたしは語の人文主義的かつ古典的意味で、主体が存在していた教育に属しています。考古学的な観点からマルクス、ニーチェそしてフロイトによって実行された形而上的な主体の根底的な変革において――それらの変革はモデルニテによって多くの方向で繰り返されていますが――わたしは過渡的な位置を占めるにすぎません、最先端にはいないのです。わたしはまだ主体を散乱させるすべての活動に魅了されています。エクリチュールの古典的な主体が変質し、傷つき、結合を喜んで受け入れる最中の不安定な瞬間。わたしが問うているのはこの炸裂の不安定な瞬間なのです。いわゆる現代的なテクストとわたしの関係は両義的なものです。それは情熱を傾けた、決定的な愛着ですが、いつもいつも快楽の関係というわけではありません。

一一

作者の友好的な回帰を話題にする時はどうですか？　「テクストの快楽は作者の友好的な回帰もまた含んでいるのである。」

この文は、わたしの考えでは、むしろ前衛的なものでしょう！　事実、過去の作者を友好的な身体として、魅力的であり続ける痕跡として再び取り上げることのできるその日は、とても大きな解放となるでしょう。そこに至る道を教えてくれる作家がいます。プルースト、ジャン・ジュネ（彼の小説のことを言っているのです）です。彼は彼の本の中にいます。彼は「わたし」、「ジャン」と言います。しかしながら、それらの本が主観的な経験を表現していると言う人は一人もいないでしょう。ジュネは「紙の登場人物」として彼の本の中にいるのです。それが彼の作品の成功です。「レフェランス」としての彼自身との関係において完全に相続から排除された、あらゆる遺伝的特性から解放された登場人物として。

一二

あなたの本はどのように組織されているのですか？　三人の作家の集合はどう考えても意表を突いているし、さらには挑発のように思えるのですが？

前にも言いました、わたしは挑発を望んではいませんでした。挑発の「効果」がないわけではありませんが。動機は他のレベルにあるのです。

一三

サド、フーリエ、ロヨラ。唯物論的な作家ということでしょうか？

これらの作家について、わたしは唯物論的な祭式という表現を用いました、おそらくそれがもっとも大きな挑発かもしれません。例えばロヨラが信者だったという事実は考慮しませんでした。わたしは、三人全員を、あらゆる内容の外で論じました。作家がエクリチュールに身を投じれば、それだけ彼は唯物論的となり、彼が提示する内容のうちにあるかもしれない観念論的な積荷を捨て去るのです。確かに、この積荷は非常に重いものですからとても長い間その積荷しか目に入りません。しかしながら、ディドロがわたしにとって唯物論的な作家であるのは、彼が哲学の一覧表に唯物論者として位置づけられているからではありません。『運命論者ジャック』は、言語活動と現実の関係を飽くことを知らない、閉塞することを知らない一種の再帰性に従属させることで近代のエクリチュールを思考する偉大なテクストの一つなのです。だから彼は偉大な唯物論的な作家なのです。

一四

サド、フーリエ、ロヨラについて彼らには共通して演劇性があるとおっしゃっています。どのような演劇性でしょうか？

演劇性の観念には、区別しなければならない二つの観念があります。一つはヒステリックな演劇性です、それはわたしたちの西欧演劇において、ブレヒト後のそして反ブレヒトの演劇を、続いて、多かれ少なかれ、「ハプニング」を産み出しました。言葉のほとんど語源的な意味における、上演に結びつくもう一つの演劇性があります。そのレフェランスは、あるいはフロイト的な舞台、「もう一つの舞台」の側に、あるいはマラルメの、来るべき書物の側に求められるべきでしょう。それは流動的な組み合わせ理論のメカニズムに基づき、読む者と聴く者との関係を、たえず、完全にずらすように構想された演劇性なのです。

一五

舞台美術家と同じようにお話しになりますね？

舞台美術の隠喩はいまだに実り豊かなものです。それは完全には開発されてきませんでした。それは演じる者に対して演出する者を優先するものです。伝統的に、私たちの演劇は役者の演劇なのです。

一六

本の構成において、サドにあてられた論文の占める地位について考えていました。それは重要なものだと思えるのですが。

そんな質問は今まで受けたことがありません、しかしながらわたしにはそれは重要なものだと思えます。それは実に大まかで明らかな二つの意味を持っています。一つ目はサドが話を挟み込んでいることです。ですからその本は三部作、単なる連続ではありません。ある種の遠近法に基づく構成があります。サドが前後に配されているのです。二つ目の意味は「サド一」がある種の論証的性格に基づく論文として書かれたことです。「サド二」は断章でできています。「サド一」を書いた後、サドを読み尽くしていないという思い、サドの言語活動の狡猾な点をないがしろにした少々民族学的な記述をしてしまったという思いにわたしは捕らえられました。わたしはサドを再読しました。読書ノートを取り直しました。その時それがわたしにとって謎めいた経験、気分を興奮させかつ気分を消沈させるような経験であることに気づいたのです。事実、「サド一」を書いていた時と同じことをサドについて考えていることに気づきました。ですから、「サド二」では、その重要性は断章化されたサドを書くという決定によるものなのです。それはサドのテクストとさまざまな関係を持っています。これらの切断された繰り返しには大いに興味があります。

一七

「サド一」と「サド二」で、サドの秘密を話題としておられます。秘密という語は説明されるべきではないでしょうか、そしてそれはここでは何を包含しているのでしょう?

「秘密」という語を強調してはいけません。それは少々危険な語です、なぜならそれは作家、作品についてある種の解釈学的なビジョンを予想させるからです。「秘密」は解読の観念を呼び寄せるのです。実際には、二種類のサドの秘密があります。一つ目については「サド一」で、二つ目については「サド二」で話題としました。一つ目の秘密は実際にはサン・フォンの秘密です。一人のリベルタンが謎めいた行為のために閉じこもり、それがどのようなものであるかを非常に親しい友人たちにも話そうとしません。彼が秘密の小部屋でしていることがわかります。彼は神を冒瀆し、神に話しかけているのです。つまりリベルタンの秘密とは神と関係を持っていたということだったのです。ですから彼は秘密を漏らすことができないのです。二つ目の秘密は、もう語るべきことはないと考えるほど事細かにエロティックな行為を描写した後で、「そしてあなたがたに話すことができない途方もないことがまだまだ起こったのだ」とサドが言う瞬間に、申し立てられるのです。それは偽りの秘密です、なぜなら言い表すことのできるものは言い尽くされてしまったのですから。それはもっぱら言葉による途方もないものの蓄えをディスクールに加えようとする一方法にすぎないのです。サドの一つ目の秘密はサドを神との弁証法のうちに置き直そうとする人々には大いに気に入られるでしょう。二つ目はサドをディスクールの審級の元に置き直そうとする、わたしのような人々に気に入られるでしょう。

一八

サドはエロティックな作家なのですか？　彼のエロティシズムは、あなたが示したように、私たちのほのめかしのエロティシズム――ストリップは「完了－未完了」の形をとります――とはまったく違ったものではないでしょうか？　最後に、「サド二」で、ポルノの文法を話題とされているのですか？　それは重要な点だと思えるのですが。

サドは一人、二人、あるいは複数のパートナーの間のエロティックな文彩の総数を定め、そしてそれらの文彩の体系を構築したのです。反対に大衆文化のモデルはストリップです、それは広げられますが決して解決することのないほのめかしなのです。サドは物事を別のレベルで取り上げます。ストリップは彼がその描写を始めるはるか前から存在していました。わたしはいつでもエロティックな文彩と文法の文彩、修辞的な文彩の間の平面的で不可逆的な循環に驚かされてきました。「サド二」で、わたしはポルノの文法について語りました。「ポルノグラフィ」という語には注意しなければなりません。ギリシャ語では、ポルネーですが、それは色欲、売春を意味します。「ポルノグラフィ」でわたしの興味をひくのは、色欲の「書記」、エクリチュールです。それが書き記されるということです。サドには、エロティックな「文」がありますが、エロティシズムは「厳密な意味で」文のように組み立てられます。そこには言語の文におけるように単位や組み合わせ理論や展開があるのです。

一九

サドは隠蔽された作家です。どうしてでしょう?

サドにおいては、そのエロティシズムよりもそのエクリチュールが検閲を受けるのです。そのエロティシズムは法律によって、法体系によって検閲されます。そのエクリチュールは、彼がいかなるフランス文学史にも姿を見せないということでより巧妙に検閲されるのです。彼は作家だとはみなされません。彼の本は狂人の文書として提示されます。サドは退屈だと言う知識人はたくさんいます！

二〇

性的な戯れに関してですが、サドにおける繊細さの原則について見直しがおそらくできるのではないでしょうか？

その点については、以前に『プロメス』誌の質問の答えとして書いたものをもう一度言わせていただけませんか。それがいちばん簡潔な回答だと思えます。「性的な戯れの繊細さ、それはとても重要な、西欧ではまったく知られていないと思われる観念です（それに興味を抱く主な動機です）。その理由は単純で、西欧では、性が侵犯の言語活動を受け入れるとしても、とても貧弱にでしかないからです。しかし性を侵犯の領域としたところで、相変わらず性を二項対立（〈賛成〉／〈反対〉）の、範列の、意味の囚われ人としておくのです。性を黒い大陸と考えることは、相変わらず性を意味に（〈黒い〉／〈白い〉）従属させることです。性の疎外は同質的に意味の疎外、意味による疎外に結びついています。難しいのは、性を多少なりとも絶対自由主義的な計画にしたがって解放することではありません、意味としての侵犯を含め、意味から性を解放することなのです。アラブの国々をごらんなさい。そこでは同性愛がかなり寛大に実践されることで「良い」性についてのいくつかの規則がたやすく侵犯されています（決して同性愛とは〈呼ばない〉という条件で。けれどもそこにはもう一つの問題、「恥」の文明においては抹消されている、性的なものの言語化という途方もない問題があります。対して「罪」の文明においては、この言語化が、告解やポルノグラフィックな表象によって固執されているのです）。しかしこの侵犯は意味の厳密な制度にいやおうなく従わねばなりません。ですから侵犯の実践である同性愛はただちにそれ自体のうちに（一種の防御的な閉塞、恐怖による反射行動によって）想像しうるもっとも純粋な範列、能動的／受動的、所有する／所有される、やる／やられる、叩く／叩かれるという範列を再生産するのです（これらの「植民地人」語はここではうってつけです。言語のイデオロギー的な価値からしても）。ところで範列とは意味のことです。したがってこれらの国々では、二者択一をはみ出し、それをかき混ぜ、あるいはたんにそれを遅延させるあらゆる実践は（それは彼の地である人々が軽蔑をこめて〈性交する〉と呼ぶものですが）、〈禁じられ理解不可能な〉同じ一つの活動なのです。性的な「繊細さ」は、侵犯の次元でなく意味の次元で、これらの実践の粗野な性格に対立します。それは〈意味の混信〉と定義することができて、その言表行為の筋道は、あるいは「礼儀」のしきたり、あるいは官能を刺激する技法、あるいは性愛に関する「時間」についての新たな観念です。それらすべてをこんな風に言い換えることもできます。性的なタブーが全面的に解除されるのだと。ただし神話的な「自由」のためではなく（それはいわゆる大衆社会の臆病な幻想を満足させるためにはまったく正当な概念です）、性を自発的な欺瞞から免除するような、空虚なコードのためにです。サドはまさしくそのことを見て取っていました。彼が言い表す実践は厳格な組み合わせ理論に従っています。

しかしながら、それらの行為はまさしく西欧に固有のものである神話の基本要素の刻印を残しているのです。あなたが正当にも「熱い」性と呼んだ、一種の興奮や忘我のことです。そしてそれもまた性を快楽主義の対象とするのではなく、「熱狂」(神がそれを活気づけ、生気を与える)の対象とすることで、性を神聖化することなのです。」

二一

では、フーリエに行ってもよろしいでしょうか？　おそらくあなたの本のうちでもっともわたしがエクリチュールのしあわせを、先ほど話題にした快楽を感じたのがこの部分です。それを書きながらあなたがある種のしあわせを経験したからではないでしょうか。これらのページのうちには、たぶん、伝記素と呼べるようなものがあります……

このテクストは完璧ではありません。一部分純粋に分類学上の、再構成の試みがあります(ヒエログリフや数字などに関するフーリエの体系についての断片)。ですからそれらは直接にあなたの言う快楽主義的な感興のものではありません。それはむしろ記号学的な仕事です。しかし、確かに、わたしはフーリエのいくつかのテーマに本当に愛着を感じています。享楽的なテーマ、語源的な意味で、遊蕩好みのテーマです。例えば食物。フーリエは空腹でたまらない時の貪欲さで食物を話題にします。彼はフランスの果物が大好きでした、わたしも大好きです。彼の好みとわたしの好みの間にはある循環があります。レモネード、洋梨、小さなパテ、メロンの描写は大いにわたしの意に適うものです。

わたしにとっては組織的で閉じられた場、それでいて快楽が循環している場としてのファランステールも同じように重要です。例えば、わたしが滞在していた時のサナトリウムはファランステールにとてもよく似ていました。わたしはそこでしあわせでした。住むに適した住居空間の組織、同時に情愛のこもっていて風通しのいい社会性は人間の生活にとって重要です。
また三つ目のフーリエの大きな快楽があります。新造語の賞賛です。

二二

ところであなたは作家のあるいは諸言語の創造者のあらゆる体系にとても注意を払っていらっしゃる。とても構造化されているが、神に閉ざされることのない体系。例えばフーリエについて書かれた次のようなことを考えているのです。「フーリエの建築法はバロック的な記号論を、つまりシニフィアンの増殖に開かれた記号論の権利を認める。それは無限でありながら構造化されているのである。」

言語活動の研究が今日これほど重要になったのは、言語活動が私たちに構造化されかつ中心をずらされた総体（語は故意に中立的なもの）のイメージを与えてくれるからです。繰り返しますが、辞書は言語活動のこの相反する性質をもっとも完璧に説明してくれる具体的な物です。ある辞書はフランス語のある構造を反映していますが、それは同時に中心をずらされているのです。構造主義はそれが構造の観念を再び取り上げたという点では新しいものではありません。私たちは閉じられた、環状の、中心が決まった構造についてはそれがどういうものか知っていたのです、それに対して現在中心をずらされた構造について検討が始まったのです。わたしはそこに普段一緒くたにされる同時代のすべての作家を送り返します、彼らが居心地がよくないと思うにしても。

二三

フーリエのユートピアですか？

マルクスの批判を覆い隠してはいけません、フーリエはその批判から立ち直ることはできません、しかし、同時に、マルクスが見逃してしまったことをフーリエが少しは語っていることも思い出さなければいけません。

二四

わたしの考えを明確にするために、引用します。「過度の単純化（フーリエの情念）は今日あるいは欲求の検閲、あるいは欲望の検閲であろう。調和にあっては（ユートピアにあっては？）、欲求あるいは欲望と結び合わされた科学がそれに答えるであろう。」

ユートピア、それはマルクスがもはやフーリエを批判しないような社会の状態です。

『レットル・フランセーズ』誌、一九七二年二月九日。
聞き手はジャン・リスタ。

形容詞は欲望の「言葉」である

ロラン・バルトとのこの対話は、とても重要な本『テクストの快楽』がスイユ社から刊行される前に行われた。言うまでもなく主に参照されるのは『テクストの快楽』である。私たちはここでバルトの注釈を目論んだわけではないし、またこの資料によって『テクストの快楽』を読まなくて済むわけでもない。反対に『テクストの快楽』を読むことを促すものである。快楽の概念への最初のアプローチは『サド、フーリエ、ロヨラ』(スイユ社、一九七一)に見出される。しかしバルトは前年日本についてのすばらしいテクスト、『記号の国』(スキラ社、一九七〇)を出版していた、それはすでに、語の十全たる意味において、快楽の本である。

美学的な快楽の問題は新しいものではないように思われます。それは、とりわけ、ヴァレリー・ラルボーやシュランベルジェなどの世代によって提起されました。しかしそれは本当に同じ問題なのでしょうか？　あるいはより明確には、「文学の快楽」を「テクストの快楽」に置き換えるという、表現をごくわずか操作することで何が変わるのでしょう？

新しきものなし、すべては回帰する、というのはとても古くからある嘆きです。重要なのは、回帰が同じ場所に行われないということです。円環(宗教的な)に螺旋(弁証法的な)を置き換えること。読解の快楽はずっと前から知られ、注釈されてきました。それに異議を唱えたり、批判したりする理由はまったくありません、たとえそれが特権的知識階級の思考と呼べるようなものの枠内で表現されるとしても。快楽の数もまた限られています、ですから疎外から解放された社会が、もしそんな社会が実現したとして、「別の場所で」、「螺旋状に」、ブルジョワの礼儀作法のいくつかの断片を再び取り上げることも必要となるでしょう。

そのうえで、「テクストの快楽」という表現は二通りの意味で新しいものかもしれません。一方では、それは書く快楽と読む快楽を対等に、あえて言えば「同一に」することを可能とします(「テクスト」はベクトルを持たない、能動的でもなければ受動的でもないものです。それは被動作主を前提とする、消費の対象でもなければ、動作主を前提とする、行動の技術でもありません。それは生産であり、その取り返しのつかない主体は、たえず循環の状態にあります)。他方、テクストの快楽という表現における「快楽」は美学的な価値ではありません。テクストを「眺める」という問題でもなければ、さらにはテクストに「自分を投影する」、テクストに「関与する」という問題でもないのです。もしテクストが「客体」だとしたら、それはもっぱら精神分析的な意味においてそうなのです。それは欲望の弁証法に、より正確には倒錯の弁証法に取り込まれています。それが「客体」であるのは「主体」を問題にする間だけです。「客体」のないエロティックなものはありませんが、また主体の揺らぎなくしてはエロティックなものはないのです。すべては文法のこの転覆、この揺らぎのうちにあるのです。ですから、わたしの考えでは、「テクストの快楽」は美学、とりわけ文学的な美学とは馴染みのないあるものに送り返されるのであり、それは喜び、消滅の、主体の取り消しの様態なのです。ではどうして「テクストの快楽」と言って、「テクストの悦楽」と言わないのでしょう？　なぜならテクストの実践のうちにはいろいろな種類の、バラエティに富んだ主体の散乱があるからです。主体は堅固さ（そこには充足、十全、満足、本来の意味での快楽があります）から喪失（そこには破棄、「フェーディング」、悦楽があります）へと移り行くことができます。不幸にも、フランス語には快楽と悦楽を同時に覆う語がありません。ですから「テクストの快楽」という表現の両義性を受け入れなければなりません、それはある時は特殊なものであり（悦楽に対しての快楽）、ある時は総称的なものなのです（快楽と悦楽）。

あなた自身の歩みのうちで、「快楽」という語が明瞭な形で姿を現したのはつい最近のことです（『サド、フーリエ、ロヨラ』が出た時です）。しかしこの語の前に、活動が、あるいは少なくとも強迫観念が、潜在的なあるもの、枝分かれしてあなたの初期の著作にまで張り巡らされたあるものがあったのです。問題の（実践のうちでの）解決は（理論として）問題が提出される前に始まっていたのではないでしょうか。問題あなたとしては、しなやかで感覚的な言語をすでに選択していたのであり、それはすでに、テクストについて語りながら、あなたが読解において感じていた快楽を多少なりとも伝えていたのです……

テクストの快楽はわたしのうちではたいへん古くからある価値です。わたしに最初に快楽への権利を与えてくれたのはブレヒトです。わたしはある時この価値をはっきりと肯定しましたが、それはある種の状況のもたらす戦術上の圧力によるものです。イデオロギー的な批評のほとんど野蛮な発達にはある種の訂正が必要だと思えました、なぜならイデオロギー的な批評は警戒怠りなく機能し、悦楽を妨げるある種の父をテクストに、その理論に強要するおそれがあったからです。ですから危険は二重なのです。もっとも重要な快楽を自らに禁じ、そしてその快楽を非政治的な芸術、右翼の芸術にゆだね、快楽はそれらの芸術の不当な所有物となるのです。わたしはブレヒト的ですから批評と快楽を共存させる必要性を信じないわけにはいきません。

あなたはあなたのテクストに隠喩に富んだ挿入節をちりばめるのを好みますが、それらの挿入節は純然たる説明や装飾の機能を超えるものだと思われます。そしてブルジョワ的な批評の厄災である形容詞はあなたにおいてはたいていの場合冗長なものです。しかし主観主義の誘惑に屈することなくどこまで行けるのでしょう? あなたは「恋する」関係と「科学的な」関係という二つの相容れないものの間でかりそめの均衡を保っているのではないでしょうか?

ことごとく形容詞なしで話し、書くというのはウリポ〔グループ「潜在的文学工房」〕の文学者たちが企てている遊戯——しばしばたいへん面白いものですが——と同様の遊戯にすぎないでしょう。実際には(大発見です!)、良い形容詞と悪い形容詞があります。形容詞がもっぱらステレオタイプな仕方で言語活動にやって来る時、それはイデオロギーへの扉を大きく開いているのです、なぜならイデオロギーとステレオタイプの間には同一性があるからです。しかしながら、他の場合、それが繰り返しをまぬがれる時、主要な属詞として、形容詞は欲望の王道でもあるのです。それは欲望の「言葉」なのです、わたしの悦楽への意志を肯定する、わたしの対象との関係をわたし自身の喪失という常軌を逸した冒険へと導き入れる方法なのです。

ソレルス（闘士の陣営）からトドロフ（大学教員の陣営）まで、快楽よりはテクストの法則で頭がいっぱいになっているすべての者のディスクールには息苦しくさせるものがあります。この学派の教えを受けた世代は多少なりとも近いうちに不感症になる恐れがあります。すでに（それは五年前の快楽をめぐるゲームの後で私たちに約束されていた「責任の取り方」なのでしょうか？）学生たちは学んだ理論に夢中でロマネスクという新たな発明を知りません……

ソレルスのテクストは複雑な、相同的ではないテクストです、〈片手でしっかりと手綱をとる必要があります〉。ソレルスは物神化してはいけない稀な作家の一人なのです（そもそも彼が物神化には同意しません）、つまり切り取り、手にとって重さを計り、選別してはいけないのです。奔流のように、力強い灌水のように、言語活動の「どんな多元的な」流出も受けとめなくてはいけないのです。彼に関しては選別的で分配的な思考は快楽の思考であって、悦楽の思考ではありません。「科学的な」あるいは「大学の」の言表については、それらがしばしばエクリチュールではなく、エクリヴァンスに従属しているのは本当です、というのもそれらはもっとも直接に効果のあるシニフィアン、おおむね文体論的なシニフィアン（文彩とともに）を放棄してしまっているからです。しかしエクリチュールはそのようなシニフィアンには限定できません。事実、「文体」がなくても、「エクリチュール」はあり得ます。現実の（例えば、文学的なディスクールの）新たな切断（新たな「マッピング」）を産み出すためには十分力強い思考の特異性とエネルギーがあれば十分なのです。力強くそして「自分自身」について分類すること、それはたえず書くことです。分類する作家はエクリチュールへの道を歩んでいるのです、なぜなら彼はシニフィアンに、発話行為に足を踏み入れているからです、たとえ自分に科学主義のアリバイを与えているとしても。

テクストの快楽は文化のレベルに依存するのですか？　反対にそれはより本質的に身体的なものなのですか？　あなた自身が最近の対話でその問題を提起なさっています。それは結局のところ「読解のエロティックなもの」について語るのは正当であるのかあるいは正当でないのかを問うことになります。

おそらく快楽ほど文化的、したがって社会的なものはありません。テクストの快楽は（ここでは快楽を悦楽に対立させています）文化的な訓練にまるごと、言い換えると共犯の、包含の状態に結びついているのです（世界との接触を断ち、一種の天上的な環境に包まれて、小説を読むために、若きプルーストがアイリスの香りがただよう小部屋に閉じこもったというエピソードはまさにその象徴です）。テクストの悦楽は反対に非トポス的で非社会的です。それは文化や言語活動の集団のうちに思いがけない形で産み出されます。誰一人その悦楽を説明することはできません、誰一人それを分類することはできません。読解のエロティックなもの？　それについて語るのは正当です、ただし倒錯を、そしておそらく、恐れさえも決して抹消しないという条件で。

理論がエクリチュールに変わるというあなたの歩みからすれば——しかもそれはもっとも厳密な連続において、同じ一つの言語のリバーシブルな両面のようなのですが——究極の変身、無限への跳躍はフィクションによる作品でしょう。フィクションによる作品を考えたことがおありですか？

無邪気に「フィクションによる作品」を受け入れることがたいへん難しい現代という時代に私たちは到達しています。私たちの作品は今や言語活動の作品なのです。フィクションはそこを通過することができるかもしれません、ただし側面衝突、間接的な存在として。わたしは「小説」、つまり登場人物、時間を備えた物語をおそらく決して書かないでしょう。しかしわたしがかくも簡単にその断念を（なぜなら小説を書くのはとても心地よいものであることは間違いないのですから）受け入れるのは、おそらくわたしの書いたものがすでにロマネスクなもので（ロマネスクなものとは登場人物のいない小説です）いっぱいだからです。そして間違いないのは、現在幻想に陥らずにわたしの仕事の新たな段階を思い描く時に、わたしがやりたいと思うのは、ロマネスクな形式を「試してみる」ことです、それらのうちのどれ一つとして「小説」と名乗ることはないでしょう、それらのうちのそれぞれは、できることならそれを革新しますが、「エッセー」という名称を保持するでしょう。

『ガリバー』誌、五号、一九七三年三月。

筆記用具とのマニアックなまでの関係

あなたは仕事の方法をおもちですか。

それは、仕事についての考察をどのレベルに定めるかによって異なります。わたしには方法論的な見通しはありません。それにひきかえ、仕事の実際というレベルにおいてなら、わたしはあきらかに方法をもっています。この点で、ご質問は興味深いものです。というのも、一種の検閲のようなものがあって、このテーマをタブー視しているからです。作家あるいは知識人にとって、みずからのエクリチュールについて、「タイミング」つまり仕事の進行表について語るのはくだらないことだ、と見なされてきたのです。

ある問題について、それは重要ではないと大勢の人の意見が一致を見るとき、一般的に言ってその問題は重要なものです。くだらないことは、えてして真の重要性の場なのです。このことを忘れてはなりません。それゆえ、ある作家の仕事の実際について問いを発するということ、しかもそのできるかぎり物質的な（些細な、と言ってもよい）レベルにおいて問いかけることは、わたしにとってきわめて重要であると思われます。それは反神話的な行為なのです。その行為は、従来、言語を思考の道具、内面性の、情念の道具と見なし、その結果としてエクリチュールを道具的実践にすぎないものと見なし続けてきた、かの古めかしい神話を転倒することに役立つでしょう。

いつものように、歴史がわたしたちのたどるべき道を明らかにしてくれているのです。俗なもの、くだらないものだとわたしたちに思われているもの、たとえばエクリチュールは、実際には意義深いものであることを理解しなさい、と。エクリチュールを、歴史的なコンテクスト、さらには人類学的なコンテクストに置き直してみるならば、いかにそれが長期にわたってものものしい作法にかしづかれてきたかがわかります。中国の古代社会においては、書く（筆を運ぶ）前の準備段階として、宗教的ともいえる苦行がおこなわれた。中世のキリスト教の修道院のいくつかにおいて、仕事にとりかかる前に、コピスト〔写本僧〕は一日のあいだ瞑想にふけったものです。

わたし個人としては、修道院生活を思わせるこのような「戒律」の総体（作品をあらかじめ決定づけるこれらの戒律には、仕事の時間、仕事の空間、書く行為そのもの、などの相異なる座標軸を設けるべきでしょう）を、仕事の「プロトコル」と呼んでいます。その語源は明白ですね。「仕事を始める際に貼り付ける最初の紙」(proto-colle）を意味するのです。

ということは、ご自身の仕事が、作法のなかに位置づけられるということでしょうか。

ある意味ではそうです。エクリチュールの行為を例にあげてみましょう。わたしは筆記用具とほとんどマニアックなまでの関係を結んでいる、と言ってもよいでしょう。わたしは筆記用具を、しばしば楽しみのためだけに取り替えます。新しいものを試してみるのです。万年筆ならありあまっています。どうすればよいのかわからないほどです。それでも新しい万年筆を見ると、ついほしくなって買ってしまうのです。

フェルトペンが文房具市場に出始めた頃は、おおいに愛好しました。（それらが日本製であったことも、悪い気がしなかったものです。）そのあと、飽きてしまいました。フェルトペンはすぐに太くなるという欠点があるからです。ペンも用いてきました。まるみのない軍隊式のものではなく、「J」型のもっとやわらかいものです。要するに、ありとあらゆるものを試してきたのです。ただし、ボールペンだけは例外です。これにはまったく親しみを感じません。すこし意地の悪い言い方をするなら、「ボールペン文体」とでも言うべきものがあり、それは「コピーのたれながし」にすぎず、思考を転記するだけのエクリチュールなのです。

結局わたしがもどる先はつねに上質の万年筆、ということになります。わたしの大切にしているやわらかい書き味を万年筆が提供してくれる、ということが重要なのです。

それは、あなたの著作のすべてが手書きであるからでしょうか。

それほど単純なことではありません。わたしの創作過程では二つの段階が区別されます。最初の段階においては、書きたいという欲望が生じ、それが文字の形をとります。つぎは批評の段階で、手書きのものが印字の形態になって、匿名的・集合的な仕方で他者の目にさらされるのです（すでにこの時点でエクリチュールの商品化が始まる、と言わねばなりません）。別の言い方をするなら、わたしはまずテクストをまるまるまるペンで書き、それからテクストを最初から終わりまでふたたびタイプライターで（打ち方を知らないので、二本の指で）打つのです。

これまでのところ、これら手書きとタイプライターという二つの段階は、わたしにとって言わば神聖にして冒すべからざるものでした。しかしながら、わたしはいま改革を試みつつあると申し上げましょう。

最近、電動タイプライターを買いました。わたしはタイピストの技法を習得しようとして、毎日三〇分はタイプの練習をしているのです。

このような決心をするに至った裏には、私的な体験があります。やるべき仕事がいくつも重なったときには、（好むと好まざるとにかかわらず）タイピストにテクストの仕上げを依頼することになります。そのことに思いを馳せたとき、とても気まずいものを感じたのです。デマゴギーに訴えるつもりは毛頭ありませんが、このことによって、ある社会存在、一人のコピストが、親方に対してほとんど奴隷的とも言えるような状態に拘束される一方で、エクリチュールの場が自由および欲望の場であるという、社会関係における一種の疎外の状況を呈していると思えたのです。要するに、これを解決する方法は一つしかないのだ、と思いました。わたし自身がタイプライターの打ち方を習得するほかはないのだ、と。わたしはこの問題についてフィリップ・ソレルスに相談をしましたが、彼はわたしにこんなことを言ってくれました。タイプライターによって直接書くことは、一定の満足すべきスピードを身につけたときから、独自の自在感を生み、それを美しいと思うようになるほどである、と。

わたしの改心はまだ前途多難である、と認めましょう。わたし自身、いつの日か、完全に手書きをやめる日が来るようには思えない。それがどんなに懐古的で個人的であると思われようとも……いずれにしても、これがいまわたしの置かれている状況です。わたしは誠実に変革に取り組んでいるのです。そしてかつてのわたしがもっていた偏見は、ほんのわずかながらなくなりました。

仕事の場所にも同じ重要性をあたえられますか。

わたしはホテルの部屋で仕事をすることができません。ホテルそのものが気詰まりだというわけではない。環境やインテリアではなく、空間の編成が問題なのです。(この問題は、わたしが構造主義者であること、ないしはそう呼ばれていることと無縁ではありません!)
仕事を開始するためには、わたしが慣れ親しんだ作業空間を構造論的に再構成できることが必要なのです。パリでのわたしの仕事場はわたしの寝室にあります(それは体を洗ったり食事をしたりする部屋とは別の場所です)。毎日わたしは午前九時半から午後一時まで仕事をします。この公務員のように規則的なタイミングはわたしに向いている。持続的な興奮状態を前提とするランダムなタイミングは、わたしには向いていません。仕事場を補完してくれるのは、音楽の部屋(わたしは毎日決まって午後の二時半ごろにピアノを弾きます)と、それに大いに括弧付きですが「絵画」の部屋です(およそ一週間に一回くらいは日曜画家として絵を描きます。ですからわたしには絵の具を広げる場所が必要なのです)。
田舎の家にも、これとまったく同じような三つの場所を作りました。その三つの場所が同じ部屋の中にあるかどうかは重要ではありません。間仕切りではなく、構造がたいせつなのです。

しかしそれだけではない。本来の仕事の空間そのものも、いくつかの実用的ミクロ空間に分割する必要がある。まず仕事机がなければならない。（わたしは木の机が好きです。わたしと木とは良好な関係をもっています。）側面の空間も必要です。もう一つ別の机を置いて、仕事に必要なさまざまのものをそこに広げるために。さらに、タイプライターのための場所と書見台が必要です。さまざまなメモ帳、次の三日間のためのミクロ計画表と来る三月間のためのマクロ計画表などを広げるためです。（それらの計画表を見ることはけっしてありません。そこにあるだけで十分なのです。）さらにもう一点、わたしはカード・システムを用いていますが、そのサイズは普通の用箋の四分の一、という厳密なものです。最近まではそれでよかったのですが、ヨーロッパ市場の統一という枠がはめられ、紙の規格が変更されました（これはヨーロッパ共同市場がわたしにあたえたきつい一撃です）。幸いなことに、わたしは完璧な妄執家ではありません。さもなくば、わたしがものを書き始めた時期、すなわち二五年前からのカードをゼロからやりなおす羽目になったでしょう。

あなたはエッセイストで、小説家ではありませんが、仕事の準備段階において資料の収集はどのような意味をもちますか。

ありがたいことに、わたしの仕事では学殖が決め手ではありません。図書館は好きではない。図書館では落ち着いて本を読めません。導きのテクストとの無媒介的・現象学的な出会いがあたえてくれる知的興奮こそが勝負なのです。わたしはしたがって、前もって文献表を作るようなことはしません。問題に関連するテクストを読むだけです。それもかなりフェティッシュな読み方をしています。わたしを高揚させる力をもつ一節、箇所、さらにはいくつかの語をメモするのです。次から次へとカードの上に、引用とか、アイデアが浮かぶのを書きとめて行きます。不思議なことですが、そこにはすでに文章のリズムが生まれています。もうこのときから、エクリチュールがすでに存在を開始しているのです。

そのあとでは、二度目の読書は必要なくなります。そのかわりにある一定の文献目録を確認する必要が生じます。一種のマニアックな状態にはまる恐れがあるからです。わたしが読むであろうものは、必ずすべてわたしの仕事に関係してくることはわかっています。ひとつ問題があるとすれば、それは、気晴らしのための読書が、エクリチュールのための読書に干渉してくるのを避けるということです。解決法は簡単です。古典の本や、言語学に関するヤーコブソンの本などの気晴らしのための本は、夜、眠る前にベッドで読むのです。それ以外のもの（たとえば前衛のテクストなど）は、午前中に仕事机に向かって読みます。自由勝手は許されません。ベッドは無責任を許す家具であり、仕事机は責任を引き受ける家具なのです。

あなたの特技と言われる、意外なものどうしの結びつけはどうやってなされるのでしょうか。書き始める前にプランを作られますか。

対応関係というものはエクリチュールの問題ではなく、テクスト分析の問題です。ある者には構造的反射神経があって、ものごとを対比の相において見ることができます。ほかの人にはそれがない。それだけの問題です。

たしかに一時期、記号学の著作を書き始めた頃は、プランの作成に時間をかけていました。それ以後、論述に対する異議申し立ての運動が展開されました。わたしが大学で教えた経験からも、いかに学生たちが、プランと三段論法の神話（論述のアリストテレス的展開）から、抑圧的とまでは言わないにしても、威圧的な束縛をこうむっているかが見て取れました（これはまた、今年度わたしがゼミで取り上げようとした問題でもあります）。要するに、わたしが選んだのはランダムな切り口です（わたしはそれを「タブロタン〔小画面〕」と呼んでいます）。わたしの意図は、論述を解体構築すること、読者の不安を取り除くこと、そして書物の「主題」という概念を揺るがすことによって、エクリチュールの批評性を強めることにあります。でも、注意していただきたい。ますますわたしのテクストが断章的になっているからといって、わたしがすべての束縛を放棄した、ということではない。論理を偶然によって置き換えるさい、今度は偶然が機械的にならぬように警戒を怠ってはならない。わたし個人が採用しているのは、禅のある種の定義から思いついて「コントロールされた偶然」と名付けることができそうな方法です。たとえば、『サド、フーリエ、ロヨラ』中のサドを扱った第二部においては、各々の断章にタイトルをあたえるべき構成の仕草が始まるまでは、偶然が割り込んでくることはありません。『テクストの快楽』においては、断章はアルファベット文字の順に配列されています。結局、それぞれの書物にはその固有の形式の探求が必要なのです。

小説を書こうと思われたことはないのでしょうか。

小説を決定するのは、その対象ではなく、真摯な精神を放棄する行為です。ある語を消したり訂正したりすること、音調の良さや文飾に配慮すること、新語を見いだすこと、わたしにとってこれらのことは、言語のもっている美味であり、それは小説を書く快楽にひとしいものだと言えるでしょう。

けれども、わたしに最も強烈な快楽をもたらしてくれる二つのエクリチュールの作業があります。それは最初の、書き始める作業であり、次は、書き終える作業です。つまるところ、不連続のエクリチュールをわたしが（かりそめに）選んだのは、このような快楽を何倍にも増やすためであったと言えるでしょう。

『ル・モンド』紙、一九七三年九月二七日付。
聞き手はジャン＝ルイ・ド・ランビュール。

オペラ座の亡霊たち

望むと望まざるとにかかわらず、現代フランス文学のもっとも精力的な部分はまたもっとも「理論的」な部分であり、また外国で本当に影響力を持っている唯一の部分である。ロラン・バルトはその中心人物の一人である。彼のようにその研究が多くの関心をもって待ち望まれている書き手は少ない。彼がある語に取り組み、あるいはある語を作り出すと、たちまち問題の展望が変化し、あるいは新たな問題が問われる。いずれにしろ、彼が歌唱についてのテクストをある雑誌（『ミュジック・アン・ジュ』誌、九号）に掲載すると、たちまち彼がオペラに「取り組む」であろうという噂が広まる。事実、学生たちの求めに応じ、高等研究院で、彼は「声」についてのゼミを行うだろう。エクトール・ビアンチョッティが彼に会見した。

多くの科学、多くの専門分野が声に興味を示しています。生理学、美学はもちろん、精神分析学、記号学（言われたことから独立して、どのようにして声は意味することができるのか？）ばかりか社会学さえも。社会階層と声のタイプの間にはつながりがあります。声のうちにはイデオロギーが存在します、さらには流行さえもが、それはしばしば自然とみなされるものを対象とします。毎年、流行となるのはある特定の身体であり、別の身体ではありません。しかし、最初に、声のうちでもっとも面白いのは、このとても文化的なものが、ある意味で、不在のものであるということです（それも大衆文化によっていく通りにも表象される身体よりもはるかに）。私たちはめったに声「それ自体」を聴きません、私たちはそれの言うことを聴いているのです。声は言語活動の地位そのものを占めているのです、声はそれが運ぶものを通してしか捉えることができないと思っているあるものなのです。しかし、今日、「テクスト」の概念のおかげで、私たちが言語活動の素材そのものを読むことを学んだように、声のテクストを、そのシニフィアンスを、声のうちで、シニフィカシオンをはみ出すすべてを聴くことを学ぶ必要があるでしょう。

ではそれは論文の一つで、「声のきめ」と呼んだ捕えがたい微妙な要素なのですか？

声の「きめ」は言葉で言い表せないものではありません（言葉で言い表せないものはありません）、しかし科学的にそれを定義することができないのです、なぜならそれは声と声を聴く者との間のある特定のエロティックな関係を前提とするからです。ですから声のきめを記述できますが、隠喩を通してだけ記述できるのです。

例をあげていただけませんか？　最近『フィガロの結婚』のグンドゥラ・ヤノヴィッツをお聴きになりましたか？

それは実際にきめを持っている声です（少なくともわたしの耳には）。そのきめを言い表すために、野菜の乳液、真珠のような光沢の震え、ぎりぎりのところで——快く危険な——「こもったもの」のイメージが浮かびます。それはそもそも夜の部のただ一つのきめでした。

ではマリア・カラスは？

あれは「管状の」きめです、響きが少々不正確なのです（声は正確かもしれませんが、きめが不正確なのかもしれません）、わたしは好きになれません。

歌唱についてのテクストで、歌手シャルル・パンゼラをたいへん賞賛なさいましたが、パンゼラの子音と母音を扱う巧みさについての指摘は、結果として、フランス語の精神そのものに触れていたのではないでしょうか……

わたしはそう言いました、パンゼラの芸術は（今ではたんに彼の声と言うことができると思います）わたしにとっては模範的な価値を持っていました、それははるかに単なる美学的な喜びを超えるのです。言うなれば、彼はわたしにわたしの言語の、フランス語の物質性を手ほどきしてくれたのです。もちろん、アマチュアとしてですが、三〇年ほど前、わたしは彼とともに少々学びました。パンゼラはフランスの歌曲を歌いました。それは今日かなり権威を失っているジャンルですが、わたしにとっては、その歌曲は（デュパルクからフォーレまでの）、「社交界かぶれの」起源にもかかわらず、フランス語のすばらしい上演であり、その点でわたしには重要なのです。パンゼラが歌った、ヴェルレーヌとフォーレによる『優しい歌』は正真正銘の言語学的なテクストです。それはわたしにとっては同時に「自然なもの」と不可避的に演者の伝統的な芸術を印づけるヒステリーから解放された、フランス語を表象しています。例えば、パンゼラは子音の色つやを出し、極端に母音を純化します。そうすることで彼は感情の下品な意味深長さを本当に至高の性格を持っていた（それは今でも持っています、なぜなら私たちは彼のレコードをいくつか持っているからです）一種の音楽的な輝きに置き換えることができたのです。言語全体が、それ自体、明らかになったのです。

結局のところ、おそらく、私たちの言語の「特性」に立ち返るべき時でしょう。できることなら、フランス的な明晰さというブルジョワ的な神話とともに、論理的な、逆上した特性ではなく、いわば音声上の特性に。フランスにおいて、文化的な危機の現在における局面の一つは、まさにフランスの大衆が言語に興味を持たないということではないでしょうか。フランス語へのセンスはブルジョワの学校教育によりすっかり抵当に入れられてしまったのです。フランス語に、その音楽性に興味を持つことは（他のものに比べて優れているわけではありませんが、少なくとも固有のものです）やむをえず形式美におぼれた、特権的知識階級の姿勢となってしまったのです。しかしながら、かつては民衆詩、大衆歌謡、あるいは学校‐博物館の外で言語を変革しようとする大衆の圧力そのものを通して、「民衆」と言語の間のある特定の接触が維持される瞬間がありました。その接触が消滅してしまったようなのです。もはや今日「民衆」文化のうちにその接触は見当たりません、それはほとんど（ラジオやテレビなどによって）製造された文化にすぎません。わたしがこの断絶を残念だと思うのは、ヒューマニズム的な理由によるのではありません、言語の音声的特徴、言語の音楽と接触を失ってしまったなら、身体と言語の関係を破壊してしまうからです。歴史的かつ社会的な検閲は言語の喜びの喪失をもたらします。

現代の一部の演出はどれも、テクストそのものを超えて、それぞれのスペクタクルの純然たる演劇性を引き出そうと追い求めています。この演劇性は、まさに、オペラにおいて頂点に達するのであり、今日、若者の大半はオペラを滑稽なものとして観劇しているのではないでしょうか？

オペラは全体的なスペクタクルです、そしておそらく、その点で、入りづらいものなのです。オペラ座に行くというのは面倒な行為です、はるか前から席を予約しなければなりません、席は高価です、ですから最後まで観劇しなければならないと思い込んでしまいます。わたしは映画館やプロレスと同じぐらい自由で大衆的なオペラ座を夢見ています。気分に応じて入ったり出たりするのです。一晩のうちでオペラを「採取」して切り取るのです。しかしそのようなオペラは存在していました。それは貴族のオペラ、バルザックの小説のオペラです。つまり、わたしはオペラ座に桟敷席を、あるいは大衆的な映画館のように、三フランで買える切符を夢見ているのです。

最近オペラ座へ行きましたか？

マース・カニンガムとジョン・ケージのバレエを観たところです。

どうでしたか？

それは心に触れる、繊細なスペクタクルでした。しかし、バレエ自体を超えて、わたしは再びオペラというスペクタクルのいわば帝政風の官能性に魅了されました。それは四方八方に広がっています、音楽から、視覚から、会場の香りから、踊り手たちの「優雅さ」と呼びたいものから、広大で並外れた照明を受けた空間における身体の誇張された存在から。

オペラの全体的な再発見の前夜にいるとお思いですか？

そう思います、オペラへのある種の回帰があるかもしれません——LPレコードによるオペラ音楽の普及がもたらした回帰です。再び歌手と指揮者にある種のスター主義もみられます。それらはオペラが、今のところ、高級なスペクタクルであることを妨げるものではありません、なぜならまず席が高価です、ついでオペラを楽しむためには、レパートリーについての、雰囲気についての、社交儀礼についてのいくつかの文化的な反応が必要とされます、それらはいまだに高級な反応なのです。しかしながら、オペラそれ自体のうちには多くの進歩主義的な要素があります。それはまず全体的なスペクタクルです、同時に多くの感覚、享楽的な快感を総動員しますが、そこには観客がいわば自分自身を享受する可能性も含まれます、ついでこのスペクタクルの全体性は、古代演劇からポップミュージックのスペクタクルまで、私たちの文化がたえず求め続けてきたものなのです。

さらにオペラは前衛的な実践をうまく受け入れることができます。そこではすべてが可能です、場所は適しています、手段は揃っています。最後に、面白いことに、味わい深くと言うべきでしょうか、オペラのスペクタクルは二重に分裂することがあるのです。最近わたしはグリュックの『オルフェウス』を観ました。すばらしい音楽は別にして、それはジャンルの違いをわきまえないかなり滑稽な、パロディ風のスペクタクルでした。ところでこの「悪趣味な」要素はわたしに気詰まりを感じさせないどころか、わたしを楽しませたのです。わたしは同時に、二重に、スペクタクルの真実とそのパロディを楽しんだのです。破壊しない笑い（あるいは微笑み）、これが来るべき文化のある種の形態かもしれません……

『ヌーヴェル・オプセルヴァトゥール』誌、一九七三年一二月一七日号。
聞き手はエクトール・ビアンチョッティ。

ロラン・バルトは紋切り型を論駁する

ロラン・バルトを位置づけるのは難しい。記号学者、社会学者、作家、批評家、『零度のエクリチュール』から『テクストの快楽』まで、彼はこれらの役割すべてを、しかもしばしば同時に担ってきた。『ラルク』誌の最新の特集号は彼の作品の驚くべき豊かさをそしてまた彼の関心事の統一性を、彼の歩みの厳密さを示している。彼のおかげで、書くという行為と社会的な実践の間のつながりが明らかになった。

ロラン・バルトはミシュレ、サド、フーリエについて、そして他の多くの者について新しい非常に面白いイメージを提供してくれただけでなく、読者という過少評価されていたがもっとも重要な人物を再評価し、舞台の上に押し上げたのである。

ロラン・バルトとの限られた時間の対話で、彼の仕事のすべての局面に言及することはできなかった。私たちは文学の現在について、その未来について、彼を後ろ盾とする前衛について、彼の好みについて尋ねた。彼の意見は多くの紋切り型と真正面から衝突するものであるが、またエクリチュールの最新の変貌に関するすばらしい発言でもある。

あなたは「読者」です。あなたは読み方を革新なさった。あなたがバシュラールについておっしゃったことをあなたに適用したいという思いにかられることが時おりあります。「バシュラールにとって作家は決して書くことがないようだ。奇妙な切り抜きによって、彼らは読まれるだけなのである。」あなたは作家をむさぼるまでに彼らを賞味しているように思えるのですが。

あなたのご指摘を限定させてください。一つには、わたしは読書家ではないことを認めねばなりません。わたしはあまり読書をしません、その理由は他のところで言いました。本がわたしを興奮させれば、始終上を向いて本がわたしに言ったことについて夢想しあるいは熟考します、本がわたしを退屈させれば、恥知らずにも投げ出してしまいます。確かに、あなたがおっしゃるように一心不乱に、むさぼるように読書をすることは時おりあります。しかしそれは仕事外の読書で、いつも過去の作者（アプレイウスからジュール・ヴェルヌまで）を対象とします。理由は単純です。快楽に浸ってというのではなくとも、少なくとも「むさぼるように」読書するには、あらゆる批評的な責任の外で読書をしなければなりません。本が同時代のものであると、わたしは責任のある読者となります、なぜならそれはその最中でわたしが格闘している形式やイデオロギーの問題にわたしをひきずり込むからです。あなたのおっしゃる自由で、幸福な、むさぼるような読書の快楽はいつでも懐古趣味の快楽です。それはおそらくバシュラールが経験し、記述した快楽なのです。彼のお気に入りの詩人、彼が引用し、彼の夢想を養う詩人はとりわけ過去の詩人なのです。

ですから読書とバシュラールの関係はとても限定されたものであり、そのことをわたしは言いたかったのです。あなたが引用なさった『テクストの快楽』の文はむしろ批判的です。バシュラールがいわばすっかり完成した状態で目に触れたテクストをいささか受動的に「消費」しただけであり、そしてバシュラールがそれらのテクストが「どのように」作られたかを決して問うことがなかったのは残念だと間接的に述べたのです。

ところで読書の理論（いつでも文学的な創造の貧しい親戚だった読書）は完全にエクリチュールの理論に従属しているという確信がわたしにはあります。読むことは——意識のレベルではなく、身体のレベルで——「それがどのように書かれたか」を再発見することです。それは生産されたものではなく、生産のうちに身を置くことです。この遭遇の運動に着手することができます、あるいは快楽とともに作品の詩学を再体験することで、かなり古典的に、あるいは自分のうちであらゆる検閲を解除し、意味論的かつ象徴的にあらゆる方向にテクストを溢れ出させることで、より現代的に。そうして、読むことは、本当に書くことになるのです。作者が行ったよりもよりよくそして遠くまで、読んだテクストをわたしは書くのです——あるいは書き直すのです。

前衛文学はもはやブルジョワの権限に属する行為ではありません、それは民衆によって読まれません。それは特権的知識階級の専有物です。これは新たな疎外の土台ではないでしょうか？

それはしばしば前衛文学に対してなされる非難です、同時にその革命的な野望と社会的な無力さが強調されます。その非難は普通ブルジョワ階級からやって来ます、ブルジョワ階級は皮肉なことに革命を革命それ自体よりもより至高のものだと考えているのです。さらにそれが政治に移行すれば、出来事は荒々しく直接的なものになるでしょう。しかし、文化の領域では、いかなる革命も長期にわたる矛盾なしで済ますことはできません。革命的ではない私たちの社会において、前衛的な作家の役割が大衆的な読者の気に入るものでないことは――そもそも大衆的な読者とプロレタリアをごく単純に同一視すべきではありません――不可避の矛盾なのであり、全然革命的ではない、プチブルジョワのイデオロギーの芸術とスローガンをしばしば採用しなければならないのです（それがまさに引き受けなければならない矛盾の一つです）。ブレヒトは同時に大衆的で批判的な演劇を産み出そうとしました。彼が失敗したことは認めましょう。

「多数の」読者から遮断され、前衛の作家は――これはより逆説的なものに思えるでしょうが――彼の任務が革命が確立するであろう芸術と文化を文字通り予示することであるとも信じられないのです。

革命はある自由さを切り開きますが、それは長い間政治的な拘束に縛られるでしょう、誰も政治的な拘束がいつまで続くかを予見することはできません、なぜならそれらの政治的な拘束は闘争の状況によって強制されるものだからです（それが今日大衆的な中国で起こっていることの意味です）。政治は文化がどのようなものになるかを予見することを長年にわたり妨げます。その結果、現段階ではそして西欧の社会では、前衛の任務は限定的なものになります。ブレヒトの語によれば、「清算し理論化する」。それがおおむね前衛の為すことです。

前衛が「特権的知識階級」であることについては、その語は不当な、さらには場違いなものです。前衛の作家はおそらく昔の高級官吏を想起させるかもしれません、なぜなら彼らはしばしば閉ざされた、分離された環境で生きているからであり、彼らが洗練された（既成の秩序の転覆であっても）、閉鎖的な言語を使用するからです。しかし高級官吏と前衛の作家の間には根本的な違いがあります。高級官吏と反対に、前衛の作家は権力の側にはいません、彼はその恵み、特権、庇護をいかなる点でも享受してはいません。彼はみずから手を汚してはいないのです。彼を本来支えるものは資産のある階級でもなく、支配を受ける階級でもありません、それは第三の階級、生産者でもなく、プロレタリアでもなく、共犯者でもない歴史的な主体を糾合する階級です。例えば、学生です、そして一般的には若者から成る特定の階級です。

いつも以上に、前衛の文学についてあなたは謎めいていらっしゃる。前衛の文学はたとえ読まれなくても繁殖力があるかもしれないとあなたはおっしゃっています。形式それ自体の探求に冷淡な作家であっても、もし彼らがそれぞれ、テクストの快楽を前進させたならば、それらの作家のうちに、例えばミシュレ、ブレヒト、あるいはゾラのうちにあなたはテクストの快楽を見出されているという印象があるのですが。

わたしにとっては、テクストの、エクリチュールの可能性がありえるのです、前衛を起点として、過去の作家のうちに。事実、プルースト、ミシュレ、ブレヒトのうちにはそれがあります。それは「形式」の問題（ましてや「フォルマリズム」の問題）ではありません、欲動の問題なのです。イデオロギーではなく、身体が書く度に前衛であるチャンスがあるのです。

現在の前衛の実践について語るのがより困難であるのは、対象について歴史的な変動があったからです。今日、前衛の対象は本質的に「理論的」です。政治家と知識人の二重の圧力のもとに、今日前衛であるのは「姿勢」（そしてそれらの報告）であり、必ずしも作品ではないのです。

作品はないわけではありません（もっとも、刊行されたものより未刊のもののほうが多いですが)、しかし古い価値である、「審美眼」によってそれらを評価するのは困難ですから、それらをテクストの効果よりは(それに、前衛においても他のものと同様に、膨大なくずがないとは言えません)それらが描き出してみせる理論的な知性によって評価することになります。「理論」は前衛の決定的な実践ですが、「それ自体」進歩主義的な役割を持ってはいないことは言い添える必要があります。その役割は——能動的な——私たちが現在のものだと思っているものが過去のものだと明らかにすることなのです。理論は屈辱を与えます、その点で理論は前衛的なのです。

文学は滅びゆく

文学の未来に触れて、文学は滅びゆくと予告なさっています。何がおっしゃりたいのですか?

文学はあるタイプの社会によって歴史的に限定されたものであると言えるだけです(それにそう言うのはわたし一人だけではありません)。社会が変化すれば、必然的に、あるいは革命的な方向に、あるいは資本主義的な方向に(なぜなら文化的なものの死は体制を特別扱いしませんから)、「文学」(私たちがかつてこの語に与えていた、制度的な、イデオロギー的な、美学的な意味において)は移り行きます。文学が完全に廃止されること(文学のない社会はまったく想像可能です)あるいは生産や消費やエクリチュールの条件が、つまり「価値」が変わってしまい、名称を変更しなければならないということは可能です。もはやかつての文学の「形式」のうちで何が残っているでしょう？

いくつかのディスクールの流行、出版社（生き残りがますます困難となっています）、脆弱で不実で大衆文化にむしばまれた、文学的ではない読者。文学の偉大な〈守護人たち〉は過去のものです。マルローとアラゴンがいなくなり、もう「偉大な作家」は出ないでしょう。ノーベル賞のイデオロギーは懐古趣味の作家に逃避することを余儀なくされています、そしてそれらの作家でさえ、政治的なうねりによって支えられる必要があるのです。

あなたはロヨラ、サド、フーリエという言葉の人、文体の創設者についてのすばらしい本を書きました。『アルク』の特集号でルイ＝ジャン・カルヴェが断言しているようにあなたも言葉の人なのですか？

一般的に言って、わたしが何であるかを言うことはできません——あるいはわたしがこれであり、あれであると言うことはできません。なぜなら、そう言うことは、もう一つのテクストをわたしのテクストに付け加えるだけだからです、そのテクストが「より真実である」保証はまったくありません。私たちはだれでも、とりわけ書くときには、「解釈される」存在なのです、しかし解釈の権力を持っているのは決して私たちではありません、それはいつでも他者なのです。主体として、わたしはわたし自身にいかなる述語も、形容詞も張り付けることができません——できるのはわたしの無意識を見誤ることだけです、しかしながらそれはわたしには知り得ないものです。そして私たちは形容詞という形で私たちを考えられないばかりでなく、人が私たちに当てはめた形容詞を決して認証できないのです。それらの形容詞は私たちを「無言」の状態に留めます。それらは私たちにとっては危機的なフィクションなのです。

想起できるのは、「言葉の人」（サド、フーリエあるいはロヨラ）は語を、独自の文を、つまり文体を作り出した作家というだけではないし、また必ずしもそういう作家ではないということです。それは世界のうちに、彼の世界のうちに（社会的な、エロティックなあるいは宗教的な）、言語学者が言うような、要素や特徴や「単位」を発見することができ、そこから最初のテクストを産み出す新たな言語であるかのように、独創的にそれらを組み合わせ、配列するのです。

そのような意味では、わたしの仕事が言葉の人の仕事だと言えるとは思いません。カルヴェの寛大な評価はよりつつましくわたしが時おりあえて新語を作ったという（彼は気にいってくれますが、他の人たちをいらだたせる）ことを指示していたのだと思います。

あなたはエクリチュールの物理的な面に、その空間における展開にとても敏感です。あなたはバルザックの校正刷への加筆に魅了されます。あなたは日本の書について書いておられます。前に「身体はエクリチュールの中を通過する」と言われていますが、説明していただけないでしょうか。

ええ、わたしはエクリチュールを愛しています、しかしこの語は隠喩的な意味を帯びているので（それは文体に近い、一つの言い表し方です）、あえて（先ほど言及された）新しい語を使いたいと思います。わたしは「スクリプション」、私たちが手でもって記号を書き記す行為を愛しているのです。わたしはできるかぎり筆記する快感を保持しようとし、タイプライターを使うのは推敲の最終段階だけです。それればかりか、とりわけグラフィックな活動の痕跡があるところならどこでも、東洋の書でも、「セミオグラフィ」と呼んだほうがいいかもしれないある種の絵画でも（例えば、マッソンやレキショあるいはトゥオンブリなどの）好きなのです。

エクリチュールとは手です、したがって身体です。欲動、制御、リズム、計量、変動、複雑さ、逃走、つまり、「魂」（筆跡鑑定は重要ではありません）ではなく、欲望と無意識を備えた主体なのです。

探究の空間

あなたは教授でもあります。あなたは教えるという行為を工場の流れ作業と快楽のロザリオンの間に位置付けられている。教授の活動と作家の活動の間にはどんな関係があるのですか？

わたしは教授ではありません、指導教官（高等研究院の）です。つまりわたしは講義はしません、ゼミナールを行うのです。さらには話す必要が、前もって構築された知を与える必要がないのです、わたしの役割はむしろ探究の、耳を傾けることの、そして——どうしてそうでないことがありましょう——快楽の空間を作り出すために学生といっしょにわたし自身が学ぶことです。ゼミはなかば知的なかば友好的な共同体のうちで知を、あるいは知の探究を手に入れます。授業よりも、あるいは講義よりさえも、それは一八世紀に、地方で、「アカデミー」と言われていたものをかなり思い起こさせるかもしれません。

したがってゼミと本の間には直接的な関係はありません。その関係が存在するためには、本は集団的なものにならなければいけないでしょう。考えることはできますが、難しいです。しかしながらそのような本はやってくるでしょう。

どこかでプルーストがあなたのレファレンスだとおっしゃっています。プルーストを読むことの快楽について話していただけませんか。

プルーストは社交界の読書の完全なシステムです。つまり、このシステムをわずかなりとも認めるのであれば、そのシステムが私たちの心をとらえるにすぎないとしても、私たちの日常生活のうちには、プルーストにレファレンスを持たない出来事、出会い、特徴、状況はないのです。プルーストはわたしの記憶、わたしの文化、わたしの言語活動かもしれません。語り手の祖母がセヴィニェ夫人を思い起こしたように、わたしはたえずプルーストを「思い起こします」。ですからプルーストを読む——というか読み返す——快楽は、神聖さと敬意はないにしても、聖書を参照するようなものです。今日の現実と、言葉の十全な意味でまさに〈知恵〉と呼ぶべきものとの出会いなのです。つまり「人生」についての知とその言語活動との出会いなのです。

当然、他に多くの可能な読書のシステムはあります。それはとても個別的な（社会的、心理学的、哲学的、神経症的）データに依存します、わたしは始終そのことを考えているわけではありません。わたしは「プルーストの専門家」ではないのです。

『零度のエクリチュール』の作者に比べてあなたは何になったのですか？

わたしは変化したのでしょうか？　二つの項を知らなければならないでしょう、かつてのわたしと現在のわたし。またしても、その判断はわたしの権限のうちにはありません。誰一人その現在と未来を認証することはできないのです。しかしながら、あなたが「想像上の」答えを受け入れてくれるのであれば、わたしは大きく変わったという印象は持っていません。わたしは『零度のエクリチュール』に存在していたのと同じもの、同じ価値を愛し、注釈しています。言語活動、文学そして記号の収集、意味の免除、言語活動の共有、社会的な関係の透明さというユートピアに送り返される「零度」という概念そのもの。幸いにも、わたしのうちで変わったのは他者です、なぜならわたしは、わたしに語りかけ、わたしが耳を傾け、わたしを魅了する他者でもあるからです。ブレヒトのこの言葉をわたしに適用できたならどれだけ幸せでしょう。「彼は他者の頭のうちで考えた。そして彼の頭のうちでは他者が考えた。これが本当の思想である。」

『フィガロ』紙、一九七四年七月二七日付。
聞き手はクロード・ジャヌ。

みずからを追い抜くことを諦めた社会はどのようなものになるのか？

以下の質問は二〇名ほどの著名な知識人に向けられたものである。

一、フランスには、多くの知識人が存在し、大いに発言しています。あなたはそれら知識人の一員であると思いますか？

二、知識人は無責任とスノビズムを、軽率さと「テロリズム」を結びつけると非難されます。これらの不満には、あなたの考えでは、どんな根拠があるのでしょう？

三、あなたによれば、知識人の主な役割とは何でしょう？　フランスの知識人はどれだけその役割を果たしていると思いますか？

以下がロラン・バルトの答えである。

知識人を対象にして定期的に行われてきた裁判は（その言葉と概念が生まれたと思われるドレフュス事件以来）魔術裁判です。知識人は商人、実業家、法学者の集団によって魔術師のように扱われるのです。彼はイデオロギー的な価値を混乱させるのです。反知識人の運動は歴史的な神話であり、おそらくプチブルジョワの上昇に結びついています。ピエール・プジャード（右派ポピュリスト政治家」はかつてこの神話にどぎつい形式を付与しました（「魚は頭から腐る」）。このような裁判は、あらゆる魔女裁判と同じように、定期的に大衆を興奮させることができます。しかしながらその「政治的な」危険は過小評価されるべきではありません。それはまったくのところファシズムです、いつでもどこでもその第一の目標は知識人階級を抹殺することなのです。

知識人の任務はこれらの抵抗そのもの、それらが始まる場所によって決定されます。ブレヒトはそれらを何度か定式化しました。ブルジョワ（そしてプチブルジョワ）のイデオロギーを解体すること、世界を動かす諸力を研究すること、理論を前進させることが問題なのです。これらの定式のもとに、もちろん多種多様なエクリチュールと言語活動の実践を配置しなければなりません（なぜなら知識人であるとは言語活動としての存在を受け入れることであり、まるで言語活動が人間にとってより重要な利害の実質を伴わない装飾であるかのように、尊大にも「現実」を「言葉」に対立させるある世界の確信をまさにかき乱すのですから）。

知識人の歴史的な状況は安楽なものではありません。知識人に対するつまらぬ裁判のせいではなく、それが弁証法的な状況だからです。知識人の役割はブルジョワの支配下そのものにおいてブルジョワの言語活動を批判することです。彼は同時に分析家であり夢想家でなければなりません、同時に世界の困難と途方もない欲望を描かなければなりません。彼は現在の歴史的なかつ哲学的な同時代人であることを望むのです。みずからを追い抜くことを諦めた社会はどのようなものになり、またどのようなものに価するのでしょう？　そしてみずからに語りかけることなくしてどのようにみずからを見つめることができるのでしょう？

『ル・モンド』紙、一九七四年一一月一五日付。

カレイドスコープの戯れ

一九五三年に刊行した『零度のエクリチュール』以来、ロラン・バルトはたえず理論に関する動静には立ち会っていたし、前衛がそのもっとも華々しい論客たちを招待する会合にはいつも疲れを知らずに顔を見せている。この二〇年間の批評的な生産にはいささかも息切れする気配はない。現代におけるその軌跡はほとんど「震え、飛び、そして全然飛ばない」というエレアのゼノンの矢を思い起こさせる。それほどその矢はいつでも的を射る瞬間にあるように思えるのである。おそらく、思い違いであろう。いかなる客観的な行き先をも狙っていないことはロラン・バルトが請けあっている。

しかしながら、この作家のどの本も将来の成就の最初の種をまいているように思えるのである、彼は収穫の最終期日を繰り延べて楽しんでいるのである。深いところでエクリチュールの欲望に印付けられて、彼の作品は受けてしかるべき招待を断っているようなのだ。要するに、彼は作り上げることを拒んでいるのである。彼は読者に作家のもう一つのプロフィールを差し出そうとする、そのプロフィールには、アカデミックな肖像画のうちに、もう一つの手が、投げやりな手が、書き記しはしないが創造の全重量を支えると思われる手が置かれるのである。ロラン・バルトの才能はいつでも作品の誕生に立ち会うことであり、作品を進行中のものとしてしか示さないことである。語のもっともソクラテス的な意味で、彼はテクストの、冒険の、文学的な感動の産婆役である。間違いなくこの一〇年でもっとも重要な本の一つである『テクストの快楽』を彼が刊行した時点でこのインタビューは行われた。

あなたは「読者」です、しかしおそらくオスヴァルト・シュペングラーが考えていた意味での読者なのです。読書の偉大な技法はゲーテの時代で死に絶えた、以降読者は書物の「士気を挫く」とシュペングラーは言いました。あなたはおそらくこの士気喪失の企ての先端にいらっしゃる、しかも一団のつまらぬ学者や他の高等教育を終了した口先だけの者たちの支援も期待できないのです……

フランス語の「デモラリゼ」という語は二つの意味を持っていました。一九世紀には、それは道徳を取り除く、道徳心を欠くという意味でした。現代における意味は、落胆させるということです。私たちは読書を落胆させるのでしょうか？　反対に読書から道徳心を取り除くのでしょうか？　理想としては、それを落胆させるためには何もするべきではないでしょうが、それを不道徳にするためにはあらゆることをするべきでしょう……　五年前から、読書の問題は批評の最先端に立ちました。その問題が今日問われるのはもっともなことです、というのも私たちは適切な認識論的道具を手にしているからです。二つの方法論が私たちに読書を新たに構想することを可能としてくれるでしょう。一つはイデオロギー的な批評であり、もう一つはフロイトの精神分析ですが、それらはともに、人間的な主体についての新しい哲学を提起し直すことで、私たちに新しい主体‐読者を問うことを強いるでしょう。

そうは言っても、私たちは一人ひとり、世代に、文化に、習慣に縛られています……　個人的には、他の人の本を前にして、わたしはとても特別な読者だと思います、わたしはとてもぞんざいなのです。あなたは本の読み手である、とお世辞を言われたとき、一方で、わたしはたいそう心を動かされます——それほどすばらしいお世辞はありません——が、他方では、そう言われる資格がないとも感じます。事実、わたしはあまり本を読みませんし、繰り返しますが、わたしはぞんざいな読者です。本がわたしを退屈させると——本はわたしを簡単に退屈させます——わたしは放り出してしまいます。読書をする時間があまりないのです、あるとすれば夜、そうですね、寝る前でしょうか…… しかもそのとき読みたいと思うのは、むしろ昔の、熟成した、過去の文化に属する本です……

ぞんざいである、とは言わせませんよ。二〇年前、「エクリチュールは全然コミュニケーションの道具ではない、それはそこを言語活動の意図が通過する開かれた通路ではない」とあなたはおっしゃっています。これは決定的な文ですか？

書かれた文を一貫して否認するべきでも是認するべきでもないのではないでしょうか。今日、それは、いわば、別の意味を内包するのです。まさにここで残るものは、逆説的で反応性のテーマの一貫性です、それは一般に行われている言語活動をたんなるコミュニケーションの道具に還元することへの絶えざる抗議なのです。この文は時代に先んじていたのです、なぜなら——精神分析と記号論と構造主義の介入によって——言語活動がたんに表現とコミュニケーションの道具であると是認することがますます難しくなってきたからです。人間が主体として語るときに、同時に彼のうちでそして彼が語りかける者のうちで、言語学者によって研究されたたんなるメッセージよりもはるかに多くの他のことが起こることはわかっています。

科学的な企て——記号論のことです——の厳格さに言語の快楽、言語をむさぼることとさえもが付け加わり、そして、徐々に、あなたにおいては文体の訓練が科学的な訓練をしのぐように思えるのです。

あなたは文体を余計で気の利いた装飾だと考えておられる。わたしはそんな風には考えません。それはとても複雑な冒険です。何世紀もの間、文体の訓練はもはや私たちのものではないイデオロギーのうちで疎外されてきました。それでもやはり、エクリチュールと呼ぶものは——つまり言語活動のとりことなっている身体の訓練は——文体を通過するのです。エクリチュールの訓練にはいつでも文体論的な局面があるのです。エクリチュールは文体によって始まるのです、それは上手に書くことではありません。『零度のエクリチュール』ですでに言ったことですが、それは身体の深部にかかわるのであり、少々美学的である優美さという意図に還元できるものではないのです。

それでもあなたのうちには新造語やその他の隠喩にたいする好みが目立つようですが……

間違いありません、おっしゃる通りです。

あなたがウリポを支持すると知っても驚きはしないと言うつもりはありませんが、結局のところ……

そんなことはありません、しかし書くことはとても楽しいことなのです、その次元を忘れるべきではありません。文体は旅の一種の楽しみなのです、それは間違いありません。先ほどコミュニケーションを話題としましたが、もう一度そこに戻って、その弁護をしてみましょう。われわれの文明、文化の現時点では、文体論的な道具の助けを受けて考えられたあるテクストは他のもう一つのテクストから伝達されるよりおおくのチャンスがやはりあります、なぜならその道具は普及および衝撃の道具だからです。ですから戦術的な観点だけからしても、文体を通過することを受け入れなければなりません……　一方で文体の、そして他方でより真剣なものの対立に閉じこめられるつもりはありません。真剣なもの、それはシニフィアンのうちにあること、つまり文体のうちにあることなのです、なぜならエクリチュールはそこから始まるのですから。

それでもシニフィアンの影は短くなりつつあります。

語は当然消耗します、しかし使えなくなることはありません。判断の問題です。

あなた自身、シニフィアンのいくつかをお払い箱になさったのではありませんか……

わたしは語の新鮮さにはとても敏感です——ですから新造語を好むのです——そして逆に語の疲弊にも。わたしはたえず言語活動については揺れ動く関係を生きています、いくつかの語についてその好悪をすばやく判断します。実際たえずいくつかの語を採用し、他のいくつかの語を清算します。ですからわたしはいつでも同じ語と生きているわけではありません、それは言語活動について有益なデフレを可能としてくれます、定期的にそれを行う必要があるのです。

研究者は見つけることが多いほど、おのれの無知について知る時間を持てなくなる、とアンリ・ミショーは言っています。今日あなたの無知の大きさはどれぐらいのものですか？

他の人と同じように、わたしはおのれについて肯定評価と過小評価のさまざまな局面を経験しています。いずれにしろ、わたしの任務、わたしの適性、そしてわたしの快楽についてさえいつでも同じ考えを持っているわけではありません。

あなたはいつでも大胆さを大目にみてもらう術を知っておられた。例えば、難解さについて次のように書いておられる。「理解できるようにするためではなく、理解できないとはどういうことかを知るためにわたしは注釈した。」

それは構造主義の段階だったのです。目的は理解するとはどういうことかを理解することでした。ですからこの命題は逆説的ではありません、それは認識論的にもっともなものでさえあるのです……研究者は決して嬉々として言語活動が閉じることを確認するわけではありません。言語活動は翻訳の無限のシステムではありません。思想や命題‐文には広がりがあって、それらはある種の難解さのうちでしか産み出すことができないのです。その難解さを受け入れなければなりませんし、歴史を、さらには遅かれ早かれものごとを打開する小さな歴史を信頼しなければなりません。他方では、難解さ自体はエクリチュールの芝居がかった道具になる可能性もありますが、その道具を放棄しなければならないというわけではありません……古典主義のウイルスに感染し、いずれにしろ、明晰さの見かけを持ったタイプの定式を羨む可能性があるとしても。

あなたは流派を作られました。指導者としてどのようにお考えですか？

書く者にとっては、その役割とそのイメージについて明確な観念を持つことほど難しいことはありません。それは断片としてしか伝わりませんから、自分のしていることがどこに行き着くかを正確に知るのはほとんど不可能です。それにわたしにはその適性がありません。

思いがけない発見がチックのように伝わるとき、どのようにお感じになりますか？

それに対しては、わたしはとても達観していますしとても寛容です。どうしようもありませんし、いらだちはしません。

あなたは小説家――なり損ねたと言うところでした――内に秘めた小説家なのですか？

あるいは未来の、ひょっとしたら。あなたの質問はとてもよい質問です、それがわたしのうちにとても簡単な答えを呼び起こすからではなく、わたしのうちでとても生き生きとしたあるものにそれが触れるからです、それは小説ではないとしても、少なくともロマネスクなものの問題です。日常で、わたしは見聞きするすべてのことに一種の興味を、ロマネスクなものの次元のほとんど知的情緒を覚えます。一世紀前なら、わたしは人生において写実主義の小説家の手帳を手に散策していたことでしょう。しかし今日固有の名前を持った登場人物を備えた物語や逸話を、つまり小説を書こうとは思いません。わたしにとっては、問題は――その方面で仕事をしたいと強く思っているのですから将来の問題は――ロマネスクなものを小説から切り離し、今まで行ってきたよりもより深くロマネスクなものを引き受ける形式を少しずつ見つけることでしょう。

しかしながら、あなたが第一人者の一人として形作ることに貢献したある時代の風景を、あなたが後悔することはできません。他方では、新たな実践に行き着かない理論化は何の役に立つのでしょうか？

わたしのうちには一種の言語活動のエロス、言語活動についての欲動があります、それがわたしを言語活動の存在としているのです。わたしが歴史的に幸運だったのはその存在が科学と言語活動の哲学がとても大きな、とても深い、とても新しい途方もない発展を迎えた時代に邂逅したことです。この点については、わたしは時代によって支えられ、高揚させられたのです、そしてわたしを時代に組み込むことができたのです、それは全面的にわたしが時代によって作られたのか、それともわたしがわずかなりとも時代にある調子を与えることができたのかわからないほどなのです……他方では、理論は実践に行き着かなければなりません、さらには理論のあらゆる瞬間には実践の思考がなくてはいけません。理論は今や足踏みをしています、より勤勉な、ほとんど実験的な、と言ってもいいような段階に入らなければいけません。そこでは、社会的な現実と出会うことになります、そして問題はテクストの経験がどこに行き着くことができるかを知ることです。

シニフィエの反撃ですか？

そうではありません、シニフィエはいつでも脅威です、とりわけ文学の科学の領域では——そしてシニフィアンの名においてもさえも。記号論自体そこかしこで小さな科学主義を産み出しています。神学的な回収——シニフィエによる——の危険を免れるためには、まさに生産の快楽を強化しなければなりません、生産者に、つまりアマチュアにならなければなりません。みずからを解放する文明で重要なのはアマチュアという人物像でしょう。アマチュアは今のところ社会的地位を持っていません、それは実現可能ではありません。しかし主体が生産したいと望むような社会を想像することはできます。それはすばらしいものでしょう。

三〇年来、文学は世界から遠ざかっているように思えます。もはや歴史的な現実を制御できなくなり、文学は表象のシステムから象徴的な戯れのシステムに移行したのです。文学の歴史において初めて、世界は文学からはみ出したのです。文学よりも豊穣な世界を前にして、文学は実はたえず驚いているのです。

あなたがもし近いうちに小説を執筆なさったら、人は思うでしょうね、一か八かの勝負に出たと……そしてあなたの批評的な著作は跳躍のための長い助走だったのかと。

それはとてもいいイメージです、しかしそれはわたしの一生の仕事にはある意味が、ある進展が、ある目的があるという考えを、またわたしの人生がそれらのうちにその真実を見出すという考えを認めることになるでしょう。この統一的な主体という考えよりも、わたしはカレイドスコープの戯れを好みます。カレイドスコープを揺り動かすと、ガラスは別の配置をとる……もし小説を執筆するならばもっとも引き受けるのが難しいと思えるのは、「大きな形式」に関係した問題ではありません、そうではなくて単に例えば登場人物に名前を与えること、あるいは単純過去を用いることです。

あなたはいまだに猫に名前をつけられないでいるのですか？

ええ、結局のところ……　シャトーブリアンにおけるように、その猫は黄色だったと書くことはできます。そしてそれはすでになにがしかの小説です。

『ヌーヴェル・リテレール』誌、一九七五年一月一三日号。
（ジャン・ルイ・エズィヌ『被告席の作家』、パリ、スイユ刊、一九八一年に再録）
聞き手はジャン＝ルイ・エズィヌ。

ロラン・バルトのための二〇のキーワード

アナロジー、〈ドクサ〉、記号、といったお馴染みのテーマから、「テクストの快楽」という語の出現、『ロラン・バルトによるロラン・バルト』の断章形式に至る、全部で二〇のキーワードについて、ロラン・バルトは語る。また、彼にとって大事であったし、いまも大事である作家についても語ってくれる。

「快楽」という語の出現

あなたは目下「快楽」という語をめぐってエクリチュールを展開しておられますが、これはわりあい最近登場したことばですね。

この語は、いわば戦術的ともいえるやり方でもって登場しました。わたしはつねづね、現代の知識人の言語はあまりにも道徳的要請に応じすぎている、という気がしていました。そのために悦楽という観念のすべてが消されるのです。だからその反動として、わたしはこの語を再登場させようと思った。わたし個人の領域では、この語を検閲しないでおこう、この語を抑圧から解き放とう、抑圧‐解除しようと思ったのです。

戦術的な運動の展開には、考え方の順序として、説明が求められ、理由付けが必要です。第一の理由としては、わたしの主観的立場から言えば、「快楽主義」という、古色蒼然とした名称で一括されているものに、とりわけ「生きる術」というテーマに、ある種の重要性をあたえたい、ということです。これはわたしが、間接的にではあるが、これまで力説してやまなかったことです。たとえば、ブレヒトと彼の葉巻との関係について語ったことがあります。さらに言えば、ブレヒトの仕事全体（それはだれが見ても正統的マルクス主義者の仕事ですが）においては、快楽への非常に大きな配慮が見られます。

ゆえにわたしは、責任をもってある種の快楽主義を引き受けることにしました。それは、何世紀も前から信用をなくし抑圧されていた哲学の復権なのです。この哲学は、最初はキリスト教の道徳によって、ついで実証主義の、合理主義の道徳によって抑圧されてきました。さらに、きわめて遺憾なことですが、ある種のマルクス主義的な倫理によっても、新たな抑圧をこうむっているのです。「快楽」という語の出現、あるいは回帰を正当化するための第二の理由は、そのおかげで人間主体の新たな探求が可能になるということです。「快楽」plaisir と「悦楽」jouissance という二つの語を区別して、「悦楽」の問題を提起するとき、きわめてアクチュアルなテーマ体系が登場することになる。それは、精神分析にとって周知のものであり、いわゆる前衛の興味をそそるものなのです。

あなたはよく「快楽」と「悦楽」とを関連づけ、しばしば対立的に論じておられますね。

「快楽／悦楽」という対立は、かねがねわたしが好んでやってきた意図的な対立関係の一つです。このような対立関係を、わたしはこれまでにいくつも立ててきました。たとえば、「エクリチュール」と「エクリヴァンス」、「デノテーション」と「コノテーション」など。このような対立関係は、文字通りに敬意を払うほどのものではありません。たとえば、しかじかのテクストは快楽の側なのか悦楽の側なのかと問うには及ばない。このような対立関係は、地ならしをすること、さらに前進すること、要するに、話したり書いたりすることに役立つのです。

それはさておき、この二語の差異はやはり現実のものであり、わたし一人だけが主張しているわけではありません。快楽は自我（主体）の一貫性に関わるもので、安楽・快適・晴れやかさといった価値において自己を確認するものです——わたしにとっては、古典作品を読むときがそれです。これに対して悦楽とは、主体がそこにおいて一貫性を保つことができずに自己を見失う読解のシステム、あるいは発話行為の体系です。主体はそこで、本来の意味での悦楽という消尽の経験をするのです。

もしも仮にこの二語の差異にもとづいてテクストの分類を試みるなら、われわれの知る（われわれの愛する）テクストの大部分は、快楽のテクストということになるでしょう。これに対して、悦楽のテクストの数はきわめて少ないし、またそれらが快楽のテクストでもあるという保証はありません。悦楽のテクストはあなたを不快にするかもしれない、あなたに襲いかかるかもしれない。しかしそれらは、かりそめにもつかの間のあいだ、あなたを変質させ、転換させる。自我がみずからを見失うという消尽の操作を及ぼすのです。

この悦楽というテーマは、いくつかの他のテーマと境界を接しています。たとえば、麻薬そのものではないけれども、「麻薬的な効果を生むもの」というテーマに、あるいは倒錯行為のある種の形態のテーマと隣りあっています。

点数の良し悪しをつけないで悦楽のテクストをいくつかあげるなら、何があるでしょうか？

前衛と呼ばれるテクスト、本当らしさの世界には属さないテクストですね。あるテクストが本当らしさのコードに従属するときには、それがどんなに扇動的なものであろうと悦楽のテクストとはいえない――でもたとえばサドの作品ですが、それらは悦楽のテクストのなかに位置づけたくなる。サドが悦楽について述べているというよりも、彼の語り口がそのようであるのがその理由です。それにもかかわらず、サドのテクストは、時代的な制約によって本当らしさのコードに従属するがゆえに、快楽のテクストの世界にとどまるのです。悦楽のテクストは、一種の読解不能性の側にあるべきものです。それは、イメージと想像力の領域のみならず、言語そのもののレベルにおいても、われわれを攪乱するものでなければならない。

すると悦楽は、たとえばセヴェロ・サルドゥイの世界にあるのですね。

おっしゃる通りです。ソレルスのテクストもそうです。しかしこれを説明するのはむずかしい。

なぜならば、快楽のテクストを判定するための美的な基準は想定可能であるのに対して、悦楽のテクストのための基準はまだ曖昧なのです。

この時代の傾向が、悦楽のテクストを快楽の側に移そうとしているだけに、いっそうやっかいなのでしょうね。

その通り。文化は復元するのです。復元は、歴史の大いなる法則です。

アナロジー、自然らしさ、イマジネール

あなたがとりわけ唾棄されている「アナロジー、自然らしさ、イマジネール」というワンセットがありますね。

アナロジーと自然らしさについてはその通りです。それはなにも最近のものではありません。わたしは、思想と芸術の類似的形態に対してつねに敵意を感じてきました。まさにその逆の理由で、わたしは言語記号をあんなに愛してきたのです。ずいぶん昔のことですが、ソシュールを読んで、言語記号にはいかなるアナロジーもない、シニフィアンとシニフィエのあいだには類似の関係がない、ということを発見したのです。この一事がつねに変わらずわたしを言語記号に結びつけ、文章・テクスト等における言語記号の変換にわたしをつなぎとめたのです。

さらに分析を深めるならば、アナロジーに対する告発は、「自然らしさ」、すなわち偽物の自然に対する告発でもある、ということがわかるはずです。順応主義的なこの社会がつねに支持しているもの、それは、事物がたがいに似通っているという事実に基づいて自然らしさが形成されるという考え方です。「自然らしさ」と呼ばれているところの、自然に関する、人為的であるとともに抑圧的でもある考え方はこのようにして作られる。常識というものは、いつも自分に似ているものを「自然らしい」と判定するのです。だからわたしが、アナロジーからさかのぼって、この「自然らしさ」というテーマ、「大部分の人の眼に自然らしいと映るもの」のテーマにたどりついたのは容易なことでした。それはわたしにとってお馴染みのテーマです。『現代社会の神話』、すなわち「自明のもの」を告発するために書かれた書物の養分となっているのはこのテーマなのですから。これはブレヒト的なテーマ(「規則のもとに誤用を見出せ」)でもあります。自然らしさのもとに、歴史を見出せ、自然らしくないものを見出せ、誤用を見出せ。

イマジネールという語はもっと最近のものです。それは今日ラカン的な意味〔想像界〕で用いられており、もはやバシュラール的な意味〔想像力〕では用いられていません。

サルトル的な意味〔想像力の問題〕でも用いられていませんね。

その通りです。サルトル的な意味は相当におもしろいものなのに。いつの日かサルトルの初期の著作にもどる必要があるでしょう。それらは完全に忘れられていますが、きわめて豊穣な著作なのです。サルトルの課題を再検討する必要があるでしょう。それに、放っておいても出てくる課題だと思います。
ラカンが「イマジネール」と名付けているものは、イメージ間のアナロジーと密接な関係があります。イマジネールとは、主体があるイメージに、同一化の動きのなかで張り付く領域のことですから。主体はそこで、とりわけシニフィアンとシニフィエとの癒着をよりどころとするのです。そこでは、表象作用、形象化、イメージとモデルとの同質性といったテーマが再登場してきます。

そのような思考に対してあなたはシニフィアンの思考を対置するのですね。

シニフィアンという語には多少の警戒が必要です。この語はもう擦りきれてきました。わたしがいま興味をもっているのは、シニフィアンよりもむしろ、シニフィアンス（意味形成性）と呼ばれるものです。たしかにシニフィアンスは意味の場でもありますが、けっしてシニフィエの上に固定されるものではありません。そこにおいて主体は、聞いたり、話したり、書いたりするとき、彼の内的なテクストのレベルにおいてさえ、意味をよぎってつねにシニフィアンからシニフィアンへと移動し、けっして意味を完結することはない。これに対して、アナロジーは自らの上に完結するのです。記号の二つの側面の同一性によって、その完結を正当化しつつ。

断章、口述筆記、俳句

あなたのこのシニフィアンスに対する嗜好は、断章、始まり、俳句への好みと関係があるのでは？

わたしの断章に対する好みはとても古いものであり、『ロラン・バルトによるロラン・バルト』によって再びさかんになりました。わたしの著作や論文を読み返してみると（そんなことは以前には決してしなかったのですが）、これまでずっとわたしは短いエクリチュール形式（断章、タブロタン、題名つきのパラグラフ、または記事）で書いてきたことに気がつきました。生涯のある時期には、記事ばかり書いていて書物を書かなかった。この短い形式への嗜好が、目下システム化されつつあるのです。形式のイデオロギー、もしくは反イデオロギーの観点からその意味するものは、わたしが覆われたものと呼ぶ論説が、断章によってこわされるということです。論説とは、人が言わんとすることに究極の意味を付与する目的で構築されるディスクールのことで、それは一九世紀以前のレトリック全体のきまりなのです。構築され、覆われたディスクールに対して、断章は、座をしらけさせるもの、断絶なのです。それは、文・イメージ・思考をいわば粉砕する作用であり、そのどの一つも最終的に「固まってしまう」ことはない。

いうならばアナーキズムのエクリチュールですね。

そうであるならば喜ばしい。ただし「アナーキズム」がこのシステムのシニフィエではない、という条件付きですが。このシステムのやっかいなのは、形式が「固まる」ことがないように、凝固しないようにすることなのです。おそらくは——だがこれこそ前衛のスタイルに対していくぶん逆説的な立場になりますが——このような凝固を阻止するいちばんの方法は、外見上は古典的なコードの内部にとどまるふりをすることでしょう。一定の文体論的な要請に従ったエクリチュールという外見を守ること、そのようにして、すさまじいほどに無秩序な形式ではないが、ヒステリーを回避する形式を通して、最終的な意味を分解してしまう、というやりかたです。

エクリチュールの策略は、物語の策略のあとに来るのですね。

そうです。そのようなことがわたしの行為のなかで生まれつつあるのかどうか、わたしのまったくあずかり知らないことですが、もしわたしがなにかを望むとしたら、そのようなことなのでしょう。

ところで、あなたがお好きだと思われる二つの、全面的に組織されたスタイルがありますね。口述筆記と俳句のことですが。

『ロラン・バルトによるロラン・バルト』には、たしかに「口述筆記」がいくつか見られます。この口述筆記という問題には大いに興味がありました。こどもの頃の思い出を語ろうとしたとき、心ならずもある形態のエクリチュール、大雑把に言って、学校的な書法の形態、われわれが学校において習った口述筆記とか作文という形をとることになりました。思い出の本来のディスクールは、学校のディスクール、口述筆記のディスクールなのです。このタイプの表現形式をまったく無効なものと見なさずに、それを引き受けよう、ときには口述筆記をしたり、自分に作文の題を課してみようと思ったのです。まるで自分から、将来学校の名文選に選ばれるような文を書くかのように。こんなことを言うのは自惚れが強いと思われるかもしれませんが、何よりも遊びの精神でやってみたのです。将来いつの日か学校の教科書に採用されることがあろうかなどとはつゆほども考えずに。

ですから『ロラン・バルトによるロラン・バルト』のいくつかの断章には、それとしれない形で引用符をつけたのです（でもやはりわかってほしいと思いつつ）。


しかし、口述筆記のもじりにはならないように気を付けておられますね。


そのとおりです。パスティッシュを書こうとは思いませんでした。最初の執筆計画では、自分の文を模倣してやろうと思っていました。たまたまわたしという作家を対象にした文芸批評をしようと思ったのです。けれども、悪ふざけの、ギャグの計画の興奮が収まってみると、それはうまくいかないだろう、いずれいやになるだろうと確信するに至りました。それに、わたしにはおそらくパロディの才能がないのでしょう。

この段階で当初の計画に変化が生じて、公然たるパスティッシュを断念したのです。引用と間テクストの領域にとどまることを漠然と考えつつ。

俳句はまた別のものです。それは断章の、本質的で音楽的な生成なのです。何度か日本に旅行しているうちに、俳句の歴史的で現実的な姿に出会いました。俳句という形式に対して、深い敬意を、すなわち深遠な欲望をわたしは抱いています。たとえ別のものを書いている自分を想像しても、いまでは、そのうちのあるものは俳句の領分に属することでしょう。俳句はとても短い形式ですが、その特徴は、同じように短い格言とは反対に、そのつやのなさにあります。俳句は意味を生まないけれども、だからといって無意味なものでもない。意味を固定させないが、しかし意味を離れてしまって、最悪の意味、すなわちノンセンスの意味に陥ることのないようにすべきだという問題には変わりはないのです。

『ロラン・バルトによるロラン・バルト』には俳句のようなものが見られますが、それらはまったく詩の形式をとってはいません。わたしが「アナムネーズ〔記憶想起〕」と名づけたそれらは、わたしの少年・青年期の思い出であり、せいぜい一文から三文で提示され、まったくつや消しであるという点に特徴があります（少なくともそれがわたしの願望であって、なかなか実現はむずかしい）。それらは固まらないものです。

俳句は、いわば口述筆記とは逆の存在です。だから、この二つの概念を対にするのは当然のことでしょう。

三つの傲慢さ

あなたはいっとき、〈ドクサ〉(世論、コンセンサス)、科学、戦闘的活動家という三つの傲慢性について語っておられる。ところで、言語学も一個の科学であり、あなたの思考過程のかなめの一つである、と思うのですが……

その通りです。ただ、言わせてもらうなら、科学の傲慢性に対してわたしは常に同じ不寛容な態度を見せてきたわけではない。わたしは科学、いやむしろ科学性に惹きつけられました。今日、わたしを言語学から隔てるものは、言語の科学であろうとする言語学が、ほとんどアナロジーやイマジネールのやりかたでもって、科学的なタイプのメタ言語になってしまい、そのことによってシニフィエの世界の仲間になってしまったという事態です。現在の言語学のかかえている問題は(それは他の人文社会科学の場合も同様ですが)、みずからの発話行為のタイプ、みずからのディスクールの様態を問題にすることが不可能である、という事態なのです。

ところで今日では、発話行為の問題を避けて通ることは困難です。なぜならば、この三〇年来、かつては知られることのなかった二つの審級のもとに発話行為が行われるということは、われわれにとって周知の事実であるからです。二つの審級とは、一つはイデオロギー(イデオロギーの意識）であり、もう一つは無意識（もしこう言ってよければ、無意識の意識）です。今では、言表・ディスクールの問題のすべては、どこでそれらが表現されようと、これらの二つの審級を考慮に入れなければならない。そしてこれらの審級は、その立場からして、書く主体には感づかれないものです。主体は、自分がどのようなイデオロギーの立場にいるのかを正確に知らないし、みずからの無意識について無知なのです。

人文科学の問題点は、それらがこの二つの審級について無知であるということです。それらを正しく認識しないのはやむをえないとしても、それらについて無知であることは許されないのです。しかしそれは歴史一般の問題です。なにごとも一挙には運ばない。わたしが言語の諸科学、さらには記号論の諸科学に対して距離を置いているのは事実ですが、それらの学問を研究する人たちにも距離を置いているというわけではありません。個人的にはもはや、正統的論証性にのっとって言語学的なディスクールを展開しようという意欲をもちあわせてはいません。いずれにせよ、言語学の世界では、わたしは一介のアマチュアでしかなかったのですから。

科学に対するこのような不信感は、きわめてサルトル的な態度ではないでしょうか。それをはっきり表明していませんがサルトルの特徴は、科学と距離を置いているという点にあると思います。

戦後わたしがものを書き始めた時代の前衛といえばサルトルでした。サルトルとの出会いは、わたしにとってきわめて重要です。エッセイストとしての彼の著作に、ずっとわたしは魅了されてきたのみならず、変化させられ、吹き飛ばされ、燃え立つほどの感化を受けました。彼はエッセーのまったく新たな言葉を創造し、わたしはそれに強烈な印象を受けたのです。けれども、科学に対するサルトルの不信感は、現象学の地平、実存主体の哲学の地平から来たものです。それに対してわたしの立場は、それ以上に、少なくとも当面は、精神分析の言語によって補強されているのです。

しかし、精神分析もまた主体の哲学ではありませんか。

だからこそ、サルトル哲学は再検討されるべきだ、少なくともチョムスキーが言う意味で、書き直されるべきだ、とわたしは繰り返し申しているのです。

あなたは科学と戦闘的活動家の傲慢性について語っておられる。まさにチョムスキーこそ科学的かつ戦闘的であろうと志す人ですね。

チョムスキーに対してわたしは気質的な共感をおぼえません。もちろん、賛嘆は惜しみませんが。わたしが深い共感をおぼえている言語学者は、バンヴェニストです。われわれはソシュール、ヤーコブソン、その他の言語学者に恩義があります。しかし、われわれを深く印象づける人の数は限られている。わたしの場合、それはサルトルであり、ブレヒトであります。わたしは今でもブレヒトと生き生きとした関係を保っています。さらにバンヴェニストがいます。

その理由は、バンヴェニストにはロマネスクな一面が、言語学における想像力のようなものがあるからではありませんか。インド・ヨーロッパ語における動作主と行為の名詞の探求は賛嘆に値するロマンです。

バンヴェニストが立派である所以は、彼が言語活動の研究者であるのみならず、さまざまの言語を知る学者でもあるからです。かれは言語と対決してきました。さまざまの言語のほうが言語活動よりも重要なのです。バンヴェニストはこのように、名詞や語を通じてきわめて具体的なことがらを扱うようになりました。バンヴェニストの仕事のもつ、ほとんどロマネスクな様相は、そこから来ているのです。

次の要素として、バンヴェニストのエクリチュールと文体には、思考と形式の両面において、独自の風格があります。それは、自分の思考を伝達しようとする学者のエクリヴァンスではない。バンヴェニストの身体と（たとえこの身体がみずからを不在に見せようとするにせよ）、彼が書いているもの、彼の書き方とのあいだには特別の関係があります。わたしがバンヴェニストを愛するのは、このような熱いけれども控えめな一面です。そこには、知的な俗物性がまったくない。そのような美的価値のすべてがわたしをとらえて離さないのです。ついでに言えば、ブレヒトのもとにおいてもほぼ同じような価値のリストを見出すことでしょう。

このインタビューはいずれ活字になることでしょうから、ぜひこのことを言っておかねばなりません。わたしたち数名のものは、いまバンヴェニストが置かれている状況を前にして嘆かわしいことだと思っています。彼はいま重い病気であり、きわめて困難な物質的条件でその病気と向き合っているのです。そして今日の文化は、公式面においても、流行面においても、彼にまったく注意を向けていない。しかるに、彼こそ現代フランスの最高の碩学のひとりであることは間違いありません。彼がこのような状況に置かれていることに、フランス国民は恥を知るべきです。たんに彼は身体的な苦痛を受けているだけではない、四、五年前から恐ろしい病気、とりわけ言語学者にとって恐るべき病気を患っているのですから。

人物の名前、人称代名詞

あなたは人物の名前に興味をもち、おおいに重視しておられますね。これはプルーストに由来するものですか。

これもまたかなり古い問題ですね。プルーストに関してわたしが書いたテクストは、固有名詞に関するものがひとつあるだけですから。プルースト自身は、固有名詞に関しては一家言ありました。わたしと固有名詞との関係は謎に満ちていて、シニフィアンス、欲望、そしておそらくは悦楽の世界に属するものだと言ってもいいでしょう。精神分析はこの問題におおいに関わってきましたし、固有名詞はいわば、主体と欲望とをつなぐ王道だともいえるでしょう。固有名詞に対して、愛情に満ちている、と同時に謎めいた執着をわたしがもっていることはもちろん認めますが、それはなによりもわたしの少年時代の固有名詞に関わるものです。わたしが少年時代および青春の一部を過ごしたのは、地方の小都市バイヨンヌのブルジョワ的環境のただなかでした。わたしはずっとバイヨンヌのブルジョワ家族の名称と関わりがあり、それをおもしろがったり、気にかけたりしていました。それらの名の響き、純粋な音声、それらのもつ社会的・歴史的な重みなどに興味を惹かれたのです。

二番目の理由は、小説、とくに昔の小説や回想録を読むさいに、固有名詞のことがとても気になるのです。ある小説作品の成功は、登場人物の名称に依存する、とさえ思うことがあります。

その証拠に、ピエール・ロティについての論文「アジヤデという名称」を書かれましたね。

アジヤデはみごとなネーミングです。

つぎに人名から代名詞に移りましょう。あなたの最近の著作では、「R・B」と「わたし」とのあいだの微妙な移行が見られます。R・Bが主語の文（つまり主語が三人称の文）のなかに、一人称の所有形容詞がごく自然に混ざっていますね。

『ロラン・バルトによるロラン・バルト』には、四つの呼び名が用いられています。「わたし」、「彼」（自分のことを「彼」と言っている）、わたしの頭文字「R・B」、時には自分を「あなた」と呼ぶこともあります。この問題に関する断章において若干の説明を加えましたが、あらゆる説明は本質的にイマジネールであるがゆえに、完全に説明し尽くすことはできません。わたしよりも先に進むことが読者にゆだねられています。

大まかに言うと、「わたし」という代名詞は、イマジネールの、わたし自身の代名詞であるということに間違いはないでしょう。「わたし」と発言するたびに、ちょうど今わたしがそうであるように、わたしは想像界のなかにいるということが保証されるのです。想像界についての一冊の書物を書くために、これらの代名詞のすべてをモアレ状の織りものに仕立て上げようとしたことがあります。ただしそこで問題になる想像界とは、みずからをばらそうとするもの（編まれたものをばらすという意味で）、みずからをほぐして、細分化しようとするものです。その作業がなされる精神構造というのは、もはや想像界のみの精神構造ではないが、だからといって真実の構造というわけでもない。神経症的なさまざまの主調音のあいだを、いわばブラウン運動のように、行きつ戻りつするというわけです。

「わたし」がイマジネールの代名詞であるのにひきかえ、「彼」（かなりひんぱんに用いていますが）は距離をあらわす代名詞です。「彼」についてはは理解の仕方が何種類もあり、それは読者の自由に委ねられています。自分について語りながら「彼」というとき、一種の強調をあらわす（自分に重要性をあたえる）場合もあれば、一種の不在化をあらわす場合もあります。ある人について「彼」と語るとき、それはその人を不在と見なし、ある種の死に似たものをその人に付与するからです。あるいはまた（これはあまりにも幸せな仮説ではあるのですが、でも述べておきましょう）、距離をあらわす「彼」、ブレヒトの視点に立つなら、わたしが自分を批評家の位置に置く、叙事詩的な「彼」として。

「あなた」に関しても、解釈に二種類の可能性があります。自分に対して「あなた」を用いることはめったにありませんが、それでも三、四回はあったと思います。「あなた」という代名詞は、非難の、自己告発の代名詞（パラノイアが解体されたようなもの）と見なすことができます。しかし、それよりもはるかに経験的で気楽なやりかたもあります。たとえばサド風の「あなた」です。

何か所かの注記において、サドは自分に向かって「あなた」と呼びかけています。「あなた」を用いることによって、エクリチュールを操作する者は、主体から記述者をはぎとる位置に身を置けるのです。それは、一八世紀においてはきわめてモダンで傑出したものでした。

「R・B」はあまり重要ではない。「彼」を用いるとあいまいになるような箇所で「R・B」を使ったというだけです。

R・Bという表記は、ややレトリカルな仕方で、回想する人物をあらわしてはいないのでしょうか。「R・Bはこう言っていた」のような間接話法の手法で……

たしかに残像感覚のようなものがあります。音楽的な文章の記憶、『テル・ケル』誌でフィリップ・ソレルスがわたしのために書いてくれた、「R・B」というタイトルの見事なテクストの記憶があるからです。

アマチュア

「アマチュア」という語なのですが、これはロジェ・ヴァイヤンがよく用いますね。あなたにとって「アマチュア」とは何でしょうか。

このテーマには興味があります。純粋に実際的・経験的な仕方でこのテーマについて語ることができます。わたしは時間的に余裕があるとき、完全にアマチュアの資格で、音楽や絵画をたしなんでいます。アマチュアという立場のもつ大きな利点は、そこにイマジネールとかナルシシズムが入り込んでいないということです。アマチュアとしてデッサンをしたり彩色をしたりする場合、ひとはイマーゴ(デッサンや絵を描きつつある自己についてのイメージ)のことを気にしたりしません。だからそれは、自由になることです。文明から自由になるのだ、と言ってもよい。フーリエ的なユートピアに入るのです。それは、そこにいる人たちが、他人に抱かせるようになるイメージを気にすることなく振る舞えるような新しいタイプの文明なのです。

実際面においてきわめて重要なこのテーマを理論面に移し替えてみましょう。わたしには、疎外から完全に解放された未来の社会が想像できるのです。そこではエクリチュールに関して、とりわけテクストの領域においては、アマチュアの活動しかない。人々は、快楽のためにテクストを書き、他人にどんなイメージを抱かせるかなどに気を遣わずにエクリチュールの悦楽を味わえます。

あなたと音楽との関係は?「アマチュアとして音楽を楽しむ」と言われますが、ピアノには規則的な練習、継続的な努力が必要です。

わたしはこどものころにピアノの練習をしていました。当時バイヨンヌに住んでいた伯母が、ピアノの教師だったのです。ですから音楽的な環境のなかで育ちました。しかし練習をやめてからは、技術も指使いもぜんぜんだめです。ただ、早い時期から初見で曲をひけるようになりました(わたしの指の及ぶ範囲内ではありますが)。初見でひくことはできますが、演奏はうまくありません。

それに、このことはアマチュア活動にふさわしい。ゆっくりとしたテンポ、音程のずれた音ながら、まがりなりにもわたしは音楽テクストのもつ物質性にアクセスする。わたしの指の間を音楽が通過するのですから。音楽のもつ官能性は聴覚に限られるものではない。筋肉の働きにも関係しています。

アマチュアはたんなる消費者ではない。アマチュアの身体と芸術との接触は緊密であり、現前しています。そこに美があり、またそこに未来があるのです。しかしながら、そこでわれわれは文明の問題と向き合うことになります。技術の発展、マス・カルチャーの発展のゆえに、演奏家と消費者とのあいだの乖離がますますひどくなってゆく。ステレオタイプの言い回しですが、現代は消費社会です。アマチュアの社会ではまったくない。

歴史には、とばっちりとか不意のできごとがつきものです。統計学者によって知られている、例の正規分布曲線というやつです。人間疎外の時代（君主制の社会や封建制の社会）には、支配階級のなかに本物のアマチュアリズムが存在しました。それを社会の別の場に、「エリート」とは別の場に見出すことが必要でしょう。現在のわれわれはこの曲線の下部に位置しています。

どこかであなたは、ブルジョワ文化の（控えめな）魅力について語っておられますが、文化にはブルジョワ的なものしかないのでしょうか。

プチブルジョワの文化があります。それはブルジョワ文化の堕落したものであり、歴史的に見てもそれは当然のことです。

政治

政治はどこに位置を占めますか。あなたの著作のなかでは、政治に対するあなたの関係はきわめて控えめのようですが。

控えめではありますが、わたしにつきまとっているのです。まずひとつの区分をしてみましょう。わざとらしいと思われるかもしれないが、わたしにとって切実なのは、「政治的なもの」と「政治」の区別です。政治的なものとは、わたしにとって、歴史、思想、なされるすべてのこと、語られるすべてのことの根源的な領域です。それは、現実の広がりそのものです。政治は、これとは別のものです。それは、政治的なものが繰り言的なディスクール、反復のディスクールに変化する時機なのです。わたしは政治的なものに深い関心をいだき、それに愛着するだけに、政治的なディスクールに対しては寛容になれない。このために、わたしの立場は安易なものではない。いくぶんか分裂した立場、罪の意識に苛まれる立場です。でもそれはわたしひとりの問題ではないと思う。現代の知識人の大部分は、政治に関しては罪の意識に苛まれているのです。現代の前衛に課せられた最重要課題のひとつは、政治と向き合う知識人の罪悪感の問題に取り組むことでしょう。

この問題が複雑なのは、このような解明の作業が、弁証法の方法を援用してなされねばならないからです。政治を清算することが、たんなる非政治化状況におちいることになってはいけない。政治的なディスクールのなかに繰り言にならない存在様式を求めるべきです。

わたしのやりかたは、たしかに控えめではっきりしません。わたしは一種のデフレをもとめています。それというのも、わたしは政治的なディスクールのインフレに取り囲まれ威嚇されている、と強く感じているからなのです。

でも政治はたんにディスクールであるのではなく、行動でもありませんか。

それは大問題ですね。ほんとうに政治は行動なのか、それはたんなるディスクールではないのか。

『現代社会の神話』を読む者は、自分はじかに政治的なテクストと向き合っているのだ、という印象を受けます。それはプジャードについての記事にかぎらない。バルドー、シトロエンDSについての記事にも同じ印象を受けます。さらに、そのあとにお書きになったものにおいても、政治的な環境は、控えめになりながらもますます強迫感を強めています。ミシュレについての著作もまた、政治的なものさらには政治と強い絆がありますね。

彼のイデオロギーという側面を、わたしはおそらく過小評価しようとしたのではありますが。

でもあなたは、この問題をわずか一ページで、最初のページで処理したと言っています。

おそらくそれは、最善の処理法ではなかったのでしょう。

『ロラン・バルトによるロラン・バルト』では、政治的なものが依然として存在し続けていますが、攻撃の可能性としては隠れています。

そう、ディスクールとしてはね。でもだからといって、今このときにおいてフランス人の生活に可能な実際上の選択が曖昧である、ということを意味するわけではありません。いま問題なのは、ディスクールに対する関係なのです。問題が変化し、より複雑になっているのは、わたしが『現代社会の神話』を書いていたころは、傲慢さのディスクールは一方的に右の陣営から来ていたこと、右翼のもつあらゆる性格を帯びていたということです。現在では、傲慢は左翼の側にも移っている。傲慢な左翼的ディスクールというものがあり、それがわたしの扱う問題をきわめて個人的なものにしています。わたしは引き裂かれています。政治の場におけるわたしの立場と、その場からわたしに向けられるディスクール攻撃とのあいだに。

ですが、『現代社会の神話』の時代といえば、たとえばエドガール・モランといった知識人が共産党から除名された時代にほぼ相当します。あの頃のスターリン的なディスクールの傲慢さは、今とは比べものにならないほどひどかった。

その通りです。今日では、ディスクールの傲慢さは、共産党の陣営よりも新左翼の側に多く見られます。でも、それで事態がよくなったとは言えないでしょう。そのことは、共産主義の言語が変質して、〈ドクサ〉、自然らしさ、明白さ、良識、「それは自明だ」といったような、ちょっと汚ならしい言語になったことを意味するからです。今もなおわれわれは、これらの二つの言語活動の虜なのです。それらの支配様式については、その概略を、一方の統治、他方の勝利について述べつつ、記述したことがあります。

われわれは統治と勝利のはざまにあります。現在の状況が住みにくいのはそのためです。

そのため、大勢の左翼の知識人が、住みやすい場である右翼の側に転じている。

もちろん、そのとおりです。だが、わたしはそうなりたくはない。わたしは「住環境の安全性」よりも「住環境の困難さ」の側に与したい。

いちばん忌まわしい存在は〈ドクサ〉であり、快楽の出現は、それに対する新たな闘いの開始なのですね。

そうです。快楽に対する、悦楽に対する検閲として〈ドクサ〉が登場してくるとき、悦楽の欲動がそれに対する闘いの力になります。コンセンサスに対して、多数派の意見に対して、悦楽は、猛烈とはいえなくとも、少なくともきわめて執拗な態度でもって爆発するのです。

読書

批評家としてはめずらしいことに「わたしは読むことが好きだ」とあなたが公言しておられることに、わたしは強い印象を受けました。

あなたの錯覚を正そうとは思いません。「わたしは読むことが好きだ」ということは錯覚ではないのですから。でもわたしは大した読書家ではない。ぞんざいな読書家なのです。ぞんざいな読書家であるという理由は、わたしの好みによって書物をただちに評価するからです。ある本を読んでいて退屈に思うと、それを読むのをやめる勇気（あるいは怠惰というべきか）がある。読書に関しては、わたしはいかなる超自我からも自由になろうとしています。その結果、わたしが認める書物は、実際にそれが好きだからこそ認めるのです。

わたしの読書の仕方は、規則的で穏当な摂取法ではまったくない。本が退屈になれば読むのをやめます。あるいは、本がわたしを興奮させるときは、その都度読むのをやめて思いに耽りたくなる。このことは、仕事のための読書の仕方にも関わってきます。わたしには、ある本の要約をしたり、自己を消して本のカードを作ったりすることはできないし、またそうしたいとも思わない。その反対に、本のしかじかの文章や特徴を抽出して、それらを不連続なものとして摂取する能力があると思うし、またそうしたいのです。それは文献研究の態度としては好ましくないことは明らかです。その本をわたしの都合のよいように変形することになるのですから。

あなたは注文による本しか書いていない、とどこかで述べておられます。『テクストの快楽』の場合もそうなのですか。

いや、あの本は例外です。注文を受けたことはないし、その主題を見つけたのはわたしです。わたしが言いたかったのは、しばしば注文は助けになるということ、そしてじつに長い期間、わたしは注文を受けたがゆえにテクストを書いてきたということです。注文によらずに書いたテクストは、友人を介してナドーに見せた最初のもの（『零度のエクリチュール』）だけでした。それ以降は、テクストなり主題なりについて大なり小なりの注文を受けて書いたものです。

目下のところ、事情は変わりつつあります。注文を受けるのは、やや息苦しい気がします。むしろわたしは、自分のなかで、自分によって呼び出されるような書物を書いてみたい。本を書き、加工し、成形するという悦びのために。

田舎、カフェ

『ロラン・バルトによるロラン・バルト』のなかで田舎について語っておられます。おそらくわたしの想像力が不足しているのでしょうが、あなたが田舎におられるというイメージがわいてこないのです。

あなたの言われることは、おそらく間違っていると同時に正しい。

事物（机、ピアノ、ペン）の配置はパリと同じであると書いておられます。でもそれを取り巻く環境はあまりに違いますよね。

そうではありません。フランス南西部でわたしは一軒の家に住んでいます。田舎とは家のことです。都会と田舎の対立ではなくて、アパルトマンと家の対立なのです。しかしだからといって、わたしにとって環境が存在しないという意味ではありません（とくにわたしは南西部の光が好きです）。

あなたにとって、重要な場所の一つがカフェですか。

カフェは面談の場です。それが複合的な空間であるがゆえに、わたしはカフェを愛します。カフェにいるときは、わたしと同じテーブルにいる人たちと完全な共犯関係に入り、その人たちがわたしに向かって言うことに耳を傾けます。それと同時に、テクストのなかでのように、パラグラムのなかでのように、立体音響のなかでのように、気分転換の場がそっくりわたしの周辺に広がっています。入ってくる人、出てゆく人、ロマネスクの起動装置が働いている。カフェのもつこのような立体音響効果にわたしは強く心を動かされるのです。

これに対して、田舎の特徴は孤独にあります。わたしの夢は、一か月ないしは二か月の余裕をもって、しかもすでにかなりプランのできあがった知的な作業をもって田舎にやって来ることです。そうすれば、まるで官吏のように、あるいは保線工夫のように、そのプランを少しずつ現実化することができるでしょう。

しかし、田舎はまた気の散る場所でもあります。フルーツを食べたり、植物を見に行ったりというような、あなたの仕事から気を散らすちょっとした行為について述べておられます。

仕事は退屈なのです。それは認めざるをえません。

ロマネスク

あなたはこんなことを書いておられます。「わたしは自分のことを批評家ではなくて小説家であると思っている。小説〔ロマン〕ではなくロマネスクの書き手として。わたしはロマネスクが好きではあるが、小説はもう死んでしまったことを知っている」と。

ロマネスクとは、物語に基づいて構造化されることのないディスクールの一様式です。日常的な現実、人物、生活のなかで発生するすべてのことに対する関心、備給、覚書の一様式です。このようなロマネスクを小説に変形することは、わたしには困難に思える。なぜならば、物語が存在するような事物、すなわちわたしにとっては半過去と単純過去、そして心理的に多少とも構成された登場人物の存在する物語体のオブジェを入念に仕上げている自分の姿を想像できないからです。わたしにはそんなことはできないであろうし、そういうわけでわたしには小説を書けないのです。しかしそれと同時に、わたしの仕事のなかでロマネスクな経験、ロマネスクな発話行為を推進したいと強く願望しています。

あなたは小説を書かれたこと、あるいは小説を書き始めたことはないのですか。

ほんとうのところ、一度もありません。

すべての伝記はロマネスクである、小説と名乗らないけれども小説である、と言っておられますね。『ロラン・バルトによるロラン・バルト』は、伝記であると同時に小説ではないのでしょうか。

小説ではありますが、伝記ではありません。迂回の仕方が違うのです。知的なロマネスクと言えるでしょう。その理由は二つあります。まず、数多くの断章が人生のロマネスクな面に関連しているからです。次に、これらの断章のなかで舞台に登場するのは、想像的なるもの、まさに小説のディスクールなのです。わたし自身、小説中の人物として登場しますが、その人物はいわば固有名詞をもたない、そして本来の意味でのロマネスクな冒険はその身には起きません。

それは、知的なディスクールであるというよりもロマネスクなディスクールなのです。ですから、時には愚かしいと思われるようなことも引き受けるのです。その主体は、自分の発する言葉に同化する知的な主体ではなくて、別の主体、ロマネスクな主体だからです。それは、知的な主体が愚かしいと思うようなアイデアや判断をときおりもらしますが、それらのアイデアは彼の想像界の一部でもあるからです。そのことを明言したりはしないのですが……

あなたの世界において愚かしさが占める位置について知りたいものです。それはほとんどどこにでもあり、かつどこにもない。それは、あなたにとっていわば神なのでしょうか。

その逆は真ならず、と神のために申しましょう。たしかにわたしは、愚かしさにとても惹きつけられます。けれども同時に、それに吐き気をもよおすのもたしかです。愚かしさについて語るのはきわめてむずかしい。それは、そこから自己を排除するのが簡単ではないようなディスクールなのですから。そこから自己を排除するのは不可能である、とわたしが言えば、それは不誠実な言い方でしょう。そうではなくて、そのディスクールから簡単に自己を排除できないということなのです。フローベール以来、それはよく知られたことです。フローベールの愚かしさに対する態度はとても複雑です。見かけの上では批判的ですが、そういう風に偽っていることは明らかです。気まずさの態度です。

それはともあれ、愚かしさの存在様式は、勝ち誇ることです。これはどうしようもない。できるとしたら、それを内面化し、自己のなかで微量の操作を行うことです――大量に扱ったりしてはならない。

『現代社会の神話』という著作は、全面的に愚かしさに向けられていましたね。

それは、先に述べた歴史的理由によって、『現代社会の神話』がきわめて単純な政治的意識、あるいは反イデオロギー的な意識に依拠していたからです。

いくつかの重要な人名

サドについては？

サドは大事です。第一に「わたしはサドを読むのが好きである」という理由があります。わたしの読み方はきちんとした読み方ではないかもしれない。でも、きちんとしたサドの読み方を知っている人などいるのでしょうか。わたしの読み方はきわめてロマネスクなものです。サドのことを、最も正統な意味で、とても立派な作家であり、すばらしい小説を書いた人だと思っています。わたしがサドを好むのはその点にあり、その価値攪乱的な側面ではありません。もちろん、その側面も重要なことはわかっていますが――わたしはサドを作家として好きなのです。ちょうどプルーストを好きであるように。

マルクスについては？

マルクスを読みかえすたびにわたしが感じるのは、現代の政治活動においてきわめて重要な聖典の創立者に対して感じるような驚きの感情ではなく、ディスクールの流れに断絶をもちこんだ者に対して感じる驚きの感情です。マルクスの書物のどのページにも迂回路が仕掛けてあり、予測ができなくなり、システムの外側まで沁みだしてゆくのです。わたしはそのことに感動します。

ブレヒトについては？

ええ、ブレヒトですね。わたしは彼の演劇作品がとても好きでした。彼の知的論文はもっと好きです。四、五年前に翻訳が出た『政治社会論集』はすばらしい著作です。正義であり、かつ猛烈な作品です。いつまでも引用したいと思わせるようなテクストです。『ロラン・バルトによるロラン・バルト』を書きながら、十分に言うべきことを言ったのだろうかと確信のもてないときがありました。そのようなとき、ブレヒトの書いた文章を挿入しようかと思ったこともあります――それはたんなる幻想だったのでしょうが。

わたしは一九五四年にブレヒトを発見しました。ベルリナー・アンサンブルのパリ公演で「肝っ玉おっ母」を見たときのことです。サラ・ベルナール劇場のバルコン席で、ベルナール・ドルトと一緒に見ていて、この公演に文字通り激しく興奮したのをよく覚えています。急いでつけくわえるとすれば、プログラムに引用されていたブレヒトの二〇行ほどの文章に強い印象を受けました。それまで演劇および芸術に関して、このような文章を読んだことがなかったのです。

それはどのような発見でしたか。

その発見には二段階がありました。最初は、きわめて用心深い、情報通の、確固としたマルクス主義思想と、快楽・造形・色彩・照明・織物のセンス、すなわちみごとに考案された芸術の物質性のセンスとが結びついていることに驚異を感じたのです。これら二つの束縛の結果を、わたしは、なすべきものであり、欲望の対象であると認めました。その後、ブレヒトの他の著作を読み、彼のなかにあの倫理を発見しました。それは、快楽の倫理であると同時に知的警戒心の、責任感の倫理でもあります。その責任感は、パトスという死の時間を経過しないものであり、ユマニスト的なものであれ、自然発生主義的なものであれ、べとべとしたものの死の時間を経過しないものです。

またブレヒトには奸智にたけた面とともに、いわば中国風の面があります（そこには「複雑怪奇な」という暗示的意味もありますから）。

たいていの人がするように、あなたはブレヒトを劇作家に閉じこめないということですね。

そうです。彼は偉大な思想家なのです。『政治社会論集』には、まさに無数の試みがあります。論文ばかりでなく、ディアローグの、プロジェクトの、パンフレットの、脚注の断片があり、すべてが生き生きとしています。

サルトルは一九五〇年代に「読むことのできるマルクス主義者はルカーチしかいない」と言っていますが、あれは間違っていたのですね。ブレヒトがいたのだから。

もちろんです。ルカーチについては、わたしはよく知らないので、なにも言えません。それに彼にはあまり魅力を感じない。要するに、判断の根拠はシステム的なものではない。言ってみれば、判断力の美学のようなものがあり、わたしはそれを引き受けることにします。

ジッド

あなたは『ロラン・バルトによるロラン・バルト』において、ジッドのことをあなたの「ウルズッペ」、あなたの「文学的起源のスープ」と述べておられますが。

今日ではジッドのことはあまり話題になりません。しかし、若い頃のわたしにとってジッドは重要な存在でした。ほかの事象が隠されてしまったのは、おそらくそのためでしょう。たとえば、わたしはシュルレアリスムと文学的交渉がなかった。ところがジッドとはおおいに交渉があったのです。そしてジッドにはずっと大いなる共感をもってきました。ジッドには少なくとも一冊の偉大な著作、現代的な大作があります。『パリュード』がそうです。この作品は、現代人によって再評価されるべきでしょう。それに『日記』です。わたしにとって気になるテーマとの関連で、彼の『日記』が大好きなのです。自分自身をはぐらかす真正さ、狡猾な真正さというテーマ、それはもはや真正さではなくなるのですが……『日記』の主題系は、『ロラン・バルトによるロラン・バルト』の断章のそれにとても近いものです。

批評

少し話をもとにもどしたいと思います。ラシーヌの戯曲にあなたは一連の序文をお書きになり、それらを『ラシーヌ論』という一冊の書物におまとめになりました。それに対してソルボンヌのある教授（本人もラシーヌについての学位論文を書いている）が、数名の批評家、とくにあなたを相手取って、『ヌーヴェル・クリティックあるいは新たなるペテン』という誹謗の文書をポーヴェール社から出しました。あなたはこれに対して『批評と真実』というテクストでもって応酬されましたね。ピカール教授の書いたラシーヌの生涯に関する大論文はだれも読まないけれど、あなたの著作は多くの読者にめぐまれました。が、それはそれとして、この大論争の真の問題点はどこにあったのでしょうか。

それはもう大昔の話です。客観的に、そして歴史的に述べるとすれば（このような小事件に「歴史」という語を用いるのはいささか大げさではありますが）、まず最初にこれは厳密な意味で大学の問題であった、とわたしは思います。おそらくわたしのラシーヌ論のせいで、ソルボンヌの学生たちの書く論文のなかに新奇なヴォキャブラリーが入るようになり、ピカール教授はそれにむかついたのでしょう。それは要するに学術的な専門用語の問題だったのです。おそらく教授の側からすれば、非寛容の気持ちが働いたであろうことは明白です。ある種のヴォキャブラリーが大量に、引きも切らずに、舞台の前面に現れるのを見て、いらいらしたのです。

教授の書かれた誹謗の文書はなかなか非凡なものでしたが、その根本にはこのような個人的非寛容があった。古典的な作品を批評するさいに通常用いられている用語とは別のヴォキャブラリーが、ラシーヌに関する論文のなかにたえまなく登場してくることに反発されたのです。大学の問題はイデオロギーの問題と二重写しになっていることを、ここで指摘しておくべきでしょう。このような批評は、文学史の、出典の、影響関係の実証主義的批評、あるいは審美的批評という形態で存続していました。ピカール教授の場合でも、彼がプレイヤード叢書のために書いたラシーヌの戯曲への序文においては、ほとんどヴァレリー的な発想の審美的な批評を試みています。そうでない場合は、現代では完全に時代遅れの心理学（というのは、精神分析を取り入れていないから）しか視野にない批評が横行しているのです。

このいくぶんかは作為的な論争には、古いものと新しいものとのあいだでなされる伝統的な闘いがありました。新しい側面とは（ささやかなものではありましたが）、ラシーヌの戯曲作品のような古典的なテクストについて、わたしが新たな言語活動を操作したという点にあります。それは心理学的な批評や審美主義的な批評の言語活動とは別のものであり、出典批評の言語活動とも違うものだったということです。

しかし、精神分析批評なるものはすでに大学人の習性のなかに入り込んでいたのではありませんか。シャルル・モロンたちに代表されるように。

その通りです。ただわたしの『ラシーヌ論』は、二つの言語活動、ちょっと気取って言うならば、二つのエピステモロジーをもっていました。精神分析の言語活動、あるいは少なくともその俗流版と、構造化の試みの二つです。構造主義の言語活動が文芸批評に登場してきたのです。そこでわたしはラシーヌの登場人物を、心理学の用語ではなくて、構造のなかで彼らが占める位置（権威の関係、隷属の関係等）にしたがって分析しました。ソルボンヌの教授の眼には、これらの二つの言語活動（精神分析の言語活動と構造主義の言語活動）の存在が、流行現象のように映り、不愉快だったのでしょう。

モロンのような人びとの仲介によって、精神分析批評は大学の制度内に入っていました。モロンの精神分析批評は古風なもので、初期の精神分析批評としてはオーソドックスなものでした。作者の幼少年期との関連において作品を位置づけたからです。批評作業の枠内に作者の生涯を、その幼少年期をとどめておくのであれば、ソルボンヌは異議を申し立てることをしなかったでしょう。
これに対して、構造主義批評（たとえば、ゴルドマンの批評――それはわたしの立場とはずいぶん距離がありますが）に対する態度は、敵対的であり、軽侮するものでした。わたしの『ラシーヌ論』が大学側にショックをあたえたのは、その精神分析の側面よりも、構造主義の側面ではないかと思っています。

そのようなことはもはや過去のことになりました。その種の異議申し立ては今日では通用しませんね。

はい。そうはいうものの、あのような事件はピカール教授の人格、わたしの人格を超えるものです。ソルボンヌの教授というのは一つの典型なのですから。あのような事態はまた起きるかもしれない。あれとは別の形で。

日本

あなたの全著作のなかで最大の幸福感をもって書かれたのは、日本についてのテクスト『記号の国』（スキラ社「創造の小径」叢書）とご自身でおっしゃっていますね。

あえてそのように言いました。理由ですか。なぜ人は自作について思いの丈を述べようとしないのでしょう。自分が書いた書物との情緒的で微妙な関係は、批評家や友人たちの評価とは必ずしも一致しないものです。たとえば、『零度のエクリチュール』や『現代社会の神話』のような一般によく知られている書物と、わたしとのあいだには、密接で、個人的で、身体的な関係はありません。これにひきかえ、『ミシュレ』のような、比較的話題にされなかった書物とわたしは深い関係をもっています。

『記号の国』を書いていたときは、純粋の、不安のない快楽、イマーゴの介在しない快楽を感じていたと思います。そのことは、『ロラン・バルトによるロラン・バルト』のある断章(「成功した／失敗した」)で控えめに述べたことがありますので、ここでは節度を守りましょう。要するに、この幸福感はセックスの幸福感にかかわるものです。どこよりも日本において、わたしはこの幸福な性欲を見出したのです。この二つのことがらを関係づけるのは正当なことだ、と思います。

あなたが東洋人のように見えてきました。日本の生活様式はあなたにとって親しいものなのですね。

わたしは日本の生活様式にとても魅力を感じています。今一度ブレヒトに登場してもらいましょう。ブレヒトは中国の演劇に興味を示した最初の西洋人のひとりです。それも、中国というものがまったく流行ってもいなかった時代のことです。

『記号の国』において、あなたは例外的に食べものを話題にしておられます(いまひとつの例外はフーリエ論ですが)。食物にかんする理論のみならず、きわめて官能的な料理の描写が見られますね。

はい、そうです。日本によってきわめて日常的な主題を扱う機会を提供してもらったおかげで、わたしはエクリチュールの面でおおいに自由になりました。『現代社会の神話』で扱った主題とは対照的に、日常的な主題は幸福な主題です。なぜならば、まさに日本においては、日常性そのものが美的なのですから。少なくともわたしにはそのように感じられたし、わたしはそれに惹きつけられるのです。生きる術はわたしにとって重要なテーマであり、どんな形式になるかはわかりませんが、いつかこのテーマを取り上げてみようと思います。それは全体としてアジア的な美意識のなかに位置するテーマ、距離、節度、ある種の無であると同時に繊細な官能性の美意識なのです。サドによって表明されたデリカシーの原則である、とも言えるでしょう。

その一方で、猛烈な日本、超工業化社会の日本については、あなたの著作はまったくふれていない。

その通り。でもわたしには現代日本の写真をとるつもりはなかったのです。

ご自身の好みで、このような側面をたくみにカットされたということですね。

これが切り離しの始まりです。『テクストの快楽』においてこの傾向は強まります。

この著作の場合は、場所の快楽でもありますね。

数回の日本滞在の期間中、わたしはつねに生き生きとしていました。日本に行くたびに、わたしは民族学者のような生活をしたものです。西洋人の民族学者が異国の人びとの態度を監視するというような悪意をもたずに。かの地では、わたしの性格に反するような振る舞いをし、こちらでは見せないようなエネルギーを発揮しました。未知の夜の町、世界一巨大な、わたしにとって未知の、その言葉がまったくわからない都市の夜を彷徨しました。そしてつねに全面的な気楽さを感じていたのです。午前四時に、完全に道に迷っていてさえ、わたしはつねに幸福感にひたっていました。ところがパリでは、同じ頃合いにバニョレの辺りに行ったとしても、同じような魅力を感じることがないのは確実です。

日本について興味あることがらに関しては――民族学者という表現を用いているのはこのためですが――手に入れることのできるありとあらゆる情報に網を張り、その情報のすべてを尊重しました。もしだれかの話のなかでわたしが行きたくなるような場所が（たとえ漠然とでも）話題になったなら、わたしは執拗にその場所を探しました。これは、欲望に導かれた探検ともいうべき民族学者の姿勢です。

あなたはラシーヌ、サド、プルーストの国の民族学者だ、とも言っておられますね。

「民族学の誘惑」という断章のなかで、民族学がよい学問である理由を簡単に述べました。未開人部落の民族学ではなくて（もはやそのための領分は消えてしまいました）、現代社会の、大都会の民族学、あるいはミシュレが創始したフランスの民族学が求められているのです。プルーストもサドもラシーヌも、そのなかの小部族であり、小社会なのです。

あさること

『ロラン・バルトによるロラン・バルト』に何度も出てくる高尚な語である「あさり」の定義をお願いしたいのですが……

それについてお話をしているうちにたぶん定義に至るでしょう。あさりはわたしにとって大事なことばです。それは欲望の旅です。それは身体がみずからの欲望に対して警戒し、探求している状態のことです。さらにあさりという語には、出会いを強調し、「初回」を重視する時間性が含まれます。あたかも最初の出会いが途方もない特権、あらゆる反復の及ばない場にあるという特権をもっているかのようです。わたしにとって忌まわしいテーマとは反復であり、くどくどしさであり、ステレオタイプであり、反復としての自然らしさです。あさりは反自然であり、非反復なのです。あさる行為は反復的な行為ですが、その内容は絶対的な初ものなのです。

このような次第で、もともとエロティックな探求の世界に属するあさりという概念を、たとえばテクストの探求の世界に、もしくはロマネスクな特徴の探求に、「初回」の驚異のなかでもたらされるものに、移し替えることができるのです。

テクストのあさりもまたきわめて官能的なあさりだ、ということですね。

そうです。それらはすべて、文を捕まえること、引用、定式、断章の捕獲と関係づける必要があります。もちろん、短いエクリチュールというテーマです。わたしが断章による短いエクリチュールを書こうとするとき、読者があさろうとしている著者の立場に身を置くのです。それは偶然のもたらしてくれる幸福ですが、きわめて意図的に考え抜かれた、いわばつけ狙われた偶然なのです。

倒錯

「倒錯はただそれだけで幸福感をもたらす」と書いておられますが。

ただそれだけです。

「倒錯／それだけ」という対比以外に、「倒錯」が意味するのは何でしょうか。

引き合いに出された断章〔「女神H」〕において、ハシッシュとホモセクシュアリティを参照しながらわたしはこの「倒錯」なる語を用いています。ということは、そこでは「倒錯」に精神分析的な意味での厳密さはないのです。精神分析では、麻薬は本来の意味での倒錯行為とは見なされない。社会的な目的や種の目的のためには役に立たない快楽の探求、それが倒錯なのです。たとえば、生殖の観点から見るとまったく無意味な性の快楽がそれです。それは、何の目的にも供しない悦楽の領域に属する蕩尽のテーマなのです。

そうはいいながら、この語の一般性のなかに、精神分析的な特殊性を導入することもできます。たとえばフロイトの考えでは、最重要の倒錯のひとつにフェティシズムがあります（切断されたエクリチュールの願望に再見されるテーマ）。精神分析的に見るなら倒錯は神経症と区別されるがゆえに、倒錯者とは、つまるところ幸福な人間なのだという事実を重視するのが、フロイト的な考え方なのです。

わたしが日本についての書物に始まり、『ロラン・バルトによるロラン・バルト』に至るまでやってきたことは、一種の倒錯的エクリチュールの星のもとになされたことです。

倒錯とは快楽の原則です。

倒錯は、フェティシズムを介して、〈母〉と特殊な関係を結びます。そこでさらに別のテーマが芽を出します。それは現在のわたしの関心を占めている、イマジネールというテーマです。『ロラン・バルトによるロラン・バルト』は、いわばフェティシズムの思考とイマジネールの思考とのあいだの転回点なのです。まあそんな次第で、『ロラン・バルトによるロラン・バルト』は結局のところ『テクストの快楽』よりも純潔であると考えられるでしょう。その本で一等の場所を占めているのは、悦楽の問題ではなくて、イメージの問題、イマジネールの問題なのですから。

現在のわたしの関心を占めているのは、イマジネールの領域であり、『ロラン・バルトによるロラン・バルト』はこのテーマを最初に正面から論じたものです。わたしは高等研究院において、恋愛のディスクールに関するゼミを始めました。これはわたしにとって、さらにいっそうイマジネールの問題に関わってくるものです。

『マガジン・リテレール』誌、一九七三年二月号。
聞き手はジャン＝ジャック・ブロシエ

文学／教育

インタビューが好きではない、話すことが録音され、文字に転記されるのがいやだ、とあなたは書いておられます——「インタビューとは値引きされた記事なのである」と。その理由は、インタビューが「思考」と「形式」とを分離するものだから、またそれが反復の必要性を容認している（インタビューの受け手は、一度自分が「書いた」ものについて／事後に語らされる）からでもある、と述べておられます。

そこでわれわれは〈質問表〉という形式を選ぶことにしました。われわれが質問を発する場（教育の実践）とあなたの場（定義が必要？）のあいだの間隙を、あなたの回答が満たしてくれるのを期待しております。そうすることにより、まだあまり加工されていない／想像されていない主題（すでに無数のディスクールによりカバーされているものではありますが）、すなわち「文学を教えること」という主題について、あなたの「イマジネール」に働きかけることを願っています。

一、「文学」を教えることは可能か？　もしもいま仮に、教育の役割は既成の知識の伝達であるとするならば、次のような問いが考えられる。

——そのような知識はすでに構成されたものとしてあるのか。

——もしもあるとすれば、どのようなタイプのものか。

——その知識は、学ぶ者にとってどのように有効であるか。

二、テクストの快楽について。「作業」の対象としてのテクストを前にして、教える者とその知識（?）、学ぶ者とその知識（?）が向き合う関係において、テクストの快楽とはどのようなものか。

三、教育の関係について。快楽／知識／読書、これら三つの要素を考慮した上で、具体的に、今日の学校の現場において、あなたは教える者と教えられる者との関係をどのようにみておられるのか。

四、書く行為／読む行為。あなたは、現代において「読む者と書く者のあいだに分離がある」と書いておられます。それはなにを意味するのか。教育という実践の場において、読むことの習得と書くことの習得とをどのように結びつけるのか。

五、あなたは「シニフィアンの解放理論の（集合的な）構築」について語っています（『S／Z』）。このプランをもっと展開していただけますか。

六、文学／学校／社会。あなたは「読者から作家を育てなければならない」、「そのためには社会変革が必要である」と書かれました（『テル・ケル』誌、四七号）。社会変革の過程において、学校、とりわけフランス語の授業は、どのような特別の役割をもつのでしょうか。

質問にお答えする前に、述べておきたいことが二点あります。それは二種類の思考領域に関わり、あなたがたにも無視できないものです。

このような前置きは、たんなる弁解だととられるかもしれませんが、議論の行き詰まりが起こりうることを示唆するというメリットがあり、おそらくはつまり、われわれの協同作業の重要な要素を構成するというメリットもあるはずです。

最初に、個人的なことを少々。わたしは学校教育の現場から遠く離れたところにいるという現実について。戦時中（一九三九―四〇年）、文学の若い教師として、高等中学校でフランス語とラテン語を教えたことがあります。それから長い年月が過ぎたので、当時のことをあまり覚えていません。たとえもし覚えていたとしても、その間、教育の諸条件とそれを取り巻く制度には大きな変化が生じたことでしょう。

その後のわたしは、理論的なエクリチュールというか、むしろ擬似理論的なエクリチュール（このエクリチュールにおいては、理論との関係が、哲学的考察の場合のようには位置づけられないのです）を展開してきました。それと平行して、「作家」としての活動も展開してきました。この場合「作家」とは、聖なる個人ではなく、書くことになんらかの悦びを見出し、その悦びを更新しようとする者のことなのです。

これらの二つの理由のために、中等教育の教師であるあなたがたの実践と、知識人の作家であるわたしの実践とのあいだに溝、あるいは裂け目が生じるのです。

このような溝を空疎な提案により隠蔽しようとしてはなりません。本来理論的な性質の提案は、実践的なものに訴えかけようとしますが、所詮はレトリックを超えることはないでしょう。それは正しい答え方ではないはずです。むしろ逆に、このような溝を受け入れるべきです。なぜならば、一方において、理論的なものは、一九世紀の哲学者にとっては居住可能なものであったでしょうが、現代社会において、いわば住みにくい（居心地が悪い）ものですし――この住みにくさという性格をごまかしてはなりません――、他方では、その必然的な結果として、作家は、みずからの実践が「無償の」行為であることを引き受けるべきだ、ということを納得することが大事なのです。作家は非実用的な存在です。少なくとも大部分の者はそうです。そのために、作家は純粋消費のユートピア、「無償の」消費のユートピアを展開するということになります。この現代社会において、作家は、みずからの実践をユートピアとして生きる倒錯者としてのみ自己主張しうる存在、みずからの倒錯性、みずからの「無償性」を社会的ユートピアとして投射する傾向をもつ者なのです。

したがってわたしには、あなたがた教員の仕事の具体的で操作的な諸問題に取り組むことはできません。それゆえわたしは、間接的な場に身を置きましょう。われわれの出会いは、たがいに生息する場を異にする者どうしの遭遇となるでしょう。理論がやって来て実践を補い、今度は実践が理論を立て直す、というような神話をやすやすと信じるべきではない、と思っています。このような弁証法は、政治の領域では成り立つかもしれないが、言語活動の空間においては、それほど単純なものではないでしょう。

きっとあなたはおたずねになるでしょう——「それではあなたの役割(わたしに役割があるとすれば、ですが)は何であるのか」と。わたしの答えはこうです——「言語活動はたんなるコミュニケーションの道具ではない、言語活動は直線的なコミュニケーションではない、と倦まずたゆまず主張するのが、わたしの役割である」。

二番目の前置きはこうです——言語と文学の教育において、最も主要な関心事はその内容である。しかしながら、内容を教えることのみが任務ではない。身体と身体との関係、共存することもまた重要です。教育の現場では、この共存関係の方向が決められており、ほとんどの場合、歪曲されている。真に重要な課題とは、内容のなか、文学と呼ばれる授業時間のなかに、教育制度によって予知されない価値や欲望を（それらが抑圧されていないときに）いかにすれば持ち込むことが可能か、を知ることにあり、実際的には、いかにそこにサド的意味における情動と繊細さを持ち込むか、ということです。このことは、今日では、教室での教員のあり方に委ねられており、教育制度はこれを引き受けていません。

教えられる生徒の世界について語るときには、学校のもつ抑圧的な性格が強調されるのが常です。しかしこの抑圧的な面に対して異議を申し立てるだけ、というのは不十分です。教室についてのわたしの大きな心配は、そこでなにが欲望されているのかを知ることだ、と言えるでしょう。欲望を解放しようと望むことではなく、欲望を知ろうとすること（このこと自体、大仕事です）でもなく、「欲望は存在するのか？」と問うことが必要でしょう。

今日のフランスでは、自分の身辺を見回してみるに、真に重要な問題は、抑圧の問題よりも、快楽の欲動が欠如していることであるような気がします。これは精神分析においては、「アファニシス〔性交力消失恐怖〕」と呼ばれています。実際それは当然のことで、去勢と呼ばれる、束縛よりもさらに深い疎外状況があるからなのです。フランスには異議申し立ての言語活動が存在しますが、それが快楽の欲動までカバーしているかどうかは定かではない。去勢とは、これ以上ありえないような疎外状況なのです。神話の世界で、奴隷よりもさらに下にいるのが宦官、すなわち去勢された者です。

第二の前置きの締めくくりとして、完全に無秩序な空間についてのわたし自身の経験についてお話ししましょう。わたしのゼミの空間には、欲望を抱いた人々が寄ってきます。九〇パーセントの学生たちにとって、第三課程の博士論文は幻想のアリバイです。奥底には、エクリチュールの欲望がつねにあります。人々が寄ってくるのは、わたしが書いているからなのです。もちろん、記号学的・方法論的なモチヴェーションを無視してはならないでしょう。しかしそれはさまざまな動機のひとつなのです。

第一の質問です。文学を教えることは可能でしょうか？

わたしはこの問いをまともに受けとめて、まともにお答えしましょう。「文学しか教えてはならない」と。

ひとが「文学」と呼びうるのは、神聖視されたテクストの集成なのですが、それらのテクストはまた一種のメタ言語（「文学の歴史」）によって分類されています。すなわち、それは一六世紀から二〇世紀にかけての過去のテクストの集成なのです（「文学」は「良質な文学」に限る、とする制約と誤解とがついてまわります。サドやロートレアモンのようなテクストは無価値で危険であると見なされる……）。

二〇世紀に至るまでこのような文学はマテーシス（普遍学）、すなわち全面的な知の領域でした。きわめて多様なテクストを通じて、ある一定の時代の世界の知識のすべてが舞台にのせられたのです。もちろんそれらは、それぞれ異なった時代の科学のコードに連関してはいるとはいえ、科学の知ではありません。たとえば、バルザックの作品のなかに注ぎ込まれた知を掘り起こすのは、きわめて興味深いことでしょう。この点については、構造主義に向かって、知のさまざまなコードに対して十分な関心を払ってこなかった（やろうと思えばできたはずですから）と非難することもできるでしょう。「文学」はたしかに、語りのコード、隠喩のコードではありますが、そこにはたとえば、政治の巨大な知が参入してもいるのです。それゆえにわたしは、文学しか教えてはならない、と逆説を立てるのです。文学のなかではありとあらゆる知と出会えるのだから。

文学は嘘つきだと決めつける、きわめて危険な、イデオロギー的な偏見にも答える必要があります。その偏見によれば、知は、真実を開陳する学問と嘘つきの学問（それらはフィクション・娯楽・虚栄心の学問と見なされています）とに分かれることになるのです。「文学」はたしかに真実を述べない、けれども真実は嘘のない場所にのみ存在するというわけではない（真実のための別の場所があるのです、たとえそれが無意識でしかないにせよ）。嘘をつくことの反対は、必ずしも真実を述べることではない。問題の位置をずらせましょう。大事なのは、文学についての知識を（「文学の歴史」のなかで）練り上げて広めることではない。文学とは知の媒体である、と宣言することです。ラシーヌよりも前に、自然らしさ・本当らしさの理論があったということを知るよりも、知がどのように彼の作品のなかに注ぎ込まれているかを見ることのほうが有益なのです。

現在、事態は変化しています。「文学」、テクストはもはやこのようなマテーシスの役割と合致しない。その理由は三つあります。

一、今日の世界は地球規模になっている。それは膨大な世界であり、世界についての情報を人は即座に知るのですが、人々は細分化され、かつ方向づけられた数々の情報による爆撃を受けている。世界についての知識にはフィルターがかかっていないので、この世界を文学的なマテーシスのなかに取り込むことはきわめて困難でしょう。

二、この世界はあまりにも驚異に満ちており、その驚異の力がきわめて強力なので、世界の解読は民衆の知恵のコードではもはや追いつかない。たとえば、ブレヒトが正当にも指摘したことですが、いかなる文学といえどもアウシュヴィッツやブーヘンヴァルトのナチス収容所で起きたことを引き受け、記録することはできなかった。過剰・驚異は、文学による表現を不可能にするのです。マテーシスとしての文学は、均質的な知の閉域だったのです。

三、知が科学と連関していることは言うまでもない。けれども、現代の科学は複数です。科学は一つではなく、複数で存在し、一九世紀の古い夢は崩れてしまった。実際、科学と科学の間の境界線はもう存在しないのですから。その上、学問を指導する科学がまだあるとしても、どのリーダーシップも一時的なものです。言語学のリーダーシップはおよそ二〇年来続いてきましたが、いまや生物学のリーダーシップに交代しようとしているし、それもまた別のものに取って代わられるでしょう。

文学がもはやマテーシスたりえないという事実は、社会の政治的な諸条件が基本的には変化していないにもかかわらず、レアリズム小説が文学から消えてなくなったことにも現れています。一九世紀のリアリズム小説は、社会階級の分裂を表現していました。二〇世紀の現代においてもこのような分裂はなくなっていないにもかかわらず、社会主義リアリズム小説でさえ、少なくともフランスでは、消えてなくなりました。テクストが構築しようとするのは、セミオーシス（記号過程）です。それは、シニフィアンス（意味形成性）の舞台化、ということです。前衛的なテクスト（ロートレアモン、マラルメ、ジョイスなど）は、記号の知を舞台にのせるのです。

何世紀にもわたって、文学はマテーシスであると同時にミメーシス〔模倣〕でもありました。反映、つまり相関的なメタ言語においてです。現代のテクストはセミオーシスです。それは、象徴的なものであって、内容の舞台化ではなく、迂回と反復の舞台化、要するに象徴的なものの悦楽の舞台化なのです。社会がセミオーシスに抵抗することはおおいにあるでしょう。それは、記号の世界、すなわちその背後にはなにもない世界として受け取られるでしょう。

すべてのテクストは、あなたの言われる意味でのセミオーシスではないのでしょうか？　意味の効果を生むシニフィカシオンに関する実践という意味ですが。

はい、もちろんです。古典作品のなかにもテクストはあるし、文体のなかにもエクリチュールがあると言えるでしょう。それに、現状においては、エクリチュールは文体から始まるのです。このような視点に立つならば、文学はテクストの場である、身体として評価すべきコーパス〔資料体〕である、とも言えます。たとえ古典であろうと、このようなコーパスを粉砕することは可能です。それをゲームとして演じ、それを遊戯化し、それをフィクションのフィクションとみなし、それを欲望の可能な空間とすることができるのです。

多種多様な理論と実践を背景とする知を普及させる場としての教育を擁護することは、戦術として大切ではありませんか？

その通りです。非‐知に対して、テクストの知を対置する必要があります。それは「象徴界の知」であり、定義付けをするならば、精神分析の知、さらには、フロイト的な意味での置き換えの知であると言えるでしょう。「象徴界の知」は実証主義的なものではありえない、ということは明らかです。この知の言表行為のなかにそれ自体取り込まれているのですから。それは、言表行為のほうに方向転換できなかった諸人間科学の問題なのです。たとえば、ジュネーヴ大学のある学生は、『ブヴァールとペキュシェ』の一節の象徴界について研究発表をしましたが、その発表は「野生の象徴理論」を組み立てること、すなわち観念連想を並べることにとどまっていました。たしかにその発表は自発的なものではあったが、陳腐でした。粗悪であること、陳腐さが自発性には付き物です。あの頃のわたしは、彼に直接的に反駁するのはむずかしかった。象徴界の大筋を心得ておくべきだよ、と彼に説明してあげればよかったと思います。文学を象徴の場にしようとする場合、古くさい価値（「好み」など）を拒否する一方で、新しい価値、抑圧的でない価値を措定することはできない。たいへん込み入ってはいますが、われわれが置かれている状況はこういうものなのです。

二番目と三番目の質問です。テクストの快楽、教育との関係について。

仕事を快楽にすることは可能でしょうか？　「快楽」という語を分析することが必要でしょう。なぜならば、快楽を阻害するのは、仕事というよりもむしろ、仕事を取り巻いているものだからです。別の言い方をするなら、教室の中に快楽を導入するのはほとんど不可能だ、とわたしは悲観しています。仕事の命ずるところに従うとすれば、快楽と仕事との結合が生まれるのは、辛抱に辛抱を重ねた作業の末でしかないのですから。

ア・プリオリに言うならば、子どもたちに、長い時間をかけて、完全なものを作る可能性（宿題では不可能）をあたえてやるべきでしょう。めいめいの生徒が一冊の本を作ること、その実現に必要なあらゆる仕事をみずからに課すことまで想像してみるべきです。本の雛形のアイデアに時間をかけるのもよいし、まだ本の形を取るに至らない作品を創造する行為に時間をかけるのもよいでしょう。どの場合でも、課題（義務－作文）という事実を避けて、創造すべき対象の各部分を案配するための実際的な可能性を生徒に提示することが必要です。生徒が成るべきなのは、一個人ではなくて、みずからの欲望・生産・創造を管理することのできる主体です。制度面について言えば、もちろんこのことは、国家的な知（すなわち指導要領のようなプログラム）が存在しない、ということが前提条件でしょう。


たしかに学校の課題は、生徒たちの創造的な受動性において大きな役割を果たしています。中学校では、書くことの欲望は認められています（作文）。しかしそれは、添削する側の道徳的・美的規範とぶつかるのです。たとえば教師は、生徒が葬式のことをユーモラスな調子で物語ることを許さない。高等学校では、エクリチュールはもはや認められない。小論文とかテクスト解釈という単純化した形での批評的ディスクールのみがまかり通るのです。あなたがどこかで指摘しておられるように、「読者を作家にする」ことこそが大事ではないか。そのためには全面的「教育」が、別様の課題練習が必要となるでしょう。

おっしゃるとおりです。この問題にはあとで触れましょう。制作活動のもたらす喜びにもどりますが、なぜ創造がある種の仕事を前提としているのか、と問いかけてみましょう。わたしの場合がそうなのです。なぜならばわたしには、前衛とはちがって、効果という問題をみずからに課す必要がある。効果を考えることは、仕事のアイデアと同時に、誘惑の、コミュニケーションの、愛してもらいたいことの欲望を前提としています。従って、効果の教育法なるものが可能となります。効果の産出と受容について、生徒たちの興味を引き起こすべきでしょう。

四番目の質問です。書くことと読むことと。

読む人の数のほうが書く人の数よりも多いということはいまさら言うまでもないでしょう。しかしこの現象は正常でも自然でもありません。歴史的に決定されたものです。ものを作る人たちとそれを受容する人たちとの間にほぼ数的な一致が見られた、特別な社会が知られています。たとえば一九世紀までのクラシック音楽は、まず何よりも演奏をする人たちによって聴かれていました。現代ではもはやそうではありません。だからこそわたしは「アマチュア」の役割に大きな重要性をあたえるのです。商業的な回路によって物化されてしまった生産的な機能を、アマチュアが再評価すべきなのです。読者は、生産の世界との関係をいっさい断ち切られています。読者みずからを投影する世界の中にべったり貼り付けられて、読者は自分の行為（自分の身体）ではなく、自分の心理を投射している。書くことのできない読者は、自分の想像界（プシケーのナルシス的な領域）を、自分の筋肉的・官能的な身体、つまり悦楽の身体から遠く離れたところに投射しているのです。

では、読むことを学習するのはまだ可能なのか？　可能です。制度的なコードの役割を区別することができるならば。まず第一に、非宗教的でリベラルな学校で習得したことを、その位置をずらせながら維持する必要があります。批評精神の鍛錬、そしてコードの暗号解読、これには記号学研究の援助が必要でしょう。

じっさい、読むという行為をコードの批判的学習とみなすこと、自然らしきものの背後に隠されている人為的なものを見破ること、それも読書行為のあらゆるレベル（小説、マンガ、映画、等々）においてですが、あなたの言い方によれば「読解可能性のレジーム」を設立することが必要でしょう。

はい、外見上のごまかしをあばき、超越論的・観念論的なシニフィエを狩り出すことが必要でしょう。記号学についての倫理的な思想があってもいいはずです。つまり記号学がいかにしてさらに批判の精神を研ぎすますか、ということなのです。他方、精神分析は、まったく予期されなかったところに意味を読みとることを教えてくれます。そんなところに意味があるとは思っても見なかったことを気づかせてくれる。精神分析は、別の場所を読むことを教えてくれるのです。

「シニフィアン解放のための理論の（集合的な）構築作業。」

「シニフィアン解放のための理論」が援助すべきは、テクスト、あらゆるテクストを、超越論的シニフィエの種々の神学から解放することです。わたしは現在では、「シニフィアン」というよりもむしろ「シニフィアンス」と云いたい。テクストにおいては、ある一つのシニフィアンは別のシニフィアンと呼応して、けっしてみずから閉じることはないのですから。

文学／学校／社会。

学校固有の役割とはなにか？　それは、わたしが先ほども述べたように、批判精神を育てることです。けれども、そこで教えるべきは、疑念に関することなのか、真実に関することなのか、という問題が生じてきます。いかにすれば、このような二者択一を逃れることができるのか？　悦楽に結びついた疑念を教えるべきであり、懐疑主義を教えてはならない。疑念というよりも、ニーチェが「真実をゆさぶる」と言っている立場を求める方がよい。究極の目標は、差異、すなわちニーチェ的な意味での複数性を身震いさせることです。この複数性を、たんなるリベラリズムにおとしめてはならない（そうなればドグマ主義は悦に入ることでしょうが……）。「自然らしきもの」に対する意味関係を設定して、そのようなものに揺さぶりをかけるべきです。「自然らしきもの」は、権力とマス・カルチャーによって社会の諸階級に押し付けられたものです。学校の役割とは、このような解放がシニフィエの回帰を通して起きるのを妨げることだ（そのような解放のプロセスがあるとしての話ですが）、とわたしは言いたい。政治的な制約は、すべてを容認せざるをえないような試練の場であると考えるべきではない。そうではなくて、シニフィアンをつねに前面にかかげつつ、その権利を主張して、抑圧されたものが舞い戻るのを阻止すべきです。学校をドグマ主義のお説教の場にしてはならない。一神教ロゴス、すなわち押しつけられた意味の跳ね返りと揺り戻しを阻止しなければなりません。

『プラティック』誌、五号、一九七五年二月。
聞き手はアンドレ・プティジャン。

シュルレアリストは身体を欠いていた

シュルレアリスムのテクストはあなたにとって「快楽のテクスト」ですか、それとも「悦楽のテクスト」ですか？　シュルレアリスムのエクリチュールのカーマスートラはあるのですか？

テクストの快楽そして／あるいは悦楽は客観的にこれこれのタイプのテクストに結び付けられる属性ではありません。快楽のテクストあるいは悦楽のテクストの受賞者名簿を確定することはできないのです。これらの情動は流派を特別扱いしません。何ものもシュルレアリスムのテクストが快楽のあるいは悦楽のテクストであることを妨げません、しかし何ものもそうであることを強制しもしません。

シュルレアリストは言語を「脱構築する」ことをほとんど気にかけていないように思えます。では、どうしてなのでしょう？

「シュルレアリスト」（しかし最初にこの総称を「脱構築」するべきではないでしょうか？）が言語を脱構築しなかったあるいはほとんど脱構築しなかったのは、結局のところ彼らが身体について――そして要するに性について規範的な観念を持っていたからではないでしょうか。統辞法に課せられた「コルセット」（ブルトンの場合は彼の巨大なドレープ）と性的な制約は同じものです。彼らの考えた「夢」は常軌を逸した身体への通路ではなく（アルトーの場合を除いては、あなたも彼は例外だと思うでしょう）、むしろ一種の文化的な通念への、「夢幻症」への、つまりイメージを修辞的に放つことへの通路だったのです。彼らは身体を〈欠いていた〉ようにわたしには思えます。それで彼らは〈あまりに〉文学的なのです。

『テクストの快楽』であなたは書いています。「テクストは人間の形をしている、それは身体の像、アナグラムなのである」、さらに「テクストの快楽、それはわたしの身体がそれ自体の考えを辿る契機である」。この身体の形象を自動筆記と近づけることはできないでしょうか？　そして、あなたも、一種の自動的な読解を提示しているのではないでしょうか？

「自動筆記」という概念はぜんぜん好きになれません。今や古典的となった純粋に文学史的な論争には立ち入りませんが（彼らは本当に自動筆記を行っていたのでしょうか？）、仮にこの曖昧な概念を認めるとしても、自動筆記は「自発的なもの」を、「野生のもの」を、「純粋なもの」を、「深みにあるもの」を、「秩序壊乱的なもの」を連れ戻すものではぜんぜんなく、反対に「高度にコード化されたもの」を連れ戻すのです。機械論が語らせることができるのは他者だけです、そして他者はいつでも「規範にかなった」ものなのです。「自動筆記」の妖精が、語るあるいは書く主体に杖で触れたとすれば、その口から飛び出すヒキガエルや毒蛇はたんなるステレオタイプでしょう。自動筆記の概念は深い主体と語る主体に分割された、人間についての理想主義的な観点を前提にしています。テクストは、象徴的なものと想像的なものが緊密に縒り合わされた組み紐以外のものではありえません。少なくともわたしはそう信じているのですが、想像的なものなくしては書くことはできません。もちろん、読解についても同様です。

ブルトンとシュルレアリストは「一挙にシニフィアンの誕生にさかのぼる」というブルトンによって表明された約束を果たしているとお考えですか?

シニフィアンは「源」を持ちません。シュルレアリストのディスクールでわたしに気詰まりを感じさせるのはいつでもこの起源、深み、原始性、要するに「自然」という概念です。

これもまた『テクストの快楽』ですが、「重要なのは快楽の領域を均等にすること、実践的な人生と観照的な人生の偽りの対立を廃止することである」とあります。対立を廃止するというのはブルトンの言葉のように聞こえます。「悦楽の遍在」の探求において、あなたはシュルレアリストなのでしょうか?

わたしの考えでは、それはおそらくシュルレアリストのうちでもっとも優れたものです。エクリチュールは書かれたものに留まるのではなく、行動、行為、実践、つまり私的なもの、日常的なもの、「振る舞い」に移り住むことができると考えること。人生のエクリチュールがあり、私たちは人生のいくつかの瞬間に本当のテクストを作り出すことができるのであり、私たちの周囲の人々(友人たち)だけがそれを読むことができるのです。この観念——予感された——がシュルレアリストの〈友愛〉に、ほとんど文字どおりの、ある重要性を与えているのかもしれません（普通彼らの連合はテロリズムとしか考えられていませんが）。シュルレアリストの連合はそれ自体文字どおりの空間だったのです。しかしながら問題なのは、生きられたテクスト性（そこにおいて本と人生との対立、実践と思索との対立が廃止されるのです）が彼らにおいては、知られているかぎり、〈文学的な〉スタイルを持っていたことです。行動に移されたシュルレアリスムはいつでも〈身振り〉であり、〈フィクション〉ではなかったのです。

あなたは「声に出されたエクリチュール」とおっしゃいました。例としてアルトーとソレルスをあげておられます。しかし『磁場』やデスノスはどうでしょう？

もちろんです、どうしてそうでないことがありましょう。文学の一般論について話しだすと、いつでも誰かを忘れてしまいます。無知でしょうか？　図々しさでしょうか？　あるいはむしろ、文学については、科学の約束を果たすことの不可能性。規則と具体例との、ラングとパロールとの完全で申し分のない適合の不可能性でしょうか？　わたしの忘却のうちには、なにか隠れているのかもしれません。無限の違いが。

『コティディアン・ド・パリ』紙、一九七五年五月。
聞き手はダニエル・オステール。

フローベールによる『ブヴァールとペキュシェ』はいささかなりともマラルメの来るべき書物の試みと同じ試み、しかし反転された試みではないでしょうか？　フローベールは『ブヴァールとペキュシェ』の後に誰も筆を取らないことを望んだのであり、マラルメはあらゆる可能な書物を内に含むような書物を作ることを願ったのです。

一八世紀、一九世紀のそして二〇世紀の百科事典は知の、あるいはさまざまな知の百科事典です。ところで、その歴史の真ん中に、フローベールという瞬間、『ブヴァールとペキュシェ』という瞬間があります、それはファルスの瞬間です。百科事典はそこでは取るに足りないもの、ファルスとして捉えられています。しかしこのファルスは、裏面では、とても真剣なあるものに伴われています。知の百科事典の後に言語活動の百科事典が続いているのです。フローベールが『ブヴァールとペキュシェ』において記録し、探し当てたものは言語活動なのです。

もちろん、さまざまな知に対してそれはファルスであり、また言語活動の問題が隠されているのですから、あの本の調子、〈エートス〉はたいへん不確かなものです。それが真剣なのかそうでないかは決してわかりません。

それにフローベールは書簡で、わたしが読者を馬鹿にしているかどうか決して読者にはわからないだろうと言っています。

それはそもそも『ブヴァールとペキュシェ』について誰もが一致している意見です。書物を真剣なものだと捉えれば、うまく行きません。反対のオプションでもうまく行きません。単純に言語活動が真理の側にも誤りの側にもないからなのです。それは同時に二つの側にあるのであり、それで真剣かどうかを知ることができないのです。それだからフローベールの本質そのものとわたしには思える書物、『ブヴァールとペキュシェ』のフローベールを決定することが誰にもできなかったのです。フローベールはそこでは同時にまったく明確でありそしてまったく不確かな「発話者」として姿を見せているのです。

それはフローベールが愚かしさと呼ぶ混合物ではないでしょうか？

それは愚かしさに関係しています、しかしこの語に魅惑されてしまってはいけません。わたし自身フローベールにおける愚かしさを研究していて魅惑されましたが、重要なものはおそらく他にあるということに気づきました。『ブヴァールとペキュシェ』において、また『ボヴァリー夫人』において、さらには『サランボー』においてはいっそう、フローベールは、文字通り、言語活動を詰め込まれた人間として姿を見せるのです。しかしこれらの言語活動すべてのうちで、結局のところ、他のものに勝るものはないのです、主人である言語活動はないのです、他のものを傘下に収めるものはないのです。また、フローベールが愛した書物は小説ではなく、辞典だったのではないでしょうか。そして『紋切型辞典』というタイトルのうちで重要なのは、「紋切型」ではなく、「辞典」なのです。その点で愚かしさというテーマはルアー〔擬餌〕のようなものです。フローベールの暗黙の重要な書物は、例えばリトレ辞典の項目にあるような、慣用語法の辞典、言葉の辞典なのです。

それに辞典は筆写というテーマに関係しています、それによって『ブヴァールとペキュシェ』は始まり、終わるのです。なぜなら、他者の言葉を筆写するのでなければ、辞典とはいったい何なのでしょう?

たしかに。そもそも筆写というテーマが重要です。一七世紀末のピエール・ベール『歴史批評辞典』のように、たいへん興味深い筆写された辞典が過去にはありました。しかしフローベールにおける筆写は純粋に反射に基づく、空疎な行為なのです。ブヴァールとペキュシェが、巻末で、再び筆写にとりかかるとき、身振りを行うことしか残されていません。何でも筆写するのです、手の動きをとどめているかぎり。

それは真理の危機の歴史的な瞬間です、それは例えばニーチェのうちにも現れるものです、ニーチェとフローベールの間には何の関係もありませんが。それは言語活動がいかなる保証も与えないと気づく瞬間です。言語活動のいかなる審級、いかなる保証もないのです。近代の危機が始まるのです。

レヴィ＝ストロースのすばらしい表現によれば、書かれたものはすべて「意味を患って」いるのです。

です。生産がたんに無意味だというのではありません。それは意味を患っているのです。意味はありません、しかし意味への夢想のようなものはあります。言語活動の無条件の喪失が始まったのです。もはやかくかくしかじかの理由があって書くのではありません、そうではなくて書くという行為は、今日シニフィアンスと呼ばれる、意味への欲求によって動かされるのです。言語活動のシニフィカシオンではなく、シニフィアンスなのです。

フローベールを出発点とする、バルテルミー・モーリスの中篇『二人の書記』では、ブヴァールとペキュシェのように、最後に二人の書記は再び筆写を始めます。しかしブヴァールとペキュシェとは反対に、彼らはそれぞれが筆写したものを相手に読み聴かせます。ここには口述という形のもとで、言語活動が再び姿を見せているのではないでしょうか。

それは『ブヴァールとペキュシェ』の、同時に謎めいていて幾人かの人たちに激しい反感を引き起こす、二つ目の特徴に関係します。それがサルトルを始め、多くの人たちが嫌悪する書物であることはあなたもご存知でしょう。『ブヴァールとペキュシェ』において、多くの人たちが気詰まりを感じるのは、言語学の専門用語で、語りかけの面と呼ぶものがないからです。誰一人として誰にも語りかけないのです、そしてメッセージがどこから始まり、どこに向かうのかわからないのです。そもそも二人の人物は愛し合う一つの塊を形成しているのですが、彼らは鏡像の関係にあります。そもそも二人を区別するのにたいへん苦労します。そして実際に、注意深くこの書物を見てみると、彼らは決して言葉を語りかけることがないのです。さらにこのカップル、二人が形成するこの愛し合う塊は、そこに読者が自分を投影することさえできないのです。それは遠くにあり、冷ややかで、読者に語りかけることがないのです。その書物はわたしたちに語りかけることがありません、それがまさにサルトルに気詰まりを感じさせた可能性のあるものなのです、サルトルは『紋切型辞典』についてこんな風に言っています。「奇妙な著作。千以上の項目、そして誰が標的になっていると感じるだろう？　誰もいない、ギュスターヴを除いては。」さらにはギュスターヴ自身も標的にはなっていないのです、彼は「主体」ではありません。わたしにとっては、魅力的なものはこの語りかけ、宛名――三人称であっても、書かれたすべての書物に存在する――の喪失なのです、なぜならそれは精神病患者のディスクールの萌芽なのですから。

精神病患者は、話すときに、語りかけはしません、それで『ブヴァールとペキュシェ』は、まったく伝統的な外装でありながら、語の本来の意味において、狂気の書物なのです。『ブヴァールとペキュシェ』において同様に注目すべきは、贈与の喪失です。ブヴァールとペキュシェは何物も与えることがありません。糞便でさえも、それは今日贈与物とみなされるのですが、彼らは堆肥を作るためにそれを回収するのです。それはこの書物の中でも有名なエピソードです。すべてがたえず交換され、すべてが交換として予想され、告げられるのですが、この交換はたえず不首尾に終わります。それは消費のない、反響のない、つや消しの世界なのです。『ブヴァールとペキュシェ』における、フローベールの技法は省略法です、ですからその点では古典的なのですが、そこでは省略はいかなるほのめかしにも対応していないのです。残余のない省略。それは古典的で人文主義的な意識にとって、そして今日のありふれた意識にとってさえ、想像もできないものです。それは、文字通り、前衛の作品です。

言語活動が存在し、人間がもはや存在しないというような。

そうです。そのような言い方で、あなたは非常に現代的な動きを規定なさっているのです。

フローベールが『ブヴァールとペキュシェ』とともに精神病に行き着いたのだとしたら、彼の文体、文をめぐる苦悩はすべて完全に神経症的なものです。

古典的な遺産を受け入れ、フローベールは文体の鍛錬という観点のうちに身を置きました、それはホラティウスそしてクインティリアヌス以来の規範です。作家とはその言語活動を鍛錬し、その形式を鍛錬する者です。フローベールは並外れてこの鍛錬を押し進めました。例はいくらでもあります。五ページを訂正するのに八時間を費やしたと語るとき、『ボヴァリー夫人』では、四ページにまるまる一週間かかったと語るとき、たった二行を追い求めるのに月曜と火曜のまるごとを過ごしたと語るときなど。この形式の鍛錬は「すさまじいもの」というカテゴリーに関わります。すさまじいものとは、書く人の全体的で執拗な犠牲を表象しています。フローベールは二五歳でクロワッセに引きこもりました。そしてこの蟄居は、彼の書斎に欠くべからざる家具であるベッドによって象徴化され寓意化されます。着想が湧かないとき彼はそこに身を投げ出しました。フローベールはそれを「マリネード」と呼んでいました。

この文体の鍛錬において、フローベールは二つのことのほか重い十字架を背負っていました。偏執狂的な語の繰り返しの排斥と文の脈絡です。そしてこの執拗な鍛錬のアリバイは価値としての韻文に価値としての散文を置き換えることでした。散文は韻文と同じぐらい産み出すのに複雑だと言ったのはフローベールが最初です。

この鍛錬はすべてある物のまわりに構成されます、それはフローベールによってとても特異なものになります。それは文です。フローベールの文はあらゆるものを備えた物です。それは同時に文体の単位であり——従って言語学的ばかりでなく、修辞的な——、それは仕事の単位であり、なぜなら文の数で日々を測るのですから、そして人生の単位であるのです。彼の人生は文のうちに要約されるのです。理論と実践において、フローベールはプルーストが確かに見てとり、文の〈特別な物質〉と呼んだ、ある概念を練り上げることができたのでした、この特別な物質はプルーストも気づいていますが、バルザックには見られないものです。バルザックの文がフローベールの文と違ってそれと分からないことは信じられないほどです。そのことの証拠は、プルーストの文体模写のうちで、——それは文体についてのたいへん重要な理論的分析ですが——他のすべての文体模写を凌駕するのはフローベールの文体模写なのです。表現の両義性を弄び、フローベールは「文を作ること」に生涯を費やしたと言うこともできるでしょう。フローベールの文は完全に識別できる物なのです。ある時、フローベールは言っています。「さてかくも平板で穏やかな、わたしのあわれな人生をまた始めるとするか、そこでは文が冒険なのだ。」どうしてこのフローベールの言葉が彼の人生にとって、そしてわたしたちの文学の歴史にとって運命の役割を果たしたのでしょうか？ なぜならそれは、台座の上に置かれたように、あらゆる言語活動の矛盾を提示するからです。つまり文は構造化可能であり（チョムスキーに至るまで、言語学はそのことを証明しました）、それが構造を持っているのですから、それは価値を問います。よい構造と悪い構造があるのです、ですからフローベールは偏執的にこのよい構造を探し求めたのです。他方文は無限でもあります。一つの文を終わらせることを強いるものはありません、それは無限に「触媒作用を引き起こすことができる」のです、たえず何かを文に付け加えることができます。そしてそれは、私たちの人生の最後までです。例えばマラルメが『骰子一擲』で原理として提示したことです。フローベールのすべての目くるめく陶酔は、相矛盾していますが同時に保持される次の二つのスローガンに集約されます。「文を終えるために仕事をしよう」、そして、他方、「それは決して終わることがないのだ」。

フローベールは、文体の鍛錬によって、最後の古典的な作家です、しかしその鍛錬が並外れ、目がくらむほどであり、神経症的であったため、エミール・ファゲからサルトルまで、古典的な知性に不快感を与えたのです。そのことで彼は最初の現代的な作家になったのです。なぜなら彼は一つの狂気に到達したのですから。それは表象の、模倣の、写実の狂気ではありません、そうではなくてエクリチュールの狂気、言語活動の狂気なのです。

『マガジン・リテレール』誌、一九七六年一月号。
聞き手はジャン＝ジャック・ブロシエ。

エロスのフィギュールの大修辞家

サドをフーリエ、ロヨラと並置する、これはロラン・バルトにとって躊躇するほどのことではない。三者ともに一つの言語を考案したのであるから。また、彼らの作品は、それぞれ、エロスのフィギュール、情念、祈りのための独自の記号の集合体なのだから。サドは、フーリエ、ロヨラに伍する偉大な作家である。さらには、ピカレスク・ロマンという、それまでフランス文学になかった側面をサドがもたらしてくれたのである。

サドが作家として初めて認知されるようになったのは、二〇世紀になってからだと思います。サドは一九世紀には恐るべき悪魔にすぎず、どこにでもいるが隠れている存在でした。一八世紀末は、一介のポルノグラフィーの作家としか見なされていなかった。サドはなぜ、二〇世紀になってからエクリチュールの舞台に現れたのでしょうか？

サドの命運については、かつてエティアンブルがランボーについて行ったような、一種の神話論的研究をするべきでしょう。ランボー神話が存在するのと同様、サド神話が存在します。サドは、一九世紀末にようやくその煉獄から出てきました。レオン・ブロワのサドについてのみごとな文章をいくつか読んだ記憶がありますが、そのイデオロギーは当時の伝統的なイデオロギーを超えるものではなかった。たとえブロワの書いたものがサドを認知するのに役に立たなかったとしても、ブロワはとても興味深く、物見高くて奇妙な人物でした。それに、アポリネールもいましたね。
ブロワに端を発した神話論的な系譜は、多くの変化をこうむってクロソウスキーに至るでしょう。彼はサドを一種の絶対的な作家と見なしています。さらには、とりわけここ数年間に目立つ神話論的な傾向として、サドを侵犯者と見なす流れがあります。侵犯のテーマをエクリチュールのテーマに結びつけ、ついに侵犯行為をエクリチュールの上に噴出させるに至った作家だ、というわけです。

その系譜はブランショに発するものでしょうか?

そうです。この系譜は、バタイユと〈テル・ケル〉グループを経由するものでしょう。この両者のニュアンスの差は無視できないものですが、ここでは簡略にしておきましょう。これまでの歴史家が一度も試みたことのない文学史のエスキス、すなわち時代ごとに異なる、なかば集合的なある作家についてのイメージを通してみた神話論的な歴史の素描をする必要があるでしょう。

あなたはサドについてのエッセーを書き、それをロヨラ論、フーリエ論と併せて一冊の書物にされました。たとえばレティフ・ド・ラ・ブルトンヌではなくて、なぜサドを選ばれたのですか?

サドがわたしの興味を惹くのは、その侵犯者的な様相でもなければ、ニーチェ的な様相でもなく

(「ニーチェ的」とカッコ付きで言います。じっさい、サドとニーチェとの間にはあまり深いつながりはないのです)、エクリチュールにかかわる様相なのです。彼はエクリチュールによって、きわめてよく構成された小説の構造(それはまたエロスの構造でもありますが)をうち立てました。そこに現れるフィギュールは、エロスのフィギュール、すなわち体位であり、レトリックのフィギュール、すなわち文飾でもあります。言ってみればサドは、エロスのフィギュールの大修辞家なのです。

今日、作家サドについて語る場合、サドはいまだ一般的には作家として認知されていないということを明確にしておく必要があります。彼はエクリチュールの生産者-侵犯者としては認知されていますが、一般の人々はまだ彼を作家たちのパンテオンに祀ることは考えていない。彼は文学史の中に定位置を(ほとんど)占めていないのです。

口には出さないけれど、だれもが思っていること、すなわちサドは退屈で、読むにたえない、等々については?

「サドはとても退屈だ」というのはポンピドゥーの言葉です。たしかにサドの文章は繰り返しが多い。しかし、『ソドムの百二十日』(全編の四分の一しか書かれていない)はべつにして、わたしは『ジュリエットあるいは悪徳の栄え』を偉大なロマンだと考えます。これは、フランス文学にかつて日の目を見たことのない偉大なピカレスク・ロマンなのです。サドは例外的な存在です。そしておそらくプルーストもまた例外でしょう。プルーストをピカレスク・ロマンの作家、断章の、終わりなき旅の、際限のないエピソードの小説家と見なすこともできるでしょう。わたしがサドを好むのはこの点です。つまり、このけっして終わりのないロマネスク、この自給自足の世界に病みつきになったのです。一九世紀にもたしかに、たとえばバルザックやワグナーのような、巨大な世界の創造神話がありました。しかしそれらはつねに「順応的」な創造神話だった。サドの創造したロマネスク宇宙は、きわめて反復的で、構造化されたものであるとともに、きわめて斬新なものであり、異議申し立ての哲学の大いなる論争の中に位置づけられるものです。

サドがまだ作家として認知されない事態をどう説明されますか？　彼の倫理観が依然としてスキャンダルの種なのでしょうか？

そう思います。それだけのことです。そして彼を作家として認知するには、二つの面を問題にすべきでしょう。一つは、わたしにとっては自明のことですが、物語の上手な語り手という側面であり、もう一つは、手本のような文の書き手という側面です。エロティックな話の展開において、サドの文は、信じがたいほどの美しさ、端正さを示します。いわゆるポルノ小説と比較してご覧なさい。その差が文体に由来することがおわかりになるでしょう。大作家とはどういうものか、ということを体験するのはこのようにして可能なのです。

おそらくそのような差は、サドがエロティックな文において、適切な語を、適切なリズムで、「侯爵夫人は五時に外出した」と人が書くときの、あの確かな平静さでもって用いているからなのでしょう。

じっさいサドは、文学において、レトリックにおいてきわめて、希有なものを作りました。いわば完璧に明示化されたエクリチュールというものです。サドが性行為を文として記述するとき、そこにはいかなる意味でもコノテーションは存在しない。彼の文はつや消しの文なので、いかなる象徴表現の介入する余地もない。たとえば、読者への目くばせはいっさいありません。象徴表現が逃避行であるとするならば、サドのエロティシズムは完全に反象徴主義的なものです。その証拠に、象徴主義がそのディスクールを設立するのに原型的なものを必要としたときに、「サディズム」なる語を案出したのです。

フィリップ・ロジェの著作『サド、圧搾機のなかの哲学』を念頭に置いて言うのですが、今日、サドの思想を限定するような読解が見られると思います。すなわち、サドの物語作者とかロマネスクの創造者とかいう面をないがしろにして、彼を一人の修辞家に限定する傾向のことです。

わたしはあなたとは別の考えです。今こそ勇気をもってサドの領域に介入し「モダニズム」的な注釈や読解を捨てるべきである、と考えます。ブランショ、バタイユらのあとを継ぐ論者たちは、同様の趣旨の言説を繰り返すだけでした。フィリップ・ロジェは、このような筋書き、このような伝統を断ち切ったのです。正当な評価を下さなかったということではなく（このような伝統を彼がよく知っていたのは明白です）、言わせてもらうならば、それを「ジャーゴン」で語るのをやめたのです。もう一方では、彼の研究には（いい意味での）社会学的な価値があります。サドの時代の文学的・修辞的な風土の中に作者を置き直したからです。文学史研究家の仕事はすべからくこのようであってほしいものです。系譜とか流派とかの御託を並べる前に、ある時代のイデオロギー的、文学的風土、ある作家の修辞修業について調べて再現してほしいものです。他の伝統がもたらしたものを過小評価することがあってはなりませんが……

しかし、物語の語り手としてのサドの非凡な才能を等閑視するのはもったいないことです。

フィリップ・ロジェの狙いがそこにあったとは思いません。しかし、記号学者にとってサドの語りの構造を綿密に研究するのは、たしかに興味深いことでしょう。

欲望する機械と物語る機械とは、同じ一つの機械であることを忘れないようにしなければ。

表象作用のレベルでは、エロティックな場面と作者の長談義とが展開する奇妙なリズムも考慮に入れて……実際これらの要素は、たがいに相手から意味を引き出し、語りという織物の縦糸と横糸としてたえず交代しているのですから。交代することをやめない、言語のこれら二つの大きな断片の作用を間近で観察する必要があるでしょう。

なぜサドをフーリエとロヨラとに並置されたのでしょうか？

原稿の注文という状況もありますが、わたしが本の序文で正当化しようとしたことは嘘ではありません。三者ともそれぞれ一つの言語を、すなわち単位の体系、フィギュールの体系を彫琢したということ、彼らの作業の全体がこのような体系の再現であるということです。一つの言語を考案しようとする者は、意味の諸単位を採用し、その組み合わせと統辞法を打ち立てる必要があります。彼らはそのことを成し遂げたのです。

ロヨラは瞑想のフィギュール（その大部分は多少なりとも神秘的な幻想でしたが）を組み合わせて、彼の神秘主義の言語を作り上げました。それというのも、ロヨラの神秘主義は、たとえば十字架の聖ヨハネの神秘主義とは別のものだからです。従来の古典的な神秘思想家は言語の彼方にあるものをめざしました。言語は彼らにとって敵であったのです。それとは逆に、ロヨラは全精力を傾注して言語とイメージを創造し、黙想者に言語をあたえようとした。ロヨラは宗教的黙想の言語を創造したのです。

フーリエについては、言うまでもないことですが、（一六二〇もの）情念を組み合わせて、そこからさらに複雑な単位・系列・文を引き出そうとしました。フーリエ的共同体ファランステールは、いわばディスクールのようなものです。

サドのなかにも言語創立の意図が見られます。

同じことになるでしょうが、この三者ともどもに、古典主義的態度を、すなわちロマン主義を拒否する姿勢をもっているのではないでしょうか？　ここで古典主義というのは、それを超えてはもう先には進めないような一つの言語を断固として構築する姿勢のことなのですが。

広い意味でのロマン主義のなかには、構造論的な、すなわち言語をつくるような作品があるのではないだろうか、と求めるのもおもしろいでしょう。一見したところ、ロマン主義的なアプローチは換喩よりも隠喩を重視するので、組み合わせには力を入れないように思えるのですが。

さらにロマン主義は、どのような組み合わせであっても、それが伝えようとするものを伝えるには不十分である、と考えています。

一見したところ、問いかけてみるべきロマン主義的なアプローチが一つあって、それはワグナーのものです。ワグナーの世界には、構成要素についての、テーマについての強迫観念があるのです。

サドの系譜に位置づけられる、きわだって古典的な作家が一人いるように思うのですが。ロブ＝グリエです。

そうですね。ただ、ロブ＝グリエの世界はたしかに組み合わせでできていますが、倒錯の世界であることを明示しています。これに対してサドの世界は、なんであるにせよ、性的な倒錯に還元することはできない。神経症の病名としては分類できない。サドは精神医学を、精神分析学をゆさぶるのです。これぞまさにサドの過激さの証拠です。

サドの場合も、フーリエ、ロヨラの場合と同様に「ファンタスム」なる語を使っておられますね。

わたしはこの語を、ラプランシュとポンタリスが『精神分析用語辞典』で定義した意味においてたびたび——いささか用い過ぎるくらい——用いています。「ファンタスム」なる語をいろいろな作家に使いやすい理由は、主体が自分の欲望のままにそこで動くシナリオとしてファンタスムがあるからです。この定義はきわめて単純であって、さまざまな場面にふさわしいものです——シナリオから場面へといとも簡単に移行できるのですから。イグナティウス・ロヨラの場面、フーリエの場面、サドの場面は、実際に主体がそのなかで自分の欲望のままに動く、欲望を満足させるために動く（もちろんそれは幻想的な満足感ですが）シナリオなのです。フーリエとロヨラとは、イデオロギーの点ではまったくかけ離れているのですが、欲望のままに書くという共通点、彼らの欲望に応じた言語、欲望の言語を作るという共通点をもっています。

『マガジン・リテレール』誌、一九七六年六月号。
聞き手はジャン＝ジャック・ブロシエ。

知識人は何の役に立つのか？

構造主義、文学の記号学の創始者ロラン・バルトは、ミシェル・フーコー、ピエール・ブーレーズに続き、コレージュ・ド・フランスの教授に就任した。『零度のエクリチュール』および『現代社会の神話』の著者として、ロラン・バルトはすでに一九五〇年代から、サルトル、カミュに続く世代の最も独創的な思想家と見なされてきた。ブレヒトの擁護者、とりわけ古典作品（ミシュレ、サド、フーリエ、バルザック、さらにはピエール・ルイス）の注釈者であるバルトは、文学と哲学の解釈に関する新たな方法を発見し、それは一つの流派をなした。彼は高等研究院の教授を長年にわたって勤め、心底からの教育者でありながら、感情を表に出さない人であるが、まさにコレージュの文学の記号学講座の開講講義を述べようとする時期に、ベルナール＝アンリ・レヴィによるインタビューに応じてくれた。

あなたの姿を公の場で見かけること、あなたの声を聴くことはあまりありません。著作は別にして、われわれはあなたのことをほとんどなにも知らない。

それが本当だとすれば、その理由はわたしのインタビュー嫌いということにあります。わたしは二つの危険にはさまれているように感じるのです。非主観的なやり方で立場を表明することにより、みずから「思想家」を気取っていると思われるか、あるいはひっきりなしに「わたし」と言い続けて「自己中心主義」であると糾弾されるか、の板ばさみです。

しかし『ロラン・バルトによるロラン・バルト』のなかで、あなたはご自分のことを語っておられます。あなたの幼少期と思春期については多くを語っておられるのに、そのあとのバルトについて、エクリチュールと名声を獲得した円熟期のバルトについては奇妙な沈黙を守っていますね。

それは、だれもがそうであるように、わたしもまた自分の幼少期と思春期のことをいちばんよく覚えているからです。できごとの日付を覚えています。そのあとの年代については、逆に奇妙なことが起きて、思い出すことができないし、日付を覚えていないのです。まるで自分の起源についての記憶しかないかのよう、記憶のある唯一の時代は思春期に占められているかのようです。そうなのです。思春期からあとの人生は、わたしにとっての巨大な現在、切り分けることのできない、遠近法の通用しない現在を構成しているのです。

ということは、文字通りあなたには「伝記」がない、ということになりますね……

わたしには伝記がありません。あるいはもっと正確に言うならば、最初の文章を書いた日から、わたしは自分の姿が見えなくなった。自分の姿を想像すること、自分をイメージ化することができなくなったのです。

そのために『ロラン・バルトによるロラン・バルト』においては成年期のあなたの写真がないのですね。

本に写真が載っていないだけではありません。成年期の写真はほとんどもっていないのです。さらにこの書物は、大きな太い線で二分されています。自分の若い頃についてわたしはなにも語っていない。わたしは思春期を写真に閉じこめたのです。まさしく思春期とは、記憶の時代、イメージの時代なのですから。そのあとの年代については、逆にイメージを用いて語ることはしなかった。写真をもっていないから。すべてはエクリチュールが表現してくれるのです。

この切れ目はご病気のせいでもありますね。すくなくとも、いずれも同じ時期に当たります……

わたしの場合は「病気」と言ってはなりません。「結核」と言うべきです。当時、つまり化学療法の発見前は、結核というのは、ほんもののライフスタイル、存在の有り様、ひとつの選択とも呼べるものでした。極端に言うならば、トーマス・マンの『魔の山』の主人公ハンス・カストルプのように、このような生活への転向を想像することもできたのです。結核患者は、一生をサナトリウムで過ごすことを、あるいはサナトリウム関連の仕事について過ごすことを、真剣に考えたものです（わたし自身もそう考えていました）。

時代から隔絶された一生、時代の危険性から保護された一生、ということですか？

すくなくとも修道院の生活に近いライフスタイルだと言えるでしょう。修道院におけるかのような規則的な生活、厳密な時間的制約のもつ興趣です。わたしはこの気がかりな現象に今でもつきまとわれています。そしてこの現象について今年のコレージュの講義でもふれるつもりでいます。

病気とは、なにやら人を損ない、妨げ、切断するものであると一般に言われています。病気がプラス材料として、エクリチュールという実践にもたらしてくれるものについて語る人はめったにありません……

その通りです。わたしの場合、実社会から切り離されて五、六年をすごしたことは、それほどつらいことではなかった。たぶんわたしには「内面性」に、読書という孤独な作業に向かう心的傾向があったのでしょう。闘病生活がわたしに何をもたらしたか？　文化の一形態であることはたしかです。それは「一緒に生活する」という経験です。その特徴は、友情の激しい高揚、自分のすぐそばにいつも友人がいて、けっして離ればなれになることがないという安心感です。そしてまた、ずっとあとになってから感じたのですが、自分の実際の年齢よりもつねに五、六年若いと思う奇妙な感情があります。

その当時から、書いておられたのですか？

読書なら大いにやったものです。たとえば、二番目のサナトリウム滞在の時期に、わたしはミシュレの全著作を読みました。その代わり、書いたのはわずかです。二本の論文、ひとつはジッドの『日記』について、もうひとつはカミュの『異邦人』について書いただけです。二番目の論文は、『零度のエクリチュール』の萌芽形態でした。

ジッドとはお知り合いだったのですか？

いいえ、知り合いではありません。でも一度だけ、「リュテシア」というブラスリーで遠くから見たことがあります。彼は西洋梨を食べながら、本を読んでいました。ですから、知り合いではありません。でも、当時の多くの若者たちと同様、彼に興味を抱かせる点がわたしにもいろいろとありました。

たとえば?

ジッドはプロテスタントでした。ピアノを弾きました。欲望について語りました。作家でした。

あなたにとって、プロテスタントであるということは何を意味しますか?

むずかしい質問です。なぜなら、信仰が空虚であるとき、その刻印、イメージしか残らないからです。そしてイメージをいだくのは他人です。わたしがプロテスタントらしく「見える」かどうかは、他人が決めるのですから。

うかがいたいのは、あなたの修業時代に、そこから何を引き出したのか、ということです。

大いに譲歩し、最大の慎重さでもってわたしが言えること、それは、思春期にプロテスタントであるということは、内面性、内的言語（主体がコンスタントに抱いている言語）へのある種の嗜好、あるいはある種の倒錯性をもちうる、ということです。それに、これは忘れないでいただきたいのですが、プロテスタントであることは、聖職者とは何か、祈りの文句とは何かについていっさい考えない、ということでもあります。けれどもそんなことは、精神構造を研究している社会学者にまかせておけばいい。いまだに彼らがフランスのプロテスタンティズムに関心をいだいているとして、ですが。

あなたのことを「ヘドニスト〔享楽主義者〕」と呼ぶ人がいます。それは誤解でしょうか？

享楽主義とは「悪」であり、評判がとても悪い。この言葉がこれほどに貶められているのは信じがたいことです！　この世でだれひとり、いかなる哲学も、いかなる教養も、この言葉をあえて引き受けようとはしない。それは「いやらしい」言葉なのです。

しかしあなたはこの言葉を引き受けられますか？

おそらくは新たな言葉を見つけるべきでしょう。なぜなら、享楽主義が一つの哲学であるとしても、その根拠となるテクストはきわめて脆弱なのですから。テクストはなくて、一つの伝統があるばかりです。テクストがこんなにも不安定で、伝統がこれほどに弱い場所に自分を位置づけるのは無理というものです。

「エピキュリズム〔快楽主義〕」という言葉もありますが。

はい、でもずいぶん昔から禁止語になっています。

ずいぶん「道徳」をおもちなのですね……

ええ、それはいうなれば感情的関係の道徳でしょう。でもそのことについては、言うべきことがありすぎて、なにも言えないのです。「燈台下暗し」と中国のことわざにもあるように。

あなたはけっして、性愛について語られることがない……

むしろわたしは「官能」について語ります。

じつは、性についてたまに話されることがありますが、それは性の重要性を過小評価するためです。たとえば、あなたの本にはこんな文があります。「彼の考え方を形成した問題とは、おそらく金銭であって、性ではなかった」……

わたしがそこで言いたかったのは、本当の意味で性的禁止について悩んだことはない、ということです。たしかに今から四〇年前は、性的禁止は現在よりもはるかに重くのしかかっていました。わたしは率直に言って、ある人たちが規範のもつ支配力に憤激していることに、驚くこともあります。もちろんそのような支配力があるということを否定はしませんが、それが及ばない隙間もあるのです。

どんな奇蹟のおかげで、そこから逃れられたのですか？

逃れたのではありません。ただ、わたしの場合は、愛情の状態がつねに優位を占めていたのです。その結果として、「禁じられたもの」の観念に対して、つねに「拒否されたもの」の観念が取って代わったのです。わたしを悩ませたのは、禁じられることではなく、拒否されることでした。この二つはまったく違います。

「官能」の問題にもどりましょう。あなたは、文学、音楽、オペラ、料理、旅行、あるいは言語について、まるでそれらが等しい快楽であるかのように、等しい幸福感でもって話をされますが……。

いつもそうだとは言えません。たとえば、音楽とオペラは大いに異なるものです。わたしは音楽を聴くのが好きで、たくさんの音楽を聴きます。しかしわたしにとって本当に重要なのは、音楽をすることです。昔は歌うことであり、現在ではピアノを弾くことです。オペラはまたべつのものです。言うなればそれは、一つの祝祭、声の祝祭なのです。わたしはオペラに心を動かされますが、熱狂的なファンではありません。

それは「全体的なスペクタクル」でもありますね。

はい。でも、わたしがオペラを個人的に楽しむのは、そのような角度からではない、と言っておきましょう。おそらくオペラの愛好者には二つのタイプがあるようです。音楽から出発してオペラを楽しむタイプと、オペラそのものから出発して楽しむタイプとがあり、わたしは前者に属します。わたしがオペラを楽しむ際に二つの時機があり、その二つは非連続なのです。一つは、演出から受ける直接的な驚きで、わたしはそこでは一種の覗き屋となります。もう一つは、音楽と声との内面化された快楽です。このような第二段階になって初めて、わたしは目を閉じて、音楽的快感を楽しむことができるのです。

要するにあなたは、オペラは音楽ではない、にもかかわらずオペラで味わうのは音楽である、とおっしやりたいのでしょう?

はい、さらにそのことはわたし自身がオペラの愛好者だと思っていない理由でもあります……たとえば、この夏、初めてバイロイトに行き、そこで一週間を過ごしました。熱中した一週間ではありましたが、音楽にはうんざりしました。なぜなら、ワグナーのオペラ以外のコンサートがなかったからです。

旅行にまつわる個々の魅力とはべつに、旅行そのものはお好きですか?

昔は大好きでした。今は少し愛着が減っています。かつては、少しの時間的・経済的な余裕があれば旅に出ていた時期がありました。自分の好みの国へ(それは歳月とともに変化するものですが)。最初はオランダが、次にイタリア、モロッコが好きになりました。近年は、日本です……

わたしの想像ですが、その土地に見出されるものにあなたは身を任せる……

おそらくそうでしょう。しかし、文化的な名所旧跡に引きつけられたことは一度もありません。オランダでの絵画は例外として。旅行中のわたしの興味をいちばんそそるのは、生きる術の断片であり、わたしはそれを行きずりに捉えるのです。安易で不透明な世界に潜ってゆく感覚(旅行者にはすべてが安易なのですから)。下種《げす》な潜水行為ではなく、たとえば(わたしにはその音声しか聞き取れない)ある言語のなかへの肉感的な潜水のことです。ある言語がわからないということは、とても気の休まることです。そのことにより、あらゆる卑俗さ、愚劣さ、攻撃性が除かれるのですから。

要するにあなたは、旅行とは、放心状態で霊感を受ける民族学の一手段であると考えておられるのでは……

まあそんなところでしょう。たとえば東京という都会は、それ自体が驚くべき民族学の素材です。わたしは民族学者の情熱を抱いて出かけてゆきました。

そのような態度は、人間関係においては違ってくるのでしょうか？

はっきり答えましょう。旅行とは、わたしにとって冒険でもあります。一連の可能性の冒険、大いなる強度を帯びた冒険なのです。それは恋愛の危険な兆候に似ていることは明らかです。

話そうとなさらない旅行がありますね。いちばん最近の旅行なのに……

はい、わかっています。中国のことですね。かの地で三週間を過ごしました。毎度のように企画用意されて、模範的なプランにのっとったものでした。私たちはいくらか特別の敬意をいだいている者だったはずなのですが。

帰国されてからほとんどなにも書いておられませんね。なぜですか？

ほとんど書いていませんが、非常に大きな注意力と激しい気持ちでもってすべてを見聞しました。それはそれとして、ものを書くためにはもっと別のものが必要です。見聞したもののほかに、なにか塩のようなものが必要です。それが見つからなかった。

しかし、中国〔シーヌ〕には〈記号〔シーニュ〕〉は不足していないはずです！

もちろん、その通りです。いま言われた洒落は無駄ではありません。記号は、それがわたしを誘惑したり挑発したりしてくれる場合にのみ、わたしにとって大事なのです。それ自体のままではなんの意味もない。記号を読みたいという欲望を抱くことが必要なのです。わたしは解釈学者ではありません。

それで、あなたが北京から持ち帰ることができたのは、〈中性〉についての記事ひとつだけ〔「では、中国は？」〕、ということですか……

じっさいかの地では、エロス、官能、あるいは恋愛の領域における備給の可能性はまったくありませんでした。偶発的な事情によるものだということは認めます。構造的な理由もありましょう。とくに体制のもつ道徳至上主義を考慮に入れてのことですが。

さきほど「生きる術の断片」と言われましたね。生きる術とは、食事の仕方、文化的事象としての食事をも含んでいます。

文化的な事象としての食事は、わたしにとって少なくとも三つの意味があります。まず母性のモデルの魅力あるいは趣味です。母親がこしらえたり計画したりするような食事、これはわたしの好きな食事です。次に、そこから出発して、新奇なもの、突飛なものへと向かう逸脱をわたしは評価します。わたしは新しい料理として提示されるものの魅力に逆らうことができません。そして三番目は食卓での居心地の良さ［コンヴィヴィアリテ］というわたしがとくに敏感な側面で、これはみんなで会食をするという行為に結びつきますが、それには仲間の人数が少ないという条件がつきます。食卓の人数が多すぎると、食事が退屈になり、食べるのがいやになるか、その反対に、退屈をまぎらせるために食べ過ぎるか、ということになります。

さきほどはっきりとは答えていただけなかったのですが、あなたの生き方を形成する問題として、性よりも金銭のほうが重要であったと書かれる場合、それは正確には何を意味するのでしょうか？

それはただたんに、わたしが貧しい青少年時代を過ごしたということです。食べるものにもしばしば事欠いたのです。たとえば、セーヌ通りの食料品店に三日間続けて、わずかなパテとジャガイモを買いに行かねばならなかったのです。毎月の生活の節目は、家賃の支払期日でした。毎日母がきつい労働をし、製本の仕事をするのを見てきました。母はまったくそういった仕事に向いてはいなかったのです。あの時代、貧乏は、生存の輪郭を描いていました。もはや今日のフランスでは考えられないことですが……

もともとあなたはブルジョワ家庭の出身であっただけに。

元来はブルジョワ家庭ですが、すっからかんに貧しくなってしまったのです。そこから、現実の貧しさを増幅する象徴的な効果が生じました。物質的な階級離脱という意識です。たとえわれわれの親族が生きる術を維持していたとしても。たとえば、学校が新学期になるたびにちょっとした事件が起きたことを覚えています。必要な服がなかった。共同募金のためのお金もなかった。教科書を買うお金もありませんでした。ほんの些細なことではありますが、その痕跡は長く残り、人を浪費家にするのです。

あなたの著作の中でしばしば言及される「プチブルジョワジー」に対する嫌悪は、そのことに起因するのでしょうか？

たしかに以前はよくその言葉を使いました。今はかつてほどには使いません。自分自身の言葉づかいに飽きることもあるのです。いずれにせよ、プチブルジョワジーのなかに、わたしを魅了するとともに嫌悪感を催す、一種の倫理的・美的な要素があることは否めない。しかしこのことは、わたし独自の問題でしょうか？　それはフローベールにもありました。プチブルであることをだれが引き受けたりするでしょうか？　歴史的に言っても、政治的に言っても、プチブルジョワジーは今世紀の鍵なのです。それは上昇中の階級です。いずれにせよ、自分の姿が見えている階級なのです。ブルジョワジーもプロレタリアートも抽象概念となりました。その反対にプチブルジョワジーは至る所にいます。どんな所であっても、ブルジョワやプロレタリアが残存している場合、それらの中にも見受けられるのです。

あなたはもはやプロレタリアートを信じてはおられないのですか？　その歴史的な使命や、それに政治的に由来するあらゆるものを含めて。

かつてはプロレタリアートに自分の姿が見えている時代があった、と言いました。でももうそんな時代は過去のことです。フランスにおいて、それはアナルコ・サンディカリズムとプルードン的伝統の影響力が強い時代でした。しかし現代では、マルクス主義と合法的な労働組合主義がこのような伝統に取って代わったのです。

あなたはマルクス主義者だったことがありますか?

「マルクス主義者であること」。この「である」とは何を意味するのでしょうか? こんなことを言ったことがあります。わたしは、もうこの世にはいないトロツキストの親友のおかげで、かなり遅れてマルクス主義に「やって来ました」。だからわたしは、かつて一度も活動家であったことはないし、当時すでにスターリン主義と呼ばれていたものとはまったく無縁の、一分派を通過してマルクス主義にやって来たのです。マルクス、レーニン、トロツキーの書いたものは読みました。もちろんすべてではありませんが、いくつかを読みました。ある時期からは、もう読んでいません。ときおりマルクスのテクストを読むことはありますが。

マルクスのテクストを、ミシュレ、サド、フローベールのテクストと同様に、記号のシステムとして、純粋の悦楽を産むシステムとして読まれるのですか?

マルクスはそのように読むことが可能でしょう。でもレーニンはそうは行かない。トロツキーも無理です。けれども、マルクスとの関係は、一人の作家との関係とは別のものであると思います。

政治的効果とか、後生の書き込み（テクストはそれにより具体的に存在するのです）を無視することはできないのです。

ラルドゥロー、ジャンベ、グリュックスマンのような人々のやっている手続きに似たところがありますね……

グリュックスマンのことは知っています。私たちは一緒に仕事をし、わたしは彼の仕事が好きです。〔ジャンベとラルドゥローの〕『天使』の方はまだ読んでいませんが、話題になっていることは知っています。わたしは、このような立場の人たちに共感を覚えながらも、そこから相当な距離を保っていることがおわかりいただけるでしょう。それは文体上の理由から、だと思います。エクリチュールではなくて、一般的な文体のためです……

わたしの申し上げたいのは、他の多くの作家とは逆に、あなたの過去には「政治的な経歴」がない、ということです……

その通りです。わたしが書くもののなかには、その主題が政治的であるようなディスクールは存在しません。直接的に政治的な主題、政治的な「立場」の主題は扱わないことにしています。その理由としては、政治がわたしを高揚させることはないからであり、現代においては、高揚感のないディスクールは聞いてもらえない、というそれだけのことです。聞いてもらうためには、デシベル単位の段階に達しなければならない、ある閾値を超えなければならないのです。わたしはこのような閾値には届かないのです。

まるでそれを悔やんでおられるかのようですね。

政治とは、必ずしも語るものではない、それは聞くものでもある。おそらく私たちには、政治的聴取の実践が不足しているのでしょう。

要するに、あなたを定義づけるとすれば、「左翼の知識人」というレッテルが、珍しくもあてはまるのではないでしょうか。

わたしを左翼の知識人と見なしてくれるかどうかは、左翼の人に聞いてみなければわかりません。わたし自身はそのことに異存はありません。左翼をひとつの思想としてではなく、執拗な感受性と考える、という条件付きで。わたしは、最も語源に近い意味でのアナーキズムという、生涯変わることのない資質をもっています。

権力の拒否ですか？

権力の遍在性（それは至る所にある）とその持久力（それは永続的である）に対する極度の感受性、と言えるでしょう。権力は疲れを知らない。まるで暦のように回転します。権力はまた複数の存在です。したがってわたしが闘っている相手は、個々の権力ではなく、それがどこにいようと複数の権力なのです。たぶんそのせいで、わたしは「普通の左翼」よりもさらに「急進的な左翼」なのでしょう。事態がこんがらかっているのは、急進的な左翼としてのわたしには「スタイル」がない、ということです。

「スタイル」があれば、あるいは「スタイル」を拒否すれば、政治的なものに根拠ができるのでしょうか?

主体(個人)のレベルにおいて、政治的なものは存在として根拠づけられます。たとえば、権力は、たんに抑圧し圧迫を加えるものだけではありません。息を詰まらせるものも権力なのです。わたしの息が詰まるように感じる所では、どこかに権力が潜んでいるのです。

一九七七年の今日において、あなたは息の詰まる思いがしないのですか?

息は詰まっていますが、それほど憤激しているわけではない。これまで左翼の感受性は、結晶化作用を引き起こすもの(それは綱領ではなく、大きな主題でした)との関連において決められてきました。たとえば、一九一四年以前の教権反対主義、二つの大戦の間の平和主義、戦時中のレジスタンス、そしてアルジェリア戦争などです。現代においては、そのようなものは何もない。ジスカール・デスタン大統領がいますが、彼とて強力な結晶化作用を引き起こす存在ではない。あるいは「共同綱領」〔社会党・共産党・急進党により一九七二年六月に結ばれた〕というものもありますが、たとえそれがよいものであるとしても、それがどのようにして人々の関心を惹くものになるのかはよくわかりません。わたしにとっては、現状で目新しいものなのです。それが試金石であるとは思えない。

ジスカール・デスタン大統領の昼食会への招待をお受けになったのはそのためでしょうか？

それはまた別の問題です。わたしは好奇心から、聞いてみようという興味から出かけました。ちょうど獲物を求める神話の狩人のように。おわかりいただけると思いますが、神話の狩人はどこへでも出かけねばならない。

昼食会には何を期待されましたか？

ジスカールには、国家元首としての言語以外の別の言語の可能性があるかどうかを知りたかったのです。もちろんそのためには、個人的な資格で彼の話を聞ける必要があるでしょう。実際、彼は自己の経験に関して第二のディスクールを、反省的なディスクールを操ることのできる人物である、という印象を受けました。わたしにとって興味深かったのは、さまざまな言語の「切り離し」の現場を押さえることでした。話の内容に関しては、明らかに左翼的知識人の文化とはまったく別の文化に基づく政治哲学に関わるものでした。

ジスカールという人物はあなたにとって魅力的でしたか？

はい、大成功をおさめたブルジョワの大物が職務を果たしているのを見せてもらったようだな、という意味では。

どんなことを話されたのですか？

もっぱら彼がしゃべりました。彼はおそらく自分のイメージにニュアンスをつけるということを空しく思った、あるいはその逆にうれしかったのでしょう。しかし私たちは自分たちのことをしゃべることを控え、もっぱら彼に大いにしゃべらせました。

左翼の陣営では、この昼食会の評判はかんばしくないようですが……

わかっています。左翼の側でさえ、困難な分析をするかわりに安易な憤激に走る人々がいます。そんなことはショッキングだ、間違っている、敵と接触したり、食事をしたりしてはならない、手を汚してはならない、それが左翼の「礼儀作法」なのだ、というのが彼らの言い分です。

二〇年前に書かれた『現代社会の神話』の分析を左翼の陣営に適用して、左翼の側の新しい神話を書いてやろう、という気になったことはありませんか？

この二〇年間に状況が変化したことは明らかです。一九六八年の五月革命が、左翼の言語活動を自由な、開かれたものにしましたが、その一方である種の傲慢さが生じてきたことも事実です。とりわけ、四九パーセントの国民が左翼に票を投じたこの国で、社会的神話の変質・歪曲が存在しなかったとは考えられません。神話とは数量に依存するものです。それでは、なぜわたしが新たな神話を書くことをためらっているのか？　わたしは、左翼自体がこの企てを支持してくれないかぎりは、それを書くつもりはない。たとえば、『ヌーヴェル・オプセルヴァトゥール』誌などが……。

数ある神話の一つ、「ジスカールが敵である」ということは、あなたにとって明白ですか？

彼が代表する人々、彼の背後にいて、彼を大統領の地位に押し上げた人々は、明らかに敵です。しかし、いつの日か、歴史の弁証法が、ジスカールに比べるともっと手強い敵を登場させるかもしれない……

要するに、あなたに政治性があるとして、それはデカルトのいう暫定的道徳のようなものなのですね。つねに暫定的で、必要最小限で、ミニマリスト的な政治性……

ミニマルな立場という考え方には興味をひかれますし、それが最も不当性の少ないもののように思えもします。わたしにとって、政治においてミニマルなもの、絶対に妥協できないものは、ファシズムという問題です。わたしの属する世代は、ファシズムとは何であったかを知っており、そのことを覚えているのです。この問題に関するかぎり、わたしは即座に全面的にアンガージュマンすることでしょう。

ということは、かなり高めに設置されたこの政治的なハードルのこちら側であれば、ものごとは等価であり、政治的な選択はどちらでもよい、という意味なのでしょうか？

このハードルはそれほど高いものではありません。ファシズムは多くのものを巻き込んでいるのです。わたしにとってファシズムとは、ものを言うことを妨げるのみならず、無理矢理に言わせる体制のことです。それからまた、それは権力者の、その本性の絶えざる誘惑なのです。権力は追い払われたのちにも、駆け足でもどってくるのです。このハードルはたちまち越えられてしまいます……

政治的ミニマリストにも、革命を期待し願望することは可能でしょうか？

奇妙なことに、革命はすべての人にとってお気に入りのイメージであるにもかかわらず、現実にはたしかに恐ろしいことです。革命はイメージでありつづけることができる、私たちはこのイメージを望み、このイメージのために闘うこともできるということに注目していただきたい。しかし、それはたんなるイメージにとどまらない。革命の具現したものがあります。そしてこれが問題を紛糾させている……。革命が勝利を収めた社会、わたしはこれを「失望的な」社会と呼ぶことにやぶさかではない。そのような社会は大いなる失望の場なのであり、多くのものが悩みや痛みを感じています。そのような社会がわれわれを失望させるのは、国家がそこでは消滅していないからです……。わたしとしては、革命について語るのはデマゴギー的であると思う。わたしはむしろ転覆という語を使いたい。革命という語よりもこちらのほうが明解だと思うのです。転覆という語が意味するのは、潜行的にやってきてものごとをペテンにかけ、逸脱させ、人が待ち受けているのとは違う場所にものごとを運ぶ、ということです。

「リベラリズム」もまた、かなり居心地のよいミニマルな立場ではないですか？

二種類のリベラリズムがあります。一方では、良識の側に位置づけられる、ほとんどつねにこっそりと居丈高な、父権主義的なリベラリズム。もうひとつのリベラリズムは、政治的というよりも倫理的なもので、それゆえ、リベラリズムとは違う呼び名をつけるべきでしょう。深くものごとを掘り下げ、判断を一時的に保留するような立場です。あらゆるタイプの対象や主題に適用される全面的な非差別主義、たとえば禅の哲学に向かう全面的な非差別主義なのです。

それは知識人の理想像なのでしょうか？

たしかに知識人の理想像ですね。

知識人がみずからを「地の塩」と考えていた時代がありました……

わたしの立場からは、知識人はむしろ社会の屑であるといいたい。すなわち、再生利用しないかぎりはなんの役にも立たないもの、という意味において。われわれのような社会の屑を再生利用しようと努力している社会体制もあるのですから。しかし基本的には、屑はなんの役にも立たない。ある意味では、知識人はなんの役にも立たないのです。

「屑」といわれる意味は？

有機物の屑は、それに到達するまでの物質の道のりを証明してくれます。たとえば、人間の排泄物は滋養物の道のりの証明です。さて知識人とは歴史の道のりの証明であり、いわばその屑なのです。おそらくは社会全体に属するものである欲動、願望、錯綜、遮断などを屑という形で結晶化するのです。楽観的なひとであれば、知識人とは「歴史の証人」であると言うでしょうが、わたしはむしろ、「歴史の痕跡」にすぎない、と思うのです。

知識人はまったく無用である、ということですね。

無用であるばかりかかつ危険な存在です。すべての強力な体制は知識人を従わせようとする。その危険は象徴的なものです。知識人はまるで病人のように見守られるのです。それはやっかいな余剰物ですが、言語の奇想と横溢をコントロールされた空間内に固定するために維持しておくのです。

あなたご自身はどのような道のりの痕跡ですか？

簡単に言うなら、おそらくわたしは、言語活動への歴史的関心の痕跡でしょう。そしてまた数々の熱中、流行、新語などの痕跡でもあります。

流行とおっしゃいましたが、それは時代の空気という意味でしょうか？　別の言い方になりますが、あなたは同時代の作家のものを読まれますか？

一般的には、わたしはあまり読書をしません。これは告白ではない。わたしの書いたものをご覧になれば一目瞭然です。わたしには三種類の読書のやり方があります。一番目は、本を眺めることです。読書界で話題になっている本を受け取ると、それを眺めるのです。これはとても重要な読書のタイプですが、だれもこのことについて語りません。ちょうどジュール・ロマンが盲人の視覚によらない幻視について愚論を展開したように、わたしはこのタイプの読書について語るでしょう。

これは耳学問的なインフォメーション、不鮮明で厳密さに欠けるインフォメーションではありますが、役に立つものです。次に第二の読書法ですが、講義・論文・書物などの仕事をかかえているときは、もちろん本を読みます。ノートをとりながら、徹底的に読みます。しかしそれは仕事との関わりにおける読書であって、書物はわたしの仕事の中に入って行くのです。三番目の読書は、夜、家にもどってからの読書です。そのときは一般的に古典作品を読みます……

まだ返答をいただいておりませんが……

「同時代の作家」のことですか？　わたしは彼らのほぼ全員を第一のカテゴリーに分類して、彼らを「眺める」のです。その理由を述べるのはむずかしい。おそらくは、あまりにも近すぎて変形することができないような題材に誘惑されるのを恐れているのでしょう。フーコー、ドゥルーズ、ソレルスに手を加えようとするわたしを想像するのはむずかしい……。あまりにも近すぎるのです。あまりにも絶対的に同時代の言語の中に出現するからです。

例外はありますか？

いくつかはあります。一冊の書物がわたしの興味を強く引き、わたしの仕事の中に滑り込んでくることがあります。しかし、そのようなことはいつも偶然に起きるのです。他方、わたしが同時代の書物を本気で読むようになるのは、それが世間の話題になっているときではなく、もっと時間を置いてからです。人口に膾炙している書物には雑音がつきもので、そのために読む気がしないのです。たとえば、ドゥルーズのニーチェ論や『アンチ・オイディプス』などを読んだのは、それらが出版されてずいぶんたってからのことです。

さらにはラカンがいます。しばしばラカンに言及されていますね。

しばしば、と言えるでしょうか。実際、『恋愛のディスクール・断章』を書いていたときはかなり言及しました。当時のわたしには「心理学」が必要でした。そして精神分析のみが心理学を提供できるものでした。まさにこの点において、しばしばラカンと向き合うことになったのです。

それはラカン主義ですか、それともラカンの「テクスト」ですか?

両方です。ラカンのテクストそれ自体がわたしの興味を引くのです。彼のテクストには動員力があります。

言葉遊びのせいですか?

いやそうではありません。わたしはそれにはちっとも心を動かされません。それがなにに照応するかはわかるのですが、そこでは聴く気がしなくなるのです。それに引き替え、そのほかの部分は大好きです。要するにラカンとは、ニーチェの分類法を使うならば、「司祭」と「芸術家」の比類なき結合なのです。

あなたの作品の中心を占める想像的なものの主題と、ラカンの想像界とは関係がありますか?

はい、それらは同じものですが、おそらくわたしはこの主題を切り離すことによって、それを変形させているようです。わたしにとって想像的なものは、精神分析のいわば貧しい親族のような気がします。現実界と象徴界とのあいだで身動きが取れなくなって、想像的なものは軽く見られているようです。少なくとも精神分析の流布本においてはそうです。次のわたしの著作〔『恋愛のディスクール・断章』〕は、その反対に、想像的なものの肯定という形をとるでしょう。

ところで、あなたはご自分の書いたものを読み直すことがありますか？

全然ありません。恐ろしいのです。よい作品であれば、もうこんなのは書けない、と思うでしょう。その反対に、悪い作品であれば、それを書いたことを後悔するでしょうから。

では逆に、あなたの読者はどんな人たちでしょう？　だれのために書いておられるのでしょうか？

だれに向かって、だれのために話しているのかはわかると思います。人前で話す場合は、つねに一定の聴衆が想定できます。どんなにその聴衆が異質な分子の集合であろうと。他方、エクリチュールの絶対的な特異性は、メッセージの受け手がまったくわからないということです。受け手の場所は存在しますが、それは空白です。だれがこの場所を満たしに来てくれるのか、いったいだれのために書いているのか、皆目見当がつきません。

後世の人々のために書いているという気持ちをもたれることはありますか？

率直に言って、ありません。わたしの死後もわたしの著作、あるいは複数の作品が読まれるだろう、と想像することはできません。わたしには、文字通りにそういうイメージがもてないのです。

いま「著作」とおっしゃいましたが、あなたは意識的に「著作」を書いておられるのでしょうか？

いいえ。それにいまわたしは、単数の「著作」を複数の「作品」と本能的に言い換えました。わたしには著作の意識はありません。わたしは、その場しのぎで書くのです。強迫観念、連続性、戦術的な迂回などを混ぜ合わせながら。

それとは別のやり方で書かれた「作品」はないのですか？

おそらくはないでしょう。わかりませんが。

確実に云えることは、ヴァレリーの場合と同様に、あなたは「注文に応じて」書くことが多い、ということですね。

はいそうです。でも実を云うと、少しずつ減ってきています。エクリチュールの注文である場合は、かなりうまく行きます。ある書物の序文を書くとか、ある画家を紹介するとか、ある記事を書くとか……　要するに、人が注文してくるのがわたしのエクリチュールである場合には、かなりうまくことが運ぶのです。その反対に、注文が一つの主題を扱う論文である場合には、にっちもさっちも行かなくなります。それをしぶしぶ引き受けた場合、わたしはとても不幸になるのです……

あなたが書かれるもののおそらく断章的な性格はそのせいですか……

それは坂道のようなものです。わたしはますます断章のほうに傾斜してゆきます。それにわたしは断章の味わいが好きで、その理論的な重要性を信じてもいます。そしてついには、首尾一貫性のあるテクストが書きにくくなったという次第です。

たとえ断章的であっても、また注文という偶然に身をゆだねていても、あなたの仕事はそれでも、いくつかの重要な主題によって統一されています……

たしかに主題はあります。たとえば、想像的なものであり、間接性であり、ドクサです。最近取り上げるようになったものでは、「反ヒステリー」という主題があります。でもそれらは主題なのです。

哲学者たちの云う「概念」ではないということでしょうか？

いや、それらは概念です。ただし、隠喩としての概念、隠喩として機能する概念です。ニーチェの言うように、概念の根源は隠喩にあるということがもしも正しいのであれば、わたしはこのような根源に身を置いている、ということです。そうするとわたしの概念は、哲学者たちが通常それにあたえているような厳密さを帯びていないということになるでしょう。

あなたの書物を読んでいちばん驚くのは、厳密さが欠けているということよりも、あなたが概念を導入されるに際しての野性的なやり方です。

「野性的」と言われましたが、それは当たっています。わたしは一種の海賊の掟に従って、発案者の私有財産は認めないのです。別にそれは異議申し立ての気持ちから来るものではない。いわばそれは、欲望の無媒介性、渇望によるものです。ときどき他の人たちの主題や言葉づかいを拝借するのは、渇望のためです。それに、もしだれかがわたしから何かを「盗む」ようなことがあっても、わたしはけっして文句を言うことはありません。

したがって、主題よりもむしろ、そのようなタイプの操作の側に統一性が求められるべきなのですね？

その通りです。主題とか概念よりも、運動とか操作の側に。たとえば「滑り」があります。イメージの滑り、言葉の意味の滑り。あるいは言葉の語源に遡ること。あるいは概念の変形、歪曲があります。これら一連の操作については、『ロラン・バルトによるロラン・バルト』において、それらの目録を作成しておくべきだったのかもしれません。

それらのやり方は何を目指すものですか？　それらの実行自体から独立して、何らかの効果を目指すものなのでしょうか？

わたしの求めるエクリチュールは、他人を麻痺させないようなものです。と同時に、なれなれしいものであってはならない。そこがむずかしいのです。わたしが到達したいと願っているエクリチュールは、他人を麻痺させないものであるべきですが、だからといって「仲間内の」エクリチュールであってはならない。

かつてあなたは、現実を把握し、わがものとするための「格子」を求めている、と言っておられました……

格子のことをお話したとは思いません。ともあれ、もしわたしが格子をもっているとしたら、それは文学にほかならない。それはわたしがどこにでも持ち運ぶ格子なのです。しかしながら、現実をかすめとる効果は、ある友人が云っているように、「格子」なしでも可能です！　こんなことを言うのは、記号学のかかえる問題がそこにあるからなのです。最初、記号学は一種の格子であり、わたし自身それを格子にしようと試みました。しかし、記号学が格子となったとき、何一つ把握しなかったのです。それでわたしは他の場所に移動せざるをえなかった。もちろん、記号学を捨てたのではありません。

あなたのことをよく思わない人々は、あなたの書物のことを、エクリチュールの盲信であるとか、神聖視であるとか言っているようですが……

神聖視という言い方に異議はありません。ほんものの無神論者はきわめて少ない、とラカンは最近言っています。神聖なものは、つねにどこかに存在する……　わたしの場合、それがエクリチュールの上に顕現したということです。くどいようですが、何一つ神聖視しないことはきわめてむずかしい。その域にまで到達した人物としては、ソレルスしか知りません。それさえも確かではない。彼にも秘密があるかも知れない。サド侯爵におけるサン゠フォンのように。いずれにせよ、わたしの場合はたしかに神聖視があります。わたしは悦楽を、書くことの悦楽を神聖視しています。

それはそれとして、言語には話される言語もあります。たとえば、演劇の言語とか……

わたしと演劇の関係は複雑です。隠喩的なエネルギーとしての演劇は、今でもわたしにとってきわめて重要なものです。わたしは、エクリチュールやイメージなどの至る所に演劇を認めます。しかし、劇場に行くこと、芝居を見に行くことにはほとんど興味がありません。ほとんど劇場に行くことはありません。わたしは演劇作用というものに敏感なのだ、と言っておきましょう。それはわたしが先ほど述べた意味において、ひとつの操作なのですから。

その操作を、教育者としてのパロールのケースにおいても、あなたは認めています。

教える側と教えられる側との関係はまた別の問題です。それは契約関係であって、また欲望の関係でもあります。相互の欲望の関係は、失望の可能性と同時に、実現の可能性をもはらんでいます。挑発的な言い方をするなら、それは売春行為の契約なのです。

今年あなたはコレージュ・ド・フランスの教授になられます。そのことにより、教育現場の関係の性質になんらかの変化が生じると思われますか？

そうは思いません。変化がないことを望みたい。いずれにせよ、わたしのゼミにおいて、教育との「牧歌的な」関係をずっともち続けてきました。これまでのわたしの講義の対象は、つねに、わたしを選んでくれた主体、わざわざわたしを聴きに来てくれた主体、わたしがそこに押しつけられることのない主体でした。特権的な条件があたえられていたのです。定義上、それらはコレージュ・ド・フランスの講義の条件でもあるでしょう。

ゼミではディアローグ〔対話〕が前提となるのに対し、講義はモノローグであるという違いがありますが……

一般に思われているほどの重要な違いではありません。遺憾ながら、教育現場の関係においては、話をする側にすべてがあって聴く側にはなにもない、という先入見があります。ところが実際には、両側に同じことが生じている、とわたしは思います。パロールの名の下に聴き手の側を検閲してはならない。聴くこともまた能動的な悦楽でありうるでしょう。

言い換えるならば、必然的で強制された権力関係はない、ということでしょうか？

もちろん、ディスクールに、あらゆるディスクールに内在する権力という問題はあります。そのことについては、コレージュ・ド・フランスの開講講義で述べるつもりです。それ以外には、緊急に講義の原則を排除し、ディアローグに置き換える必要があるとは思いません。偽物のディアローグはしばしば心理劇に転化するものです。それに、モノローグは一種の演劇である、と考えることもできるでしょう。最終的には詐欺的で、あいまいで、不確実なものになるかもしれないが、そこにおいて語ることと聴くこととのあいだに精妙なゲームが展開されるのです。モノローグは必ずしも教師口調のものとはかぎらない。「恋愛の」モノローグもありえます。

『ヌーヴェル・オプセルヴァトゥール』誌、一九七七年一月一〇日号。
聞き手はベルナール＝アンリ・レヴィ。

6

7

8

6，7．インタビュー，1975 年．　8．ジャック・アンリクと，1977 年．

『恋愛のディスクール・断章』

最近、スイユ社〈テル・ケル〉叢書からロラン・バルトの新刊『恋愛のディスクール・断章』が刊行された。

ロラン・バルトは、次のようなわたしたちの質問に快く答えてくれた。あなたの仕事の今日における位置づけは？ 現代の思想論争において、あなたはどのような位置を占めていると思われるか？ 今日、なぜ恋愛のディスクールについての書物なのか？ 自伝的要素はいかなる役割を演じているのか？ エクリチュールと倫理とのあいだにはどのような関係があるか？

ロラン・バルトさん、『零度のエクリチュール』以来、そして『現代社会の神話』以来、あなたの書物が刊行されるごとに、あなたはますます位置づけがたい著者になってゆくように思われるのですが。もしもあなたが過去の仕事を回顧された場合、ここ数年の思想史のなかにご自身をどのように位置づけられますか？ そして現在進行中の思想論争において、あなたはどのような位置を占めていると思われますか？

恋愛のディスクールというもの、〈ある〉恋愛のディスクールに関するこれらの断章のなかには、ソクラテスに対して用いられた形容詞である、ギリシャ語の喩えがまさしく存在します。ソクラテスは〈アトポス〉である、すなわち「定位置がない」、分類不可能である、と云われてきました。これはむしろわたしが愛する対象に用いる形容詞なのです。ですから、この本のなかで恋愛の主体に扮しているわたしとしては、自分自身をアトポスであると認めることはできなくて、その反対にだれかとても陳腐な人物、その身上書類がよく知られている人物であると自分を見なすのです。わたしは分類不可能であるという事実の上に与することなく、わたしはこれまでつねに、断続的に、局面に合わせて仕事をしてきたことを認めないわけには行かない。そして『R・B〔ロラン・バルトによるロラン・バルト〕』のなかでも説明したように、パラドックスという原動力が存在することも確かです。状況の全体が石のように硬直し、かなり明確な社会情勢が成立したように思えるとき、実際に自分のなかから、自分でも知らないうちに、他の場所に行きたいと思うのです。それに、わたしが自分のことを知識人だと認めることができるのは、この点なのです。知識人の役割は「事態が硬直」しそうなときに、つねに他の場所に行くということなのですから。現在のわたしをどのように位置づけるのか、という二番目のご質問についてですが、わたしはオリジナルなものに到達しようと試みる者の立場に身を置くことはまったくありません。そうではなくて、ある種のマージナルなものに発言権をあたえようと試みる者の立場に立つのです。そのことをご説明しようとしてもいくぶんやっかいなことには、わたしの場合、このマージナルなものに権利を回復する要求は、けっして華々しいやりかたでなされることはない、ということです。それはそっと、目立たないようになされるのです。それは宮廷風の、優美な側面をもつ（いけませんか？）周縁性なのです。思想の現在の動きの中で、このような周縁性に明確なレッテルを貼ることはできません。

あなたの著作には、明らかに矛盾する二種類の権利要求がはっきりと見られます。一方では、モデルニテ（現代性）への関心（ブレヒトのフランスへの紹介、ヌーヴォー・ロマン、〈テル・ケル〉……）があり、他方では、伝統的な文学に対するあなたの好みが表明されます。この二つの選択肢のあいだに論理の深い一貫性はあるのでしょうか。

深い一貫性があるかどうかはわたしにはわかりませんが、たしかにそれは問題の核心に触れることです。ものごとはわたしのなかでは、いまあなたがおっしゃったほどにははっきりとしていませんでした。長いあいだわたしは、ほとんど人に言えないほどに、二種類の読書のあいだに引き裂かれていると感じてきました。一方にはわたしの好みによる読書、いや、わたしが夜にする読書（というのも、わたしは好みよりもむしろ行為に関連づけてものごとを定義するのを好むのですが）、すなわち古典作品の読書があり、もう一方にはわたしの昼間の仕事があるからです。事実わたしは、本心を隠さずに言うならば、理論的かつ批評的なレベルにおいて、モデルニテの展開する作業に強い連帯感を感じてきましたから。このような矛盾には、ある種人目を避けるようなところがありました。『テクストの快楽』という著作によって初めて、わたしは自分がそうだと認める権利を引き受け、過去の文学に対する好みを読者にも認めさせることを主張するようになりました。さて、好みを主張する権利を自分に認めるようになると、つねに理論はそれについてくるものです。そこでわたしは、このような過去の作品に対する好みをなんらかの形に理論化しようと試みました。わたしの用いた論法は二つあります。ひとつは隠喩です。ヴィーコの用いたイメージによれば、歴史は螺旋状に展開し、過去のできごとは回帰します。けれども、同じ場所に回帰しないことは明白です。従って、好みも価値も行為も過去の「エクリチュール」も、きわめてモダーンな位置に回帰してくるのです。もうひとつの論法は、恋愛主体に関するわたしの作業に関わります。この主体は、ラカンが想像界と名づけた領域においてもっぱら展開します——そしてわたし自身もこの想像界の主体であることを認めます。わたしは過去の文学との関係を生きているのですから。まさしく、過去の文学はわたしにさまざまなイメージを、イメージとの良好な関係を提供してくれるのです。たとえば、物語や小説は、「読みうる」文学に存在していた想像界の広がりです。過去の文学への愛着を認めることにより、わたしは想像界の主体の立場を引き受けることになります。なぜなら、この主体は、モデルニテの関心の主たる対象とされてきた二つの大きな心的構造、すなわち神経症と精神病とによって、云ってみればその相続権をうばわれ、圧迫されてきたのですから。想像界の主体は精神病的でもなければ、神経症的でもない中途半端なものなので、これら二つの心的構造の貧相な親類に過ぎないのです。この想像界の主体のための目立たない活動をすることにより、わたしは、明日の前衛の一形態に近いものである、かなり先鋭的な仕事のアリバイを自分に与えてやることができるのです。もちろんある種のユーモアからそう言っているのですが……

モデルニテが覇権的なディスクールに、ステレオタイプに形を変えるときにも、あなたはあなた流のやり方で、それに距離を置いているのではないでしょうか？　今日「恋愛」について語ることは、一種の挑発ではないのでしょうか？　昨日、構造主義の全盛時に「テクストの快楽」を弁護されたのと同じように。

おそらくはそんなところでしょうが、わたしはそれを戦術的な振る舞いにしているわけではありません。ただ、いまあなたがうまく言ってくださったように、ステレオタイプを我慢するのはわたしには耐えがたいことです。わたしの仕事によって、ある環境、すなわち学生たちのなかに、集合的な小言語が形成されてゆくのは我慢できない。わたしには、これらの周辺部でステレオタイプ化された言語、非ステレオタイプのもつステレオタイプ性の言語が、とてもよく聞こえてきます。そのような言語が形成されるのが聞こえるのです。最初のうちは、そのことはある種の喜びをあたえてくれることでしょうが、次第にそれが重みになります。一定の期間、わたしはあえて他の場所に移動しようとはいたしませんが、とうとう最後には、しばしばわたしの私生活における事件のせいで、これらステレオタイプの言語と袂を分かつ決断をします。

情熱恋愛の祖型

よろしければ『恋愛のディスクール・断章』についてお話しください。読者の側で誤解が起きることを避けるためにも、この本のタイトルについて説明していただけますでしょうか？

このプロジェクトの由来について手短にお話ししましょう。わたしは高等研究院で、ずっとゼミを担当してきました。ご存じのように、このゼミは研究者の小集団から成り立っており、ディスクールの、ディスクール性の概念について研究を進めています。これは、言語や言語活動の概念から区別されるべきものです。非常に広い意味でのディスクール性（言語活動の広がり）が分析の対象なのです。二年と少し前にわたしは、ある特定のタイプのディスクールを研究してみようと思いました。それが恋愛のディスクールなのです。いわゆる情熱恋愛、ロマンチックな恋愛に関わっている、恋する主体を対象とすることが、研究の出発点において認められていました。こうしてわたしは、ある特定のタイプのディスクール性を客観的に分析するゼミをもつことに決めたのです。わたしはそこで中心となるべきテクストを選び、その中の恋愛のディスクールを分析しました。情熱恋愛のお手本である、ゲーテの『若きウェルテルの悩み』がそれです。しかし二年間のゼミのあいだに、わたしは二つの動きを確認しました。一つ目に感じたこと、それは、わたしの過去の経験や人生の名において、そのいくつかの人物像の中にわたし自身を投影している、ということです。わたしの人生に由来するいくつかの人物像を、ウェルテルの人物像に混ぜこんでいたほどです。

もう一つ確認できたこと、それは、ゼミの聴き手たちもまた、そこで話されることに強く自らを投影していたということです。このような条件のもとでは、ゼミから本の執筆に移行するさいに、恋愛のディスクールについての論文を書くのならばそれは誠実さに欠けるのではないか、と思うに至りました。そのようなことをしたら、嘘をつくようなものだからです（わたしは科学型の普遍性にもはや信用を置いてはいませんでした）。そうではなく、恋愛主体のディスクールを自分の手で書くのが誠実な態度である、と思ったのです。逆転が起きたのです。もちろん、当時ニーチェの影響は顕著なものでした（たとえわたしがニーチェを大いに変形して利用したにせよ）。とりわけ、「ドラマ化する」ことの必要性、「ドラマ化」という方法を採用することの必要性について、ニーチェは多くのことを教えてくれたのです。「ドラマ化」という方法は、わたしにとって、メタ言語から自分を切り離すための認識論的なメリットがあったのです。『テクストの快楽』を書いてからあと、ある主題についての「学術的論文」にはもう耐えられなくなっていました。そういうわけで、恋愛主体のディスクールというひとつのディスクールを考案し、シミュレーションをすることにしました。本書のタイトルは明白であり、意図的に構成されています。これは、恋愛のディスクール一般についての書物ではなく、とある恋愛主体のディスクールなのです。この恋愛主体、それは必ずしもわたしに限りません。率直に申し上げましょう。そこにはわたし自身に由来する要素もあれば、ゲーテのウェルテルや、わたしの教養的な読書（神秘思想、精神分析、ニーチェなど）に由来する要素もあります。友人たちの打ち明け話やおしゃべりも混じっています。この本には、わたしの友人たちがよく登場します。したがって結果的には、これはわたしと言っている主体のディスクールなのです。発話行為のレベルにおいてこのわたしは個別化されるのです。しかしだからといって、それが構成され、シミュレートされたディスクールであること、あるいはお望みならば、「モンタージュ」の結果としてのディスクールであることに変わりはないのです。

そうはおっしゃっても、これらの断章のなかで「わたし」と言っているのはだれなのですか？

お答えしましょう。わかっていただけるはずですが、この本の中で「わたし」と言っているのは、エクリチュールのわたしです。今はこれ以上は言えません。もちろんこの点に関しては、それはわたし自身だとわたしに言わせようとする人もいるでしょう。そのときわたしは、「それはわたしであり、かつわたしではない」とあいまいな答えをします。こんな言い方をするとうぬぼれていると思われるかもしれませんが、スタンダールがある人物を物語に登場させる場合と同じように、それはもはやわたしではない、と言えるでしょう。その意味で、これはかなりロマネスクなテクストなのです。さらには、著者と舞台に載せられる人物との関係のタイプは小説風であると言えるでしょう。

たしかにいくつかの「断章」は、物語の始まりだと言ってもおかしくない。一つの物語が誕生したかと思うと、たちまちのうちに中断されます。これほどうまく行っている、「よく書けている」断章を目の前にして、どうして彼はこれを続けないのか、と問うことしばしばです。なぜ、ほんものの小説、ほんものの自伝を書かれないのですか?

たぶんいずれはそうなるでしょう。ずいぶん前からわたしはそのようなアイデアを温めてきました。でも、この著作の場合、物語が形を成さないのは、言ってみれば学問的な理由によるのです。わたしが恋愛のディスクールについて抱いているヴィジョンは、なによりも断片的で非連続で、蝶のようにひらひら舞うというヴィジョンなのですから。これら言語活動のエピソードは、恋に落ちた情熱的な主体の頭の中で繰り広げられます。そしてこれらのエピソードは、ある種の状況、ある種の嫉妬、恋人たちの行き違い、待つのが耐え難い事態などが介入してくると不意に中断されます。

そのとき、これらモノローグの断片は砕けてしまい、別の人物像に移るのです。このような言語活動の嵐が恋する頭脳の中に押し寄せるということの、ラディカルな非連続性をわたしは尊重してきました。断章の集合を分割し、それらをABC順に置き換えた理由はそこにあります。それが恋愛の物語に似ることをまったく望んでいませんでした。わたしは確かに思うのですが、よく構成された恋のストーリー、始めと終わりがあり、途中で危機のある物語は、社会が恋愛主体に提供する、いうなれば大文字の〈他者〉の言語活動と折り合いをつけるやり方です。恋愛主体が自分が身を置くべき物語をみずから構成することによってです。実際に苦しんでいる恋人は、このような折り合いの恩恵すら受けないのだ、とわたしは確信します。逆説的になりますが、この主体は恋のストーリーの中にはいないのです。彼は、なにやら狂気によく似たものの中にいます。狂気の恋人たちについて人が語るのは、それなりの理由があるのです。恋する主体の立場に立つと、物語は不可能となるのです。だからわたしは、徹頭徹尾、物語の構築をこわすということを試みました。一時は、本書の冒頭に、最初に恋愛を基礎づけるフィギュール、すなわち、一目惚れ、恋に落ちること、恍惚をもってこようと思ったこともあります。大いに迷ったあげく、やっぱりやめようと思いました。たとえ「一目惚れ」のようなフィギュールでも、時間的に最初のフィギュールと決めることはできないだろう。なぜならば、一目惚れといえども、最終的には一種の事後行為として、恋する主体が自分に物語るなにものかとしての役割しか果たさないからです。この本が非連続性の書物であり、いくぶんかはラブストーリーに異議を立てる書物であるのは、こういうわけです。

愛する対象のために書くこと

「わたしはエクリチュールの側に立つ」とあなたが書かれるとき、それは何を意味するのでしょうか？

まず少し脇道にそれましょう。恋愛主体には二つのタイプがあることに気がつきました。一方では、ラシーヌからプルーストに至るフランス文学の恋愛主体があります。それは、いうなればパラノイアック〔偏執狂〕であり、嫉妬に狂う者です。もう一方で、フランス文学にはほとんど存在しないけれども、ドイツのロマン主義によって見事に描かれた恋愛主体があります。とくにシューベルトとシューマンの歌曲はすばらしい（本書の中でそれに触れております）。それは嫉妬をその中心におくタイプの恋愛主体ではありません。この種の情熱恋愛には嫉妬が存在しないわけではないのですが、それよりもはるかに感情表現が豊かで、満足感をめざす恋愛感情なのです。そこで中心を占めるフィギュールは「母」です。本書のフィギュールの一つは、まさしく、恋愛主体が恋愛対象に対してしばしば抱くと思われる（それは多くの書物によって証明されている）創造・描写・エクリチュールの願望であり、誘惑であり、衝動なのです。そこでわたしは、この特別な分野に存在しうる深いペシミズムを表現しようと試みました。すなわち、恋愛主体のディスクールがエクリチュールとなるためには、計り知れない放棄と変形を経なければならない、ということです。

恋愛主体とは周縁的なものだ、というのがわたしの考えの根底にあります。わたしが本書を刊行しようと決意したのも、いわばそのためなのです。周縁的なものという現代的なファッションの中にそれが位置づけられていないがゆえに、いっそう強い周縁性をもつものとしての恋愛主体に発言権をあたえよう、という意図からです。恋愛のディスクールについての書物は、たとえば麻薬中毒者についての書物よりもはるかにキッチュなのです。

精神分析のディスクールの氾濫のさなかにあって、あなたがなさっているように恋愛について語るためには、ある種の大胆さが要求されるのではありませんか？

実際のところこの本には、精神分析に対する、「利をもたらす」とでもいうべきでしょうか、そういう関係があります。というのはこの関係は、わたしがゼミを開き、この本を書いている間も進化したからです。あなたもよくご存じのように、現代文化に問いを発するならば（そのこともまた本書の目的なのですが）、恋愛感情をまともに引き受けることができるような言語活動は存在しません。主要な言語活動のうちで、少なくとも精神分析は恋愛心理の状態の記述を試みてきました。フロイト、ラカン、その他の分析者が試みています。わたしはこれらの記述を利用するしかなかった。それらは核心をついたものであり、わたしを呼び寄せるほどに適切なものでした。本書の中でもそれらの記述を尊重しています。わたしが俎上に乗せる恋愛主体は、現代の教養を持つ主体であり、したがって粗野なやり方であっても、いくばくかの精神分析を自分自身に適用しているからです。しかしながら、恋する者を模倣したディスクールが繰り広げられてゆくにつれて、このディスクールはある一つの価値の主張として発展してきました。すなわち恋愛は、どんな攻撃に対しても立ち向かう肯定的な価値の領域になったのです。こうなってくると、恋愛主体はもう分析のディスクールから身を引き離すしかありません。なるほど分析のディスクールは恋愛感情について語るのでしょうが、それは結局つねに価値を貶めるような語り口であり、恋愛主体に対してある種の正常さを回復することを求め、「恋している」ことを「愛する」ことや「好む」ことから区別するように要求するのです。精神分析の中には恋愛感情の正常さのようなものがあって、それは実際的にはカップルの、それも結婚したカップルの権利の要求なのです。したがって、本書におけるわたしの精神分析との関係は非常に曖昧です。いつもそうしているように、記述とか精神分析概念を利用する関係であるもう一方で、それらをいくらかは（必ずしも信用を置くことのできない）フィクションの要素として用いる関係でもあります。

モラルとしてのエクリチュール

本書を読みながら受けた印象なのですが、こんなに強くエクリチュールが倫理と深く関わっていることを、これまで感じたことはありませんでした。この点に関しては、コレージュ・ド・フランスの開講講義で述べておられました。もう一度この問題について伺いたいのですが……

とてもよい質問です。でもわたしにはこの問題がはっきりと見えているわけではない。本書のエクリチュールはやや特殊なものである、と感じているとしか今のわたしには言えません。主題が主題ですから、わたしにはこの本を守る義務があります。「わたし」という名において展開されることのディスクール（これ自体がやはりリスクなのですが）を守るための最大の武器は純粋な言語でした。いやもっと正確に言うならば、統辞法でした。統辞法というものが、どれほどまでに語り手を守ってくれるかがわかりました。それは両刃の刃です。ある時には抑圧の道具になる（よくあることです）が、主体が困窮し、徒手空拳で、孤独なときには、統辞法が彼を守ってくれます。本書はかなり統辞法的な書物です。ということは、そのエクリチュールがあまり抒情的でなく、かなり曲言法的で、かなり省略法的で、単語を発明することやネオロジスムは大してありません。そのかわり文章の輪郭には注意を払いました。このような時にこそ、エクリチュールは一種のモラルとして働くのです。そのようなモラルのモデルは、むしろ不可知論、懐疑論、すなわち信仰には基づかないモラルの側にあります。

あなたがコレージュ・ド・フランスでもっておられる講義はどんな題目ですか？

「いかにしてともに生きるか」というテーマの講義を始めました。ある種の小集団のユートピアを探求するのがその狙いです。ヒッピー・ムーヴメントの影響でわれわれが知っているようなコミュニティではなく、ともに暮らしていながら、各人が固有のリズムをもっているような情動的なグループ、オリエントの修道僧たちのもとでイディオリトミックス〔独居修道制〕と呼ばれていたものののユートピアを扱います。わたしの講義のかなりの部分は、このイディオリトミックスの概念を問題にします。

［…］

今、講義のレベルでは本来の文学的な素材にもどりますが、わたしはつねに逸脱する権利を維持します。あなたが適切に言われたように、エクリチュールにおける倫理的な消点を現前させるようにします。つまるところ、「いかにしてともに生きるか」は倫理の問題を扱うのです。

もしも来年、典型的な文学形態を取り扱うとしても、倫理の問題はまた登場するという確信があります。

もしもわたしが哲学者で、大論文を書こうとしているのならば、その論文に文学的分析の研究という題目を与えることでしょう。文学的分析と見せかけながら、言葉の広い意味での倫理学を解放しようと試みるでしょう。


『アート・プレス』誌、一九七七年五月号。

聞き手はジャック・アンリク。

現代神話解読の第一人者、恋愛について語る

ロラン・バルトは、今日流行している「導師〔グールー〕」と見なされることを好まない。むしろ記号学者、批評家、エッセイストと呼ばれたい、と思っている。けれども「バルト現象」なるものが存在し、それは彼の著作の重要性と多様性を超えるものである。『零度のエクリチュール』、『現代社会の神話』、『批評と真実』、『テクストの快楽』、『サド、フーリエ、ロヨラ』そしてミシュレとラシーヌに関する研究書など、ほとんどすべての彼の著作は並はずれた成功を得てきた。それらは当初、誹謗あるいは挑発の書であるかと見なされたが、数年を経過すると、古典的な著作になった。

コレージュ・ド・フランスの教授に選ばれたばかりなのに、ロラン・バルトはこんども挑発を再開する。新たなスキャンダルか？　こんどは恋愛について語る。セックス（さらにはポルノ）が大当たりするこの時代に、だれもが彼の新作『恋愛のディスクール・断章』に飛びつくのである。かつて『モードの体系』を書いたロラン・バルトという人は、現代において明日のモードを作り出す人びとの一人でもあるようだ。

自由思想〔リベルティナージュ〕の研究家で批評家のフィリップ・ロジェは、つい最近『サド、圧搾機のなかの哲学』を刊行した人物であるが、われわれはその彼に、『プレイボーイ』誌の読者のために、恋愛についてロラン・バルトにインタビューしてくれるように依頼した。

恋愛というテーマは、たしかに時代遅れのものである。しかしロラン・バルトの著作とともに、「美しい恋の季節」がもどってこないとも限らないだろう。

ロラン・バルトさん、あなたは最近『恋愛のディスクール・断章』と題する本を発表されました。これはコレージュ・ド・フランスの教授にふさわしい真面目な仕事である、と思っておられますか？

いや、その通りです。もしも「恋愛感情」と言うなり書くなりしていたら、もっと真面目な感じをあたえたでしょうが、その場合は、一九世紀の心理学におけるなにか重要なものにアピールしたかもしれない。しかしこの「恋愛〔アムール〕」という語は手垢にまみれていて、周知のように、ありとあらゆるシャンソンの中で「いつも〔トゥジュール〕」と韻を踏んでいます。明らかに、このように恋愛について語るのは真面目なことではありません。

これはとても個人的な書物ですが、ゲーテの『若きウェルテルの悩み』が主要な参考文献になっています。この小説は、有名な「ウェルテル風」自殺の引き金となったもので、一七七四年の作品です。現代では、恋愛を描く大作家はもはや存在しないのでしょうか？

もちろん、恋愛感情の描写はあります。しかし、現代の小説が情熱を描くことはきわめて稀です。少なくともわたしの記憶にはありません。

恋愛は時代遅れなのですか？

ええ、それは間違いありません。恋愛は知的風土においては時代遅れなのです。「インテリゲンチャ」の視点、わたしの風土であり、そこにわたしが生息して糧をとり……、わが愛する知的風土という観点から見れば、わたしは相当に時代遅れのエクリチュールを実践していると感じました。

しかし、そのような知的風土の外では？

大衆的な感情の場合も、恋愛のことをからかったり、馬鹿にしたり、猥雑なジョークにする傾向があります。恋愛主体を貶めて、気が触れた変人扱いにするのです。しかし、ここで言っておかねばならないのは、恋愛がこうむっているこれらの軽蔑的な言辞は「理論的言語」によって押し付けられている、ということです。政治的言語やマルクス主義の言語のように、恋愛のことをまったく無視するか、あるいは精神分析の言語ように繊細ではあるが軽視するような口調で語るか、です。

今日の恋愛がこうむっているその「軽視」とは何でしょうか？

情熱恋愛（わたしが問題にしている恋愛）は評判が悪い。それは病気のようなもので、そこから回復すべきだと思われている。恋愛は、昔のように豊かさの源泉とは見なされないのです。

このように「軽視された」恋人とはいったいだれなのですか？　あの有名な青い上着と黄色のベストを身にまとった「ウェルテル風コスチューム」からは認知できないとすると、どのようにして恋人を見分ければよいのでしょうか？

お言葉を返すようですが、恋人を見分けることができるようにと思ってこの本を書いた、と言いたい。わたしが思っているよりもずっと多くの恋愛主体が今でも存在する、とわたしに思わせてくれるような手紙や告白談を受け取るためでもあります。

もしも彼がなにも書かないときは?

恋愛主体は外からは認知できません。現代の都会生活においては、悲壮な恋人のいかなるポーズももはや存在しないからです。

その「ポーズ」ですが、たとえばバルコニーの場面などは?「ジュリエットは二六階に住んでる、ロミオなんかいない……」と最近の反ラブソングにありますが。

その通りです。もうバルコニーの場面などはありません。しかしまた、恋する者の表情の形態、その表現、その身振りも存在しない。一九世紀には何百という石版画、絵画、版画が恋する者の姿を表現していたというのに。ですから今日では、道ばたで恋する人物を見分けることはできない。われわれを取り巻く人々が恋をしているかどうかを知る術はないのです。なぜなら、たとえ恋をしていても、それを隠すように大いに努力しているから。

恋する者の相手として「愛する対象」があります。なぜ「愛する対象」という奇妙な言い回しを用いるのですか?

それは原則の問題です。恋愛感情というものは、今日、ジーンズやヘア・サロンなどと同様にユニセックスな感情だからです。わたしにとってそれは重要なことですから。

あなたにとっては、異性の恋人たちと同性の恋人たちの恋のあり方は同じものですか？

わたしの考えでは、女を愛する男、男を愛する女、男を愛する男、女を愛する女のいずれの場合も、まったく同じ調性が見出されるはずです。それゆえわたしは、性差の問題をできるだけ出さないように気を配ったのです。あいにくフランス語はこの種のものごとに不向きな言語です。「愛する対象」という表現には、愛されているひとのセックスを明示しないというメリットがあります。

しかし「対象」は「主体」に対立するのではありませんか？

はい、そうです。対象であることは避けられない。主体として生きることはまったく不可能です。「対象」は的確な言葉です。それは愛される対象の非人格化を意味するから。

あなたの場合、人が愛するのは相手の「人格」ではないのですか？

まさしくそこに恋愛感情の大きな謎がある、と思うのです。というのは、この非人格化された対象は、同時に優れた、他の人格と比較にならないほどの人格になるのだから。それは精神分析によって「唯一の対象」と呼ばれているものです。

それでは、人はイメージを愛する、というのが正しいのでしょうか？

その通りです。人が愛する対象はイメージ以外のものではありません。いわゆる一目惚れ（わたしが「恍惚」と呼ぶもの）はイメージによってなされるのです。

極端なことを言えば、『プレイボーイ』誌の写真のような「本物の」イメージによっても、ですか？

それは問題がありますね。わたしはやっぱり「ノー」と言うでしょう。なぜなら私たちの心を奪うイメージは、生きているイメージ、活動するイメージなのですから。

たとえば『若きウェルテルの悩み』において、シャルロッテが弟たちのためにパンを切ってやっているイメージとか……

そうです。慎重に言い足すとすれば、情熱は限度というものを知らない。ある人は一枚の写真に猛烈な恋心を抱くかも知れない。しかし一般的には、一目惚れのメカニズムは、コンテクスト抜きのイメージからは作動しないものです。イメージが「それにふさわしい状況に」なければならない。

それがあなたの言う「恍惚とした」恋人ですね……昨年行われたあるアンケートで、それは「大恋愛」と呼ばれていました。調査の対象となったフランス人のうちかなりの数の者が「大恋愛を信じる」、それは全生涯持続するだろう、と述べていました。あなたの著書の「恋する人」ならば、どう思うでしょうか？

もちろん「イエス」と答えるでしょう、その「大恋愛」という質問についてならば。しかし「全生涯持続する」だろうか？　迷いますね。そこには、わたしがシミュレーションをした恋愛主体の中にはないオプティミズムがあります。わたしの恋愛主体にとって「全生涯」という言い回しは意味がない。彼は一種の絶対時間の中にいます。彼にとって、予測すべき全生涯という時間は存在しないのです。

その恋愛主体の一生において、彼が記述する「フィギュール」のうちで、苦悩が大きな位置を占めています。苦悩はいつも存在しているので、恋する者はほとんどそこから逃れることはできない、という印象を受けますが。

そう、愛する者は苦悩を一種の価値として引き受けています。でもそれは、キリスト教的な意味ではありません。逆に、あらゆる罪から免れた苦悩として引き受けるのです。

愛する者はそんな苦悩にどのように対応するのでしょうか?

その苦悩を受け入れようとするでしょう。罪を認めることはなく。

すると、愛の苦痛は避けられないのですね?

そう、避けられないと思います。あるいはむしろ、恋愛感情とは「恋の悩みは避け難いものであるから」というぐあいに定義されるでしょう。でも、恋愛感情はつねに形を変えることができると思いますが……

そして恋するのをやめると?……

それこそが最大の問題です。本書はそこに立ちどまります。良識的には、「恋する」ことを「愛する」ことから切り離すべきときがあるはずです。「恋する」行為には、罠、幻、暴君的な支配、痴話げんか、悶着、極端な場合は自殺という一連の事態が伴いますが、それらを脇に置いて、もっとおだやかで弁証法的な感情に、嫉妬と所有欲の少ない感情に到達しようとするのです。

いま嫉妬と言われました。小説においても、おそらくは人生においても、恋する者の抱く最も仰々しい苦痛は嫉妬に関係しています。あなたの本にはそれがない。

そう、お気づきの通りです。本書の記述は、この恋の情熱の中枢的なフィギュールについては素っ気ない。嫉妬の記述を除こうとさえしました。

嫉妬はあなたには縁のないものだからでしょうか？

いや、それどころか、わたしに無縁のものではありません。けれどもこの感情は、凄まじいばかりの体験をしたにもかかわらず、わたしの存在の中に根付いてはいないのです。実際わたしには、嫉妬についてのはっきりとした考えがない。ごく一般的な考えしかないのです。それに嫉妬は、わたしが個人的な定義をあたえなかったただ一つのフィギュールです。わたしはリトレ辞典の定義を紹介するにとどめました。それが完璧だからです。嫉妬とは「恋愛のさなかに生まれる感情で、愛する人が別の人を好きになるのではないか、という恐れから生じる」。あらゆるフィギュールの中で、これほど陳腐な印象をあたえるものは他にありません。

だれでもが嫉妬する、ということでしょうか？

大げさな言葉づかいをするならば、この運動は、人類学的な広がりをもつものです。嫉妬の波をかぶらないような人はこの世にはいません。たとえきわめて寛容でリラックスしたやり方であっても（現代の若者たちはそのようであると想像できるのですが）、恋に落ちる者は、必ずある時点で、嫉妬の感情に襲われずにはいないのです。

あなたはそのような「寛容（非所有）的な恋愛」の試行を疑問視されるのですか？

はい。わたしは自分よりも若い人たちとつきあっています。一見したところ、彼らの関係に嫉妬が存在しないということに、びっくりすることがよくあります。もしもわたしならば、そんな場合は嫉妬に狂うだろうと思います。彼らが大した問題もなく、感覚的なもの、性的なもの、共同生活でのものを分けあっているらしい様子にわたしは驚き、大いに感心するのです。しかしそれは見かけだけのことです。もっと注意して彼らの暮らしぶりを眺めると、嫉妬の動きが彼らの中にもあるということに気がつきます。実際のところ、嫉妬しない恋人とは、絶対的な信仰をもつ人のことでしょう。いや、そうとは言い切れない。信心深い人でも、神様に対して、あるいは他の人に対して嫉妬を抱くことがある、と立派な文献の中に証言があります。嫉妬を抱かない恋人は、文字通り聖者なのでしょう。

嫉妬がなければ、同時に何人もの相手を愛することができるというのでしょうか？

一時的になら、なんとか、できるだろうと思います。古風な言葉を使うならば、それは〈甘美な〉感情であるとさえ思います。そう、複数の愛の風土、普及している「戯れの恋《フラート》」（この言葉に力を込めるとして……）の風土にどっぷりと浸ることは、甘美な感情なのです。

ただ一時的な期間……だけですか？

多数の相手に夢中になるという至高の状態は、長い期間つづくとは思いません。なぜならば、恋する者の場合は「結晶化作用」というものが生じるのですから。

「移り気［パピヨンヌ］」、または「蝶のように飛び回ること［パピヨナージュ］」が終わりを告げる？

はい。恋する者が情熱の中に身を投じると、その時から蝶のように飛び回ることができなくなる。恋の相手が蝶の状態にあると、恋愛主体は激しい苦痛を感じます。それに、恋する本人にも蝶のように飛び回ろうという気がもはやない。

あなたがさきほどおっしゃった「暴君的な支配関係」とは、そのことですか……

そうです。恋する者は、恋愛の対象によって支配され、虜にされ、所有されていると感じる。しかし実際には、恋愛主体もまた恋愛の対象に対して暴君的な力を行使しているのです。恋する何者かによって愛されることは、笑いごとではない、とわたしは考えます。ほんとにそう思うのです。

したがって恋愛には、闘い、力関係、戦闘行為、勝利と敗北がつきものである、と？

恋する者は隷属させられないように闘います。でも失敗する。愛する人のイメージに完全に隷属したことを確認して、屈辱感を抱き、ときには無上の悦びを感じるのです。またその一方で、この幸福の時に、相手を隷属化することに大いに悩みます。そしてそうしないような努力をします。

あなたが「所有を望まないこと」と呼ぶのはそのことですね。それは解決になるのでしょうか？

はい。理想的な解決は、所有を望まない状態に身を置くことです。これは東洋の哲学から借用した概念です。愛する対象を「所有しないこと」、欲望を自由に巡回させること。と同時に、欲望を「昇華」させないこと。すなわち、相手を支配しないように欲望を制御することです。

するとそれは、プログラムとは言わないまでも、ひとつの提案でしょうか？

はい、ひとつの提案です。あるいはひとつのユートピアでしょう……

新しい恋愛の世界に向けての……

はい、その通りです。

しかしこの新しい恋愛の世界は、一〇年ほど前に大いに論じられた「解放されたセックス」とはまったく別のものである、と思いますが。今日では、このようなイデオロギーに対する反動が、欲望に対する不信感がある、という気がします。あなたの本はこのような流れに棹さすものですか、それともその逆でしょうか？

はい、ある意味では、このような流れに本書を置けるでしょう。両者に共通しているのは、セックスに対して距離を置いている点です。

欲望とはどうですか？

恋愛感情にも欲望はあります。しかしその欲望は直線的ではなく、四方に散乱するセックス、一種の普遍化した感覚的欲望に向けられているのです。

そのような関係でのエロティシズムとは？

エロティシズムについて、「首尾よい」エロティシズムについて語るのは簡単ではありません。「首尾よい」とカッコ付きにしてください。首尾よく行くかどうかは各個人によりますから。処方箋はありません。「首尾よい」エロティシズムとは、愛している相手とのセックスと感覚的欲望の関係です。そういう事態が生じることもあります。それはとてもよく、美しく、完璧で、まばゆいほどのものなので、その瞬間にはエロティシズムそのものが、セックスの超越性に至る通路のようなものになります。セックスは実践の中にとどまり、エロティシズムが大きくなればなるほど、実践は鋭いものになります。しかしそこには感情的な剰余価値があり、そのためエロティシズムはあらゆるポルノグラフィーから完全に無縁となります。

大島渚の『愛のコリーダ』は恋愛映画ですか？

はい、恋愛映画であると言えるでしょう。この映画にわたしはそれほど共感しなかった。たぶんそれは個人的な理由によるものでしょう。でもこれは立派な作品です。恋愛映画の模範と言ってもよい……

本書であなたは、愛する者を「あさる者」と対比させていますが……

そう、これら二つのタイプの「ディスクール」、愛する者のディスクールとあさる者のディスクールとを対比しなければならない。あさることは、恋愛主体のきわめて禁欲的な実践とはまったく相容れないものです。恋愛主体は世界中に拡散しないで、その愛するイメージとともに閉じこもるのですから。

しかし、愛する者もまたあさっているのではないのですか？

はい、その通りです。恋に落ちるための相手を見つけようとしてあさっている者もいます。それが典型的なケースです。同性愛者の社会ではあさることがとても広がっているのですが、いずれにしても、何年もかけてあさる人がいます。しばしば不可避的にあさましいやり方で、それにふさわしい特殊な場所に出入りして、恋に落ちるための相手を見つけようという不屈の思いをいだきながら。

それはドン・ジュアンとは反対ですね。ドン・ジュアンの快楽は、まさしく「あらゆることを変化の中に」見出すことであり、国から国へ、女から女へ渡り歩くことにあったのですから……

わたしにとって、ドン・ジュアンはあさる者の典型です。あの有名な「一〇〇三人」の征服された女のリスト〔オペラ『ドン・ジョヴァンニ』で「スペインでは一〇〇三人」と歌われる〕がありますね。あれこそまさにあさる者のスローガンなのです。あさる者たちは彼らの間で情報を交換することをご存じですね。そして彼らの会話はつねにリストに落ち着く、ということを……

恋する者とあさる者以外に、身を固めた者、「システマート」が存在する……

はい。ある日、友人としゃべっていたら、イタリア語では「身を固めた者」のことをシステマートというのだ、と教えてくれました。わたしはそのほうがずっといい、と思いました。「某氏は身を落ち着けた」、「某氏は結婚した」などというより、その人物が「システムの中に取り込まれた」ことがずっと想像しやすいからです。

しかし、「身を固めた者」について語るのは、あさる者の立場からではないのでしょうか？

それは考えておりませんでした。たぶんそうでしょう。じっさい、あさる者も恋する者も「身を固めた者」からは等距離に位置していますから。両方とも、安定したカップルから見れば周縁的な存在ですから。両者ともに排除されています。

でもあなたの著作においては、むしろカップルのほうが排除されているようですが……

おっしゃるとおりです。でも本書の終わりには、結合についての「フィギュール」を置きましたよ。しかしわたしは個人的には、この結合というタイプを経験したことがありません。したがってわたしにはそれを記述するための言葉の持ちあわせがありません。しかしそれは立場の表明ではありません……

恋する者はカップルについて考慮するのですか？

カップルはつねに視野に入っていると思います。本書では、相手から愛されない恋愛主体を対象に選びました。もちろん、この主体は愛されることを、カップルを形成することをたえず考えています。それが彼の欲望のすべてであると言ってもいいでしょう。

舞台のもう一方の端には、いわゆる「逸脱者」あるいは「倒錯者」が存在するはずですが、あなたの書物では、彼らも安定したカップル同様に不在ですね。ときには、恋する者が彼らの代弁をしている、という印象を受けます。

いいえ、恋愛主体は他の逸脱者のために代弁をしているのではありません。重大な理由がありま す。恋愛主体は逸脱者から見ても逸脱しているのです。彼の方が権利を主張することが少なく、あまり異議を申し立てない……そしてあまり晴れがましくない、という意味で。同性愛の問題に関しては、大事な結論があります。同性愛者について語る場合（男性でも女性でも）、大事なのは、その人が「同性愛者」であることではなく、「恋する者」である、ということです。わたしは同性愛のディスクールを展開することを多少なりとも拒みました。それは、事態を直視することを避けるためでも、検閲のためでも、慎重であろうとしたためでもありません。避けた理由とは、恋愛のディスクールは、同性愛とか異性愛とかの問題とは関係がないということです。

したがって、恋する者は「逸脱者」から逸脱しており、「欲望する者」からも逸脱しているのですね。しかし、両者の関係は戦争ではないのですか？

ではないと思います。彼らはかなり違う星の住民だと思うのです。それはあまり愉快なことではないでしょうが……

欲望する者は金星に、恋する者は月に住んでいるのですか！ おそらくそのために彼らは愚かそうに見えるのですね。「恋する者ほど愚かな者がいるだろうか？」とお書きになっていますね……なにが恋する者を愚かな者にするのでしょうか？

恋する者は、わたしが「脱‐現実」と呼ぶ状態にいるからです。彼は、世間が「現実」と呼ぶもののすべてを幻影であると感じている。他の連中を喜ばせるもの、連中の会話、熱狂、憤り、それらのすべてが彼には脱‐現実的に見えるのです。彼にとって「現実」とは、愛の対象との関係であり、彼の行く手を阻むいくつものできごと（それこそまさに、彼の「狂気」であると世間が見なしているもの）です。まさにこの逆転のゆえに、彼は痛烈な非適合に囚われます。そして実際に彼は、良識のある人の目から見れば、馬鹿げた行為や振る舞いをすることになるのです……

恋する者は、非社会的でもあり、非政治的でもあります。もはや彼は政治のために「高揚」したりはしない、とはっきり書かれています。しかしそれは、彼が政治に関わらないこと、彼にとって政治はもはや重要なものではないことを述べる一つの方便ではないのでしょうか？

いいえ、わたしはニュアンスにこだわりたい。そのニュアンスはとても深いものだと感じているからです。一人の人間は同時にいくつもの波長に働きかける。政治的な波長を受け入れ続けることはできるだろうが、もはや彼に理解できないのは、なぜ人は政治のために情熱的に身を任せることができるのか、ということです。彼は政治的な事件にまったく無関心である、という意味で「脱-政治化」しているわけではありません。そうではなくて、彼の内部にひとつのヒエラルキーが出来上がり、このようなくだらないことに人が「高揚」できるなんてまるで異常だ、と思うようになったのです。

いにしえの「情熱的革命家」をあなたの「リラックスした恋人」、リベラリズム流のリラックスの仕方に対比したいという誘惑に駆られるのですが……　このような対比を受け入れていただけますか？

はい、けっこうです。恋愛主体それ自体、すさまじいばかりのエネルギー備給の場なのですから。そのとき彼は、それ以外のエネルギー備給から排除されていると感じています。彼が共犯関係にあると感じることのできるような人間は、別の恋する者以外にはありません。いずれにせよ、恋する者たち同士はたがいに理解し合うものなのです！　しかし政治的活動家は、それなりの流儀で一つの思想、一つの大義に恋する者です。そしてこのライバル関係は長続きしない。政治的活動家が恋に狂った者の存在に我慢できる、とは考えられません……

けれども、わたしはそこに一つのあいまいさを感じるのです。あなたの愛する者は、ほんとうに「扱いにくい」者、「回収不能な」者、そしてその意味で「反体制的な」者なのでしょうか？　あるいは、どのようなシステムに対しても平穏で、非攻撃的な者なのでしょうか？

彼は周縁の存在です。でも先に申しましたように、謙虚で、晴れがましさがない。彼の周縁性は目立ちません。権利回復を要求しないから。その意味で、彼はまことに「回収不能な者」なのです。

しかし、ご自身でおっしゃっています。二晩に一度は、だれかがテレビで「君を愛しているよ」と言っていると。そこにはマスメディアによる恋愛の「安売り」があります。もしも恋愛が非社会的で危険なものであるのならば、どうして大衆文化が「恋愛のようなもの」をまき散らすのでしょうか？

それはかなりやっかいな質問です。まったく、大衆文化はなぜこれほどに恋愛主体のかかえる諸問題を広げてみせるのでしょうか？　実のところ大衆文化が描き出しているのは、種々のエピソードから成る物語であって、恋愛感情そのものではありません。それはおそらく微妙すぎる区別でしょうが、わたしはそれにこだわりたい。その意味するところはこうです。もしも恋愛主体がひとつの「恋物語」の中にはめ込まれたならば、ただちに恋愛主体は社会と融和することになるのです。なぜならば、語る行為は、大きな社会的制約の一部を成し、それは社会によってコード化された活動だからです。恋物語を通して社会は恋する者を飼い慣らすのです。

わたしの理解が正しければ、あなたの恋愛主体は反体制的であるのにひきかえ、アン・ゴロンの『天使たちの侯爵夫人』は体制的である、ということでしょうか？

まさにその通りです。わたしが厳格な注意をはらって、本書が「恋物語」にならないようにしたのはそのためです。恋する者を赤裸々な状態に置き、社会的な再生利用のありふれた形態（ここではとくに小説のことですが）には手の届かない状態のままにしておくこと、それが狙いでした。

それは小説家の仕事ではない。記号学者の書いた書物です。そして恋する者の書物でもある。「恋する記号学者」とはまた奇妙な存在ですね。

とんでもない！　恋する者は、純粋状態における、野生の記号学者なのです！　彼は記号を読むことに時間を費やします。幸福の記号、不幸の記号、それらを読むだけなのです。相手の表情に、相手の振る舞いに。彼は文字通り記号の虜なのです。

すると、「恋する者は盲目である」という諺は嘘ですね……

恋する者は盲目ではありません。その反対です。彼には信じられないほどの解読能力が備わっています。その能力は、すべての恋する者の中にあるパラノイア的な要素に由来します。ご存じのように、恋する者は、神経症と精神病の両極端を備えています。激しく悩む者でありかつ狂気の人なのです。彼にははっきり見えている。でも結果は、彼が盲目であった場合としばしば同じことになります。

なぜでしょうか？

どこでどのように記号をストップさせるか、を知らないからです。彼の解読作業は完璧ですが、確信的な解読の場でストップすることができない。いつまでも続くサーカスに巻き込まれて、けっして心の安まることがないからです。

最初からあなたにおたずねしたいと思っていたことが一つあります。恋する者についてのこの著作を書いておられたとき、あなたは恋愛をしておられたのでしょうか?

(微笑みながら) これまではその手の質問に答えないことにしてきました。やれやれ…… 本書の多くの部分はわたしの個人的な経験からできている、と申しましょう。他の多くの部分は、読書体験と打ち明けられた話から成っています。自分の体験に関して言えば、それは単独の恋愛体験に基づくものではありません。それらは、わたしの以前の恋愛体験のいくつかに由来する恋愛状態、心の動き、事実の改変などです。そう申しあげた上で、結晶化作用によるエピソードが一つあったことを告白しましょう。要するに、本書は、自分を見失わないための一方策、絶望感に囚われないための一手段として構想された、ということです。ものごとそれ自体が弁証法的になってから、それを書いたのです。

二つの時間が必要だった?

もしもわたしがものごとを弁証法的にすることがなかったら、文体・文章の距離を維持しながら本書を書くことはおそらくできなかったでしょう。

書くという行為に駆り立てるのは、かならずしも現実の体験が終わったことによるわけではない？

このような書物を書こうという欲望には、二つの別々の契機があります。前後を逆にして云うならば、エクリチュールには、人の心を鎮めるというすばらしい力があります。あるいは、興奮の時期が最初に来ます。恋愛についての書物をこれから書いて、それを愛する相手に捧げようと思う、その高揚感です。

それではやはり、恋する語り手はロラン・バルトさん、あなたなのですね？

その質問に対するわたしの答は、あなたをはぐらかすかのように思えるかも知れませんが、実際はそうではありません。わたしという主体は、統一体ではないのです。そのことをわたしは深く感じています。したがって「それはわたしだ！」というのは、わたしが認めていない自己の統一性を前提とすることになるでしょう。

それでは質問の仕方を変えさせてください。本書で次々と展開されるフィギュールについて、「これがわたしだ」と言われますか？

おやおや！……　これと同じテーマを研究するゼミを担当したとき、わたしがよりどころとしたフィギュールは、自分で体験しなかったもの、書物から集めてきたものでした。しかしもちろん、それらのフィギュールは本書では割愛されています。そう、本書のすべてのフィギュールは、わたしと個人的に関係があることに間違いありません。

ロラン・バルトさん、恋する者の「構造的な肖像」ともいうべき本書と向き合っていると、あなたの願望は記述することではなくて、説得することだ、という気がしてなりません。本書は、「結合した恋人たち」の肩を持っている、穏健だが戦闘的な書物である、と言えないでしょうか？

戦闘的？　それはちょっと心外ですね。これは価値の設定を含んでいる書物なのですよ。

一つのモラルも？

はい、モラルもあります。

それはどのような？

肯定のモラルです。恋愛感情はいま過小評価の対象ですが、それに与してはいけない。恋愛感情を肯定すべきです。あえて恋をすべきなのです……

『プレイボーイ』誌、一九七七年九月号。
聞き手はフィリップ・ロジェ。

暴力について

ご親切にも、『レフォルム』〔プロテスタント系週刊誌〕のインタビューを受けるのは幸せだとおっしゃいました…… どうしてでしょうか？

それは感情的なものです。わたしはプロテスタントとして幼年時代を過ごしました。わたしの母はプロテスタントでした、そして青年時代にわたしはいろいろとプロテスタンティズムについて経験を積みました。それはわたしの興味をかきたて、問題を突きつけ、そしてわたしはプロテスタンティズムを支持しました。ついでわたしは遠ざかりました。しかしわたしはたえず感情的な絆を保っていました、プロテスタンティズムというよりはおそらくプロテスタントの人々との。おそらくいつでも少数派の人々に寄せる好意という感情によるのではないでしょうか。

有名人についてのあらゆる定義を超えて、ロラン・バルトさん、あなたは誰なのですか？

わたしはさまざまな知的活動に参加してきました、意味の理論であれ、文学的なあるいは社会的な批評であれ……　しかしわたしの書いたものではなく、わたしのうちで起こっていることをうまく指し示す語があるとすれば、それは「哲学者」という語でしょう、それはある一つの権威のようなものに送り返されるものではありません、なぜならわたしはいかなる哲学的な教育も受けていないのですから。

わたしがわたしのうちで行っていること、それは哲学することです、わたしに起こったことを熟考することです。わたしは熟考することに喜びと恩恵を見出します、そしてそうすることを妨げられたとき、わたしはいささか不幸せであり、なにか重要なものを奪われたように思います。哲学する？　それはおそらく形而上的な次元というよりは倫理的な次元に属するものなのです……

バカンスの時期は多くのテーマをかすませてしまう、それらは、一年を通じて、世論や新聞記事につきまとっていたのだが。暴力もそのようなテーマである。暴力について過剰かつ不適切に、しばしば話題にされているため、「プレザンス・プロテスタント」はこのテーマについてテレビ番組を企画した。こうした見地からジャクリーヌ・セールは、ロラン・バルトが『現代社会の神話』で、巧みにかつ味わい深く、他の語について詳細に分析したように「暴力」という語を詳細に分析してもらうべく、作家、分析家、教授……である彼のもとに赴いた、したがってインタビューは『レフォルム』の独占記事であるが、暴力というテーマについて、ジャクリーヌ・セール、ジャーナリストのダニエル・レヴィ・アルヴァレス、教授G・ムニュ、医師Y・ルーマジョン、移民仮収容所の主宰者ジャック・バロが集まった「プレザンス・プロテスタント」の放送（九月三日、日曜日、TF1、一〇時）のうちにその反響を見いだすことができるであろう。

今日頻繁に使用される「暴力」という語について、『現代社会の神話』でフランス語の他の語彙についてそうしたように、詳細に分析していただけないでしょうか？

この語をそのように発したとき、それはまったく雑然としていて、反応、応答において一種のパニックを引き起こします。

それは多くのさまざまな人々によってさまざまに理解され、とてもさまざまな物に対応する語なのです。暴力の狭義の意味はあります、しかしよく考えてみると、その意味は無限に拡大するのです。それが知的かつ分析的次元の、最初の困難さです、しかもこの語は論述に適していています、なぜならそれはすでに報告書、文書、法律上の処理において硬直化し、窮屈になっています。この語の前には、大衆文化自体によって設営された、あらゆる種類のスクリーンがあるのです。

二つ目の困難さは実存的な次元のものです。暴力は私たちの身体に影響を及ぼします。したがって私たちは暴力にたいして一般的に拒否、拒絶の反応を示します。しかしおそらく暴力を容認する人々がいますし、暴力に成熟のようなものを見いだす人々さえいます。暴力は単純なあるものに送り返されるものではないのです。

三つ目の困難さ。それは国家、集団、個人のレベルで行動の問題を問う語です。事実、そこにおいては、私たちは非常に無防備だと感じます。それは世界と同じように古くからある問題なのです。他の暴力によらずして、いかに暴力を制限するか？

それは宗教的な次元の重大さに達する一種の袋小路なのです。それはたいへんな困難です、そしてこの語を前にしては、いわば無力であることを受け入れるしかないのです。それは解決不可能な語です。

「暴力」という語について、どうして宗教的な次元の重大さに言及なさるのですか？

世界中で、いずれにしろ大文明のさまざまな宗教のうちで、東洋から西洋まで、形而上的な次元の一般的な観念において、暴力を悪と同一視し、あるいは反対に、より原始的ないくつかの宗教では暴力を権利に同一視することで、暴力の問題を引き受けなかった宗教は一つもありません。宗教がこの問題を引き受けたという事実はしたがってその問題を扱うための転換を前提としています。この問題を非宗教的に扱おうとするならば、もう一つ別の鍵が必要となります。暴力を扱うためには鍵を選ばなければならないのです。

あなたのおっしゃるようにその語が解決不可能ならば、非宗教的には鍵はないのですか？

宗教界においても、それは同様に解決不可能です、現世においては！　精神的に解決可能かといえば、それは可能ですし、確実でさえあるのです、しかしわたしにはそれに答えることはできません。

ですが知的な分析の面に戻るならば、幾種類もの暴力があることを意識しなければなりません。集団による個人に対するあらゆる拘束のうちに存在する暴力があります。ですから法の、さまざまな法律の暴力、警察の、国家の、権利の暴力があると言うのは正当なのです。権利は、場合によっては、暴力を制限し、あるいは暴力を監視するものとされますが、それ自身身体的ではありませんが、拘束の暴力である暴力を設立することでしか暴力を制限、監視することができないのです。これは思い起こす必要のあるテーマです、なぜならマルクスはもちろん、ジョルジュ・ソレルやヴァルター・ベンヤミンのような思想家によって政治的かつ文化的に問題にされたことがあるからです。そしてそれははるか彼方にまで及ぶ可能性があります。ある規範の拘束を被ることは暴力との衝突と感じられる可能性もあるのです。しかしそれは漠然とした、冷淡な、洗練された暴力です……

個人の身体に関わる暴力があります。時にはそれは身体の自由を制限し、刑務所的な暴力と呼ぶこともできるでしょう、時にはそれは血まみれの暴力、傷害の、謀殺の、テロの暴力です。目下、巷で話題になっているのは明らかにこの最後の暴力です……ギャングによるあるいはアナーキストによる、そしてさらには軍人による暴力。

これらのさまざまな暴力の領域を区別する必要があります、なぜなら、一般的に、ある一つのタイプの暴力に拡張的な、別のタイプの暴力で応えるというメカニズムが生まれるからです。

例えば、国家による暴力には、人は血まみれの暴力によって応えるでしょう。したがって一種の無限のシステムが設立されるのです。暴力にはたえず繰り返されるという性格があり、暴力はそれ自身から生み出されるのです……　こうして確認された事実はあまりにありきたりのものですが、さてそこからどうやって抜け出すのか？

「暴力」という語は二つの意味を持っていないでしょうか。破壊的な暴力、死のしるしという意味と同時に攻撃性、創造性、生命力である欲動の意味と?

逆説的に聞こえるかもしれませんが、わたしは実詞「暴力」と形容詞「粗暴な」を喜んで区別したいと思います。事実肯定的に粗暴な、あるいはむしろ粗暴〈かつ〉ポジティブな状態、行動、あるいは選択があります。創造的な情熱や創造的な過激さです! しかしそれは形容詞の場合だけです、他の合目的性の属性となっているときに限られます。暴力それ自体は形容詞のうちにあった属性が本質となったときに現れるのです……

わたしはまた三つのことを指摘しておきたいと思います。

暴力が大義、思想に奉仕するとき重大な問題が提出されます。わたしとしては、暴力をそして破壊を伴う行動に教義上のアリバイが与えられることには耐えられません。一六世紀のカルヴァン主義者、カステリオンのとても素直な言葉がわたしの考えるところです。「人間を殺すことは、教義を擁護することではない。それは人間を殺すことである。」その点においても、カステリオンはジュネーヴのカルヴァン派と対照的でした。この言葉の利点は字句の頑固さ、字句――人間を殺すこと――が殺しはせず、生命を守っているという契機を表象していることです。字句を解釈することは――人間を殺すことは、教義を擁護することであると言うのは――、生命に対して、わたしには擁護できないことのように思われます。

対話そして討論がここまで来たなら、ある一つの問題が提出されるべきであり、提出されたのです。暴力と権力の関係です。あらゆる権力はいやおうなく暴力を含み持ちます。ジョゼフ・ド・メーストルは、その立場上、わたしとは逆の意味で、こう言いました。「あらゆる至上権はその本質から絶対である。至上権を一人の人物の上に置こうが複数の人物の上に置こうが、それを分割しようが、望むままに権力を組織しようが、結局はいつでも絶対的な権力が存在するのであり、それは咎めを受けることなく悪を行うのであり、したがってその観点からすれば正真正銘専制的であり、その絶対的な権力に対しては蜂起という砦しか残されていないのである。」暴力から切り離されようとすれば、非暴力の思考を持たなければなりません、現在の社会的な観点からすれば、絶対的な余白の思考を。暴力に反対ならば、ある一つの、それ自体揺るぎない、権力の外にある倫理を持たなければなりません、そして権力にあずかるような状況に身を置いてはいけません。

最後に、わたしは自らに問いたいと思います。部分的に、つまり条件付きで、例外を認めて暴力に反対することができるのでしょうか？　非暴力を換金できるのでしょうか？　それが、わたしが問い、自らに問う問題です。あなたが絶えずいくつかの反論をし、いくつかの限定を加えたいと思っていることはわかります、それらの反論や限定はわたしのものでもあるのです。しかしわたしはあなたに問いでもって答えましょう。暴力の中身について評価し、それを正当化することができるのでしょうか？

事実、二つの倫理的な姿勢があります。暴力の中身を判断する権利を保有し、いくつかを救済し、他のものを断罪する、これが一般に世界が行っていることです。あるいは容認しがたい形式として暴力をまるごと受けとめ、そしてその場合さまざまなアリバイを拒絶し、非暴力を換金することはありません。しかしこれは極端な姿勢であり、個人的な道徳の限界の領域でしか受け入れられないものです。

あなたの回答はたいへん悲観的であり、ほとんど行きどまりです。活路はないのでしょうか？

現在の世界中の社会が暴力の全体的な解決への道を歩んでいるとはわたしには思えません。全体的な組織の次元では世界には希望がないように思えます。国家は増加し、どの国家も拘束の力を、その権力を増加させています。社会主義による解決法は完全に行き詰まり、見込みがないように思えます。それがここ五〇年来の教えであり、さらに私たちはそのために大いに苦しんでいるのです。暴力のない世界を想像することはユートピアのように思えます、それは快いものでさえないのです、言わば、それほどそれは私たちの現実にはそぐわないものなのです。

この社会に生きている主体は解決にあるいは個人的な行動に後退することを余儀なくされるのです。

それは絶望による解決なのですか？

必ずしもそうではありません！　二〇〇〇年来、哲学的かつ政治的な文化により、私たちは、例えば集団主義一般に並外れた価値を付与することに慣らされてしまっています。

あらゆる哲学は集団の、社会の哲学です、そして個人主義はたいへん貶められています。非集団性の、個人の哲学はもはや存在しないかあるいはごく稀にしか存在しません。おそらくまさにこの特異性を引き受ける必要があり、一種の価値の下落、恥辱としてそれを生きるのではなく、実質的に主体の哲学を再考する必要があるのです。私たちの社会に拡散した、この道徳によって怖気づいてはいけません、それは責務と政治的な誓約の価値をともなった、集団的な超自我の道徳なのです。おそらく個人主義者という立場を取るというスキャンダルを甘んじて受け入れる必要があるのです、これらのことはすべてまだ明確になっていないとしても。

わたしにはスキャンダルとは思えないのですが。「共に存在する」の前にまず「存在する」が必要なのではないでしょうか？

スキャンダルですとも、それは例えば、ヘーゲル以来、思考し、理論を立てるすべてのものにとってはスキャンダルなのです！　集団性の要請から逃れようとするあらゆる哲学はきわめて特異なものであり、さらに、烙印を押されているのです。

そしてロラン・バルトさん、それはまたあなたの考えるところなのですか？

わたしは、少しずつ、知的にわたしに強要されるすべてのものから解放されるために探し求め、努力しています。しかしゆっくりと……　変化の作業が進むに任せなければなりません……

『レフォルム』誌、一九七八年九月二日付。
聞き手はジャクリーヌ・セール。

疑いをいだかせるための言葉

これまで知識人たちから、ということは少数者から賛美されてきた（あるいは誹謗されてきた）ロラン・バルトは、もし昨年『恋愛のディスクール・断章』を発表するようなことがなかったなら、一介の学者としてひっそりとこの時代を横切ったことであろう。スイユ社から刊行されたこの書物はかなりの発行部数を記録しているのである。

ロラン・バルトの底知れぬ教養、言葉という記号、文章という構造を探索して倦むことのない熱意、言葉と文章の位置をずらし、それらを解きほぐすことにより、ついにはそれらが根負けをして本当に言いたいことを白状するようになるまでに追いつめる情熱、このアマチュア画家にしてピアニスト（言葉のパレットのなかから正しい色、もしくは正確な音を表現する言葉を選ぶ人）のエクリチュールの厳密さ、このような態度が一人の学者を偉大な作家に育てるのである。学者としてのロラン・バルトは、テクストと言語に対する新しい批評活動により、二年前にコレージュ・ド・フランスにおける文学のセミオロジーの教授に就任している。

セミオロジーとは、記号［シーニュ］を研究する学問のことであり、バルトにとってはあらゆるものが記号なのである。すべては言語活動である。問題なのは、あらゆる言語活動が最終的には思考と知性を罠にはめてしまうということ。言葉は、ついには心的なステレオタイプを形成する罠と化してしまう。バルトはこのような危険性を暴き出し、この世紀末において、社会に対する幻滅から既成の観念の再検討がかつてないほどにわれわれに要求されるこの時代において知性に呼びかけている。ロラン・バルトの（ときには難解でもある）著作を読むことにより、まったく新たな思想を発見することに悦びを感じてきた者として、多くの人には答えられないような質問を試みた。

つねに現代に耳を傾けねばならない、現代には未来の先駆けとなる記号が含まれているのだから、とあなたはおっしゃっています。今日すでに、反ユダヤ主義の再来が予感されるのではありませんか？　ロマン主義への回帰とか、宗教的なセクトの増加に見られるような聖なるものに対するノスタルジーとかが見られるのではないでしょうか？

未来というものは純粋な状態では予測できません。しかし現在を読むことを通じて、不安と脅威に満ちた明日を予想することは可能です。潜在的な反ユダヤ主義は、各国、各文化、各人における人種主義と同様に、相も変わらずプチブルジョワジーのイデオロギーのなかに生き続けています。フランスでは、幸いなことに国家による政治決定によって認められていませんが、反ユダヤ主義的や人種主義的な誘惑の仕掛けは、ジャーナリズムや日常会話のなかに見られます。この誘惑がイデオロギーのレベルにおける現実であるという事実からして、私たち知識人は大いに警戒すべきでしょう。知識人が演じるべき積極的な役割があるのです。絶対的な規則は、あらゆるレベル、あらゆる機会に人々が言うことを監視し、反ユダヤ的な現実があるという考えを失墜させることです。いかなる場合にも、言語活動はこの恐るべき亡霊を消してしまうべきなのです。

ロマン主義への回帰のほうは、もっと漠然としたものです。ロマン主義には、創造の、個人の欲望の高揚の種々の力があり、合理主義者の体系化に対する抵抗力があります。これらはすべてプラスの要素です。しかし一方では、反知性主義とい う神話を伝達し、反ユダヤ主義という危険をともなっています。ポスト・ロマン主義時代のドイツのことを想起しましょう。

聖なるものについて言うならば、それは宗教のあいまいさのすべてを含んでいます。人類は聖なるものなしには、つまり象徴的なものなしには生きて行けない、とわたしは確信します。しかしそこには二つの危険があります。宗教的カルトのレベルにおける蒙昧主義、および政治権力が聖なるものを引き受けることです。

このようなさまざまな危険に対峙しながら正義は、すなわち希望は、つねに周縁にあると思います。それは個人的な尺度での闘いなのです。ロマン主義と聖なるものは、周縁において個人的に生きるべきだ、と言いたいのです。なぜならば、私たちの社会のように付和雷同的な社会において、ある一つの価値が影響力をもつようになれば、その価値はたちまち攻撃的になるからです。


たしかに今日、大いに攻撃的な口調で語られるのは、思想的な導師の「粛清」、および「常識」にもどろうという一般的な欲望についてです。私たちの社会には、まだ知識人の強制収容所はありませんが、しばらく前から明確なファシズムの傾向が見られるようになった、と感じませんか？

おっしゃるとおり、ファシズムの危険性をこのような精神状態に関連させるのは無理もないことです。しかし言葉の意味を正しく把握しましょう。そのほうがうまく闘えるのですから。言語活動、ディスクール、ジャーナリズム、会話においてはもちろんファシズム的要素が濃密になり、徐々にそのような悲劇的印象をもたらしています。反知識人的な差別主義があることは確かですし、ユダヤ人や同性愛者、黒人と同じように知識人がスケープゴートにされているのも確かです。知識人に対する告発は、フランスではロマン主義以来、周期的に繰り返されています。その告発は「常識」の側、粗野な大勢順応主義の立場からなされています。それはかつてギリシアにおいて「正しい意見」と呼ばれていたもの、すなわち多数派の考えと見なされていたものです。多数派を占める階級であるプチブルジョワジーは危険な存在です。本来のブルジョワとプロレタリアとの間で板挟みになって、プチブルジョワは最終的にはつねにファシズムという強い体制と結託することになるのです。明らかにフランスでは、歴史的にプチブルジョワが急増しています。それは上昇中の階級、権力に到達しようとする階級です。いや、大雑把に言えば、すでに権力の座に就いているのです。

いわゆる思想的な導師の世論による粛清については、それは取るに足らぬ悪ふざけであって、思想的な導師を死刑にするためにあたかもそのような者がいるかのように（それもまったく不確かなのに）宣言しているにすぎません。ほんのわずかの弁証法、ほんのちょっとした繊細さが粗野な精神の持ち主を脅かしているので、みずからの鈍重さを守るために、常識なるものを彼らは持ち出してくるのですが、それは結局ニュアンスを殺してしまうことになります。

一般に信じられているように、知性には、数学と文学という二つのタイプがある、と思われますか？

それは、数学および文学がどのような発展段階にあるかによって決まることです。第一の段階においては、この二つの言語には二つのタイプの適性（あるいは非適性）があります。このような対立は、およそ神話的とは言えないと思っています。しかし第二の段階において、もう少し数学あるいは文学を後押ししてやれば、境界線は消滅し、相互作用、相互交換が生まれるのです。

数学には、イマジネーションの豊かな富があります。論理的思考の重要なモデルであり、生彩に満ちたやり方で形成されうる思弁なのです。それも形式に依拠するものであって、内容は考慮の外にあります。そのすべてがこれ以上ないほどに文学に関わってくるのです。さらに文学の側においても、ますます数学的な思考の形式に向かう動きが見られます。あるレベルに達すると、数学と文学とは合流するのです。

あなたにとって、あらゆる神話の終焉、つまり想像力と創造力の終焉は、なにを意味しますか？

神話と宗教の衰弱の原因は、歴史の加速度的な展開にあると、わたしは思います。歴史はさまざまの価値を、あるときは急速に、あるときはゆっくりと消耗してゆく。現代では、このような消耗が加速度的になされていて、人類の大きな幻想の強度と持続に変化が見られるのです。しかしながら、はっきり言って、あらゆる社会にとって神話は、おたがいにいがみ合うことがないためには絶対に必要なものです。けれども、神話が現実に対するアリバイと見なされるようなことがあってはならない。神話は芸術の中に体験されるべきなのです。芸術は虚偽の教師ではない（そう思われがちですが）。芸術は虚偽を明示するものです。そのとき虚偽は危険なものではなくなる。

二〇年前に書かれた『現代社会の神話』の続編を今お書きになる気はありませんか？　『エル』誌について述べるならば、かつてあなたの著作においてあたえられた本誌のイメージはもう消えました。一時は、さえないピンクが私たちの好みの色でしたが、一九六八年以来私たちは主張をもつようになりました。とても暗い色調の主題を取り上げることも、ままあります。

わたしは長い期間、雑誌類を読むことなく過ごしてきました。しかし実際のところ、『エル』誌は大いに変わったと思います。『エル』のような雑誌のレベルでは、わたしたちがこれまで論じてきたほとんどすべてのことに関わる大ジャーナリズムの使命があります。よきジャーナリズムは、社会に対する批判的でタブーのない意識をもつように確実に読者を助けるべきなのです。『エル』誌の場合について言うならば、この雑誌の変容、その反省の要因は、女性における意識の成長と明白な関係があります。女性にとって大切なことは、力強い声をもつことではなく（フェミニズムの運動にはこの傾向が強いようですが）、正しい声、繊細さを受容する声をもつことです。

フランス人はラシーヌをもったことを誇りにしているが、シェイクスピアをもたなかったことを残念がってはいない、とあなたはおっしゃっています。この国では、恋愛は、よく整備され限定されたフランス式の庭園なのでしょうか？　情熱恋愛という、われわれのイギリス式庭園はどこにあるのでしょう？　われわれの文化遺産にそういうものは存在しないのでしょうか？

フランスの偉大な古典作家たちは、嫉妬に重心を置きながら情熱恋愛を描きました。おおまかに言うなら、パラノイアです。それにひきかえドイツ人は、ハイネを例に挙げるとすれば、むしろ恋の痛手、ノスタルジー、真情の吐露といったものに重心を置いたのです。このことはまさしくフランス的な伝統とかなりずれています。フランスという国は、ロマン主義にいわば乗り損ねたのです。恋愛に対するフランス人の態度のなかにそのことが感じられます。

それでは、神に対する愛はいかがですか？　それは祈りという言語を通して行われているがゆえに、あなたがバルザックの中篇小説『サラジーヌ』についてなさったような解読作業を福音書についてなさるとしたら、どのようになるのでしょうか？

ボシュエはきわめて戦闘的な言い方で、言語の中に表現され定式化されないような祈りは存在しない、と述べています。彼はフェヌロンと神秘主義者たちを攻撃したのです。純粋な祈りは言語の外にあり、えも言われぬ絶対の中にある、と彼らは主張していたからです。神秘主義はこれまでずっと言語の最も困難な経験を代表してきました。それゆえにこそ神秘主義は魅力的なのです。福音書に対する構造分析の作業は可能か？　わたしは可能だと思います。個人的にも、わたしは新約聖書と旧約聖書のテクストについて二つの短い分析〔一九六九年の「物語の構造分析」と一九七一年の「天使との格闘」〕を試みました。しかし深い分析はできなかった。構造分析の記述は形式に関わるものであって、宗教的なメッセージの手前にとどまるからです。テクストとは、薄片でできたパイ菓子のようなものではないでしょうか？　意味はテクスト上に、まるでお菓子の薄片のように積み重なっているのです。そして福音書に関して言うならば、このような作業はとても大切なのです。テクストの成り立ちのあらゆるレベルを検証したのちに、その作業によって、文字がテクストを殺すことなしに、文字にもどることが可能になるからです。

『モードの体系』において、意味作用のシステムとしてのみモードは存在する、と書いておられます。あなたのおっしゃりたいのは、「どんなものを着ているかわたしに云ってごらん。そうすればきみがどういう人物であるかを言い当ててみせよう」ということなのでしょうか？

モードとはコードであり、言語活動なのです。コード化されている言語活動と主体による言語活動の語り口との間には複雑な関係があります。それは言語能力（言語活動をあやつる能力、コードを知っていること）とパフォーマンス（実際にしゃべるときにコードをどう用いているか）との関係です。モードとはまさにそういうものであり、わたしはそのおかげでモードを言語として記述できたのです。この言語を話すには個人的なやり方があり、そのために個人的なことを人工的なコードを用いて言わねばなりません。自分が何であると思っているのか、自分がどのように見られたいのかを万人の言語でもって表すように、とモードはあなたに強制するのです。そしてこのことは、人間の条件の定義にほかならない、と言いたい。人は、他者の言語を用いて自己を表現すべき運命にある。この五〇年来の女性のモードをご覧なさい。モードの変容は、多様な種類のエロティシズムを前提としています。おわかりでしょうか、モードはあまりにも文化そのものであり、それはけっして身体を解放することはできない、とわたしは思います。その一方で、モードは進歩的であるとも思います。趣味の貴族的な価値を進展させようと試みているのが見られるから。モードは、造形にかかわる人類の大いなる実験との関係を保っている、形式と色彩、タイプとシルエットを想像しようとしているのです。芸術との、と簡単に言えます。

それでは生きる術について。日本の生きる術があなたを虜にしました。個人的な生きる術以前に、国民的な生きる術があると思われますか？

生きる術は社会的でもあるのです。たとえば、ブルジョワ的な生きる術、それはフランスではとくに不愉快なものではない。あるいは国民的なものもあるでしょう。わたしはよく紙の上に、図を描くようにして、まったく異なる文明の首尾のよい生きる術の特徴を総合した、一種の合成的な生きる術を組み立てることを夢想したものです。

われわれの生きている工業化社会では、アマチュア精神は一種の解放的な生活術ではありませんか？

その通り。アマチュア精神が重視するのは、作品の生産行為であって、生産された作品ではないのです。ところがわれわれは、生産物の文明に生きている。生産行為に悦びを感じることが秩序を乱すように思われるのです。絵を描くことに大きな悦びを感じるアマチュアの絵描きがいます。そしてこの悦びはとても大切なことなのです。しかしながら「常識」は、アマチュア精神に対してある種の憐憫の情を抱いています。それが一種の恐怖心でない場合のことですが。アマチュア精神が周縁的なもの、すなわち秩序を乱すものを生み出さないかと恐れているのです。

あなたの行間を感じ取って読むという新しい流儀もまた、高度なやり方で秩序を乱すものではありませんか？

わたし自身が秩序を壊す者であると考えるのはちょっと自惚れがきついでしょう。けれどもたしかに、語源的な意味において、わたしは秩序をひっくり返すことをやろうとしています。すなわち大勢順応主義、既存の思考方法の下に潜り込み、それを少しでもずらしてやろうとするのです。それは革命を起こすことではなくて、ものごとに少々まやかしをしかけることです。それはものごとの厚みを剝ぎ、もっと動きやすい状態にし、疑いを抱かせることなのです。要するに、当たり前だと称しているもの、安定しきったものにつねに揺さぶりをかけようとするのです。

『エル』誌、一九七八年一二月四日号。
フランソワーズ・トゥルニエによるインタビュー。

あまりに荒々しいコンテクスト

わたしはエッセイストです。演劇的な創造にも小説的な創造にも接近したことはありません。一度も架空の人物を創造したことがありません。いくつかのエッセーで、もちろん、ロマネスクなものに接近したことはあります、しかしそれはカテゴリーとしてのロマネスクです。今日、小説と共通点を持つようなものをなにか書いてみたいという誘惑は感じますが、この誘惑は戯曲には及びません。演劇のプロの世界はじつに気難しい、一筋縄では行かない世界です。すべてが極度に荒々しいコンテクストのうちで、あっという間に上演されます。

この時間観念は、テクストの存続という面では、意気阻喪させるものです。演劇的な創造の荒々しさを作り出すものはおそらくその楽しみ、その価値を作り出すものでもあるのです。テクストが役者の身体、その身振り、そのような直接的な実現のうちを通過するのを見るのはたいへん刺激的であるのは間違いありません。しかしフランスの演劇機構は非常に厳しい経済的なシステムの上に成り立っています。金銭とのあるいは金銭に対する闘いがあるのです。おそらくいつか台詞を書いてみたいという誘惑にかられることになるかもしれません。しかしそのときでもわたしに足りないものは物語、プロットという補完物でしょう、今日の演劇がそれなしで済ませることができるとしても。『恋愛のディスクール・断章』という書かれたテクストの抜粋が上演されたことがあります。作者であるわたしにとっては、それはたいへん面白いものでした。それは「黙している」テクストが役者の声、息づかいを通過するときにどんなものになるかを見せてくれました、それはコンマが沈黙あるいは身振りに変化するように、句読法が、いちど役者の身体を通過すると、どんなものになるかを見せてくれました。そのとき、わたしは「特別に」演劇の台詞を書いてみたいと思ったのです。もし、運良く、戯曲を書くことになるなら、わたしはとても文学的なテクストを書くでしょう。そのときわたしはドラマツルギーのためにまったくテクストを犠牲にする現在のある種の演劇に対して抵抗するでしょう。

わたしの書いたエッセーのうちで、それは演劇ではなく文学に関するものですが、わたしはテクストの読解を一つの限定された意味に制限しないためにしばしば闘ってきました。ところで、スペクタクルとなると、わたしには強固な、ただ一つの意味が、道徳的なあるいは社会的な責任が必要となります。なぜなら批評家として演劇にかかわっていたときにとても大切にしていたブレヒトの思想にいまでも忠実だからです。

『ヌーヴェル・リテレール』誌、一九七九年二月六日—一三日号。

ロラン・バルトは釈明する

ロラン・バルトの著作――一五冊あまりのうちには有名になった『零度のエクリチュール』、『現代社会の神話』、『恋愛のディスクール・断章』もある――の特徴は第一にその多様性である。それらのうちにはミシュレやラシーヌについての批評的な研究もあれば、モードの言語活動についての体系的な分析、あるいは記号の国、日本についての驚くべきエッセイもある。この多面性はうわべだけのものではない。ロラン・バルトは、思考の体系を作り上げようとするかわりに、たえずさまざまな知を渉猟し、平然と一つの理論からもう一つの理論へと移り行き、例えばマルクスからある一つの観念を借用し、それを言語学において試用するのだ、あるいはその反対である。そして場合によっては、分析のための機械、例えば「記号学」を作りあげるために立ちどまることがあっても、それが硬直した拘束にそして解釈の唯一のグリッドになる恐れがあるときにはそこからいささか遠ざかったのである。

ロラン・バルトの行程は、迂回、脱線、そして間道を通っての探索にもかかわらず、定数を示している。言語活動への特別の関心である。一方では、その抑圧を、つまり常識、「自明のこと」、あるいはステレオタイプ（ステレオタイプのあるところ、さらには愚かしさのあるところにロラン・バルトは駆けつける）告発するためである。しかし、他方では、何世紀にもわたり日々新たにされてきた訓練によりもたらされた、意味の歓喜と爆発の並外れた可能性を褒めたたえるためである。そしてわたしが何よりも問いただしたいと思ったのはまさに文学を愛するロラン・バルトである。友人である作家、その文学的な実験がある者からは「前衛」であると言われ、他のある者からは退屈な「読解不可能性」であると言われる、フィリップ・ソレルスに捧げられた論文集を出版したばかりのロラン・バルトである。しかし同様に近刊の著作――特に『恋愛のディスクール・断章』――がとりわけそのエクリチュールによって、現在、批評家ロラン・バルトよりは作家ロラン・バルトが語られるほどに、ますます文学空間に近づいていると考えられるロラン・バルトでもある。彼は正確にはどうなのであろう？　彼は現在の仕事をどのように思い描いているのであろう、ラテン語なら〈サピエンティア〔知恵〕〉という言葉で示される年齢に到達したと言い、「いかなる権力もなく、すこしの知、すこしの知恵、そしてできるかぎり多くの味わい」という言葉でその立場を言い表したコレージュ・ド・フランスの教授は？　あるいは昨日は構造主義者であり、明日は小説家なのであろうか？　このような質問にロラン・バルトは答えてくれた、知識人の間に己の場所を位置づけ、前衛の文学についての己の観点を明確にし、ついでに難解で込み入った話をすると彼を非難する者たちに答えてくれた。彼に言葉を委ねる前に一つだけ強調しておきたいことがある。この人の声と眼差しのうちには、本物の寛容、極度の洗練と控えめな快楽主義との間での名づけようのない平衡があるのである。おそらくそれは「礼儀正しさ」と時おり呼ばれるものに行き着くものであり、ロラン・バルトが、彼なりのやり方で、再び流行らせたものなのである。

インタビューを始めるにあたって、あなたにとってインタビューとは何かと、お尋ねしてよろしいでしょうか。

インタビューは分析しなければならないほどではありませんが、少なくとも判定を下さなければならない、かなり複雑な実践です。一般的に言って、インタビューはわたしにとってかなり耐えがたいものです、そしてある時には投げ出してしまいたいと思いました。もうこれが「最後のインタビュー」のようなものだと決めていたこともありました。ついでそれが行き過ぎた態度だとわかりました。ぞんざいな言い方をすれば、インタビューは逃れることのできない社会的なゲームの一部を成しているのであり、あるいはもっと真剣な言い方をすれば、一方では作家と、他方ではメディアとの間の知的な作業における連帯の一部を成しているのです。受け入れなければならない連鎖があるのです。書いた瞬間から、それは最終的には出版されるためであり、そして出版した瞬間から、社会が本に要求するもの、社会が本から作り出すものを受け入れなければならないのです。したがって、インタビューに同意しなければならないのです、時おり要求に少々ブレーキをかけようと試みながら。

さて、インタビューはわたしにとってどうして耐えがたいものなのでしょう？　根底的な理由はパロールとエクリチュールの関係についてわたしが考えるところにあります。わたしはエクリチュールを愛しています。そしてパロールですが、とても特別な枠内においてのみ愛しています、例えばゼミや講義で、わたしが作り出す枠内です。パロールがエクリチュールを言わば追い越すとき、いつでもわたしは気詰まりを感じます、なぜならそのときむなしくなるからです。言いたかったことは書くこと以上にうまく言い表すことはできませんでした、ですから話すことでそれを再び言うことはそれを減少させることになるのです。これがわたしのためらいの本質的な理由です。より気分に関わるもう一つの理由もあります。あなたの場合がそうだとは思いませんが、しかしともすると、大きなメディアとのインタビューでは、インタビューをする者とインタビューを受ける者の間で少々サディスティックな関係が出来上がります、その関係においては反応を引き出すために、あるいは攻撃的なあるいは無遠慮な質問をすることで、インタビューを受ける者から一種の真実を狩り出すことが問題となるのです。要するに、細やかな心遣いに欠ける恐れがあります、それがわたしを不愉快にするのです。

今述べたことはしかしながらあなたの質問に含まれる意味の一つには答えていません。インタビューは何の役に立つのか？　わたしにわかっているはそれがわたしのうちに多少なりとも無意識の防御に属する「何も言うことがない」という気持ちを引き起こすかなり不安に陥れるような実践であることとです。書く者にとって、そして話す者にとってさえ、失語症はそれと闘わなくてはならないたえざる脅威です（もちろんむだ話あるいは饒舌は失語症の一つの形式でもあります）。それらはすべてエクリチュールと的確なパロールのまわりをまわっているのです、あるいは衒学的な語を使えば、「韻律における同一格」、つまり言わなければならないことと言い方の間の的確である韻律的な関係のまわりを。最後に、あなたの質問は今はまだ欠けていて、ずっと講義で取り扱ってみたいと思っていた、ある概括的な研究に属するものです。今日の知的生活の慣行について思いを巡らした大規模な一覧表です。

それで『ロラン・バルトによるロラン・バルト』で語られる執筆計画のタイトルの一つが「知識人の行動学」なのですね？

その通りです。行動学がふつう関心を払うのは動物の生態です。わたしに言わせれば同じ作業を知識人について行わなければいけません。彼らの慣行、シンポジウム、講義、ゼミ、講演、インタビュー、署名などを研究するのです。私たちがそのなかで生きていながら、わたしの知る限り、一度も哲学の対象とすることがなかった知識人の慣行がまるごとそこにはあるのです。

私たちの間に置かれているテープレコーダーは、今日知識人を当惑させ、さらには大いに不安にさせます。あなたはどうですか？

確かにテープレコーダーには少々気詰まりを感じます、しかし奇妙な表現ですが、「わたしは我慢しています」。テープレコーダーは抹消する手段を読み取ってはくれません。エクリチュールにおいては、驚くべきことに、訂正の手段は直接的なものです。そしてパロールにおいてはそれによって今言ったことを訂正できるコードが存在します。「いいえ、そう言いたかったわけではありません」など。テープレコーダーでは、録音テープの採算をとるために言い直しがしにくいので、話すのはより危険なものとなります。

テープレコーダーはエクリチュールにとって危険なものと思われるようですが、したがって文学にとっても危険なものですね。

『ヌーヴェル・リテレール』誌がそのことについて資料を公表しましたが、そこにはテープレコーダーの束縛をまったく感じないという若い作家たちの証言が載っています。わたしは、これは世代の問題でしょうが、古典的なタイプである言語の習熟という幻惑のもとに生きています、したがってわたしがそれを作り出しているという点で言語の批評はとても重要です。そこには自然の問題もあるのです。さらに手書きのエクリチュールによって媒介される人体は声によって媒介される人体とは違います。声は想像的なものの器官です、そしてテープレコーダーとともに、より抑圧されてはいない、より検閲されてはいないそしてより内部の規則に縛られてはいない表現を手に入れることができるのです。反対に、エクリチュールはとりわけ文に関わるかなり厳格なコードの一種の認証と働きを前提とします。文は声やエクリチュールと同じではありません。

だからあなたはテープレコーダーをお使いにならない。タイプライターはどうですか？

わたしはわたしのテクストを手書きします、というのもたくさん訂正するからです。それから、きわめて重要なことですが、わたし自身でそれらをタイプライターに打ちます、なぜなら訂正の第二の波が到来するからです、訂正はいつでも省略あるいは削除の方向に向かいます。それは、手書きのエクリチュールのグラフィックな外観においてとても主観的なものにとどまっていた、書かれたものが客観化する瞬間です。それはまだ本あるいは論文ではありませんが、タイプライターの活字のおかげで、すでにテクストの客観的な外観を備えており、ですからそれはとても重要な段階なのです。

一九六四年に『批評をめぐる試み』を出版し、ついで一九六六年の『批評と真実』のなかで、批評家は作家であるとおっしゃっています。ところで、最近、一九七七年、あなたを記念したスリジーのシンポジウムで、あなたは表明なさった。「わたしを作家に仕立て上げようとするジャーナリズムの攻撃がある。」

もちろん、それはトリックを意図して、機転を利かした文です。わたしは大いに作家でありたいと思っていますし、いつでもそう思ってきました、価値の請願なしに、というのもそれはわたしにとっては受賞者名簿ではなく実践なのです。ですからわたしのちょっとした社会的なイメージがしばらく前から批評家のステータスから遠ざかり作家のステータスの方に移動しはじめたことを戯れに指摘しただけなのです。何年か前からわたしが書いてきたことがそこには関係しています、ですからそのことを残念だとはまったく思いません。いずれにせよ社会的なイメージはいつでもキャンペーンの対象であり、ですからこの社会的なイメージがどのように構成され、しばしばそれ自体から独立して移動するかがよく分かるという点で、わたしは攻撃と言うことができたのです。

しかし、あなたの考えでは、どうしてその攻撃なのですか？

わたしはかつて少々合理主義者でしたが、いまでも合理主義者であるとすれば、こう答えるでしょう。なぜなら今日のフランスの知的社会が作家を必要としているから。空席があり、これらの升目を埋めるためのなんらかの条件をみたしてわたしはその席についているのです。

あなたは現在フランスの大学のうちでもっとも威信のある場所の一つであるコレージュ・ド・フランスの教授です。しかしながらあなたにおいて執拗に繰り返され、コレージュ・ド・フランスの開講講義にまで姿をみせるテーマがあります。あなたが、大学との関係において、「不確かな主体」あるいは「不純な主体」であるということです、とりわけ大学教授資格試験を通っていないのですから。

それがわたしのうちですっかり清算されてはいない非常に重要な個人的テーマであることは明白です。わたしはずっと大学に属したいと強くかつ欲動的に願っていました、わたしの青年期、大学が今とは違っていた時代に発する願いです。ところがわたしは正常の課程を経て大学に組み込まれることができませんでした、梯子の段を登らなければならないたびに病気にかかったからです。最初は、哲学クラスで病気になりました、それで進みたいと思っていた高等師範学校の準備ができませんでした、ついで大学教授資格試験を準備するときに病気がぶりかえしました。わたしのキャリアそのものが大学に属したいという思いにわたしがいつでも執着していたことを示しています、しかし幸運にも通常の免状がなくてもわたしを受け入れてくれる周縁的な組織によって大学に属することができました。国立科学研究センター、高等研究院、そしてコレージュ・ド・フランスです。これらの組織はそのスタイルによって周縁的であるのですが、また開講講義でそれについて話したときにはよく理解していなかった客観的な理由からも周縁的なのです。コレージュ・ド・フランス、そしておおむね、高等研究院は免状を交付しません。したがって権力のシステムに巻き込まれません、それが客観的な周縁性を作り出すのです。

この大学とのちょっとしたギャップにあなたは最終的に満足していますか?

職業的な観点からすれば、最上の人生を送れたと思います、というのも疑義を挟まれはしましたが、最初から好きだった大学に、しかしかなり周縁的で権力の外にある場所に迎え入れられたのですから。だからといってコレージュ・ド・フランスには、それは外国人に説明するのはとても難しい機能を持った組織なのですが、革新的な姿勢と議論の余地のない貴族主義との間のさまざまな矛盾があることを忘れてはいません。

書店ではしばしばあなたの本は同じ一つの場所に分類されることは決してありません、そして場合に応じて、言語学、哲学、社会学あるいは文学の棚に置かれています。このあなたを分類することの難しさはあなたのスタイルに対応しているのでしょうか?

そうです、そして少々わたしの場合を越えますが、それはわたし以前に始まった混信の働きに対応するものだと思います。とりわけ多様な主題を扱う著述家であったサルトルとともに始まったのです。彼は哲学者、エッセイスト、小説家、戯曲家、批評家でした。おそらくそのときから作家のステータスは知識人のステータスそして教授のステータスとぶつかり、もつれあい、やがて混じり合い始めたのです。今日、エクリチュールの伝統的なジャンルの一種の消滅あるいは廃止の方に進みつつありますが、この混信がいまだに分類を必要とする出版業界によってしっかりフォローされているとは言えません。

失敗したと考えられるとはいえ、サルトルは巨大なシステムを構築しようとしました。あなたは全然そうではありません。ではあなたにとって重要なのはどのようなサルトルですか?

まず、わたしが持っていない哲学的な能力でもって、サルトルが思考の巨大なシステムを産み出そうとしたことが本当だとすれば、彼が失敗したとわたしは思いません。いずれにせよ、歴史的に、いかなる哲学的な巨大なシステムも成功したためしはありません。そのシステムはある瞬間に巨大なフィクションとなるのです、それがそもそもいつでも起源にあることです。むしろサルトルはさまざまなエクリチュールのうちに具体化され、あるシステムの形をとった巨大な哲学的フィクションを産み出したのではないでしょうか。ではわたしにとって重要なのはどのようなサルトルでしょうか？　それはフランス解放の後、そこでとりわけ現代の作家ではなく、古典的な作家を読んでいたサナトリウムに入っていた後、発見したサルトルです。サルトルとともにわたしは現代文学に到達したのです。『存在と無』によって、しかしまたたいへんすばらしいと思う何冊かの本によって、それらは少々忘れ去られていますが、再び取り上げられるべきではないでしょうか。『情動の理論素描』、『想像的なもの』です。ついでとりわけ偉大な本だと思われる『ボードレール』と『聖ジュネ、俳優にして殉教者』があります。その後、サルトルはあまり読んでいません、少々興味を失ったのです。

ある時期、あなたは文学の科学とおっしゃっていました、それはありえないモデル、決して存在することのない科学だったのですか？

あなたが触れられた文のなかで、わたしは「文学の科学……（もしそれがいつか存在するならば）」と書いたのです。重要なのは挿入句です。はるかに顕著な科学主義の要請のもとにあったときでさえ、わたしはそれを信じていませんでした。現在は、もちろん、さらに信用していません。しかし科学主義的な、実証主義的なあるいは合理主義的な姿勢は主体によって横断されなければなりません。現在、わたしはそこを通り抜けたのです。他の人たちが形式化を試みて、文学の分析を続けるのを否定するつもりはありません。少々不快ではありませんが、もっともだと思います。

どのような意味であなたは「わたしの書いたものはすべていつか、思いのままに、ジッドの『日記』のテーマを再び表に出すためのひそかな努力であったと考えることはできないのだろうか」と書くことができたのですか？

青年期、ジッドの著作を読むことはわたしにとってたいへん重要でした、そしてなによりもわたしが愛したのは彼の『日記』でした。それはその不連続な構造、その五〇年以上にわたる「パッチワーク」の面でたえずわたしを魅了し続けた本です。ジッドの『日記』では、すべてが起こります、主観性のあらゆる光彩の輝きが。読書、出会い、省察、そしてくだらないことさえも。わたしの心をとらえたのはこの面であり、それでわたしはたえず断章で書きたいと思うのです。どうして日記を書かないのか？　とおっしゃるかもしれません。それは作家だけではなく、私たちの多くの者がとらわれる誘惑です。しかしそれは「わたし」の問題をそしてジッドの時代にはおそらく解決するのがより簡単だった誠実さの問題を提起します――いずれにしろ彼は気後れすることなく見事に解決したのですが――それは精神分析が変化し、マルキシズムのブルドーザーが通過した後の現代でははるかに困難になっています。過去の形式をそのまま繰り返すことはできません。

あなたは「断章」によって書いています。この「断章」という用語は曖昧ではないでしょうか、ある全体の一部分あるいはある建造物の一部分という印象を与えませんか？

あなたの異議はわかります。しかしまことしやかに答えるならば、その全体は存在します、そして実際のところエクリチュールは誰もが己のうちに持っている驚くべき物のしばしばかなり貧弱なそしてかなり取るに足りない残滓にすぎないのです。エクリチュールに残されるものは複雑で錯綜した全体に比べれば不安定な小さなブロックあるいは残骸なのです。そしてエクリチュールの問題はそこにあるのです。わたしのうちにある大きな波の流れが最上の場合でもエクリチュールのか細い流れにたどり着くのにいかに耐えるかということです。ですから、個人的には、全体を構築するつもりなどないという風を装い、複数の残滓を露出させることでよりうまく切り抜けるのです。そんな風にわたしはわたしの断章を正当化しています。

ですが、現在断片的ではなく、連続した大きな作品を作ってみたいというとても強い誘惑を感じています。(それはまたしても典型的にプルーストに関わる問題です、というのもプルーストは、人生の半分を断章を産み出すことに費やし、突然、一九〇九年に、『失われた時を求めて』という大海を構築することを始めたのですから。)この誘惑のために、わたしにおいては、コレージュ・ド・フランスの講義はこの問題を出発点とした多くの曲折をともなう方策によって構築されています。わたしが「小説」あるいは「小説を作る」と呼ぶもの、それをわたしは商業的な意味ではなく、もはや断片的ではないジャンルのエクリチュールに接近するために切望しているのです。

『恋愛のディスクール・断章』の好評には本当に驚きましたか?

心底驚きました。原稿を渡すのをやめようと思ったほどでしたのに。五〇〇人以上の人、つまりこのようなタイプの主観性に親近性を持つ五〇〇人以上の主体の興味をひくとは考えなかったのです。

スリジーのシンポジウムで、『恋愛のディスクール・断章』が好評だったのはエクリチュールを推敲したからだとおっしゃいました。そのせいだけなのでしょうか？

それは事後の正当化です、だからといって根拠のないものではありませんが。この本のエクリチュールを推敲したことでおそらくこの主観性の極端な特異性を乗り越えることが可能となったのです。なぜならなんと言ってもむしろドイツ・ロマン派の伝統に属する恋人を扱っているのを忘れないでください、ですからフランスの読者とりわけ知識人の読者からの多くの抵抗が予想されました。この本の好評を目の当たりにして、もちろんいろいろと自問してみました、しかしそれは以前には本当に想像もできなかったものでした。そしてそれはさらにチェーザレ・パヴェーゼが言っていたように「書くという仕事」において非常に面白いことなのです。結局のところ、何が起こるかは決してわからないのです。予想し、知るために並外れた配慮は払います、しかしそれは書く時には愛のこもった応答を必要とするからにすぎません。しかし何物もそれを作り出すことはできません。それを知ることはできません、本のマーケティングは存在しないのです。

あなたは大いに読者のことを考えるのでしょうか？

ますます考えています。科学的なステータス、さらには厳密に知的なステータスを放棄したことからも、わたしは必然的に多くの読者の欲求ではなく、ある種の読者の感情的な応答に対する欲求によって影響を受けています。したがってわたしは文体について、明晰さについて、率直さについてあれこれ自問します。それはいつでもとても簡単なことではありません、というのも一方では形式があるわけではなく、他方では内容があるわけでもないからです。率直に表現するだけでは足りません、率直に考え、感じなければならないのです。

『恋愛のディスクール・断章』の好評はあなたのエクリチュールを変えましたか?

そのような跳ね返りがあるかもしれません。書く時には、聴取に非常に敏感になります、この本との間に持っていたと思われる、率直な関係を再び見出したいという欲求に実際にリモートコントロールされるかもしれません。しかしわたしはとても慎重です、なぜならそのことが自己満足という姿勢を決定してしまってはならないからです。

新しい本『作家ソレルス』を出版なさったところです。まず一点目はこういうことです。この本のうちで――実際は文集ですが――「情愛のこもった批評」を行う権利を、つまりソレルスの読解を彼との友情から分離しない権利を要求されています。あらゆる批評は多少なりとも友情に満ち溢れたものですから、この権利を拒否することはできないと思います。

その権利を認めたほうがいいでしょうね。わたしはずっと前からソレルスを知っています、彼とわたしの間にはとても強い知的な友情関係があります、それで彼の作品を語る方法とそれらの関係を分離しなければならないとは考えないのです。これはこれまでも繰り返して言ってきたことですが、ミシュレは歴史における違いに大いにこだわっていて、それになかば神話的な名称を与えています。一方には、「教皇派の精神」が、つまり書記の、立法者のあるいはイエズス会士の精神が、無愛想で合理主義的な精神があり、他方には、「皇帝派の精神」が、封建的でロマン派の、人間の人間に対する敬愛の精神があります。わたしは教皇派であるよりは皇帝派であると感じます。結局のところ、わたしはいつでも人間を守りたいと思っているのであり、思想はそれほど守りたいとは思っていないのです。ですから、わたしは知的な友情の絆によってソレルスに結びついているのであり、全面的にその人格、個人を擁護するのです。あなたはあらゆる批評は友情に満ち溢れたものであるともおっしゃいました。その通りです、とても頻繁に、あなたがそうおっしゃったことはうれしいです。しかしさらに先まで行かなければなりません、そして情動を批評の原動力としてほとんど理論化しなければなりません。何年か前まで、批評は大変分析的で大変理性的な活動であり、公正さ、客観性という超自我に従っていました、そのことに少々抵抗してみたいと思ったのです。

ここでは細部には立ち入りませんが、手短に言えば、他の文学的な前衛のテクスト同様ソレルスのテクストによって、読者にとってなによりもまず読解可能性あるいは読解不可能性という問題が提起されるのではないでしょうか。

もちろん、インタビューの範囲内で読解可能性の規則についてのとても複雑な問題を本当に扱うことはできません。しかし、おおむね、まず読解可能性あるいは読解不可能性についての客観的ないかなる基準もないのではないでしょうか。さらに、読解可能であることは学校に由来する古典的なモデルではないでしょうか。読解可能であることは、学校で読まれるということです。しかし、実際に、社会の生きた部分を、人々が彼らの間で交換する生きた言葉を、私たちの日常生活や都市生活において話されるこれらのあらゆる主観性を観察するならば、そこには私たちには読解不可能と思えるかもしれませんが、民間には普及している多くの領域が確かにあるのです。最後に、これはわたしの推測になりますが、ソレルスのテクストのようなテクストが読解不可能とみなされるのは、読解の適正なリズムを見つけていないからです。問題のこの面はまだ一度もじゅうぶんに研究されてはいないのです。

多くの読者にとって、読解不可能性とはたんに退屈の同義語です。

まさにその通りです。おそらくいくつかのテクストをもっとゆっくり読めばより退屈しないですむでしょう。アレクサンドル・デュマのような作家は、非常に早く読まなければなりません、そうしなければ耐えがたい退屈となるでしょう。それに対して、ソレルスのような作家は、おそらくもっとゆっくりとしたリズムで読まなければなりません、パロールの経験に緊密に結びついた言語の転覆、変換の企てが問題となっているのですから。それはそうとして、わたしがそこから抜け出すことのできない議論めいたものをひとつ提供しましょう。いわゆる読解不可能なテクストと向き合ったとき、おおざっぱな言葉を使えば、人はよいテクストと悪いテクストを区別し始めます。なぜなら好みの基準もまた修正されるからです。しかしこれらの基準ですが、それらについては全然わかりません。どうしてこのテクストは他のものよりよい音を立てるのか？　それについてはわかりません。しかし忍耐強くなければなりません、なぜならそれらはすべて現在生成中の文化のそしてその多様性によって非常に生き生きとした一種の寄木細工の一部なのですから。

今のところ、明晰さという古い基準あるいは神話はいまだに機能していますね。

わたし自身、明晰さの神話にはたいへん苦しめられてきました、というのも非常にしばしば、しかも最近でも、わけのわからない言葉を使うと非難されてきたからです。しかしながら、明晰さがよい神話だとは思えません。ますます、本質は形式から分離できないと、明晰さはたいしたことではないとわかってきました。しかし第二のあるいは第三の古典主義のようなものによって、美学をあるいはまやかしの明晰さを、あるいは主観性を、あるいは明晰さのルアーを選択してしまうことはありえます、それらの古典主義は、文学史において、前衛的な姿勢と思われる可能性もあるのです。個人的には、わたしの仕事はソレルスの仕事の路線そして冒険とはまったく違います、わたしは現在ますます単純な言語の実践に到達したいと思っています。それはソレルスの試みのうちにある生気に敏感であることを妨げるものではまったくありません。

あなたはステレオタイプをまったく好んでおられませんが、それでも前衛のステレオタイプのうちにはすばらしいものがあると思いませんか？

間違なく存在します。ステレオタイプを否定するステレオタイプが、読解不可能性の順応主義があります。では何がその証拠となるでしょう？　いささか時代後れのそしてその表現において大変「キッチュな」基準を使いたいと思います。それは作家の「苦悩」です。そして、わたしにとって苦悩とは、まる一日一ページに呻吟することではありません、そうではなくてソレルスのような人の生涯が書くことの必要性によってはっきりと幻惑され、苦しめられ、ほとんど十字架にかけられているということです。その点でソレルスの読解不可能性は値打ちがあるのであり、その読解不可能性はおそらくいつかそのようなものとして認識されることをやめるのです。

お話をうかがっていると、ソレルスのテクストのような、前衛のテクストに対するあなたの関心は物語と登場人物を備えたより古典的なテクストからあなたの目を背けさせてはいないのではないでしょうか？

もちろんです。わたしの主観性が古典主義を要求するのです。そしてもし作品を書かなければならないとしたら、わたしはそれに大変強固な古典的な外観を付与するでしょう。ですからわたしは一般的な意味での前衛ではありません。

『作家ソレルス』のうちで、絵画における「表象の危機」に、つまり具象芸術から抽象芸術への移行を参照なさっています。どうしてこの表象の危機は最終的に抽象絵画においては観客に受け入れられ、文学においては読者にうまく受け入れられないのですか？

それは根本的な問題で、それに対してはとても一般的な答えしか与えることができません。その難しさは文学の素材が分節言語であり、この素材がそれ自体ただちに意味することに依るのです。

一つの語は使用される前にすでに何かを意味するのです。ですから、アナロジー、具象化、表象、物語性、記述などのすべての手順を解体することは文学においてははるかに難しいのです、というのもすでに意味する素材と闘わねばならないのですから。ひとたびこの枠組みが措定されると、倫理的な問題とふたたび出会うことになります。闘うべきなのかそうでないのか？　語によって統辞論的な論理に従属しない身体のもう一つの領域に到達するために意味を無効にし、破壊し、変換しなければならないのか、それとも反対に、闘うべきではないのか？　その点で、回答は戦略的にならざるをえないのであり、それは歴史上のいかなる地点に到達したのか、闘うべき戦いをどのように判断するかに依るのです。それが私たちの対話全体の意味であるようにわたしには思われます。これはまったく個人的な見方ですが、おそらく今は闘うべきではない、テクストのために闘うべきではない、少々後退するべき時ではないでしょうか。戦略的に、わたしは少々後退しようと考えています。テクストを脱構築するよりは読解可能性（ルアー、フェイント、機転、あるいは策略を介してさえ）に賭けるのです、要するに言語活動の意味論的な与件とは闘わないのです。しかし、もう一度言いますが、文化的な時代はさまざまの同時に起こる戦略的な試みによって作られているのです。

『ヌーヴェル・オプセルヴァトゥール』誌で、最近こうお書きになっています。「クズネツォフが《すぐれた》作家である、と示しうるものは何ものもない。ソルジェニーツィンと同じくクズネツォフもそうではないとさえわたしは考えるだろう。」あなたにとっては、ソルジェニーツィンは「すぐれた」作家ではないのですか？

ソルジェニーツィンは〈私たちにとって〉は「すぐれた」作家ではありません。彼が解決した形式の問題は私たちにとっては少々旧態依然たるものです。彼に責任はありませんが、理由は以下の通りです、彼が経験しなかった、そして私たちが経験した六〇年間の文化があるのです。この文化は彼の文化よりも必ずしもすぐれたものではありません、しかしそれはそこにあるのであり、それを否定することはできません、例えばマラルメ以来フランス文学に起こったすべてのことを。そしてモーパッサンやゾラのような誰かを、現在私たちの国で作家である誰かと同じようには判断できません。いずれにしろわたしは外国文学をよく知りませんし、母国語と非常に重大な、非常に選択的な関係にあります、わたしはフランス語で書かれたものしか愛してはいないのです。

『作家ソレルス』の冒頭で、こうおっしゃっています。「作家は一人きりである、旧い階級からも新しい階級からも見捨てられている。作家が孤独がそれ自体過ちとみなされる社会に生きているだけにその転落は重大である。」どうしてこのような非常に悲観的な総括なのですか?

たんになぜなら一九四五年以来、知識人階級において恐ろしい幻滅があったからです、何よりも強制収容所やキューバやあるいは中国のような世界的ないくつかの事件を通じて政治的な幻滅があったからです。進歩主義は今日の知識人にとって維持するのがとても難しい姿勢です。そこから「ヌーヴォー・フィロゾフ〔新しい哲学者〕」が登場し、さまざまな理由で、この歴史的な悲観主義を記録し、進歩主義の暫定的な死を明らかにしたのです。

そして『ロラン・バルトによるロラン・バルト』でこう書いておられます。「ある歴史的状況――悲観と排斥の状況——においては、知識階級全体が、もし闘わないのだとすれば、ダンディとおなじなのである。」

その通りです、実質的に極端な周縁性を引き受けるものはすべて闘いの形をとるのです。政治的な進歩主義がもはや単純なものではなく、不可能になったときから、人は策略や回り道という姿勢に連れ戻されます。なぜならそのとき主要な敵はニーチェが社会の「集団性」と呼んだものになるからです。そして必然的にそこにはおそらくそれまで経験したことがなかったような孤独というステータスがあるのです。ですから今日、作家は根底的かつ超越論的に一人きりなのです。もちろん、新聞、雑誌や出版という装置にアクセスはできます。しかしそれはとても大きな創造者の孤独を排除するものではありません。作家は今日同定できるいかなる社会的な階級によっても支えられていません、大ブルジョワ（まだそれが存在すると仮定して）によっても、プチブルジョワによっても、文化的にはプチブルジョワであるプロレタリアによっても。作家は極端な周縁性のうちにいるためにいくつかのタイプの周縁人や少数派の間に存在する連帯のようなものの恩恵に浴することさえできません。本当に、一九七九年において作家は恐ろしく一人きりなのです、それがソレルスの例を通じてわたしが診断を下したかったことです。

しかしあなたは同じ孤独のうちにいるとは感じないのですか？

いいえ、なぜなら何年か前からある種の読者との関係においてある種の感情を「育む」と決めたからです。そのことによって、感情的な反応を見出すごとに、わたしはもはや一人きりではありません。文学のある理念のために闘うのでしたら、おそらくわたしはとても一人きりでしょう。しかし書くものでも講義でも、実践の戦術上の射程を変更したのですから、報酬はいわば違っているのです。

現在ある種の反知性主義、あなた自身がパロディによってその標的になる可能性のある反知性主義が出現しているとお思いですか？

間違いありません。実際には、反知性主義はロマン派の神話です。頭と心を分離することで知性が関わるものに疑念を抱き始めたのはロマン派です。ついで、反知性主義はドレフュス事件のような政治的なエピソードによって引き継がれました。さらに、周期的に、そもそも威信への好みとは相いれませんが、フランスの社会は反知性主義の危機を経験し、発作を起こしています。詳しくは分析しませんが、それは今日社会の階級の再編成に関係していると考えられます。フランスにおいては、古びた用語を使えば、制度や文化面で間違いなく「プチブルジョワジー」が勃興しています。そこで知識人は一種のスケープゴートになっているのです、というのも知識人が、人々が分け隔てられていると感じるような言語活動を用いるからです。問題はいつでも言語活動なのです、そして人間はそれぞれ別の言語活動を持っていて、人工的にしか統一的な言語活動を産み出すことができないという呪いの言葉を繰り返すのです。反知性主義の再発は表現の問題に集中し、その点でわたしは最近スケープゴートとなりました。知識人の小さなグループの内では、『恋愛のディスクール・断章』のせいで、わたしはもっとも「作家らしい」知識人の一人となり、したがってこの小さなグループの外でもっとも有名な一人となってしまったのです。そうすることで、まったく知らない誰かに向けることもせずに「難解な」知識人を非難するキャンペーンをでっち上げ、組織することができたのです。

［ロラン・バルトの著作がその表現のスタイルそしてその言語活動を告発するパンフレットの対象となったのはこれが初めてではない。一九六三年、漠然とした心理学に助けを求めるのを拒み、テクストを内部構造によって分析しようとする、「新批評」の代表の一人であると思われていた彼は私たちの偉大な古典作家の一人についてエッセーを刊行した。『ラシーヌ論』である（スイユ社のポワン叢書でちょうど文庫本として再刊された）。数か月後、ソルボンヌの教授でラシーヌの専門家、レーモン・ピカールはポヴェール社からパンフレットを出版した。『新批評あるいは新手の詐欺』である。ロラン・バルトは一九六六年に『批評と真実』で反論するだろう。レーモン・ピカールのパンフレットとビュルニエ＝ランボーのパロディとの間の考えられる関係についてたずねると、ロラン・バルトは後者の著作は、彼にとって、「確かに一〇年遅れてやってきたピカールのパンフレットであるが、キャンペーンの舞台が変化した。なぜならわたしはより知られている、舞台は大学の内部からメディアの内部へと移ったのだ。しかし、結局のところ、問題は同じである、それは言語活動に関係しているのだ」、と答えた。］

スリジーのシンポジウムで、記者があなたの『ミシュレ』について一度も質問しなかったことに驚いて、こうおっしゃっています。「一方で、もっとも語られることの少ない、そして他方で、わたしがもっとも許容できる本」。まさにあなたがこの本をどうして好むのかを尋ねずにこの対談を終わりたくはないのですが。

ああ、恐ろしい罠をしかけましたね！　しかし、わたしはこの本が好きなのです、この本のテーマ群はかなりよくできていると思っています。それから、ミシュレは相当の改革者でありつづけています、なぜなら彼は身体を歴史に本当に導き入れた歴史家であるからです。もちろん、彼に対して数多くの科学的な批判をすることはできます。彼は数多くの歴史的な過ちを犯しました。しかしデュビー、ル・ロア・ラデュリあるいはル・ゴフとともに生きた歴史の学派となった「アナール」学派はこぞって、歴史がミシュレに負うであろうものを認めています。その苦しみ、その気分、血液、生理学あるいは食物とともに歴史において身体を再検討し、再考したミシュレ。そして民族学者が他の社会を眺めるようにフランスの社会を眺めるために年譜から遠ざかることで、フランスについての民族学を創設したミシュレ。

そして歴史において身体を再考するミシュレにいささかなりとも倣ってあなたもまた、物と知の味わいにだんだん注意をはらうようになったのですね。

いささかなりとも。そのために、わたしは主観性の回り道をします。言ってみれば、主体としての自分をますますあるがままに受け入れるのです。

『リール』誌、一九七九年四月号。
聞き手はピエール・ボンセンヌ。

怠惰であろうではないか

何もしない。草が伸びるのを見る。時が流れるのに身を任せる。人生を日曜日にする……ロラン・バルトは怠惰の喜びについて語る。

怠惰は学校にまつわる神話の基本要素の一つです。それをどのように分析なさいますか？

怠惰は神話ではありません、それは学校という状況の基本的なそして自然な与件です。どうしてか？　なぜなら学校は拘束の構造であり、生徒にとっては、怠惰はその拘束を愚弄する手段だからです。教室にはどうしても抑圧する力が伴います、なぜなら青少年が必ずしも望んでいないことを教えるからです。怠惰はその退屈さを受け入れ、そのことについての意識を表明し、そしてある意味で、それを弁証法的な観点から呈示するための抑圧への返答、主観的な戦術かもしれないのです。この返答は直接的なものではありません、それはあからさまな抗議ではありません、なぜなら生徒は正面から拘束に答える手段を持ってはいないからです。それは婉曲な返答で、危機を回避しているのです。言い換えれば、学校における怠惰は意味論的な価値を持っています、それは教室のコードの、生徒の自然な言語の一部を成しているのです。

語源を見てみれば、ラテン語の〈ピゲル〉という形容詞は（というのもパレス（怠惰）は〈ピグリティア〉に由来するので）「のろい」を意味します。それは物事を行うにしても不適切に、いやいやながら行う、返答をするにしてもだらだらと長引く返答をして制度を満足させようとする怠惰のもっとも否定的な、もっとも惨めな姿です。

逆にギリシャ語では、怠惰なことを〈アルゴス〉といい、これは〈アーエルゴス〉の縮約ですから、たんに「働かない」という意味です。ギリシャ語はラテン語よりはるかに率直です。

すでに、このちょっとした語源をめぐる議論においても、怠惰についてのある種の哲学が浮かび上がってきます。

わたしが高等中学校の教師であったのは一年間だけです。そこから学校における怠惰の観念を導き出そうというのではありません、そうではなくてむしろ生徒としてのわたし自身の経験からそうするのです。わたしは思わず学校での怠惰を思い出すことがあります、しかし現在の生活においては隠喩として、わたしの現在の生活は生徒のそれと同じものは原則として何もありません。しばしば郵便物や、読まなければならない原稿など、とてつもなく気がめいるような仕事を前にして、まさに宿題をすることができない生徒のように、わたしは抵抗し、それらを済ますことができないのではないかと思います。その時、問題となっているのは怠惰の悲痛な経験です、なぜならそれは意志についての悲痛な経験なのですから。

あなたの生活そしてあなたの仕事においてどのような地位を怠惰に与えますか、あるいは認めなければならないと思いますか?

わたしの生活においていかなる地位もわたしは怠惰に与えないと言いたい誘惑にかられますがそれは過ちです。わたしは怠惰を欠如のように、過ちのように感じます。しばしば、物事を行うために闘わねばならない状況に置かれます。それらを行わないとき、あるいは少なくともそれらを行わない間中、——なぜならだいたい最終的にはそれらを行うことになるのですから——、問題となるのはわたしがそれを選んだのでもなくわたしがそれを制圧するのでもなく、怠惰がわたしを制圧するということです。

もちろん、この恥ずべき怠惰は「何もしない」という形はとりません、それは怠惰の輝かしい形、哲学的な形です。

人生のある時期、昼寝のあと、午後の四時から五時ぐらいまで、わたしはこの幸福な怠惰をいささかなりとも自分に認めていたことがあります、それは闘わない怠惰です。緊張することなく、わたしは身体の命ずるところに従っていました、それはそのとき少々不活発であり、元気はつらつというわけではなかったのです。

仕事をしようとはしませんでした、なるがままに任せていたのです。

しかしそれは夏の間、田舎での生活についてです。多くのフランス人がそうするように、わたしは少々絵を描き、日曜大工をしました。しかしパリでは、仕事の必要性そして仕事の困難さによってより責め立てられます。わたしは消極的な形の怠惰に、つまり自分のために作り出す気晴らしにあるいは気晴らしの繰り返しに身をゆだねることになります。コーヒーを淹れるとかコップ一杯の水を飲むとか……しかもまったく不誠実なことですが、気晴らしが外部からやってくると、喜んでそれを迎えるかわりに、それを引き起こした人にとても腹を立ててしまいます。電話や訪問も不快に思うことがあります、実際のところ、それらはできもしない仕事のちょっとした邪魔にしかならないのですが。

これらの気晴らしの他に、悲痛な形の怠惰も知っています。それを「マリネード」と呼んだフローベールを錦の御旗にしたいと思います。つまりあるときベッドに身を投げ出し、「仕事をせずに時を過ごす」のです。何もしません、思考は堂々巡りし、少々意気消沈の状態です……

「マリネード」はしばしば起こります、非常にしばしば、ですがそれは決して長くは続きません、一五分、二〇分です……その後、わたしは元気を回復します。

この「何もしない」というテーマはまた取り上げるつもりです、実際にわたしは何もしないという力や自由を持てないことに悩んでいます。しかしながら、本当に休息したいという瞬間がありまず。ところが再びフローベールが言ったように、「どうやって休息すればいいのでしょう?」

こう言ったほうがいいのでしょうか、わたしは生活のうちに何もしないですごす時間を設けることができないのです、暇な時間はいわずもがな。友人を除いては、わたしの生活は仕事か、うっとうしい怠惰でいっぱいです。

スポーツが好きだったことは一度もありません、そして現在、いずれにしろ、もうスポーツをする年齢ではありません。ですから、もし何もしないと決めたならわたしのような人間はどうすればいいのでしょう？

読書する？　しかしそれはわたしの仕事です。書く？　それはさらに仕事です。ですからわたしは絵を描くことがとても好きだったのです。それはいずれにしろまったく無償の、身体的な、美的な活動であり、同時に本当の休息、本当の怠惰です、なぜなら、アマチュアにすぎませんから、そこにいかなるナルシシズムも投下することはありませんでした。上手下手は関係ありませんでした。

他に何があるでしょう？　ルソーは、スイスで、晩年、刺繍をしました。

皮肉混じりではなく編物を問題にすることができるかもしれません。編物は、ある種の怠惰の身振りそのものです、もし編物を仕上げたいと思うことがなければ。

しかし慣習により男には編物をすることは禁じられています。

いつもそうだったわけではありません。おそらく一五〇〇年前、一〇〇〇年前には、男も普通にタピスリー織業をしていました。現在は、もう可能ではありません。

わたしの生涯で目撃した光景で、おそらくもっとも反画一主義的で、したがって文字通り、もっともスキャンダラスなものは——わたしにとってというより、その場に居合わせた人々にとって——パリの地下鉄の車中で、一人の青年がバッグから編物を取り出し、これ見よがしに編み始めたことです。誰もがスキャンダルだと思いましたが、誰一人そう言う人はいませんでした。

編物、それは手を使った、ミニマルな無償の、目的を持たない活動の実例ですが、しかしながらそれは見事なすばらしい怠惰を体現しているのです。

現代の生活のうちで怠惰が何であるかも検討しなければなりません。余暇への権利についてはしばしば語られますが、怠惰への権利については決して語られないことには気づいておられましたか？　そもそも、現代の西欧では、「何もしない」は存在しているのでしょうか。

わたしとはまったく違った、より疎外された、より厳しい、より勤勉な生活を送っている人々でさえ、暇なときに「何もしない」ことはありません。彼らはいつでも何かしているのです。

あるイメージを思い出します……わたしが子供、青年の時分、パリは違っていました。戦前のことです。夏は暑かった、今よりももっと暑かった、少なくとも、みなそう思っていました、いずれにしろ、わたしはそう思います。当時、非常にしばしば、パリのアパートの管理人たちが——とても沢山の管理人がいました、それはしきたりだったのです——夕方、とても暑いとき、ドアの前の通りに椅子を持ち出し、何もせずに座っていました。

それは消えてなくなってしまった怠惰の光景です。もう生活のなかに見られることはありません。現在のパリには、もうそれほどの怠惰の身振りはありません。それにしても、カフェは怠惰の中継地です。しかしそこには会話もあれば、「人の目を引く」ということもあります。それは本当の怠惰ではありません。

おそらく、現在、怠惰というものは何もしないことではなく、というのも私たちにはそれは不可能なのですから、可能なかぎりしばしば時間を切り取ること、時間を多様化することではないでしょうか。それはわたしが仕事に気晴らしを導き入れるときに小規模に行っていることです。時間を切り取るのです。それは怠惰になるための方法なのです。しかしながら、わたしはもう一つの怠惰にもあこがれています。

禅の詩、それはいつでもその単純性によってわたしを驚嘆させるのですが、わたしが夢見る怠惰の詩的な定義ではないでしょうか。

何もせずに心穏やかにすわる
春が来る
そして草は自然に伸びる。

そのうえ、フランス語に翻訳された詩句は見事な破格構文、構文の断絶を示しています。心穏やかにすわっている者は文の主体ではありません。すわっているのは春ではありません。意図的にせよそうでないにせよ、この構文の断絶は、怠惰という状況において、主体が主体の一貫性をほとんど奪われていることをよく示しています。それは中心をずらされているのです、それは「わたし」と言うことさえできません。それが本当の怠惰なのです。ある瞬間に、「わたし」と言う必要のない状態に到達することなのです。

恋する主体はもっともこの怠惰に到達したいと思っている者ではないでしょうか？

恋する主体が求める怠惰は、「何もしない」ことだけではありません、それはとりわけ決定しないことです。

『恋愛のディスクール・断章』の「何をすべきか？」で、恋する主体は、ある瞬間に、彼に対して情熱が描き出すたえざる緊張のなかで、「怠惰という一隅」を準備しようとする、とわたしは言いました。

事実、わたしが記述しようとした恋する主体は、たえず行動の問題について自問します。電話すべきか？　待ち合わせに行くべきか？　行くべきではないか？

「何をすべきか？」という問い、つまりおそらく私たちの人生がそれによって織り成されている熟慮と決定の布地は、仏教の「カルマ（業）」、つまりたえず私たちに行動し、反応することを強いる原因の連鎖に似ている、とわたしは喚起しました。「カルマ」の反対は「ニルヴァナ（涅槃）」です。したがって「カルマ」によって大いに苦しんでいるとき、一種の「ニルヴァナ」を仮定し、空想することができます。そのとき怠惰は消滅という意味を持つことになるのです。

本当の怠惰は結局のところ「決定しない」、「そこにいる」という怠惰でしょう。教室の最後列を占め、そこにいるという以外の属性を持たない劣等生のように。

彼らは参加しません、彼らは除外されてはいません、彼らはそこにいるのです、一つの点、それだけです、山のようにいるのです。

そこにいること、何も決定しないことを時として欲することもあります。道教には怠惰について、「何もしない」について、「何も動かさない」、何も決定しないという教えがあったと思います。

またトルストイの道徳へのいくつかの誘惑を思い出すこともできるでしょう。悪を前にして怠惰である権利を持っているかどうかを問うことができるという点で。トルストイは持っていると答えました、さらにはそれが最善だとも答えています、というのも一つの悪にもう一つの悪によって応えるべきではないからです。

この道徳が現在まったく信用を失っているのは言うまでもありません。そしてさらに先まで進むならば、怠惰は悪の高度な哲学的解決として姿をあらわす可能性もあるのです。答えないこと。しかし、またしても、現在の社会は中立の立場をまったく許容しようとはしません。怠惰は現在の社会にとっては許容できないものなのです、まるでそれが、実は、主要な悪であるかのごとく。

怠惰について耐えがたいことは、それがおそらくもっとも平凡で、もっともステレオタイプ化した、もっとも思考の対象とならないものなのに、これまでにもっとも思考の対象となってきたものだと考えられかねないことです。

それは安易なものにも、獲得すべきものにもなりえるのです。

その思考の対象となった怠惰は、プルーストが「失われた時」と名付けたものではないでしょうか?

作家の仕事に対するプルーストの姿勢はとても特異なものです。彼の作品は無意識的な記憶、思い出や感覚の自由な再浮上の理論を出発点としてはいなくても、少なくともそれらに伴われて構築されています。この自由な再浮上は明らかに一種の怠惰を前提としています。このような観点からすれば、怠惰であることは、プルーストの比喩を用いれば、まさに口の中でゆっくりと崩れていくマドレーヌのようなものであり、そのときマドレーヌは怠惰であるのです。主体は思い出によって崩されるのに身を任せるのであり、彼は怠惰なのです。そうでないとすれば、彼は意志的な記憶を取り戻すことになるでしょう。

プルーストのもう一つのイメージに助けを求めることもできます。日本の紙でできた花のイメージです、それはしっかりとよじられていて、水の中で伸び広がるのです。怠惰とはそれでしょう。エクリチュールの契機、作品の契機です。

しかしながら、プルーストにとっても、執筆することは怠惰な活動ではありません。プルーストは作家を指し示すためにもう一つの比喩を使っています、仕事の比喩です。お針子がドレスを縫うように作品を作ると彼は言っています。そこにはプルーストの活動がそうであったように耐えざる、丹念な、働きバチのような、建設的な、加筆してやまない活動が含まれます。なぜなら結局、彼は人生の半ばまでおそらく怠惰だったのですが（いやそれも怪しいですが！）、その後、『失われた時を求めて』を執筆するために閉じこもった時、怠惰ではありませんでした、たえず仕事をしたのです。

結局のところ、エクリチュールには二つの時間があるのです。最初の時間は散歩の時間です、ぶらぶらする時間、ほとんどあさる時間です、その時間には思い出を、感覚を、出来事をあさり、それらを開花させるのです。ついで、第二の時間、執筆をする机の時間があるのです（プルーストにとっては、ベッドの時間です）。

しかし、執筆するためには、怠惰であってはいけないとほんとうに思っています。そこがまさに執筆することの難しさの一つです。執筆することは喜びです、しかし同時に難しい喜びです、なぜならその喜びはとても厳しい仕事の領域を通過しなければならないからであり、それには危険が伴います。怠惰の欲求と脅威、放棄への誘惑、疲労、抵抗。一時間前にも、わたしはトルストイの日記についてメモをとっていました。彼は生活の規則、時間割の碁盤目、怠惰であってはいけないという道徳的な問題にとりつかれていた人間です。たえず、彼は自分の違反、怠慢をメモしています。それはたえざる闘い、本当に非常に困難な闘いです。そして、もちろん、本質的に怠惰であったなら、あるいはそうであろうと決めたならば、思いついて納得したことを書けはしないのです。

怠惰の典礼はあるのでしょうか、あるいは日曜は他の曜日と同じような一日なのでしょうか？

このことは言っておいたほうがいいでしょう、いずれにしても職業と同じ数だけの、おそらく社会階層と同じ数だけの怠惰があるのです。日曜が怠惰の制度的な区切りであるなら、明らかに教授の日曜は未熟練労働者の、官僚の、あるいは医師の日曜とは同じではありません。

しかし、社会学的な問題を超えて、週に一度の日の役割について歴史的な問題が提起されます、宗教によって、それが日曜であっても土曜であっても金曜であっても……つまり儀式化された「怠惰」という問題が。

非常にコード化された社会においては、例えばヴィクトリア朝のイギリスや現代のユダヤ教の社会においては、休息の日は何かをすることを禁じる戒律によって印づけられた日であったし、いまでもそうです。戒律は「何もしない」あるいは「何もないをする」という望みをかなえるものです。しかし残念ながら、人々は禁止の戒律に従うことを余儀なくされるとたちまち、「何もないをする」

ことに苦しむのです。

怠惰は、それが外部からやってくるために、それが課せられたものであるために、責め苦となります。この責め苦は退屈と呼ばれます。

ショーペンハウアーは言っています。「退屈の社会的な表象は日曜である」と。

わたしにとっては、子供時分、日曜はむしろ退屈な日でした。理由はよくわかりませんが、子供たちはしばしばそう考えるのではないでしょうか。その日は学校がありません、そして学校は、子供にとって両義的なものであるとしても、社交的で感情的な……かなり気晴らしになるような環境です。

現在、わたしはもう子供ではありませんから、日曜はわたしにとって再び吉日となりました。一週間のあいだわたしをうんざりとさせる郵便物や電話や待ち合わせという社会的な要求を宙吊りにする日です。それは幸せな日です、なぜならそれは怠惰であることつまり自由であることのできる、何事もない日、静かな日であるからです。現代の怠惰の誓願のかたちは結局自由なのですから。

『ル・モンド－ディマンシュ』紙、一九七九年九月一六日付。
聞き手はクリスティーヌ・エフ。

紙のシャトーブリアンのために

さて、シャトーブリアンについてあなたはどのような位置にいるのでしょうか？

わたしの人生において、わたしの文化的な思い出において、シャトーブリアンはまず、みなさんと同じように、撰文集の作者、月光あるいはアメリカの風景の描写が誇示される作者でした。これらの〈公式の〉ページに美しさがないわけではありませんが、私たちの快楽に引き合うものだとは思えません……それらは、おおむね、ロマン派のヒーローのある種の神話を盛り込むために動員されたページであって、実際にはそれらのページはそれらをはみ出す作品をまったく指し示してはいないのです。その点で、シャトーブリアンは私たちの教育の典型的な犠牲者となったのです、なぜならまさに彼がその対象となった学校における貧困化——そしてそれに続いた共感の〈回避〉——のためにフランス人はそれ以降シャトーブリアンを読まなくなりあるいは読み違えているのです。

『ランセの生涯』（10／18叢書）に序文を寄せたいと思うほどにはすでにシャトーブリアンを読んではいたのですね……

その通りです、シャトーブリアンがたんに教科書に書かれているようなまじめな闘士でなかったことを理解するためには壮麗で峻厳なこの本を発見しなければなりませんでした。『ランセの生涯』のうちに、わたしは深遠で、重々しく、力強い一人の人間を発見しました、そしておそらくそのシャトーブリアンのことを考えながら、数か月前、本当に『墓の彼方の回想』を読みだしたのです。そしてそれは目くるめく体験でした……

この『回想』は、数週間にわたって、わたしの枕頭の書となりました。毎晩、その本に飛びつきました、なぜなら言語がそこでは考えられないほどの美しさであり、息を飲むほどなのです。さらに、その美しさはサスペンスの効果も配慮しています。たえず、もっと知りたい、一行の歓喜に再び出会いたいと思うのです、ですから、その読書は切望させるのです……

言語の美しさだけで十分なのですか？

言語の背後に、道徳と本物の政治思想を備えた、複雑で相反するシャトーブリアンがいます。

『立憲君主制について』や『キリスト教精髄』の政治思想のことですか？

ここで話しているのは『墓の彼方の回想』のシャトーブリアンについてだけです。『精髄』はわたしを退屈させる本です。そして、彼の政治思想を想起することで、わたしはたんなる立憲的な議論よりもさらに広いあるもののことを考えているのです。政治においては、シャトーブリアンはある種の偉大さを備えています、彼のうちには魂の美点、高貴さがあります。「個人を攻撃しないかぎり、主義主張に対して何もできなかった」ジョゼフ・ド・メーストルのような臆面のない言葉を、シャトーブリアンは決して口にしなかったでしょう。彼は誠実でした、もっとも手厳しい人物描写をしている者たちに対してさえも。シャルル一〇世の人物描写を考えてみてください。

そしてうぬぼれで嘘つきのシャトーブリアン……

彼のうぬぼれ、彼の嘘は気になりません。それらは彼の「自我」に属するものであり、結局のところ、それらは彼を下品さから守っているのです。ニーチェがこの「古代的な自我の至上権」について語っていますが、シャトーブリアンはそのすばらしい肖像です……　わたしの読書において本質的なものは彼のうちに認めた高貴さです。この高貴さが彼に決してさもしさに同意しないことを命じているように思われます、彼がそこで動き回り、彼に大きな影響を与えた政治の世界においてさえ。

シャトーブリアンの伝記を書いてみたいと思いますか？

しばしば、わたしは伝記を書いてみたいと思いましたが、シャトーブリアンについて書いてみたいと思ったことはありません。たぶん、ドイツの音楽家の生涯を、もしわたしが優秀なドイツ文学研究者であったなら……　いずれにしろ、シャトーブリアンの伝記は現在存在しています。ペインターの大部な書物〔『シャトーブリアン、伝記』第一巻「待望の嵐」、ガリマール書店、六五〇ページ、シュザンヌ・ネティアール訳〕が……

ジョージ・D・ペインターの伝記における企てを、その綿密な演出を、全般的にみてどのように評価なさいますか？

ペインターの『プルースト』は大好きです、なぜなら彼は最初に「マルセル主義」を、つまりプルーストの作品の登場人物ばかりでなく、私人としてのプルーストへの現実的な関心を復権したからです。それに引き換え、ジッドについての本には失望しました……現在出版されている『シャトーブリアン』については、評価を下すのはまだ容易ではありません。第一巻――今のところ手にすることができるのはそれだけです――は一七九三年で終わっています。ところがわたしの興味をひくシャトーブリアンは老年期のシャトーブリアンなのです。とはいえ、ペインターには伝記についてのある種の才能を喜んで認めたいと思います。それはいつでもよく出来ていて、生き生きとしています。しかし……

しかし？

……ペインターが秀でているジャンルの論理そのものが彼にシャトーブリアンを唯一無二の人物としているものへの接近を禁じているのではないでしょうか。つまりその文体、その言語への接近です。さらに、ペインターはフランス語と「母国語」という関係を持ってはいません、それでまさにシャトーブリアンを唯一無二としている言語の神秘を特権化しなかったならば、シャトーブリアンとの親密な関係は何を提供することができるかという疑問を持つのです。今日、フランスにおいては、言語の危機はありません、なぜなら語は存続するために適切な順序に置かれるからです。しかし〈言語への愛の危機〉は存在します。この危機を感知することなく、言語への愛なくして、シャトーブリアンという並外れた統語論者、語彙論者の現代性について何を理解できるというのでしょうか？

では逸話よりも修辞学のほうが『墓の彼方の回想』の真実について教えてくれるとお思いなのでしょうか？

問題は本当はそこにはないのです。そうではなく、シャトーブリアンが喜びにあふれた言語を通じて彼の生涯と彼の時代について私たちに語りかけているのですから——それは彼に書くという大きな喜びを与えたはずですし、私たちに大きな読む喜びを与えてくれるのですが——その分析なしで済ますことができるとは思いません。

では、その言語、その神秘について話しましょう。時おり、シャトーブリアンは「とどろき渡るむなしい」巨大な機械のように長々と口舌をふるうと同時に、すべての金管楽器をいっせいに吹き鳴らす、あまりに才能に恵まれた作曲家のように、やすやすと安易さに身を任せてしまうとお思いになりませんか？

わたしはそうは思いません。わたしにとっては、シャトーブリアンは、『墓の彼方の回想』においては、均衡と節度の奇跡です、なぜなら彼は、そこでは、的確な語、すなわち行き過ぎないという技量を備えているからです。例えば、レカミエ夫人を「青色のソファに白のドレスを身にまとった」と描写するとき、それは単純で完璧です。そして他のところで、この言語は彼の運命を演出するためにたえず使われます、二つの世界の継ぎ目で、あるいは彼の老年のために……

さらに、醜いものを詩的に変化させることを可能としたのはこの言語です、例えば彼が非常にうまく語っている退屈のように、それは、こうして〈他のもの〉に姿を変えるのです。それから、この言語はたえず彼の不屈の選択である高貴さを維持することを、高貴なことを述べることを可能とするのです……

しかしあなたのいう高貴さとは何ですか?

打算、卑小さの欠如、無私無欲の精神への服従です、そして一般的にもてなしの、歓待の精神です、今日、政治的なディスクールにおけるその欠如がわたしに不愉快を感じさせるようなあらゆる美点です。確かに、この高貴さには道徳的で騎士道的なある種の〈ドレープ〉が伴います、しかしシャトーブリアンにおける言葉は単純であり、正当なことが述べられます。それはノスタルジックなものです。

あなたはあなたのシャトーブリアンに無垢と忠誠を付与しますが、明らかに、シャトーブリアンはいつもそれらを発揮したわけではありませんね……

「わたしの」シャトーブリアンは、何よりも彼の作品、彼の本です。それは紙のシャトーブリアンなのです、ですから、実際には、伝記作者のシャトーブリアンに似ていないかもしれません。この紙のシャトーブリアンをペインターが描き出す生身の人間と突き合せることに、わたしはあまり興味が持てません。

フランスの一八世紀は聡明であり、それに対して次の世紀はむしろ愚かさに身を捧げたと一般的には言われます。シャトーブリアンは例外だったと思われるのでしょうか？

一八世紀に付与され、一九世紀に拒まれる「聡明さ」は概して反動的な、シャルル・モーラス信奉者の神話から生まれたものです。『墓の彼方の回想』を〈読む〉だけで、シャトーブリアンが〈聡明である〉ことはわかります、もちろん彼はフランス人についてそしてフランス人の政治的な「心理」についてすばらしいことを述べています。ナポレオンについての一節を思い出してください。「フランス人が本能的に権力に赴くことは日々の経験が示している。彼らはぜんぜん自由を愛してはいないのだ、平等だけが彼らの偶像なのである。ところで平等と独裁政治は秘密の関係を持っている。この二つの関係のもとにあるのだ。ナポレオンの源は軍事的には強権へと傾きそして民主的には水平に夢中なフランス人の心情にあるのだ。」私たちにおける水準の平等への強迫観念は真実そのものではないでしょうか？ですから〈なんとしても〉真実を述べることにたえず彼を押しやる堂々たる明晰さによってシャトーブリアン――その身体は紙でできているのですが――はわたしを感動させるのです。シャトーブリアンはしばしば失望していましたが、彼はいつでも明晰であり、物事を的確に述べることに心を砕いています。ですから彼は政治家というよりは、倫理の受託者である作家だったのです。したがって、今日、読まれるべきなのです……

『ヌーヴェル・オプセルヴァトゥール』誌、一九七九年一二月一〇日号。
聞き手はジャン＝ポール・アントヴァン。

好みからエクスタシーへ

ロラン・バルトが本を発表するといつも事件になる。『明るい部屋　写真についての覚書』は、めったにないことであるが、同時に三つの版元の支援を受けて出版された。スイユ社（バルトの書物の本来の版元）、カイエ・デュ・シネマ、その重役であるジャン・ナルボニ氏責任編集の新シリーズ（すでに大島渚の著作集を出している）の出版元であるガリマール社の三社である。以下に、ロラン・バルトは、今日だれもが関わりをもたざるをえない芸術——彼自身は撮らないけれども——について語ってくれた。

スーザン・ソンタグやミシェル・トゥルニエも、最近になって写真論を発表しています。これはたんなる偶然でしょうか？

なるほど、写真についての「理論的なブーム」のようなものが見られるようです。写真技術者でも、歴史家でも、芸術学者でもない連中が写真に興味を示しています。彼らはこれまでの恥ずべき遅れをとりもどそうと必死なのです。写真は現代文明の重要な構成要素であり、絵画や映画の場合と同様に、考察の対象となってしかるべきものです。しかし、そのことが写真家の気に入ることかどうかまではわからない。というのは、彼らが写真を一個の成熟した要素として認められることを求めているとしても、彼らの実技が「知性化」されることには一定の警戒心を露わにしているから……いずれにしても、写真は大学教育の場から排除されています。パイオニア的な実験例としては、三か月前、リュシアン・クレルグに博士号を授与したエクス＝マルセイユ大学の例があります。そして、〈アドホック〉・センターが設けられましたが――そのことは意義深いのですよ――なんと化学科に設置されたのです！ 写真は、制度としては、その英雄的な草創期にまだ依存しているかのように。

なぜ「明るい部屋」なのでしょうか？ トゥルニエは写真機のことを「小さな夜の箱」と呼んでいますが。

わたしはパラドックスを弄したい、ステレオタイプの転覆をやってみたいと思いました。しかし、そこにはやはり象徴的な現実もあります。写真には恐ろしいものが内在している、それは写真には深さがないということであり、写真とは、かつてあったものの〈明白な証拠〉である、ということをわたしは言おうと試みたのです。

あなたの書物は「覚書」とことわりながら、概念を創造していますが……

「覚書」というサブタイトルをつけたのは、謙遜の気持ちからです。それは小さな本で、そこには百科全書的な目論見はまったくありません。一つのテーゼ、一つの命題があるだけです。けれどもわたしは、自分の立場の特殊性、すなわち関連する科学的な場の周縁にわたしが位置していることをしっかりと意識しています……しかしながら、分析的考察の作業をするにあたっては、概念を決めておく必要があります。わたしはラテン語の単語を二つ選びました。〈ストゥディウム〉は、ひとが写真に対していだく一般的・文化的な関心です。それは写真家の仕事に対応するものです。このようにして、あらゆる現代的主題の写真は、〈ストゥディウム〉という意味を帯びています。写真家は、〈ストゥディウム〉に、言うなれば私たちの好みに取り入ろうとするのです。

しかしながらわたしは、ある種の写真のなかには、それらの写真が一般的な関心を引き起こすというよりも、ある細部がわたしの心を捉え、わたしを魅了し、わたしを目覚めさせ、わたしの不意を打つ、それもかなりの謎を込めたやり方でわたしに感動をあたえるような写真がある、ということに気がつきました。そこで、そのような要素を〈プンクトゥム〉と呼ぶことにしました。それは一種の点であり、刺し傷であり、そのようなものとしてわたしを感動させにやってくるのですから。

「テクストの快楽」のあとに「イマージュの快楽」というわけですか？

わたしの本の第一部はそう呼んでもかまいません。しかしわたしは第二部で、喪について、悲しみについて、さらに苦悶に満ちた考察を開始します。なにがこのような苦悩の印象を生むのか、すなわち「かつて存在したもの」のもつ荒々しさを見つけて、わたしはそれを説明しようとします。それは「写真のエクスタシー」なのです。ある種の写真は、それが喪失や欠落に結びつくとき、私たち自身の外側へ連れ出してくれます。ある意味においてこの書物は、喪という領域のなかで『恋愛のディスクール・断章』とシンメトリーをなすものです。

『ル・マタン』紙、一九八〇年二月二二日付。
聞き手はロラン・ディスポ。

写真について

彼は私たちの時代に大きな影響を与えるであろう人物の一人である。『現代社会の神話』から『恋愛のディスクール・断章』まで、社会のさまざまな事象についてのロラン・バルトの分析は繰り返され、注解され、模倣され、時おり嘲弄されるが、注目されないことは決してない。わが国における知識人の生活に対してのその影響は明らかである。

写真についての彼の姿勢を知ることは写真にそして写真が今日の社会において占める位置に関心のあるすべての者にとって不可欠であると私たちには思えたのだ。

一

アンジェロ・シュワルツ――写真を言語活動と規定することは当たり前のこととなりました。ある意味では、それは人を煙《けむ》に巻くような規定ではないでしょうか？

写真は言語活動であると言うとき、それは偽りでもあり真実でもあります。それは、文字通り、偽りです、なぜなら写真というイメージは現実の類比に基づく複製であり、〈記号〉と呼ぶことのできるいかなる不連続な粒子も含んでいないからです。文字通り、写真には、語あるいは文字に相当するものはまったくありません。しかしそれは真実です、というのも一枚の写真の構図、様式は現実についてそして写真家について情報を与える第二のメッセージとして機能するからです。それは〈コノテーション〉と呼ばれるものであり、言語活動の一部分です。ところで写真はそれが〈デノテーション〉のレベルで示すものとは違うあるものをいつでも暗に示します。逆説的にも、様式によって、そして様式だけによって、写真は言語活動の一部分なのです。

すでにボードレールが指摘したように、写真は工業のプロセスに強く結びついています。ですから写真を工業のプロセスによって強固に条件づけられたエクリチュールのシステムと規定することができるのではないでしょうか?

写真と映画は産業革命の生粋の産物です。それらは遺産によって、伝統によって伝えられたものではありません。ですから分析することがたいへん難しいのです。それらの相違を認めながらも、映画と写真を同時に引き受ける新しい美学を作り出さなければならないでしょう、ところが現実には文学的なタイプの様式的な価値をもとにして機能する映画の美学があるだけです。写真は同じような転移の恩恵には浴さなかったのです。それは文化の貧しい親戚なのです。誰も写真を引き受けようとはしません。写真について知的な価値を持った重要なテクストはほとんどありません。わたしはほとんど知りません。予知的であるがゆえに素晴らしいW・ベンヤミンのテクストはありますが〔このインタビュー後になって、S・ソンタグとM・トゥルニエの本が出た〕。写真はその超‐能力の犠牲者なのです。それは文字通り現実あるいは現実の一部分を転写すると思われているため、その本当の能力、その本当の含意について問おうとしないのです。人は写真について二つの見解を持っていますが、それらはそれぞれ極端であったりあるいは誤っていたりするものです。あるいはそれは現実の機械的で正確なたんなる転写だと考えられます。すべての報道写真あるいはいくつかのケースにおける家族写真です。それは明らかに極端です、なぜなら報道写真にも加工が、撮影に伴うイデオロギーが含まれるからです。あるいは、正反対に、それは絵画の代替物だと考えられます。それは芸術写真とよばれるものです、そしてそれもまたもう一つの行き過ぎです、なぜなら語の古典的な意味で、写真が芸術の一部分でないことは明らかだからです。

映画の理論は存在します。どうして写真の理論はないのでしょうか？

私たちは大きな文化的ステレオタイプの犠牲者なのです。映画は文化において虚構の、想像力の芸術であるとただちに認められました。リュミエール兄弟時代の初期の映画作品が現実の捕獲（「列車の到着」、「工場の出口」）であったとしても、映画の本当の成長は虚構による成長でした。現実のたんなる記録という担保のもとに置かれた実践（あるいは技術）がこのように成長することはありえません。社会は技術にすぎないと思ったものを抑圧しながら、芸術と取り違えたものを抑圧から解放したのです。

書く者と写真を撮る者の間にはその仕事について同一性がある、と最近書いてらっしゃいます。これら二つの実践の間にそれでもある歴史的に明白な違いとはどのようなものでしょうか?

二つの実践は同じ時期に誕生したものではありません。それらは同じシニフィアンを持っていません。写真の実践のシニフィアンがどのようなものかはよくわかりません。わたしは写真を撮りません。写真を撮ることが何であるかわたしにはわかりません。わたしは写真に写された生産物のたんなる消費者にすぎません。明らかにそれらは同じ素材ではありません。書くとき、使用する素材、語は、すでにシニフィカシオンを持っている素材です。作家がそれを手に取る前に、語はすでにシニフィカシオンを持っています。作家の素材は彼以前に、だれもの以前にすでに意味するなにかなのです。彼はすでに意味を持っている素材の断片を使って仕事をするのです。しかし写真は言語ではありません、それは素材の断片を使って仕事はしません。明らかな違いがあります。

あなた自身の言葉によれば、写真は芸術とも、レフェラン(指示対象)の「人の目を欺く自然さ」とも同時に無縁なのですが、それは一体どうしてなのでしょうか?

写真は二つの危険の間に囚われています。あるいは写真は芸術を模倣し、転写します、そしてそれは文化のコード化された形式です。しかし写真は絵画ほどうまくは転写できません、なぜならその指示対象、すなわち写真が写し取る対象は、写真を眺める者によって現実として体験されるからです。そこにはとても強力な拘束があります。ですから写真は絵画のように芸術ではありえないのです。

しかし、他方で、写真が写し取るこの対象は人の目を欺く自然なものなのです、なぜなら実際にはこの指示対象は写真家によって選択されたものだからです。カメラの光学システムはルネッサンスの遠近法を受け継ぐ、他の可能なシステムから選択されたシステムなのです。これらすべては表象された対象についてのイデオロギー的な選択を前提とします。つまり、写真は自然なものとして与えられる対象の純然たる転写ではありえないのです、というのもそれは平らであり、三次元ではないのですから。そして他方では、それは芸術でもありえません、なぜならそれは機械的に転写するからです。これが写真の二重の不幸です。写真の理論を築きあげたいと思うならば、この矛盾、この困難な状況から出発しなければならないでしょう。

写真家は証人だと言われます。あなたによれば、写真家は何の証人なのですか?

わたしは、芸術においては写実主義の、社会科学においては実証主義の、信奉者ではありません。したがって写真家は本質的に彼自身の主観性の、つまり対象に対して主体として、身を持するその流儀の証人なのです。わたしの言っていることは平凡でよく知られたことです。しかし写真家にとってのこの状況に大いにこだわりたいと思います、なぜならこの状況はおおむね抑圧されているからです。

イメージの文法は可能でしょうか?

語の厳密な意味において、写真の文法は不可能です、なぜなら、写真には、(記号の)不連続がないからです。コノテーションについて、とりわけコマーシャル・フォトにおいて、シニフィエの用語辞典を作成できるのがせいぜいでしょう、もし写真を本当に真剣に話題としたいなら、写真を死と関係付けなければなりません。写真が証人であるというのは本当です、しかしもはや存在しないものの証人なのです。たとえ主体があいかわらず生きているとしても、それは写真に写し取られた主体のある瞬間であり、その瞬間はもはや存在しないのです。そしてそれは人間にとって並外れたトラウマであり、繰り返されるトラウマなのです。一枚の写真を読み取る行為のその一つひとつは、それは世界中で一日に数え切れないほどの数になりますが、一枚の写真を捕え、読み取る行為はその一つひとつが暗黙のうちに、抑圧された形で、もはや存在しないもの、つまり死との接触なのです。このように写真の謎に取り組まねばならないでしょうし、少なくともこのようにわたしは写真を体験しているのです。魅力的かつ不吉な謎として。

二

ギー・マンドリ——写真が入った本を出版なさいますが、そこで問題とされているのは何ですか？

はっきり言っておきますが、それは「カイエ・デュ・シネマ」の求めに応じて書かれた、慎ましい本です、カイエは原則として映画についての叢書をこの本でスタートしたいと考えたのですが、わたしに自由に主題を選ばせてくれました、それでわたしは写真を選んだのです。この本は写真家を失望させるでしょう。

見栄や気取りからではなく、誠心誠意そう思っているのです。なぜならそれは社会学でもなければ、美学でもなく、写真の歴史でもありません。むしろ写真の現象学です。わたしは写真という現象を世界史のなかでその絶対的な新しさにおいて取り上げたのです。世界は何十万年前から始まっています、そしてイメージは、洞窟の壁面以来、何千年も前からありました……世界には何百万というイメージがあります。それから、突然、一九世紀、一八二二年頃、新しいタイプのイメージが、図像に関する新しい現象が出現しました、まったく新しい、人類学的に新しいものが。

この新しさこそわたしが問おうとしたものです、そしてたえず写真に驚いてやまない、無邪気で文化を知らない、少々未開の人間の状況に身を置いたのです。その点で写真家を失望させる可能性があるのです、なぜならその驚きによってわたしは写真家がそこに生きている写真に関して進化した世界を考慮に入れることができなかったからです。

この本はどんな構成になっているのですか?

恣意的に選ばれた何枚かの写真の前に身を置きます、そして写真の本質についてわたしの意識が述べることを検討するために考察しようとします。ですからそれは現象学的な方法です。この考察のためにわたしが採用した方法はまったく主観的なものです。それは二つの段階に分けられます。

第一段階においては、どうしていくつかの写真はわたしを感動させ、興味をそそり、気に入り、無関心でいられないか、そして他の写真はどうしてそうでないのかを知ろうとしました。非常に一般的な現象なのですが、わたしの興味を引かない写真が無数にあるのです。その点についてはまったく容赦をしてはいけません。

それが「報道写真」であってもあるいはいわゆる「芸術写真」であっても？

無論です。さてわたしはいくつかの写真についてわたしの〈快楽〉あるいはわたしの〈欲望〉を導き手としました。そしてこの快楽あるいはこの欲望を分析しようとしました。記号論的な分析のいくつかの反応を思い出しながら。わたしはどうしていくつかの写真に無関心でいられないか、つまりポーカーで言う「ティルト」になってしまうのか、必ずしも写っている主題によるショックではない一種のショックをわたしに与えるのかを分析しようとしました。報道写真のうちにはトラウマを引き起こすような写真があり、それらがトラウマを与えるものであるために、非常に高い値がつくのでしょうが、わたしに関しては、それらはぜんぜんトラウマを引き起こしません。反対に、いくつかのルポルタージュのうちには、かなり取るに足らない写真がありますが、それらがふいに、わたしのうちのなにかに触れることがあります。わたしの情動に触れるのです。それでわたしはそれを分析しようとしました。ついでわたしの快楽を導き手とすることで、確かにいくつかの成果にたどり着いたことはわかりましたが、また写真を根本的にすべての他のタイプのイメージに対立させるものを規定するには至らないこともわかりました。なぜならそれがわたしの目的だったのですから。ところがそのとき……

……いえ細部には立ち入りたくはありません、なぜならわたしの本はいささかなりとも知的なサスペンスでもあるからです、サスペンスに背くことは望みません。つまり、そこで、わたしはプライベートな写真を調べ始めました、最近の近親者の死と関連した、それはわたしの母の死です、そして母のある種の写真についてじっくりと考えることでわたしは写真のある種の哲学へと前進することができたのです。これ以上は言いません、わたしが到達した論述を見てもらうしかありません。この哲学は写真と死を関連づける哲学として姿を現しました。それは誰もがよくわかっていることです、たとえ私たちが生き生きとした写真の世界に身を浸しているとしても。わたしが深く掘り下げそして定式化しようとしたのはこの哲学です。当然、風景写真を犠牲にして、とりわけ肖像写真を調べました、隠し立てするつもりはありません、わたしはプライベートな写真のある種の「プロモーション」を公準として立てました。絵画とは反対に、写真の理想的な未来はプライベートな写真、つまり誰かとの愛による関係を引き受ける写真だと思います。それが力を発揮するのは、写された人物と、潜在的であっても、愛というつながりがある場合だけなのです。それは愛と死をめぐって行われるのです。それは非常にロマン派的なものなのです。

具体的には、この本はどのようなものなのですか？　どのような写真を挿入したのですか？

わたしが提出した写真は主に論証に関わる価値を持つものです。それらはテクストのうちであることを言うために使ったものです。ですから、それはアンソロジーではないのです。それぞれの写真家の最良の写真を提出しませんでしたし、必ずしもわたしが好きな写真を提出したわけでもありません、それらはなんらかの論証のために話題とした写真です。しかしながらそれらがそれ自体で美しいものであることには意を用いました。

どのような「コーパス（資料体）」から選んだのですか？

それはとても限られたものでした、何冊かの写真集と雑誌から選びました。『ヌーヴェル・オプセルヴァトゥール・フォト』を大いに活用しました。

古い写真も数多くあります、なぜなら写真の偉大な時代、それはその英雄的な時代、その初期の時代だと思っているからです。しかしまたアヴェドンやメイプルソープのような、より現代の写真もあります。わたしの大好きなとても多くの写真家は選ばれていません。なぜなら写真はたんにテクストの契機に対応しているだけだからです。

あなたの仕事全体のうちで写真はおおむねどのような位置を占めているのですか？　写真は社会の事象を理解するための道具なのですか？

とても好きな仕事があります、それはテクストとイメージの関係を組み立てる仕事です。何度かそれを行いましたが、いつでも強烈な快楽を伴っていました。日本についての本と、スイユ社の小さな本『ロラン・バルトによるロラン・バルト』で行いましたが、今度は三度目にこの本で行いました。結局のところわたしが好きなのは、イメージとエクリチュールの関係なのです、それは非常に難しい関係です、しかしそれだからこそ本当の創造的な喜びを与えてくれます、ちょうどかつて詩人が作詩法の難問と格闘することを好んだように。

今日それに相当するのは、テクストとイメージの関係を見つけることです。わたしが写真を選んだのは、それは少々映画に〈逆らった〉ということも言い添えたいと思います。明らかにわたしは写真とはポジティフな関係にあり、写真を見るのが好きです、それに対して、映画との関係は難しく、抵抗を覚えるものでした。映画に行かないとは言いません、しかし結局のところ、わたしはわたしの個人的な小パンテオンのうちで、逆説的にも写真を映画の上位に置くのです。

今日では、制度が写真を芸術であると認めていますが……

……それについて決着はついていません。むしろあらゆる写真は芸術に従属する写真ではないでしょうか、逆説的にも芸術写真を除いては。

ともあれ社会的には、写真はじきに芸術として認められるでしょう。しかしながら、写真は現実ととても特異な、とても密接な関係を保っています。写真が芸術と非芸術との橋渡しをすることには同意なさいますか？

ええ、それはとても正当なことです。写真が橋渡しをするかどうかはわかりません、しかしそれは中間の領域にいます。それは芸術の観念をずらします、そしてその点でそれはある種のムーブメントの、世界のある種の進歩の一部を成しているのです。

『フォトグラフ』誌、一九八〇年二月号。
聞き手はアンジェロ・シュワルツ（一九七七年末）とギー・マンドリ（一九七九年一二月）。

欲望の危機

今日フランスで知識人であることはどのような意味を持つのですか？

ジッド、あのソビエト・ロシアに好意的であり後に冷淡になったジッドはまた、植民地主義についてその立場を表明することで、大作家でもある知識人の伝統的な役割を演じた最後の知識人の一人でした。現在、作家は後退しています、そもそも厳密な意味での大作家はもはやいません。ジッドの後に、まだマルローとアラゴンがつづきました……　大作家の後退に代わって、知識人、つまり大学教授の大規模な登場が認められました。それは知識人の本物のカーストでもあります。そして脅威であるのは、テレビや新聞、雑誌やラジオのようなメディアの著しい発達です、それらは反知識人的な姿勢を伝搬します。実際、フランスがプチブルの国になるなら、知識人はますますそのアイデンティティーを失うことになるでしょう。今日の詩人たちのように、地下出版に逃げ込むか、さもなければメディアの内部で、知識人をもって任じることを余儀なくされるでしょう、それは部分的には「新しい哲学者」と呼ばれる者たちの、「いつもメディアに操作されるままではすまさない。彼らと同じ方法を使って、私たちの言語活動を修正し、より多くの人たちに理解してもらえるようにメディアに浸透するのだ」と考えた知識人たちのアプローチです。個人的には、わたしはその立場を攻撃はしません、完全に擁護できると思います。「新しい哲学者」は彼らの知性によって問われた問題を公共の場に出そうとしたのです。自由、道徳、世界において私たちが議論すべきあらゆることを。

多くのフランスの知識人とは反対に、どうしてあなた自身は一度も闘士でなかったのですか？

先の大戦の終わりに、わたしは知性の面でサルトルにとても魅了されました、つまりアンガージュマンの理論に。それはわたしの思春期に、むしろわたしの青春時代に一致していました。しかしわたしは決して闘士にはなりませんでした、言語活動についての個人的な姿勢という理由から闘士になることはできなかったのです。わたしは戦闘的な言語活動が好きではないのです。確かに、六八年以降の戦闘的な態度はより開かれたものになりました、しかし共産主義者が闘士であることを疑う人はいません。新左翼も闘士である、とわたしは思います。結局はとてもステレオタイプ化された新左翼のディスクールがあるのであり、そのことで、それはわたしには受け入れがたいのです、言語活動として。『リベラシオン』のような新聞も、上出来でわたしは大好きですが、同じようなテーマの、同じようなステレオタイプのディスクールを伝搬します。わたしはいつでも言語活動の観点から問題を立てます。それはわたしに特有の限界です。知識人は既存の権力を直接攻撃することはできません、しかし物ごとを動かすために新しいスタイルのディスクールを注入することはできます。

そのせいで知識人は流行に興味を持つのですね？

そうです、流行は社会的なものが機能するのを見るための特権的な観察の場です。それは非常に面白くかつ過酷なものです、なぜならある年流行していたものが、翌年には、新しい流行に追いつくために更新されることを余儀なくされるからです。他方で、流行は神話にとっては好都合ではありません、あまりに迅速だからです。神話は根を下ろし、重量を増し、伝統となる必要があります。流行はあまりに急速に移動します。私たちはもはや大文字の歴史の加速度的な展開を生きているのではなく、小さな歴史の加速度的な展開を生きているのです。ですから、まさに戦闘的なディスクールのうちに現在神話を見いだすことができるのです、なぜならそれは変化しない、不動のディスクールなのですから。今日、『リベラシオン』紙においてさえも、とても強力な神話があります。例えば、警察の行き過ぎは新左翼の神話になりつつあります。それは他にもあります。エコロジー、堕胎、人種差別。それらが存在しない問題だと言いたいのではありません。ただ、それらは今やほとんど神話となっているのです。

「ル・パラス」という、いかにもパリ流のナイトクラブに時おり顔を見せているということですが。そのような場所についてどのように考えていられますか？

より一般的に答えることができます。これはおそらくわたしの年齢に関係する懐古趣味の観点です。しかし今の世代は欲望をほとんど知らないと思います。本当に欲望による活動とは思えないたくさんの活動。そして人間が欲望の欠如に襲われるとき、それはほとんど病気です、精神的な意味ではまったくなく、ほとんど語の身体的な意味で。欲望を持たない人間は虚弱になります。今日話題となる不安、文明の危機は、それはおそらくは欲望の危機なのです。

　タブーが後退する環境においては欲望が失われます。土曜の夜に「ル・パラス」で二人の男がキスをするのを目撃するのはとてもたやすいと想像することはできます。いかなる検閲も介入しないでしょう。しかし、まさしく、そんな風には決してならないのです。新たなタブーが作り出されるのです、ここでは知識人や学生や芸術、演劇、ファッション関係の人々など、比較的に社会的な束縛から解放された階級のことを言っているのです。より固定された社会階級に下りてゆけば、とても強力な、男らしさや男性の性的能力を通して行使されるタブーに出会うことになるでしょう……そしてこれらの新たなタブーは流行に由来する可能性があるのです。ある夜、「バン・ドゥーシュ」というナイトクラブで二人の男が今風の、つまりかなりよそよそしいダンスを踊っていました、すると一人の女の子が彼らに向かって言ったのです。「あらまあ！　そんな風にはもう踊らないのよ。」つまり彼女は二人の男がいっしょに踊っているのに抗議したのではなく、そんな風にはもう踊らない、もう流行ではないから抗議したのです！

　さて今や新たな大勢順応主義が始動しています。なぜ抗議運動は失敗したとお考えですか？

ここ一〇年そのように姿をあらわしたように見える歴史の現象は、「群居性［グレガリテ］」という問題です、これはニーチェの言葉です。社会の周辺に生きる人々は増加し、集合し、群れをなすのです、それは確かに小さな群れですが、それでも群れです。それゆえ、彼らはもはやわたしの興味を引きません、なぜならあらゆる群れにおいては大勢順応が君臨するからです。現在の歴史は群居性への偏向です。例えば、地方分権主義は小さな群居性の再編の試みです。今や社会の周辺に生きる人々を尊重する唯一の本当に首尾一貫した主義は個人主義です。しかしその観念を新たに改変しなければなりません。

個人主義については、あなたは楽観的ですか？

いいえ、そんなことはありません。なぜなら個人主義を徹底的に生きる者は困難な人生を送るでしょうから。しかしながら、プチブル的ではなく、より徹底的でより謎めいた個人主義については再生の可能性があります。わたしは自分自身の身体についてしか考えることができない、とわかるまで自分の身体について考えぬくことは科学に、流行に、道徳に、あらゆる集団に衝突する姿勢なのですから。

しかしどうやってそのように生きることができるのですか？

まやかしによって、独断的でも哲学的でもない隠密の行動によって、生きるしかありません。まやかしによって、としか、他の言葉が思い浮かびません。

それは権力に対する抗議なのですか？

そうです、いかなる権力も決して容認しない唯一の、後退による抗議です。攻撃あるいは防御によって権力に立ち向かうことができます。しかし後退は、社会によって同化できない最たるものなのです。

『恋愛のディスクール・断章』は多少なりともそのような闘いの性格を帯びているのですね。

そんなことはありません。その本は想像の産物の、わたしの想像の産物の肖像です。実際には、このような、つまりかなりロマン派的な恋愛感情は恋する者によって社会的なものとの別離として体験されます、同時に恋する権利としてそしてまた現実のせいで世界における恋することの困難として体験されます。結局のところ、わたしはその本を書くことができました、わたしは幸運だったのです。物事は解決されました、結局のところ、ほとんど！

わたしは『恋愛のディスクール・断章』は「もっとも読まれそしてもっともすみやかに忘れられる」本であろうと言いました、なぜならそれはとにかくわたしの読者ではない読者にまで届いた本なのですから。そしてたぶんわたしのもう一冊の本、とりわけ写真についての本で、わたしは〈わたしの〉読者を再び見いだすことになるでしょう、それはより少数です。なぜなら『恋愛のディスクール・断章』はそれほど主知主義的なものではなく、かなり投影的なものだからです。文化的な状況によってではなく、恋愛に関する状況によって自分をそこに投影することができます。それに対して、もう一冊の本では、わたしはおそらくより知的な状況から始めることを継続するでしょう。しかしそうするかどうかはわかりません、将来についてはお話しできません。

小説を書こうと考えたことは一度もないのですか？

あります、時として、長いものを書きたい、手法を変えたいと思ったことはあります。しかし退屈させるのが怖いのです。そして自分を退屈させるのが、わたしは怖いのです。エクリチュールによってエクリチュールから想像的なものを取り除くことができ、――想像的なものは、とても動けなくさせる力の強い、かなり致命的な、かなり不吉な力なのです――そして他者とのコミュニケーションのプロセスに入ることができるのです、そのコミュニケーションが複雑なものであるとしても。ラカンに準ずる分析が言うように、わたしの身体はわたしの想像的な牢獄です。あなたの身体、あなたにとってもっとも現実的であると思えるものはおそらくもっとも幻想的なものなのです。おそらくそれは幻想的でしかないのです。身体を解放するためには他者を必要とします。しかしそれは非常に困難となり、結果としてあらゆる哲学、あらゆる形而上学、あらゆる精神分析が生じるのです。わたしがわたしの身体をその限界まで押しやることができるのは他者によってだけです。しかしその他者も身体、想像的なものを持っているのです。その他者は対象かもしれません。しかしわたしがもっとも興味のある戯れは、語の厳密な意味において、わたしのまわりに本当に他者がいる時のそれです。わたしは政治的な、歴史的な、あるいは社会学的な思想をまったく持っていません。もし百年前に生きていたならば、わたしは心理学者だったでしょう、その当時心理学と呼ばれていたものを行っていたでしょう、気後れせずに。それが大好きだったでしょう。

何があなたに書き続けさせるのですか？

大げさな、ほとんどもったいぶった口実で答えることしかできません。もっとも単純な語を当てにするしかありません。エクリチュールは創造「クレアシオン」です。そして、その点で、それは生殖「プロクレアシオン」の実践でもあります。それは、たんに、死のそして完全な消去の感情と闘い、それを支配する方法なのです。それは死後も作家として永遠であるという信仰ではまったくありません、そんな問題ではありません。しかし、それでもなお、書くとき、人は胚芽を分け与えているのです、一種の種を分け与えていると、したがって、種の全般的な循環のうちに置かれていると言うことができるのです。

『ヌーヴェル・オプセルヴァトゥール』誌、一九八〇年四月二〇日号。
聞き手はフィリップ・ブルックス。

経歴

一九一五年一一月一二日　シェルブールで生まれる。父は海軍中尉ルイ・バルト、母はアンリエット・バンジェ。
一九一六年一〇月二六日　父ルイ・バルトが北海での海戦で死亡。
一九一六―一九二四年　バイヨンヌでの子ども時代。市内の高等中学校の低学年クラス。
一九二四年　パリに転居。マザリーヌ通り、そしてジャック＝カロ通りに住む。それからは学校の長期休暇のあいだはつねにバイヨンヌの祖父母バルトの家ですごす。
一九二四―一九三〇年　モンテーニュ高等中学校で第八学年から第四学年まで学ぶ［小学四年から中学二年生］。
一九三〇―一九三四年　ルイ＝ル＝グラン高等中学校で、第三学年から哲学級まで［中学三年生から高校三年生］。一九三三年と三四年に大学入学資格試験を受ける。
一九三四年五月一〇日　喀血。左肺に病巣。
一九三四―一九三五年　ピレネー山麓、アスプ渓谷のブドゥー村で家庭療法。
一九三五―一九三九年　ソルボンヌで古典文学専攻。――「古代演劇グループ」を結成。
一九三七年　兵役免除。――デブレツェン（ハンガリー）で夏期講座の講師。
一九三八年　「古代演劇グループ」とともにギリシアへ旅行する。

一九三九—一九四〇年　ビアリッツの新設高等中学校で、第四学年と第三学年を担当する（学区長任命の中等教育臨時教員）。

一九四〇—一九四一年　パリのヴォルテール高等中学校とカルノー高等中学校で学区長任命の中等教育臨時教員（復習教師と教員）。——高等教育資格免状を取得（ギリシア悲劇について）。

一九四一年一〇月　肺結核の再発。

一九四二年　イゼール県サン＝ティレール＝デュ＝トゥーヴェ村の学生サナトリウムで一回めの療養。

一九四三年　パリのカトルファージュ通りの病後ケア施設で回復期をすごす。——教員免許のための最後の学士号を取得（文法学と文献学）。

一九四三年七月　右肺に再発。

一九四三—一九四五年　学生サナトリウムで二回めの療養。沈黙療法、傾斜療法など。精神医学をやるために、サナトリウムで数か月のあいだ「化学・物理学・生物学修了証」の勉強。療養中に再発。

一九四五—一九四六年　レザンにある、スイスの大学サナトリウム付属のアレクサンドル病院で療養をつづける。

一九四五年一〇月　右胸膜外人工気胸術をうける。

一九四六—一九四七年　パリでの病後静養。

一九四八—一九四九年　ブカレストのフランス学院で、図書館員助手、それから教員。同市の大学で講師。

一九四九—一九五〇年　アレキサンドリア大学（エジプト）で講師。

一九五〇―一九五二年　［外務省の］文化交流総局の教育課に勤務。
一九五二―一九五四年　国立科学研究センターの研修員（語彙論）。
一九五四―一九五五年　ラルシュ出版社の文芸顧問。
一九五五―一九五九年　国立科学研究センターの研究員（社会学）。
一九六〇―一九六二年　高等研究実習院、第六部門（経済・社会学）の研究主任。
一九六二年　高等研究実習院の研究指導教授（記号・象徴・表象の社会学）。
一九七六年　コレージュ・ド・フランス（文学の記号学講座）の教授。
一九七七年一〇月　母アンリエット・バルトの死。
一九八〇年二月二五日　ロラン・バルト、コレージュ・ド・フランスの前で小型トラックに轢かれる。
一九八〇年三月二六日　ロラン・バルトの死。

著作　一九五三―一九八〇

単行本

一九五三　『零度のエクリチュール』
一九五四　『ミシュレ』

一九五七『現代社会の神話』
一九六三『ラシーヌ論』
一九六四『批評をめぐる試み』
一九六五『記号学の原理』
一九六六『批評と真実』
一九六七『モードの体系』
一九七〇『S／Z』
一九七〇『記号の国』
一九七〇『旧修辞学　便覧』［初出は『コミュニカシオン』誌上の論文］
一九七一『サド、フーリエ、ロヨラ』
一九七二『新＝批評的エッセー』
一九七三『テクストの快楽』
一九七五『ロラン・バルトによるロラン・バルト』
一九七七『恋愛のディスクール・断章』
一九八〇『明るい部屋』

ロラン・バルトについての著作と、雑誌特集号

一九七一　ギ・ド・マラクとマーガレット・エバーバック『ロラン・バルト』、篠沢秀夫訳、青土社、一九七四年。
一九七三　ルイ＝ジャン・カルヴェ『ロラン・バルト　記号への政治的なまなざし』（邦訳なし）。
一九七四　スティーヴン・ヒース『転位の目まい　バルトを読む』（邦訳なし）。
一九七一　雑誌『テル・ケル』、第四七号。
一九七四　雑誌『ラルク』、第五六号。
一九七八　『スリジーのシンポジウム一九七七』

著者略歴

(Roland Barthes, 1915-1980)

フランスの批評家・思想家．1953年に『零度のエクリチュール』を出版して以来，現代思想にかぎりない影響を与えつづけた．1975年に彼自身が分類した段階によれば，(1) サルトル，マルクス，ブレヒトの読解をつうじて生まれた演劇論，『現代社会の神話』(2) ソシュールの読解をつうじて生まれた『記号学の原理』『モードの体系』(3) ソレルス，クリステヴァ，デリダ，ラカンの読解をつうじて生まれた『S／Z』『サド，フーリエ，ロヨラ』『記号の国』(4) ニーチェの読解をつうじて生まれた『テクストの快楽』『ロラン・バルトによるロラン・バルト』などの著作がある．そして『恋愛のディスクール・断章』『明るい部屋』を出版したが，その直後，1980年2月25日に交通事故に遭い，3月26日に亡くなった．単行本はすべて，みすず書房から刊行．

訳者略歴

松島征〈まつしま・ただし〉 1942年-2011年．京都大学名誉教授．訳書 バルト『〈味覚の生理学〉を読む』(みすず書房，1985)，クリステヴァ『詩的言語の革命〈第3部〉国家と秘儀』(共訳，勁草書房，2000)，クノー『文体練習』(共訳，水声社，2012) ほか．

大野多加志〈おおの・たかし〉 1952年生まれ．フランス文学．訳書 『ナダール——私は写真家である』(共訳，筑摩書房，1990)，ユーゴー『レ・ミゼラブル』(共訳，偕成社，1993)，マッコルラン『恋する潜水艦』(共訳，国書刊行会，2000)，『演劇のエクリチュール（ロラン・バルト著作集2)』(みすず書房，2005)，『マルセル・シュオップ全集』(共訳，国書刊行会，2015) ほか．

ロラン・バルト
声のきめ
インタビュー集 1962-1980
松島征・大野多加志訳

2018年7月18日　第1刷発行

発行所 株式会社 みすず書房
〒113-0033 東京都文京区本郷2丁目20-7
電話 03-3814-0131(営業) 03-3815-9181(編集)
www.msz.co.jp

本文印刷所 精興社
扉・表紙・カバー印刷所 リヒトプランニング
製本所 松岳社

ISBN 978-4-622-07530-1
[こえのきめ]